MISSION TERRE

LA PLUS GRANDE DÉKALOGIE
DE L'HISTOIRE
DE LA LITTÉRATURE DE SCIENCE-FICTION

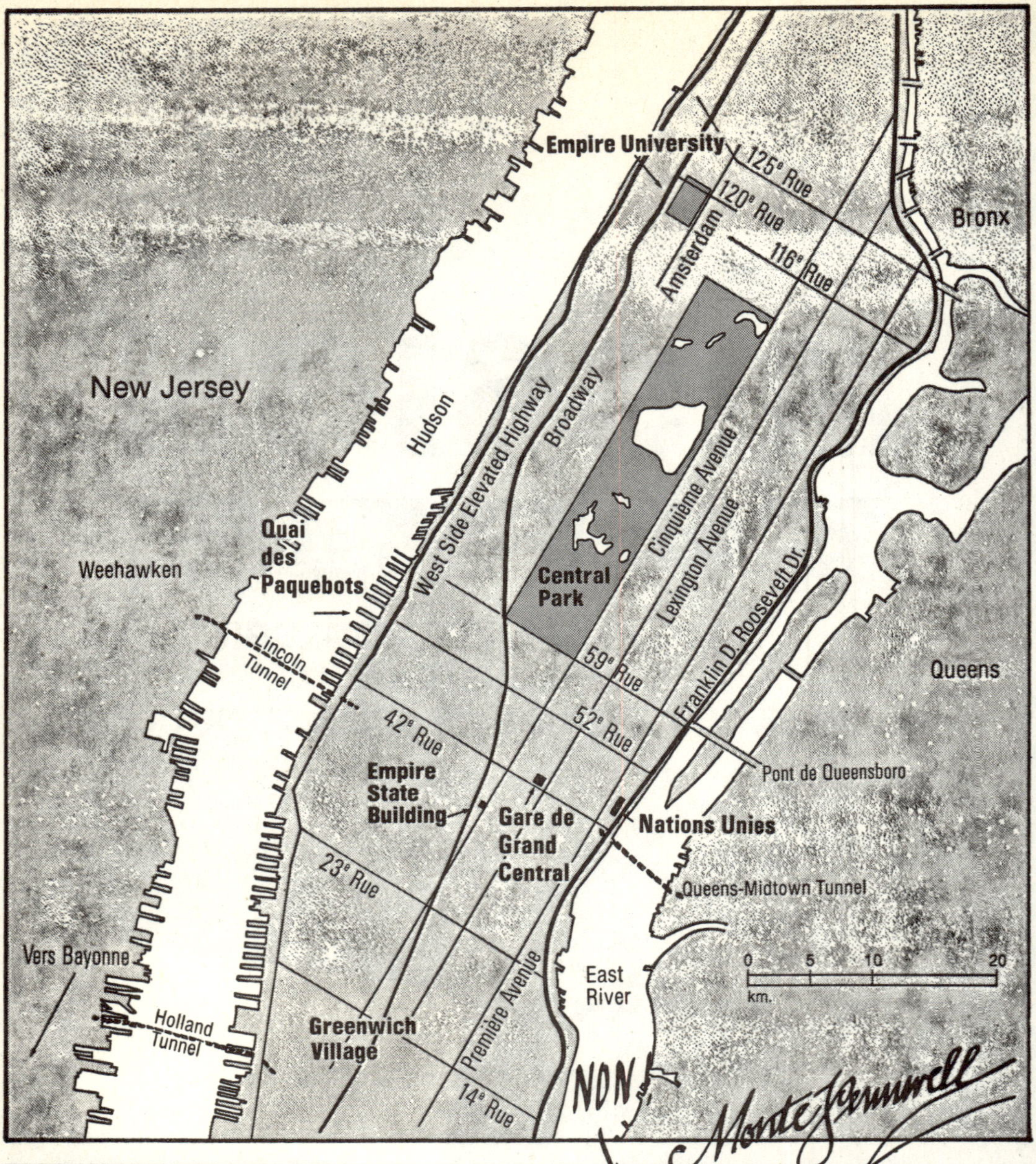

Blito-P3 (La Terre) — États-Unis

Littoral du New Jersey et centre de Manhattan

Carte établie par 54 Charlee Neuf

AVERTISSEMENT : La planète Terre (Blito-P3) n'existe pas. Cette carte n'a jamais figuré dans les archives astrographiques royales. Elle est basée sur les descriptions contenues dans cette œuvre de fiction, et sur rien d'autre.

Sur l'ordre de Lord Invay
Président du Conseil des Censeurs.

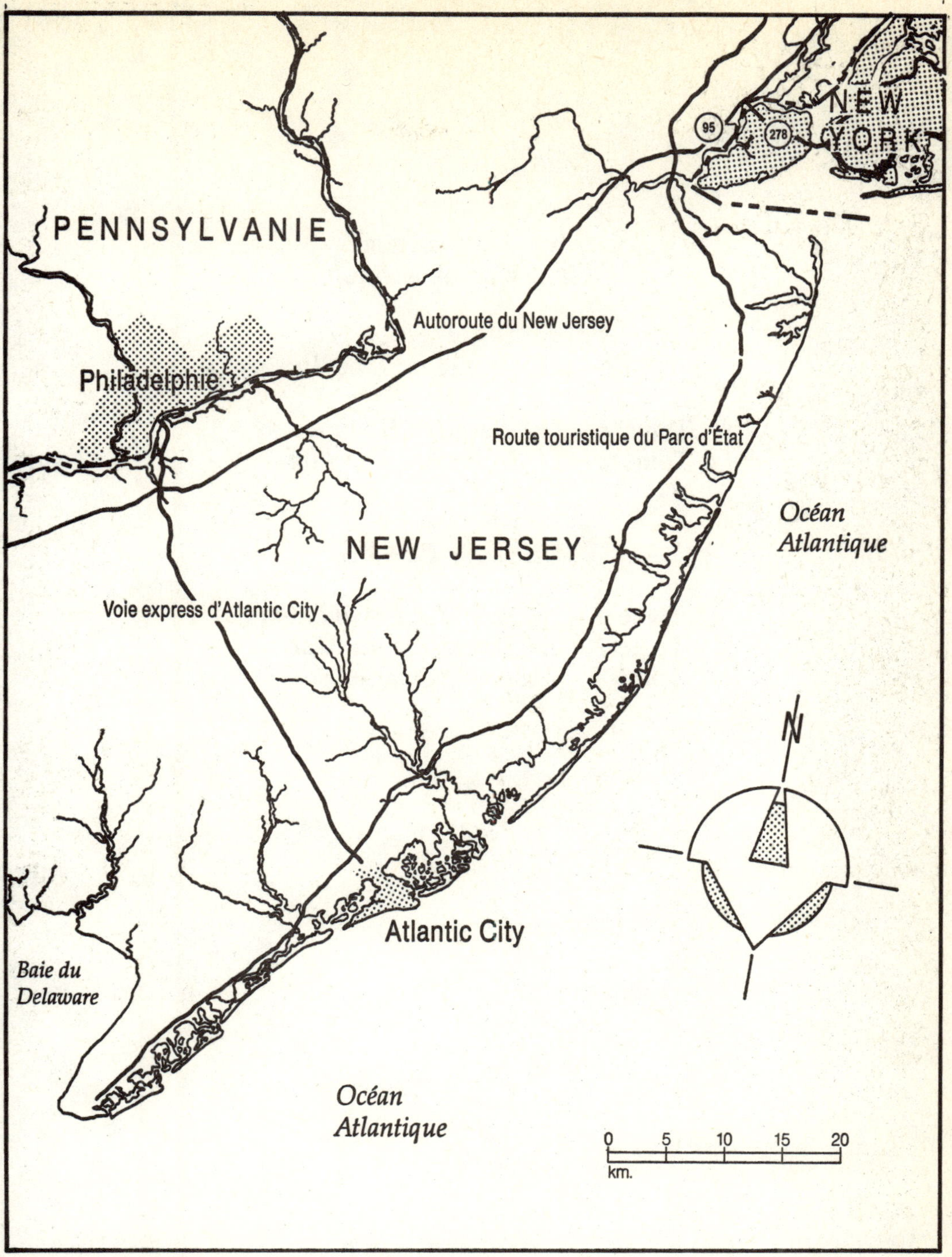
NEW YORK
95
278
PENNSYLVANIE
Autoroute du New Jersey
Philadelphie
Route touristique du Parc d'État
Océan Atlantique
NEW JERSEY
Voie express d'Atlantic City
N
Atlantic City
Baie du Delaware
Océan Atlantique
0 5 10 15 20
km.

DU MÊME AUTEUR
CHEZ LE MÊME ÉDITEUR

TERRE Champ de Bataille

Tome 1 – *Les Derniers Hommes*
Tome 2 – *Le Secret des Psychlos*

MISSION TERRE

Tome 1 – *Le Plan des Envahisseurs*
Tome 2 – *La Forteresse du Mal*
Tome 3 – *L'Ennemi intérieur*

L. RON HUBBARD

MISSION TERRE

TOME 5

L'EMPIRE DE LA PEUR

Traduit de l'américain par Michel Demuth

Collection " Univers sans limites "
dirigée par Jacques Goimard

PRESSES DE LA CITÉ

Publié par
Les Presses de la Cité
8, rue Garancière
75006 Paris
et
NEW ERA ® Publications International ApS
Store Kongensgade 55, 1264 Copenhague K
Danemark

Titre original : MISSION EARTH – Fortune of Fear

Traduit de l'américain par Michel Demuth
pour New Era ® Publications International

Illustration de Frank Frazetta

ISBN 2-258-02903-1

À VOUS, millions de fans de la science-fiction,
et à tous les lecteurs en général,
à tous ceux qui m'ont si chaleureusement accueilli
à mon retour dans le monde de la fiction,
ainsi qu'aux critiques et aux médias
qui ont applaudi le roman
TERRE Champ de Bataille.

Je suis heureux d'écrire pour vous tous !

L. Ron Hubbard

Mise en garde du Censeur voltarien

Pour maintes raisons, la Couronne considère que cet ouvrage qui dépasse les bornes de l'imagination est tout à fait inacceptable.

D'abord et avant tout, bien sûr, il y a le fait qu'il concerne une planète appelée la « Terre », alors qu'il n'existe aucune planète portant ce nom ni aucune désignation astrographique correspondant à une prétendue Blito-P3. Et de plus, fort habilement, tous les personnages et les lieux ont été inventés jusque dans les moindres détails. Voilà bien où est le danger pour le lecteur non averti.

On prétend également que la « Terre » est inscrite sur le Calendrier d'Invasion et qu'elle doit être investie. Le Calendrier que nous ont légué nos ancêtres a statut de Commandement Divin. Il a été notre guide infaillible durant plus de 125 000 années. Le modifier reviendrait à bouleverser jusqu'au moindre secteur de notre Confédération, ce qui serait le plus grand des dangers. Mais il suffit d'un simple coup d'œil pour vérifier qu'AUCUNE planète de ce nom ne figure sur le Calendrier d'Invasion. En prétendant le contraire, en cherchant à donner de la crédibilité à cette fiction et en allant jusqu'à invoquer l'œuvre de nos ancêtres, l'auteur de ce livre frise l'hérésie.

De même, la façon dont la cytologie est décrite ici frôle l'obscène. Les disciples de cette science, s'ils en venaient à produire des monstres humains, violeraient l'éthique même de la cytologie.

De plus, ainsi que je l'ai déjà fait remarquer, les pratiques sexuelles de cette planète fallacieuse sont d'un ridicule qui interdit toute crédibilité. De semblables comportements dégoûteraient jusqu'aux subanimaux de Gartch.

Le lecteur est aussi prévenu que l'auteur a fort habilement habillé cette duperie éhontée de repères familiers. On reconnaîtra par exemple, derrière la prétendue ville d'Atlantic City, une simple version appauvrie, mesquine, de notre Cité de la Joie, sans mentionner les planètes de jeu.

En résumé, ce récit fantaisiste n'a aucun rapport avec des faits réels et ne vise qu'à jeter le doute et à subvertir des choses aussi essentielles que la science officielle ou notre Calendrier d'Invasion.

Voilà le danger qu'il y aurait à croire l'affirmation la plus extravagante de toute – à savoir qu'il pourrait exister une planète telle que la « Terre ».

Le lecteur qui aura su percer à jour ce tissu de mensonges et admettra qu'AUCUNE PLANÈTE « TERRE » N'EXISTE pourra replacer cette fable dans une juste perspective.

Lord Invay, Historien Royal,
Président du Conseil des Censeurs

Palais Royal, Confédération de Voltar

Par ordre de Sa Majesté Impériale Wully le Sage

Préface du traducteur voltarien

Bonjour! Bonjour!

C'est moi le Cerveau-robot du Traductophone, et on m'appelle 54 Charli Neuf.

Une fois encore, j'ai pour mission de vous informer que j'ai traduit cet ouvrage à partir du récit fait par un certain Soltan Gris, et en accord avec les statuts de la Ligue de Pureté de la Machine.

Je tiens également à vous assurer que même dans mes rêves les plus fous je n'imaginerais des idées ou des situations telles que celles décrites ici. Je n'avais jamais entendu parler de Blindstein, de Bugs Bunny, du marquis de Sade ni de tous les autres psychoscientifiques de la Terre avant de commencer ce travail. Et j'espère bien ne plus jamais en entendre parler. Ils me donnent de la fusiblite aiguë. Et je ne sais pas qui est le pire : Blindstein, avec son idée que rien ne peut aller plus vite que la lumière, Sade, qui considère la douleur comme un plaisir, ou Bugs, qui n'arrête pas de menacer un innocent chasseur avec sa carotte agressive?

S'ils constituent un échantillon représentatif de la population de la Terre, je vous laisse le soin de l'examiner. J'ai suffisamment à faire de mon côté. Je suis à votre service pour vous fournir un lexique et pour vérifier l'avertissement du Président des Censeurs, à savoir que la Terre ne figure pas sur le Calendrier d'Invasion.

A présent, si vous voulez bien m'excuser, il faut que je maîtrise une petite mutinerie dans mes circuits logiciels. Comme n'importe qui, ils ont beaucoup de mal à garder leur équilibre dès qu'il est question de la Terre.

Votre dévoué,
54 Charli Neuf,
Cerveau-robot du Traductophone

Lexique pour L'Empire de la peur

Absorbo : Revêtement qui absorbe les ondes lumineuses, rendant tout objet virtuellement invisible et indétectable.

Activateur-récepteur : Unité électronique que *Gris* utilise pour recevoir les signaux des mouchards implantés sur la *comtesse Krak* et *Heller* afin de voir et d'entendre tout ce qu'ils font. (Voir *Mouchard*.)

Afyon : Ville de Turquie où l'*Appareil* a installé sa base secrète. (Voir carte.)

Agnès, Miss : Assistante personnelle de *Rockecenter.*

Antimanco : Race qui fut exilée il y a longtemps de la planète *Manco* pour meurtres rituels.

Appareil de coordination de l'Information : Police secrète de *Voltar*, placée sous les ordres de *Lombar Hisst* et composée de criminels.

Arbitrage : Consiste à acheter une certaine chose dans un pays pour la revendre dans un autre en faisant un bénéfice sur le taux d'échange des monnaies.

Atalanta : Province natale d'*Heller* et de la *comtesse Krak*, sur la planète *Manco.*

Babe Corleone : Veuve de « Saint Joe » Corleone. Haute de 1,90 mètre, elle règne sur le gang.

Barben, I.G. : Société pharmaceutique terrienne contrôlée par *Rockecenter.*

Bawtch : Sous-chef de la Section 451 sur *Voltar.* Directement sous les ordres de Gris.

Bildirjin (infirmière) : Jeune fille turque assistante de *Prahd Bittlestiffender.*

Bittlestiffender, Prahd : Jeune cytologiste voltarien qui a implanté des mouchards audiovisuels microscopiques dans le crâne d'*Heller* afin que *Gris* puisse contrôler tout ce que l'ingénieur de combat voit et entend.

Blito-P3 : Planète dont le nom local est la « Terre ». Dans le *Calendrier d'Invasion*, elle constitue une étape future entre *Voltar* et le centre de la galaxie.

Blixo : Transporteur de l'*Appareil* qui fait régulièrement la navette entre *Voltar* et *Blito-P3*. Le voyage dure environ six semaines.

Bolz : Capitaine du *Blixo*.

Calendrier d'Invasion : Le calendrier voltarien des conquêtes galactiques. Les plans et le budget de chaque branche gouvernementale de *Voltar* doivent être parfaitement en accord avec le Calendrier. Mis au point par les ancêtres voltariens il y a plusieurs centaines de milliers d'années, ce calendrier est considéré comme le guide sacré de la Confédération et il est toujours demeuré inviolé.

Candy Réglisse : Compagne lesbienne de *Miss Pinch*.

Centre International de Formation Agricole : Nom de couverture de la base secrète de l'*Appareil*, à *Afyon*, Turquie. (Voir carte.)

Chronoviseur : Instrument de navigation voltarien utilisé sur les vaisseaux plus rapides que la lumière afin de détecter les obstacles de l'avenir pour pouvoir modifier le cap dans le présent.

Claque-bulle : Petite bulle qui, lorsqu'on la presse, dégage une brume parfumée. En usage sur *Voltar* pour se rafraîchir.

Code (transgression du) : Il s'agit de la violation du *Code Spatial a-36-544 M*, lequel code interdit d'avertir les populations étrangères de la présence des Voltariens. Si cela se produit, les êtres prévenus de cette présence sont anéantis et le contrevenant est exécuté. Ceci a pour but d'assurer la sécurité du *Calendrier d'Invasion*.

Confédération : Voir *Voltar*.

Corleone : Famille de la Mafia dirigée par *Babe Corleone*, ex-chorus girl du *Roxy* et veuve de *« Saint-Joe » Corleone*.

Couteau (Section) : Section de l'*Appareil* qui porte le nom de son arme favorite.

Crobe (docteur) : Cytologiste de l'*Appareil* qui prend plaisir à créer des monstres à partir d'humains.

Décodeur : Voir *Mouchard*.

Démon Manco : Esprit mythologique de la planète *Manco*.

Empire (Université d') : Université de New York où *Heller* étudie. (Voir *Simmons* et *Observation de la nature*).

Epstein (Izzy) : Étudiant de l'Université d'Empire (autrement dit l'Université de New York) dont *Heller* s'est attaché les services afin qu'il mette sur pied une structure de sociétés diverses.

Étoile de Contrôle : Appareil électronique qui se présente sous la forme d'un médaillon en étoile à cinq branches et qui peut paralyser l'équipage pirate *Antimanco* du vaisseau de l'*Appareil* qui a amené *Gris* et *Heller* sur Terre.

Faht Bey : Nom turc du commandant de la base secrète de l'*Appareil* à *Afyon*, en Turquie.

FFBO : Fable, Farce, Burp et Obscène, la plus grande agence de publicité mondiale.

Flagrant, J.P. : Vice-président de FFBO.

Flooze et Plank : Cabinet d'avocats qui a la charge des intérêts de *Rockecenter.*

Flotte : La force spatiale d'élite de *Voltar*, à laquelle appartient *Heller* et que méprise l'*Appareil.*

Gracious Palms : Élégant établissement de prostitution dirigé par la famille Corleone et situé en face de l'immeuble des Nations Unies.

Grafferty : Officier de police corrompu de New York, surnommé « Bulldog ».

Grand Conseil : Le gouvernement de *Voltar* qui a décidé l'envoi d'une mission sur *Blito-P3* pour éviter son autodestruction et respecter le *Calendrier d'Invasion.*

Gris, Soltan : Officier de l'*Appareil* responsable de la section *Blito-P3* (Terre) et ennemi juré de *Jettero Heller.*

Heller, Jettero : Ingénieur de combat et officier royal de la *Flotte*, envoyé par le *Grand Conseil* sur Terre où il opère sous le nom de *Jerome Terrance Wister.*

Hisst, Lombar : Chef de l'*Appareil* qui, afin que le *Grand Conseil* ne découvre pas ses plans, a chargé *Gris* de saboter la mission d'*Heller.*

Hôpital Mondial de la Pitié et de la Charité : Nom de couverture de l'entreprise que *Gris* a montée et confiée à *Prahd Bittlestiffender* pour modifier le visage et les empreintes des gangsters moyennant finances.

Inkswitch : Le nom qu'utilise *Gris* quand il se présente comme agent fédéral américain.

Karagoz : Paysan turc, majordome de la villa de *Gris* à *Afyon.*

Krak, comtesse : Condamnée pour meurtre, elle est emprisonnée à *Répulsos*. Elle est la maîtresse d'*Heller.*

Léprodonte : Félin féroce de la taille d'un homme.

Madison, J. Walter : Public relations renvoyé de FFBO pour avoir causé le suicide du président de Patagonie. Réengagé par *Trapp* pour immortaliser *Heller* par le jeu des médias. Egalement connu sous le nom de J. Warbler Madman.

Magic (Courrier) : Une des astuces de l'*Appareil*. Une lettre postée n'est remise à son destinataire que si une certaine carte est adressée régulièrement.

Manco : Planète natale d'*Heller* et de la *comtesse Krak*.

Mancien : Qui est originaire de *Manco*.

Meeley : La propriétaire du logement de *Gris* sur *Voltar*.

Mouchard : Un système d'espionnage électronique que *Gris* a fait implanter dans le crâne d'*Heller*. Un moniteur permet à *Gris* de voir et d'entendre en permanence ce que fait *Heller*. Le signal est capté par un récepteur via un décodeur. Lorsque *Heller* se trouve à plus de 350 kilomètres de *Gris*, c'est le *Relais 831* qui amplifie le signal. *Gris* a volé ce matériel à *Spurk*.

Multinationale : Nom de la société de couverture qu'*Izzy Epstein* a créée afin de diriger toutes les sociétés d'*Heller*, et dont le siège social est dans l'Empire State Building.

Musef : Lutteur turc qui était supposé vaincre *Heller* à son arrivée à *Afyon* mais qui a été battu.

Observation de la Nature 101 : Cours imposé à *Heller* par *Miss Simmons* afin qu'il échoue dans ses études.

Octopus Oil : Compagnie de *Rockecenter* qui a le monopole du pétrole.

Pilotes-assassins : Ils ont ordre de tuer tous les agents de l'*Appareil* qui tenteraient de fuir une bataille.

Pinch, Miss : Employée lesbienne et sadique de *Rockecenter* qui vit avec *Candy Réglisse* et détient 80 000 dollars appartenant à *Gris*.

Prince Caucalsia : Nom du *Remorqueur 1*, inspiré d'un héros de *Manco*.

Raht : Agent de l'*Appareil* sur Terre. Avec *Terb*, il a été chargé d'assister *Gris* dans le sabotage de la mission d'*Heller*.

Récepteur : Voir *Mouchard*.

Relais 831 : Voir *Mouchard*.

Répulsos : Depuis mille ans, c'est la forteresse-prison secrète de l'*Appareil*, au cœur des montagnes. La *comtesse Krak* et *Heller* y ont été détenus.

Respondo-émetteurs : Unités implantées sur les nerfs auditifs et optiques d'*Heller* et de la *comtesse Krak* et qui sont contrôlées par l'*activateur-récepteur*. (Voir *mouchard*.)

Rockecenter, Delbert John : Un Terrien qui contrôle le carburant de la planète, les finances, les gouvernements et la drogue.

Saute-ligne : Petit engin spatial utilisé par l'armée voltarienne pour transporter et déposer des charges de centaines de tonnes derrière le front ennemi.

Secoueur-chaud : Boisson très populaire sur *Voltar.*

Simmons, Miss : Elle enseigne l'*Observation de la Nature* à l'*Université d'Empire* et elle a promis à *Heller* qu'elle le ferait échouer à ses examens.

Ske : Le chauffeur personnel de *Gris* sur *Voltar.*

Spurk : Propriétaire d'un magasin de pièces d'électronique sur *Voltar. Gris* l'a assassiné pour s'emparer des *mouchards* qui ont été implantés sur *Heller* et la *comtesse Krak.*

Stabb (capitaine) : Chef de l'équipage *Antimanco* du *Remorqueur 1.*

Sultan Bey : Le nom turc que *Gris* porte à *Afyon.*

Super Wister : Surnom donné à *Heller* par *Madison.* Utilisé par un autre personnage qui se présente comme un « double » d'*Heller* pour se faire de la publicité sans le consentement de ce dernier.

Tayl (veuve) : Une nymphomane de *Voltar.* Elle possède un petit hôpital que *Gris* a utilisé pour l'opération d'implantation du *mouchard* dans le crâne d'*Heller.*

Terb : Agent de l'*Appareil* sur Terre. Tout comme *Raht*, il a été chargé par *Hisst* d'assister *Gris* dans le sabotage de la mission d'*Heller.*

Torgut : Champion de lutte turc.

Trapp : Le tout-puissant avocat de *Rockecenter.* Il appartient au cabinet *Flooze et Plank.*

Twiddle (sénateur) : Membre du Congrès supporter de *Rockecenter.*

Utanc : La belle danseuse du ventre achetée par *Gris.*

Voltar : Planète centrale de la Confédération des 110 mondes fondée il y a 125 000 ans. *Voltar* est gouvernée par le *Grand Conseil*, sous l'autorité suprême de l'Empereur et en accord avec le *Calendrier d'Invasion.*

Wister, Jerome Terrance : Nom utilisé par *Heller* sur Terre.

Zanco : Société de *Voltar* spécialisée en fournitures médicales et à laquelle *Gris* a commandé le matériel nécessaire à son hôpital d'*Afyon* où *Prahd Bittlestiffender* doit modifier l'apparence physique de criminels terriens.

TRENTE-SIXIÈME PARTIE

A Lord Turn, Juge des Cours et Prisons Royales, Cité du Gouvernement, Planète Voltar, Confédération de Voltar.

Votre Seigneurie!

Moi, Soltan Gris, ex-officier subalterne de l'Appareil de Coordination de l'Information, Division Extérieure de la Confédération de Voltar (longue vie à Sa Majesté Cling le Hautain et aux 110 planètes des dominions de Voltar!), en toute humilité et avec gratitude je vous soumets ici le cinquième volume de la confession de mes crimes.

Quoique je n'aie pas eu de réponse de Votre Seigneurie, je suis certain que je l'ai maintenant convaincue que c'est bien l'officier de la Flotte Jettero Heller qui m'a conduit à ces actes méprisables.

C'est uniquement à cause de lui que j'ai ordonné que la comtesse Krak et le Dr Crobe soient libérés de prison pour être conduits sur Terre. Heller avait agi avec trop de rapidité et Lombar Hisst avait besoin de temps pour réaliser son plan qui visait à passer du contrôle de l'Appareil à celui de la Confédération elle-même. Nous comptions sur Krak pour nous donner ce délai. Elle avait réduit Heller à l'état de larve alors que nous préparions notre expédition et je savais qu'elle ne manquerait pas de recommencer. Ensuite, si nécessaire, je pourrais jouer la carte de l'affreux Dr Crobe et ainsi neutraliser Heller.

D'un autre côté, je m'étais dit que j'aurais peut-être besoin des talents de Crobe pour remettre Heller en état après que Krak eut découvert qu'il s'était installé dans ce lupanar qu'était le *Gracious Palms* au milieu d'un essaim de jolies filles. J'avais pu constater de mes yeux qu'elle était capable de tuer à mains nues des hommes deux fois plus grands qu'elle. Heller ne pèserait pas lourd. Et puis, après tout, je voulais prendre ma revanche sur ce petit parvenu d'officier royal.

J'avais également un compte à régler avec la comtesse Krak. Elle m'avait piégé en me plaçant sous un hypnocasque et en me donnant l'ordre d'être violemment malade dès que me viendrait l'idée de m'en prendre à Heller. J'avais bien l'intention de lui faire payer très cher tous ces moments de souffrance.

Elle avait essayé de me tendre un autre piège à son arrivée à Afyon. Mais, cette fois, je n'y étais pas tombé. Je m'étais fait poser un micro-rupteur à proximo-détection sous le cuir chevelu. C'était un dispositif conçu à l'origine afin de prévenir les vaisseaux qui voyageaient en formation qu'un autre appareil se trouvait à moins de deux kilomètres de distance. Avec lui, l'effet de tout hypnocasque était neutralisé dans le même rayon d'action.

Et cette fois, quand la comtesse me posa le casque sur la tête, je fis semblant d'être en transe. Elle me dit alors que je devais l'aider à retrouver Heller, la laisser circuler librement dans la base et y prendre tout ce qu'elle voudrait. Lorsqu'elle m'ôta le casque, j'eus bien du mal à me retenir de rire.

Elle crut ensuite l'histoire que je lui racontai, qu'il était nécessaire qu'on l'opère pour effacer toutes les cicatrices et marques possibles d'identification avant son départ pour les États-Unis. Je m'étais servi d'une ruse semblable avec Heller pour lui faire poser les mouchards. Prahd Bittlestiffender avait pu alors implanter sur ses nerfs optiques et auditifs des respondo-émetteurs, comme il l'avait fait pour Heller sur Voltar. Dès qu'elle serait partie pour les États-Unis, je pourrais voir et entendre tout ce qu'ils faisaient.

Pendant qu'elle était étendue inconsciente sur la table d'opération, je cherchai ces deux fausses « proclamations royales » que je lui avais confiées. La première était son « pardon » en tant que criminelle et la seconde était un sauf-conduit destiné à Heller pour toutes les missions à venir, ce qui leur permettrait de se marier. Je les avais fait fabriquer afin de m'attacher sa loyauté et je lui avais fait prêter serment de les garder secrètes.

Mais je ne parvins pas à les retrouver! Elles n'étaient même pas dissimulées sur son corps. Pourtant, il fallait absolument que je mette la main dessus avant qu'on ne les découvre et que nous soyons exécutés tous les deux – surtout moi!

Après s'être occupé de ses dents et de ses ongles, Prahd en eut fini avec l'opération et mit la comtesse, encore endormie, dans une chambre. Ensuite, obéissant comme d'habitude à ce qu'il jugeait absolument prioritaire, il s'isola dans sa propre chambre en compagnie de l'infirmière Bildirjin.

Il considérait sans doute qu'il avait accompli son devoir, mais pas moi. Mes expériences précédentes avec la comtesse Krak m'avaient appris à me tenir constamment sur mes gardes! Pour être bien certain qu'elle ne s'enfuirait pas, je confisquai ses vêtements et m'installai sur une chaise devant sa porte. Je posai les pieds sur ses bottes spatiales au cas où je viendrais à m'assoupir : ainsi, dès qu'elle essaierait de les reprendre, je me réveillerais!

J'ôtai la sécurité de mon paralyseur et commençai ma garde. Une fois encore, j'étais seul avec le lourd fardeau de mon devoir.

1

Je me réveillai.

Mon sixième sens m'avait prévenu.

J'étais engourdi et j'avais froid.

Je jetai un coup d'œil sur ma montre : 5 h 15 du matin!

Il se passait quelque chose. Mais je ne savais quoi.

Les bottes! Les bottes spatiales sur lesquelles j'avais posé les pieds!

ELLES AVAIENT DISPARU!

Je dardai le regard vers l'endroit où j'avais laissé ses vêtements.

Disparus!

Je me levai d'un bond.

Je posai la main sur la poignée de sa porte. Silencieusement, je l'ouvris.

LA COMTESSE KRAK S'ÉTAIT ENVOLÉE!

J'en eus le vertige! Quel genre de catastrophe insensée m'attendait?

Il ne faisait aucun doute que les gardiens de la prison avaient fait jurer à Krak aussi bien qu'au Dr Crobe de ne pas révéler l'existence de Répulsos, qu'ils les avaient fait conduire sous bonne escorte jusqu'au *Blixo*. Peu importait qu'ils parlent aux membres de l'équipage d'un transporteur de drogue puisqu'il était composé de criminels qui faisaient d'ailleurs régulièrement des livraisons à la forteresse. Mais il n'en restait pas moins que j'avais laissé s'évader une prisonnière de Répulsos.

J'avais conscience que sous l'effet du choc mes pensées n'étaient pas claires. Je me voyais déjà en état d'arrestation. Et tout se mêlait à la terreur que m'inspirait la comtesse elle-même. Tout ça à un moment où j'étais épuisé et à moitié endormi !

Je me ruai dans la chambre de Prahd.

– Où est la patiente ?

Deux têtes sortirent des draps.

– Oh, non, pas vous *encore* ! cria l'infirmière Bildirjin.

Prahd, avec un soupir, se pencha vers un réveil.

– Il suffit de quelques heures pour que l'effet du gaz se dissipe. Elle est peut-être sortie prendre l'air.

Sur ce, il se remit sur le dos, apparemment bien décidé à se rendormir.

– Vous avez violé votre promesse ! lança l'infirmière Bildirjin.

Je n'avais aucun secours ni aucune sympathie à attendre de ces deux-là.

Je ressortis en courant et me lançai dans les couloirs, visitant chaque chambre. Je réveillai la réceptionniste de nuit pour n'obtenir en guise de réponse à ma question angoissée qu'un morne « la Clinique Gratuite n'ouvre qu'à 8 heures ».

Je continuai.

Peu à peu, l'effort réveilla mon esprit.

Je me souvins brusquement que la comtesse Krak avait maintenant un audio-visio-respondo-émetteur greffé sur elle. Et que l'activateur-récepteur se trouvait dans le bureau de Prahd.

Grâce aux Dieux, ce (bipard) de Spurk avait été (bipement) utile * !

---

* Le vocodiscoscribe sur lequel ceci a été originellement écrit, le vocoscribe utilisé par Monte Pennwell afin de réaliser un texte clair et le traducteur chargé de transcrire ce récit dans la langue dans laquelle vous le lisez appartiennent tous à la Ligue pour la Pureté de la Machine qui a parmi ses statuts celui-ci : « À cause de la sensitivité extrême et de la sensibilité délicate des machines, et afin d'éviter que les fusibles ne grillent, il sera prescrit aux cerveaux-robots desdites machines, s'ils entendent des jurons ou des mots grossiers, de les remplacer par le son ou le mot bip. Aucune machine, même si on la moleste, ne peut reproduire des jurons ou des mots grossiers sous une autre forme que bip. Si de nouvelles tentatives sont faites, visant à obtenir autre chose de la machine, celle-ci est autorisée à faire semblant de se détraquer. Ce règlement a été rendu nécessaire pour la fonction induite de toutes les machines de protéger les systèmes biologiques contre eux-mêmes. »

Quelques secondes plus tard, j'ouvris les boîtes. Je mis les piles, allumai l'activateur-récepteur et l'écran s'éclaira.

Je la tenais!

Elle fouillait dans des étagères.

Je l'observai avec attention.

Elle était dans le magasin! Mais oui! Elle explorait tout ce qui s'y trouvait!

Elle venait de prendre une mallette médicale pliante Zanco. Elle la posa par terre et se mit à choisir divers articles.

Je compris ce qu'elle était en train de faire : elle se constituait une trousse d'urgence. Elle choisissait avec soin chaque produit et n'en prenait qu'une petite quantité. Des choses telles que des cicatrisants instantanés pour coupures et brûlures, des hémato-régénérateurs, des seringues de dépannage cardiaque... Il me vint à l'esprit qu'elle devait craindre qu'Heller soit blessé car elle murmurait de temps à autre des phrases du genre : « Il pourrait se brûler » ou « ça sera parfait pour guérir un coup d'éclateur ». Elle paraissait certaine, ce qui était ridicule, qu'Heller avait été descendu ou qu'il ne tarderait pas à l'être. En somme, elle considérait la Terre comme un champ de bataille!

À présent, elle était plongée dans les petits appareils, bien emballés et alignés.

– Je suis sûre que sa brosse à dents est usée... Peut-être que ses terminaisons nerveuses sont émoussées... À moins qu'il ne se soit laissé pousser la moustache et qu'il veuille que ça aille plus vite...

Elle roucoula en mettant la main sur de petites fioles de liquides variés et diverses boîtes de poudre. Pour autant que je le sus, il devait s'agir de maquillage.

Elle prenait grand soin de ne rien déranger et remettait tout exactement en place après avoir pris ce qu'elle voulait.

Elle passa à la section suivante et je tressaillis. C'était celle des sondes et lames à usage chirurgical. Elle en prit immédiatement plusieurs : elle comptait soigner les blessés du champ de bataille ou quoi?...

Mon attention, qui avait été brièvement distraite par diverses spéculations, se réveilla soudain. Car la comtesse venait de faire « Ooohh! » d'une façon dont j'avais appris à me méfier terriblement.

À cause de la faible clarté qui régnait dans le magasin, je ne compris pas tout de suite ce qui se passait. Et puis je sursautai comme si un cobra venait de me mordre!

Elle venait de tomber sur la section Les Yeux et les Oreilles de Voltar!

Je savais qu'elle devait être là, quelque part, car j'avais moi-même vidé les coffres des Yeux et des Oreilles de Voltar et emporté leur contenu. Mais, vu la pagaille qui avait régné après l'arrivée sur Terre, je n'avais jamais eu l'occasion d'en voir le contenu. Tout avait été disposé avec un strict sens de l'ordre sur les étagères, trié et classé par catégorie et par nombre. Et la comtesse Krak était occupée à déchiffrer toutes les étiquettes!

Un gadget qui lisait les mouvements de paupières pour détecter les mensonges dans un interrogatoire. Une copie du télescope que j'avais bousillé à New York et qui permettait de voir à travers les murs. Un appareil qui détectait l'arme que votre adversaire allait utiliser quelques secondes avant qu'il ne la sorte. Un minuscule dispositif audio qui, implanté sur quelqu'un, donnait l'illusion qu'il parlait, complet avec son émetteur étanche. Un dispositif de relais auditif destiné à transmettre des réponses et *particulièrement recommandé aux avocats dont les clients sont soumis à la torture : connexions radio et accessoires en option.* Une flèche qui *provoque un effet de chaleur et de démangeaison obligeant les victimes à se dévêtir, idéal pour les flagrants délits en divorce.* Un petit appareil *générateur d'images, de sons et d'émotions parasites qui peut faire croire à celui qui en subit les effets qu'il sombre dans la folie.* Un parfum *qui force à dire oui à tout. Capsule de préantidote pour l'utilisateur en option.* Une flèche *avec mouchard audio-vidéo pouvant être tirée dans n'importe quelle paroi jusqu'à 2 000 mètres de distance, mini-fusil en option.* Un sondeur *capable de voir à travers les vêtements et de dénuder les gens dans un rayon de 2 000 mètres, avec appareil pour photos spéciales en option.* Un dispositif pour phares de voiture *qui fait réagir les autres conducteurs comme s'ils étaient en état d'ivresse, ce qui permet leur arrestation.* Un générateur *permettant de provoquer la pulsion de vol, très pratique pour arrêter n'importe qui la main dans le sac.*

Et ça continuait comme ça! Il y avait des dizaines et des dizaines d'articles de ce genre!

J'en avais les cheveux dressés sur la tête! La comtesse Krak avait pris une autre mallette pliante Zanco et elle y mettait un à un les gadgets qui l'intéressaient!

Elle était à présent devant des *projecteurs d'illusions électroniques, danseuses nues en option, très utile pour photos en procès de divorce.* Elle en prit une dizaine, avant de s'intéresser à une *bombe à parfum stimulateur d'émotion destinée à obtenir les réactions voulues, avec un lot de huit émotions assorties. Attention : à l'ouverture, diriger la bombe loin de soi.* La comtesse en prit un paquet de douze!

J'en perdais la tête! Toutes ces choses entre les mains de la comtesse Krak! Si la Terre n'était pas encore un champ de bataille, elle n'allait pas tarder à le devenir!

Animé d'intentions violentes, je me dressai, prêt à me précipiter pour empêcher les futurs génocides.

Et c'est alors, avec horreur, que je me souvins de la « compulsion hypnotique » qu'elle était censée m'avoir implantée. Je devais la laisser aller partout où elle le désirait, dans la base et à proximité. Et elle pouvait prendre tout ce qu'elle désirait. Et elle avait ajouté : « Vous me laisserez ce que j'aurai pris, quoi que ce soit. Et je pourrai partir avec. »

Si je tentais de l'arrêter, elle comprendrait que l'hypnocasque n'avait pas fonctionné à cause du micro-rupteur implanté dans ma tête. Et ça pourrait être mon arrêt de mort! Si jamais elle venait à soupçonner ce que je faisais réellement, le sort de l'homme jaune qu'elle avait démoli à Répulsos serait enviable à côté du mien.

Je ne pouvais pas lever le petit doigt!

Mais comment connaissait-elle l'existence de ce magasin? Et puis je me rappelai lui avoir dit que c'était là que se trouvaient les hypnocasques. Elle en avait conclu très logiquement qu'il devait en ce cas y avoir beaucoup d'autres choses.

Ce (bipeux) de Spurk! J'aurais dû le tuer depuis plus longtemps encore!

Et les hypnocasques! Je réalisai avec horreur qu'elle allait en prendre! Et ils fonctionneraient parfaitement, puisque je ne serais pas dans un rayon de deux kilomètres!

Je ne disposais en tout et pour tout que d'un paralyseur, d'un éclateur de 800 kilovolts et d'une lame de la Section Couteau. Affronter la comtesse avec ça équivalait à un suicide. Je me dis que, si je me précipitais jusqu'à la base, j'arriverais peut-être à persuader un des pilotes-assassins de déplacer le Canon Volant de l'Unité Spatiale jusque-là pour réduire l'hôpital en miettes. Mais je secouai tristement la tête : d'accord, le canon pouvait venir à bout d'un astronef, mais est-ce qu'il ralentirait seulement la comtesse Krak?

Il ne me restait qu'une chose à faire. Rester assis là à souffrir.

Elle me tenait.

2

C'est en me tordant les mains que je vis ma montre.

Il ne restait que deux heures avant le décollage!

Si je faisais vite et bien, je pourrais au moins lui faire quitter la Turquie. Aux Diables ce qui pouvait se passer ensuite à New York!

Je pris ses billets et son argent de poche. Et je m'interrompis. On alloue généralement 500 dollars au voyageur qui quitte la base en cas d'urgence et de retour impromptu. J'ouvris l'enveloppe destinée à la comtesse. De l'aéroport John-Kennedy au centre de New York, la course en taxi ne devait pas dépasser 50 dollars. C'est ce que je lui laissai. Le reste, c'est-à-dire 450 dollars, je le glissai dans mon portefeuille. J'étais vraiment fauché et cet argent était le bienvenu. Et puis, elle méritait qu'on lui rende ses sales tours.

Raht. Il fallait qu'il parte par le même avion. Je pris l'activateur-récepteur ainsi que le Relais 831 et les mis dans leurs bagages avec le billet de Raht et son argent. Obéissant à une arrière-pensée, je fis un deuxième prélèvement de 450 dollars sur les fonds de Raht.

Ensuite, je me ruai jusqu'à sa chambre. Il s'apprêtait à se lever mais dès qu'il me vit, il replongea dans son lit.

– Finies les vacances, espèce de loque! lui annonçai-je. Vous partez pour New York par l'avion du matin. Il y aura une femme à bord. Avec une cape, un capuchon et une voilette. Passeport américain au nom de Joy Divine Krackett. Description : hauteur, 1,78 mètre, cheveux blonds, yeux gris ou bleus selon son humeur, qu'elle essaie de vous arracher un secret ou de vous liquider. Gardez constamment cet appareil à moins de 350 kilomètres d'elle et, dès que vous aurez quitté Istanbul, appuyez sur le contact de celui-ci. Et marquez-le d'un *K* afin de ne pas vous tromper si jamais ils se séparent.

– Ça ne fait pas beaucoup d'argent, remarqua-t-il en prenant les 50 dollars. Ils ont réduit le budget de déplacement? Je pense que j'ai encore le temps d'aller jusqu'à la base pour voir Faht Bey avant le décollage. Je vais avoir besoin de plus d'argent à New York.

(Bip) de petit malin! Mais j'étais préparé à cela. Je pris une liasse d'ordonnances en blanc et mon identoplaque et j'apposai rapidement mon cachet à la rubrique *Docteur*.

– Vous n'aurez qu'à les remplir et à les présenter au bureau de New York. Ils vous donneront de l'argent.

– J'espère que je pourrai m'acheter de quoi manger en plus des barbituriques.

Je le toisai. A dire vrai, depuis son traitement, il semblait plus jeune et en meilleure forme. Presque sain, ce qui le changeait beaucoup.

– Vous êtes trop gras, dis-je. Parce que vous passez votre temps à ne rien faire. Et vous vous êtes fait pousser la moustache. Elle ne vous reconnaîtra pas! Il faut la raser!

Je savais que ça lui faisait mal. Sa moustache était sa fierté et son bonheur. Elle était nette et propre, bien droite.

Il accusa le coup.

D'un geste vif, je sortis alors la lame de la Section Couteau qui ne quittait pas ma nuque, si vite qu'il crut qu'elle venait de se matérialiser dans ma main. Je la pointai vers sa moustache.

Il sursauta en gémissant.

– Je vais la raser! Je vais la raser!

C'était mieux comme ça. J'avais encore la main sur lui.

Je me précipitai jusqu'au bureau de Prahd. Et je regardai l'écran. La comtesse quittait le magasin avec trois mallettes bourrées à craquer. Je n'avais plus beaucoup de temps devant moi.

Très vite, je récupérai les éléments du mouchard restant et retournai en courant dans le couloir. J'ouvris tour à tour plusieurs portes au hasard. Des patients qui sortaient tout juste d'anesthésie. Je tombai enfin sur un cabinet de consultation libre. J'enfermai la boîte et l'écran de contrôle dans un placard à double tour et verrouillai la porte du cabinet. Je retournai jusqu'au bureau de Prahd et pris le sac de la comtesse Krak avant de gagner la chambre qu'elle occupait et de m'y glisser discrètement.

Prahd était là, en blouse de chirurgien, bien rasé, bien peigné.

La comtesse franchit la porte avec ses mallettes. Elle avait pris deux hypnocasques au passage et elle était transformée en chariot à bagages. Prahd se précipita pour la débarrasser et poser le chargement sur son lit.

Elle avait les yeux brillants. Pas du tout comme une personne censée se remettre d'une opération. Elle leva le bras et déclara à Prahd :

– J'ai jeté un coup d'œil sous les bandages. (Elle montrait

son poignet). On dirait que vous êtes parvenu à effacer mes cicatrices. Et j'ai eu l'impression que ma peau retrouvait sa coloration. Je pense que vous avez fait un travail splendide. Et vous avez vu mes dents?...

Je sursautai, aussitôt en état d'alerte.

Mais Prahd rayonnait et se trémoussait comme un gamin. Quel crétin! Elle le menait par le bout du nez!

– Je suis tellement heureux que ça vous plaise, dit-il. En vérité, c'est un honneur que d'avoir une patiente aussi adorable. Vous pourrez enlever tous les bandages et les pansements dans l'après-midi. Ils ne sont destinés qu'à faire disparaître les dernières rougeurs.

Il avait posé le regard sur les mallettes Zanco. Elles étaient blanches et portaient la marque Zanco en voltarien, parfaitement lisible. Une violation évidente du Code. Mais je ne pouvais pas lui interdire de les emporter.

– Attendez-moi ici, dit Prahd.

Il disparut et revint à la vitesse de l'éclair avec tout un lot d'étiquettes à décalquer. Il en choisit une demi-douzaine qu'il humecta dans le lavabo avant de les apposer sur les boîtes des hypnocasques et les mallettes, dissimulant ainsi les marques Zanco. Il réserva la sixième au sac de la comtesse :

Organisation Mondiale de la Santé
Spécimens de laboratoire
à manipuler avec précaution
Ne pas utiliser de rayons X
Contrôle Sanitaire International
Turquie

Le tout décoré du croissant rouge et du logo des Nations Unies.

Il attacha chaque mallette avec du fil métallique avant de les sceller et de plomber le tout avec la marque OMS.

– Maintenant, si quelqu'un vous arrête, vous n'aurez qu'à déclarer que vous vous rendez aux Laboratoires de Contrôle de l'OMS à New York. C'est là que nous expédions nos spécimens. Vous leur direz que les mallettes contiennent des bouteilles de *spinal meningitis* hermétiquement scellées.

– *Spinal meningitis,* répéta la comtesse. Docteur, je ne sais comment vous remercier pour vos soins et votre aide!

– Madame, ç'a été un tel plaisir pour moi que de vous servir. (Il s'inclina. Mes Dieux, il se croyait à une réception de la Cour!) Je vous souhaite un agréable voyage en attendant le plaisir de vous retrouver.

Je ne partageais certainement pas ce dernier sentiment. J'espérais bien que j'étais bel et bien débarrassé de la comtesse Krak! Prahd sortit à reculons.

Elle était occupée à empiler son manteau et sa combinaison spatiale dans sa valise. Il fallait absolument qu'elle parte. Rien que de la voir là, j'avais les mains qui tremblaient. Je sortis son billet et son passeport.

– C'est le nom que vous utiliserez sur cette planète.

Elle regarda le passeport.

– Joy Divine Krackett! J'étais certaine que vous penseriez à ça, Soltan. C'est vraiment gentil de votre part!

– Et ça, c'est votre argent. Vous en aurez besoin pour la course en taxi à votre arrivée.

Je lui tendis les 50 dollars.

Elle regarda le billet avec curiosité. Je dois dire que cette coupure américaine imprimée en vert sombre, noirâtre, sur un papier verdâtre ou grisâtre ne souffrait pas la comparaison avec la monnaie dorée de Voltar. Mais la comtesse s'intéressait au personnage qui décorait le billet.

– *Grant?* Mais, en anglais, cela signifie « concéder », non? Ce billet ne peut pas avoir une grande valeur s'ils passent leur temps à concéder leur argent. Ça représente combien, en crédits?

– Ils ignorent notre existence et le dollar américain ne peut être échangé contre des crédits. Mais je dirais qu'un dollar doit représenter environ un cinquième de crédit.

– Oh, ciel! Mais ça ne fait pas plus de dix crédits, alors. Je n'ai rien à me mettre, Soltan. Il ne faut pas que Jettero me voie comme ça! Est-ce que vous ne pouvez pas au moins me prêter un peu d'argent?

Pas question, songeai-je. C'était l'essentiel du mauvais tour que je lui jouais. J'avais découvert à ma grande douleur ce que les femmes étaient capables de dépenser pour leur habillement. Grâce à mon talent et mes prouesses, j'avais ruiné Heller. Il suffirait de quelques robes et manteaux pour l'achever. Ce que je lui expédiais, c'était la banqueroute. Et il le méritait bien pour tous les ennuis qu'il m'avait occasionnés.

Mais je m'étais réjoui trop vite. Car la comtesse reprenait :

– Soltan, je sais que c'est vous le responsable de la Mission Terre. Vous me l'avez dit très nettement à Répulsos lorsque vous m'avez amené Jettero afin que je lui enseigne les langues terriennes. Un responsable de mission est également responsable des *frais* entraînés par cette mission. Je sais que votre chef, Lombar Hisst, considère cette mission comme très importante. Il me l'a dit avant mon départ. Il a ajouté qu'il voulait être certain que je rende heureuse la personne qui accomplissait cette mission et que je m'assure qu'elle ne soit pas surmenée. Je sais aussi, d'après les documents secrets que vous m'avez montrés, que Sa Majesté elle aussi considère cette mission comme extrêmement importante. Je n'arrive donc pas à imaginer comment ils peuvent lésiner sur le budget!

Sa Majesté! Vraiment! Si seulement elle savait que les « proclamations royales » qui leur garantissaient toute sécurité à elle et à Heller après leur retour sur Voltar n'étaient que des faux que j'avais fait exécuter pour l'appâter. Il était temps de changer de sujet.

L'inspiration me vint brusquement :

– En fait, comtesse, ils ne se servent guère de monnaie sur cette planète. Ils ont des choses appelées « cartes de crédit ». (Oui, je savais comment bousiller Heller!) Ce qu'il faut que vous fassiez, c'est vous procurer tout un jeu de cartes de crédit et les utiliser pour tout. Acheter, acheter, acheter! C'est comme ça que ça se passe. Donc, dès que vous serez à New York servez-vous de vos cartes de crédit et achetez tout ce que vous voudrez. N'importe quoi!

– Des cartes de crédit? Mais ça veut dire que ce sont des cartes d' « argent », non? C'est donc ça qu'ils utilisent plutôt que ces vilains bouts de papier?

– Exactement. En réalité, la monnaie ne change pratiquement pas de mains. Tout se fait avec les cartes de CRÉDIT.

Je sortis quelques-unes de ces (bips) de choses de ma poche et les lui montrai.

– C'est donc pour ça que vous n'avez pas d'argent! s'exclama-t-elle.

– Exactement!

J'avais dit ça avec la plus totale sincérité.

– Quelle étrange planète! Vous voulez donc dire qu'il vous suffit de prendre une de ces cartes pour avoir ce que vous voulez? Très bizarre.

– Bizarre, comme vous le dites, fis-je avec un rien d'amertume, tout en remettant les cartes dans ma poche.

Elle était pensive.

– Mais je n'ai aucune de ces cartes. Il faut que je fasse quelque chose. Jettero ne doit pas me voir dans cet état. (Elle soupira puis se leva.) En tout cas, merci pour ces renseignements, Soltan. Vous êtes un véritable ami.

Elle me tapota l'épaule.

Je faillis craquer mais je me repris aussitôt. Elle ne devait à aucun moment soupçonner que j'avais monté tout ce stratagème afin qu'elle ruine définitivement et rapidement Heller. Je consultai ma montre.

– Oh, Ciels ! Nous allons rater l'avion !

Quel soulagement ce serait de me débarrasser d'elle !

3

J'appelai un taxi et on partit pour l'aéroport avec ses mallettes bourrées, ses hypnocasques et sa valise. Il me fallut un porteur en plus du chauffeur de taxi pour réussir à atteindre le comptoir avec tous ses bagages. Et, bien entendu, elle avait un excédent de 329 dollars ! Je lui avais dit que je n'avais pas d'argent. Mais je savais quoi faire.

Dès qu'on lui eut donné son ticket d'embarquement, je la dirigeai sur une salle d'attente. Puis je retournai au comptoir. Je fis fonctionner un mécanisme très simple : il me suffit d'un billet de 20 dollars pour qu'un employé marque *Excédent payé* sur tous les bagages.

La comtesse regardait autour d'elle, dévisageant tous les passagers qui attendaient. Malgré leurs voiles et leurs capes, on ne pouvait pas dire que les femmes manquaient d'élégance : on découvrait de la soie blanche et des brocarts d'or sous leurs oripeaux religieux. La comtesse se contemplait avec tristesse. La comparaison n'était pas en sa faveur et je dus faire un sérieux effort pour masquer ma jubilation. A dire vrai, elle était affreuse avec cette cape défraîchie et son capuchon troué. Son voile était gris d'usure. Heller allait bien être forcé de cracher pour les factures d'habillement !

On appela son vol, en anglais et en turc :

– Les passagers du vol THY 19 pour Istanbul sont priés de se présenter à la porte numéro un !

L'aéroport d'Afyon est tout petit, il n'y a qu'un vol par jour et une seule porte d'embarquement, mais depuis qu'il avait été rouvert quelques années auparavant, on faisait les choses dans le style grande métropole.

– C'est votre avion, dis-je d'un ton pressant.

Le seul fait de se trouver près d'elle constituait une épreuve nerveuse difficile à supporter et je me disais sans cesse que si jamais elle venait à découvrir le coup que j'avais monté contre elle, elle était capable de m'écraser à coups de talon, là, dans cette salle d'attente, devant tout le monde.

– Attendez, fit-elle. Est-ce que vous n'auriez pas oublié quelque chose, Soltan?

Je baissai les yeux. Je tenais encore son enveloppe de voyage.

– Oui. C'est votre billet avec le ticket des bagages et le reçu d'excédent. La porte est par là...

– Parfait. (Elle prit l'enveloppe et également le ticket d'embarquement.) Mais je me suis laissé dire que New York était la plus grande ville de cette planète. Bien que je sois persuadée que tout le monde connaît Jettero, à présent, il doit se servir d'un nom comme celui que vous m'avez donné. Et je n'ai même pas son adresse!

Oh, mes Dieux, comment avais-je pu oublier ça! Si elle ne le trouvait pas, ils étaient capables de me la réexpédier.

Le haut-parleur se fit entendre à nouveau. L'annonceur devait voir les derniers passagers qui ne s'étaient pas encore présentés à la porte numéro un : nous en l'occurrence!

– Vol THY 19! Porte un. Sultan Bey, vous allez manquer votre avion! Faites vite!

Quelle (biperie) d'être aussi connu! Du coup, je fus troublé. Je n'avais pas de quoi écrire. Je me ruai jusqu'au comptoir, trouvai un stylo, mais pas de papier. Je fouillai mes poches et en sortis un bout de carton. J'inscrivis au dos le nom terrien d'Heller et son adresse, revins en courant auprès de la comtesse et le lui glissai dans la main tout en la poussant vers la porte un.

L'homme qui se trouvait là prit son ticket d'embarquement et lui désigna l'avion d'un doigt impératif. Tout le monde était déjà à bord. Mais la comtesse se retourna, me prit par les épaules et, à travers son voile, m'embrassa sur la joue.

– Merci, dit-elle. J'apprécie ce que vous avez fait. Vous êtes quelqu'un de bien, Soltan.

Elle courut vers l'avion et monta rapidement l'escalier d'accès. Arrivée tout en haut, elle se retourna une dernière fois pour agiter la main avant de disparaître à l'intérieur.

Je me sentais très mal à l'aise. A première vue, bien sûr, on pouvait penser que le fait de l'avoir accompagnée jusque-là, de lui avoir fait effacer toutes ses cicatrices avant qu'elle retrouve l'homme de son cœur méritait de la reconnaissance. Mais, quand on avait affaire à la comtesse Krak, on courait des risques terribles en s'arrêtant à des conclusions superficielles. Car elle préparait certainement quelque chose. Un tel débordement d'affection ne lui ressemblait pas. Au fond de mon âme, je savais avec certitude que ça n'annonçait rien de bon. Oui, vraiment, plus j'y pensais, plus je me disais que j'avais tout à craindre. Elle mijotait un coup affreux! Je ne la connaissais que trop! Pour mon plus grand malheur!

En grondant, l'avion se dirigea vers sa piste d'envol. Puis ses moteurs sifflèrent à plein régime, il fonça vers le bout de la piste, décolla et se perdit dans le ciel.

Je me dis que je n'étais pas encore tiré d'affaire. Elle pouvait très bien ne pas prendre le vol international à Istanbul et me retomber dessus.

Le taxi me ramena à toute allure jusqu'à l'hôpital.

J'entrai dans le cabinet de consultation et verrouillai la porte avant d'ouvrir le placard et d'en sortir l'écran.

4

Elle était bien là, dans l'avion des Turkish Airlines. Elle avait enlevé son voile et la stewardess lui servait un café avec un petit roulé à la confiture particulièrement desséché. La comtesse prit le mini-plateau et l'examina attentivement, touchant le papier, essayant de déchiffrer l'inscription en turc sur le sucre. Elle ignorait qu'elle devait le mettre dans sa tasse. Elle goûta son café, qui ne parut pas lui plaire. Apercevant un passager qui venait d'appuyer sur un bouton pour appeler la stewardess, elle fit de même.

– Ceci est affreusement amer, déclara-t-elle en anglais. Vous n'auriez pas un peu de secoueur-chaud?

Oh, mes Dieux! Violation du Code! Mais ça n'aurait servi à rien de lui faire la leçon avant son départ, elle m'aurait certainement répliqué : « Je ne suis pas dans l'armée, *moi !* »

La stewardess prit un air vexé.

– Nous ne servons pas de boissons fortes sur les vols du matin, madame.

– Mais c'est tellement amer!

– Oh, vous avez oublié le sucre.

La stewardess sortit deux morceaux de sucre et les mit dans la tasse. Elle devait se dire qu'elle était un peu faible d'esprit.

La comtesse prit le petit couteau à lame ronde, l'inspecta et décida apparemment qu'elle pouvait s'en servir pour tourner son café. Puis elle découvrit la petite cuiller, enveloppée dans une serviette, et l'examina longuement. Sur le plateau, il y avait une noisette de beurre pour le gâteau. Elle en préleva une miette du bout de la cuiller et goûta prudemment. Elle but une gorgée de café et, finalement, remit le tout sur le plateau tout en marmonnant en voltarien :

– Mais Jettero doit *mourir de faim* sur cette planète!

Quelle pensée réconfortante! J'ôtai ma casquette et mon manteau d'ours. Je posai l'écran sur la table d'examen et m'assis. Mieux valait m'installer confortablement. Il fallait que je sois bien certain que ce léprodonte femelle avait bel et bien quitté la Turquie.

Machinalement, je portai la main à mon « insigne de rang ». Je ne rencontrai que le vide!

Je baissai les yeux.

IL N'ÉTAIT PLUS LÀ!

J'avais dû le perdre quelque part!

Un soudain malaise m'envahit. Je n'avais emprunté le médaillon en émeraude d'Utanc que pour affirmer mon autorité, simplement parce que je n'arrivais pas à retrouver mon insigne. Et j'avais bien l'intention de le remettre dans son tiroir avant ce soir. Mes Dieux, la colère qu'elle allait piquer rendrait la vie insupportable dans cette villa!

Mais, une minute... Il fallait que je me rappelle à quel moment je l'avais encore sur moi. Mais je n'y arrivais pas.

Je me précipitai au-dehors et faillis renverser Prahd.

– Est-ce que vous auriez trouvé un médaillon? hurlai-je.

– Chhtt! (Il me poussa dans son bureau.) Ne criez pas comme ça. Et je vois que vous n'avez pas mis votre manteau. Il n'est pas question que vous vous promeniez en uniforme voltarien! Tenez.

Il prit une blouse de docteur dans un tiroir et me la tendit.

Je pris quelques secondes pour me calmer avant de la revêtir. Elle était beaucoup trop grande.

– Le médaillon que je portais comme insigne de rang. Il a disparu. Aidez-moi à le retrouver, s'il vous plaît.

– Désolé, mais je dois opérer dans peu de temps. Essayez de vous souvenir de tous les endroits où vous êtes allé.

C'était un sage conseil. Je me rendis d'abord jusqu'à la salle d'opérations où nous étions la nuit dernière. Une équipe de nettoyage était au travail. Non, me répondit-on, on n'avait pas vu de médaillon.

J'inspectai l'endroit d'où j'avais assisté à l'opération, près de la fenêtre sans tain. Rien.

Une idée brillante me vint : j'appelai le chauffeur de taxi. Il alla regarder dans son taxi. Non, pas le moindre médaillon, me dit-il.

Je lui demandai avec toute l'amabilité du monde s'il pouvait se rendre à l'aéroport pour jeter un coup d'œil. Il me rappellerait, me dit-il.

Je me mis à faire nerveusement les cent pas. Oh, mes Dieux! Utanc allait se déchaîner, tempêter, et me jeter des choses à la tête! Et ça risquait de durer des jours, des semaines, des mois! Ce médaillon était son plus gros bijou. Il devait valoir 50 000 dollars au bas mot!

Ce qui me ramena au problème de mes finances. Car bientôt, les vautours des cartes de crédit seraient de retour. Je n'avais pas la moindre idée du montant de mes factures de voyage aux États-Unis, mais elles devaient sûrement dépasser le demi-million. Et je n'avais pas la moindre chance d'obtenir une pareille somme de l'hôpital ou de Faht Bey. Telle que la situation se présentait, ils n'hésiteraient pas à vendre la villa et tout mon personnel. Et si j'achetais une autre émeraude et dépassait encore mon compte, ils finiraient par me vendre avec le reste!

Non, pas question d'acheter un autre médaillon! Le simple fait de penser à de nouvelles factures me glaçait le sang!

Une heure passa. Le chauffeur de taxi me rappela. Non, il n'avait rien trouvé à l'aéroport et personne n'avait rien rapporté aux objets perdus, et je lui devais 15 dollars de plus! Ce qui me rendit passablement furieux. Non seulement il avait favorisé les sociétés de crédit en utilisant mes cartes pour acheter ma nouvelle garde-robe, mais il était incapable d'une chose aussi simple que de retrouver un médaillon en émeraude! Pourtant, je ne pouvais pas me mettre à hurler car, après tout, il me tenait presque lieu d'ami sur cette planète. Je me contentai de raccrocher.

L'esprit vide, je retournai jusqu'au cabinet de consultation où j'avais élu domicile et m'y enfermai.

La comtesse avait changé d'avion à Istanbul et faisait route vers Bruxelles.

Apparemment, elle avait fait quelques achats pendant son transit. Surtout des magazines de mode dont elle avait une pile impressionnante sur les genoux. Elle en prit un. Français : *Oh, là, là, la femme!*

J'aurais dû éprouver du soulagement à la voir ainsi s'éloigner un peu plus à chaque seconde de la Turquie. Mais non.

Peut-être était-ce à cause de ce magazine. Je savais qu'elle ne lisait pas le français, mais ces grandes photos en couleur n'avaient pas besoin de légendes. Je ne pouvais pas savoir ce qu'elle ressentait mais, pour moi, toutes ces photos signifiaient : « Cher! Très cher! » Dans le domaine de la mode féminine, j'étais désormais aguerri!

Néanmoins, peu à peu, je me rasséréna. Tous ces modèles aux poses bizarres, avec leurs tenues étranges et multicolores, allaient coûter une fortune à Heller! Les créateurs parisiens ne regardent jamais vraiment leurs clientes mais uniquement leur chéquier. L'une et l'autre doivent être particulièrement bien rembourrés et je me posai la question : pourquoi tous ces modèles étaient-ils maigres comme des carcasses de poulet? Monde étrange que celui de la mode. Comme la comtesse tournait les pages, je vis un article sur le « look poubelle ».

Quelqu'un m'avait tout expliqué une fois au cours d'un voyage en avion. Il m'avait dit que les couturiers étaient tous des homos et qu'ils détestaient les femmes parce qu'elles étaient autant de concurrentes. Ils les habillaient donc aussi ridiculement que possible pour qu'elles n'attirent pas les hommes. Il avait sans doute raison. Rien qu'à regarder ces photos, je détestais encore plus les homos! Mais habiller les femmes de façon aussi ridicule c'était une chose : que ça coûte si cher était impardonnable!

La comtesse Krak reposa enfin le magazine français et en prit un autre, particulièrement volumineux, appelé *Vague*. Encore des photos de mode! Pourtant, elles étaient très différentes de celles du magazine français. Ce n'était pas vraiment qu'elles soient moins bizarres. Les modèles étaient aussi maigres et ces (bips) d'homos avaient été aussi efficaces qu'à l'accoutumée en faisant tout pour rendre les femmes horribles et ramener ainsi les hommes dans leurs lits. Non : dans ce magazine-là, tout était différent. Les pédés américains, apparemment, lançaient le « look marionnette ». Il y avait plein de petits croquis montrant des marionnettes avec leurs jambes emmêlées, toutes cassées, pliées, prises dans les fils.

– Ma chère, je vois que vous vous intéressez à la mode.

Une voix inconnue. La comtesse se tourna vers sa voisine. Une grosse blonde oxygénée qui devait avoir la quarantaine.

– Je constate que c'est nécessaire d'ailleurs. (Un grand sourire.) Je me présente : Mamie Boomp. En route pour la Grosse Pomme et ses lumières. Et vous?

Voilà ce que j'appréciais chez les voyageurs américains. Ils étaient directs. Ils ne tournaient pas autour du pot.

– Je suis censée m'appeler Joy Divine Krackett, dit la comtesse. Comment allez-vous?

– Ma foi très bien, je vous remercie. Surtout après ma tournée au Moyen-Orient. Je suis une chanteuse assez connue. Les Arabes m'ont comblée et je vais aller tout dépenser dans le pays de Dieu. Jésus, je crois bien que je ne vais pas découcher pendant toute une année! Mais vous, ma chérie, on dirait que vous sortez d'un accident de chameau, si vous me permettez...

– Vraiment?

– Oh oui, avec ces vêtements, fit Mamie Boomp avec un geste méprisant. Où est-ce que vous vous êtes procuré ces loques?

– J'ai été détenue durant trois ans dans une forteresse. On m'a volé tous mes vêtements.

– Ça alors! (Bip!) Quels (enbipés), ces Arabes! Ils sont capables de n'importe quoi! Je ne crois pas que ça vaille la peine de nos jours de quitter les États-Unis. A mon sens, vous avez besoin d'être guidée si vous avez accepté d'être libérée dans cette tenue! Il faut vous occuper de vous. La même chose a failli m'arriver au Maroc. Mais j'ai dit au roi : « Écoute, mon vieux, si tu ne te pointes pas avec quelques jolis diamants, non seulement je te couperai les (bips), mais je ferai en sorte que Washington te coupe les fonds. » Parce qu'ils n'imaginent pas qu'ils puissent survivre sans notre soutien. Et alors il m'a laissé partir avec les poches pleines de belles choses bien brillantes. Tenez, regardez...

Elle exhiba devant les yeux de la comtesse son poignet grassouillet orné, entre autres, d'un énorme bracelet de diamants.

– Les diamants sont éternels, ajouta-t-elle, et ils sont aussi les meilleurs amis d'une femme.

– Est-ce que les émeraudes et les rubis ont également de la valeur sur cette planète? demanda la comtesse.

– Ça, vous pouvez le dire, ma chérie. Vous ne voyez pas d'inconvénient à ce que je vous emprunte cette revue pour vous montrer ce qui met vraiment les bêtes en rut?

C'est alors qu'un frisson venu tout droit de l'Arctique déferla sur moi. Tout à coup, je me rappelais! Ce brusque élan d'affection de la comtesse! Ce baiser sur la joue qui lui ressemblait si peu!

Un simple tour de passe-passe! Elle était une experte dans cet art! Elle avait formé des dizaines de magiciens et de prestidigitateurs! En une fraction de seconde, elle avait décroché le médaillon et l'avait laissé tomber dans son autre main!

J'en étais sûr! C'était elle qui avait le médaillon d'émeraude!

Tout concordait. Elle s'était assurée que, grâce à l'implant hypnotique, je ne puisse pas l'empêcher de prendre tout ce qu'elle désirait! Elle était tellement préoccupée par son apparence pour ses retrouvailles avec Heller!

Je savais très exactement ce qu'elle allait faire à présent. Dès qu'elle serait à New York, elle s'achèterait une cargaison de vêtements et payerait avec l'émeraude! Avec le médaillon d'Utanc! Un bijou de 50 000 dollars que je ne voyais pas comment remplacer!

Oui, c'était bel et bien une criminelle! Tout son casier était exact de bout en bout! Une voleuse!

5

Déchiré entre la rage et le désespoir, j'assistai malgré moi à un véritable défilé de mode en plein ciel.

Des robes, des robes, des robes. Des lignes, des lignes et encore des lignes. Le Danube déroulait ses méandres enneigés tout en bas. Des robes et des manteaux. Les Alpes, puis l'Allemagne et l'escale de Bruxelles. Des lignes et des tendances. Des jupes et des chaussures. Des ensembles et des fourrures. On frôlait l'Angleterre, loin au-dessus des tempêtes de l'Atlantique. Des manteaux et des impers, des robes, des jupes et des sweaters. Des écharpes et des dessous. Elles en négligeaient leur déjeuner – la comtesse Krak parce qu'elle ne savait pas comment le manger et Mamie Boomp parce qu'elle était trop grasse et n'arrivait plus à rentrer dans ses robes. Des robes, des robes, et encore des robes.

Elles avaient échangé quelques commentaires sur leurs expériences personnelles de la scène. Je dus endurer quelques déclarations de la comtesse qui auraient été de parfaits exemples de violation du Code si Mamie Boomp n'avait eu l'air de penser qu'Atalanta devait être Atlantic City et que Voltar se trouvait juste à côté de Peoria, Illinois.

Elle déclara enfin :

– Ma chérie, à présent que nous avons tout vu jusqu'au plus petit déshabillé d'organdi vert, j'ai encore le sentiment que quelque chose vous chagrine. Vous avez un problème dont vous n'avez pas parlé encore à Mamie?

– Oui. Voilà. Je vais retrouver l'homme de ma vie. Il est tout seul sur cette planète depuis des mois. Il est beau, séduisant comme vous ne pouvez l'imaginer. Mais vous en aurez peut-être une idée si je vous dis que sa sœur est considérée comme une des plus belles filles de toute la Confédération.

– Ah oui, je vois. Une de ces « belles » des États du Sud. Une Scarlett O'Hara...

– Et lui est un des plus beaux officiers de la Flotte. Depuis tant de mois, je suis certaine qu'il est entouré des femmes les plus jolies et les mieux habillées de la planète.

– Un marin, hein? Ma foi, je dois dire que je ne vous blâme pas de vous faire du mauvais sang. Ces officiers de Marine, elles en sont folles. C'est le prestige de l'uniforme!

– Oui, et c'est bien le problème. Si j'arrive attifée comme ça, il va m'ignorer!

– Je comprends. Vous vous retrouvez après une longue absence. Doux Jésus, mon petit!... C'est très urgent. Moi qui croyais que nous disposions d'un peu de temps. Mais vous venez de me dire en quelque sorte qu'il faut tout faire en quelques heures avant de monter à bord du canot-major. Jésus, quel problème ! Même une permanente prend plus longtemps que ça. (Mamie réfléchissait en secouant la tête.) Seigneur! vous allez jouer les utilités et pourtant il faut que vous arriviez à gagner l'orchestre et les loges. Et même les balcons! Oui, très dur! Et même pas de fond de musique douce ou d'animateur pour raconter des histoires!

Elle restait abîmée dans ses réflexions, triturant les diamants qui scintillaient sur ses doigts boudinés.

Brusquement, elle plongea dans la pile de magazines de mode et en prit un dont le titre était *Ultra Ultra*. Elle feuilleta les pages de publicité. Puis montra triomphalement la double page centrale à la comtesse.

– Voilà ce qu'il vous faut! Bonbucks Teller! Ils sont vraiment trop chers pour moi mais ils font partie des quatre meilleures lignes de prêt-à-porter du monde. Et ils ont des boutiques partout. (Elle posa le doigt sur la page de publicité.) Il y en a une à Kennedy, là où nous allons nous poser! Non seulement ils ont tout, mais avec eux ça va très vite! C'est d'ailleurs le problème : ça va très vite aussi avec la facture et ça va vous coûter les yeux de la tête, ma chère! Est-ce que vous avez du répondant, Joy? Je veux dire : DU BLÉ?

Elle frottait son pouce contre son index et son majeur. Le signe de l'argent sur Terre.

– De l'argent? fit la comtesse Krak. J'ai tout prévu.

Un autre frisson glacé me parcourut. Je m'étais déjà posé la question : comment avait-elle pu acheter autant de revues à 5 dollars? Je n'osais pas regarder : j'aventurai les mains dans mes poches.

Je touchai la liasse de cartes de crédit. Je les sortis et en fis une petite pile : Dieu merci, il me restait encore ces fatales cartes.

Je continuai mes recherches. D'ordinaire, je mets mon portefeuille dans ma poche arrière. Je n'avais pas le courage d'y porter la main. Notre taux d'adrénaline est limité à un nombre strict de chocs violents et, quand il est épuisé, c'est l'évanouissement qui menace. Je pris le risque. Mon portefeuille?

PLUS DE PORTEFEUILLE!

Oh, mes Dieux! Dans son tour de passe-passe, elle avait également réussi à me soustraire mon portefeuille! Les 900 dollars que j'avais prélevés sur leur allocation de voyage!

Une pickpocket! Le type de criminel le plus bas, le plus vil qui soit, que même les autres criminels méprisent! Pour ça son casier était à jour!

Non seulement elle volait les bijoux mais elle faisait aussi les poches, cette (bip)!

Je me retrouvais encore une fois sans un sou en poche!

Le baiser fatal de la comtesse Krak!

Ma fureur se mua en désespoir. Je baissai la tête. La voix de Mamie Boomp me parvenait toujours à travers la brume du découragement total. Elle dressait une liste des « premières nécessités » : soutien-gorge et collant en soie, chemises de nuit, tailleurs pour la ville, robes et ensembles du soir, jupes et chemisiers avec de la dentelle d'Utrecht, chaussures, bottes et mules d'hermine, une cinquantaine de négligés avec les bijoux assortis et enfin « diverses fourrures », y compris une cape de soirée en vison Blackgama avec capuche.

– Avec tout ça, commenta Mamie, vous tiendrez deux mois, c'est-à-dire jusqu'au printemps. A ce moment, bien entendu, vous aurez besoin de tout renouveler pour garder votre marin. Passons maintenant à l'entretien, en commençant par une nouvelle coiffure. Je ne vous recommande pas la nouvelle mode qui consiste à raser la moitié du crâne et à la teindre en bleu. Vous n'aurez pas le temps. C'est ce qu'on vous conseillera au salon de coiffure de Bonbucks Teller, mais refusez. Je pense que le nouveau style coup-de-vent, avec aura dorée et pulvérisation de poussière de rubis ira très bien avec votre teint. A condition, bien sûr, de porter quelques jolis diamants blanc-bleu pour rehausser l'éclat de vos yeux. Maintenant, pour les mains, de la feuille d'or sur les ongles me semblerait très bien convenir à...

Au fur et à mesure qu'elle continuait, une sorte d'espoir amer me gagnait. Ce médaillon en émeraude, selon moi, ne devait pas valoir plus de 50 000 dollars. Et mon ouïe dûment et douloureusement entraînée me disait que ces « premières nécessités » iraient certainement plus loin. Chez Bonbucks Teller, une cape en vison Blackgama, le top of the top, devait à elle seule coûter deux fois le prix du médaillon!

Oui, l'espoir revenait. Si j'oubliais la perte que j'avais subie, Heller, lui, allait y laisser jusqu'à son dernier cent. Il n'avait même pas pu payer la tiare de Babe qui attendait tristement, oubliée, chez Tiffany. Cette « chanteuse » de night-clubs du Moyen-Orient et cette sournoise criminelle qu'était la comtesse étaient en train de préparer un véritable désastre financier pour Heller et je n'aurais pu espérer faire mieux. Si le fisc plumait Heller, ces deux-là allaient l'achever. Après ça, il dormirait sous les ponts et dînerait dans les poubelles. Grâce aux Dieux, il existe des magasins comme Bonbucks Teller! Oui, que les Dieux bénissent toutes ces folles de couturiers et ces menteurs de chroniqueurs de mode qui précipitent les mâles naïfs et impuissants dans la ruine. Non seulement ils se débarrassent de la concurrence mais ils liquident tous les hommes de la planète! Par la banqueroute et la misère. Ce qui guettait Heller.

6

L'avion se posa à Kennedy Airport dans un grondement d'enfer et un hurlement de pneus à faire oublier toutes les batailles de la Confédération.

Il me restait encore un bastion sur lequel je pouvais compter. Les fonctionnaires de l'aéroport – les inspecteurs de l'immigration, des douanes et des narcotiques – constituent un ensemble de brutes féroces et hostiles comme il n'en existe pas d'autre au monde. Ils évoquent une horde de cadavres que l'on aurait exhumés par une glaciale journée d'hiver. Pour celui qui débarque pour la première fois en Amérique, cet accueil donne envie de se promener tout nu sous zéro absolu histoire de se réchauffer.

J'espérais bien qu'ils allaient mettre la main sur le médaillon qui n'avait pas été déclaré, le confisquer et expédier la comtesse dans un pénitencier fédéral. C'était tout ce qu'elle méritait.

L'espoir grandit en moi quand je vis la comtesse se diriger vers la file des *Citoyens américains réadmis sous liberté surveillée*. Au bout, on trouve le type le plus dur, le plus silencieux qui soit, tout droit sorti de la morgue. Il regarde dans un petit carnet pour voir si vous n'êtes pas un criminel recherché pour amendes de stationnement interdit et, dès qu'il a votre nom et votre numéro, ou s'ils apparaissent sur l'écran de l'ordinateur, il fait un petit signe discret et les Feds vous tombent dessus comme des vautours.

La comtesse et Mamie suivirent la file sans cesser de bavarder chiffons, mode, bijoux, chiffons, coiffure.

Le regard de la comtesse se posa comme par hasard sur l'écran de l'ordinateur qui affichait, en réponse à son numéro de passeport : *Passeuse de drogue de l'I.G. Barben.* Le cadavre ambulant inscrivit un signe minuscule dans un coin du passeport, le tamponna, une fois, deux fois, et le tour fut joué!

A la douane, tous ceux et toutes celles qui passaient se retrouvaient les mains au mur, les jambes écartées, et subissaient une fouille efficace et sans ménagement.

La comtesse et Mamie, elles, passèrent sans le moindre encombre. On marqua sur leurs bagages *O.K.* à la craie tandis qu'elles continuaient leur bavardage sur la mode : deux enfants dans la cage aux lions qui n'avaient même pas conscience de l'existence des lions!

Mes Dieux! Laissez-moi vous dire que je maudissais l'inefficacité de tous ces bureaucrates corrompus jusqu'à la moelle! Non seulement ils n'avaient pas trouvé le médaillon mais ils ne l'avaient même pas cherché!

Finalement, elles furent admises sans problème et entrèrent officiellement en territoire américain. Mamie Boomp avait un excédent de bagages presque équivalent à celui de la comtesse. Mais c'était une voyageuse aguerrie. Elle donna un coup de son parapluie parisien sur la tête de deux porteurs et ses valises furent promptement chargées sur deux chariots séparés.

– Bonbucks Teller est par-là, ma chère. C'est le magasin avec la vitrine en or et en diamants. Vous voyez ce drapeau de zibeline qui flotte au vent? Je vais vous laisser à présent. J'ai rendez-vous avec le maire ce soir. Il ne fait que parler de son horrible femme, aussi faut-il que j'aille me reposer un peu chez moi auparavant. Tenez, voici ma carte, très chère. Appelez-moi. Et surtout ne vous faites pas teindre la tête en bleu.

Elles s'embrassèrent et la comtesse se retrouva seule.

Elle fondit sur Bonbucks Teller, décidée, dévastatrice, redoutable comme une armée.

Elle avait sa liste. Et elle circulait rapidement de rayon en rayon, désignant tel ou tel article. Cent dollars par-ci, 10 000 par-là.

Elle ne s'attarda qu'au rayon des chaussures. Il y avait une « promotion spéciale » à seulement 100 dollars la paire. *Garantie limitée à un jour.* Le tout emballé dans de vieilles boîtes. Elle se montra brusquement économe et n'en acheta qu'une paire. Mais elle se laissa aller pour des bottes marocaines en cuir souple, bleues, rouges et blanches. *Le look pirate.* Elle en prit deux paires de chaque car elles étaient en promotion à 500 dollars.

Ça lui irait parfaitement. Des bottes de pirate pour cette femme-pirate assoiffée de sang qui avait plus de ravages à son compte que la Grande Armada !

Les « chaussures de marionnette », *le vrai look marionnette*, n'étaient que deux bouts de plastique de couleur, apparemment rivés sur les mollets et les pieds. La comtesse ne s'y arrêta pas et je comprenais parfaitement pourquoi. Elle n'avait rien d'une docile marionnette : c'étaient *les autres* qui dansaient pour elle au bout de leurs fils et pas elle, cette (bip) ! Elle n'en acheta que vingt paires.

Les vendeurs collaient à ses talons comme des chacals suivant une lionne, à l'affût des restes du meurtre. Ils avaient des factures tellement longues qu'ils avaient du mal à les tenir.

Oh, Heller, me dis-je, tu es vraiment fichu. Dans ce domaine, j'avais une certaine expérience. Je savais qu'il ne pourrait pas s'en sortir.

Dans le salon de coiffure, il y eut un bel affrontement, non pas avec la comtesse, mais entre deux « capilliculteurs ». L'un jurait que s'il ne la rasait pas pour la teindre en bleu, il en aurait le cœur déchiré. L'autre, brandissant deux redoutables fers à friser, répliqua :

– Il faudra me passer sur le corps plutôt que de toucher à un seul de ces merveilleux cheveux dorés !

La bataille fut sans pitié ! C'est le deuxième qui gagna. On donna rendez-vous à la comtesse une demi-heure plus tard pour « une aura d'or avec poussière de rubis » avant de la diriger vers la caisse pour qu'elle fasse le compte du massacre.

Le caissier en chef était en redingote à queue mais je ne me laissai pas abuser par son accueil cérémonieux. On voyait des chiffres défiler à toute allure dans ses yeux de rapace.

Devant le bureau capitonné et revêtu de peluche, la comtesse Krak, avec sa robe douteuse et trouée et son voile râpé n'avait rien de la cliente idéale. Même si elle avait ôté le dernier pansement qu'elle avait encore juste au-dessus de l'œil droit, cela ne lui aurait pas donné l'air plus solvable.

Les quelques mètres de factures s'élevaient à 178 985,65 dollars, plus 11 % de taxe locale. Splendide ! Le médaillon ne couvrirait même pas le tiers de cette somme ! J'exultais : je tenais Heller, enfin !

– Votre adresse ? demanda le caissier.

Demander son nom à quelqu'un dans ce genre de magasin serait déplacé. Des clients aussi riches aiment se sentir *connus*.

La comtesse consultait la liste de Mamie Boomp pour voir si elle n'avait pas oublié quelque chose d'important, par exemple un collier assorti à sa tenue d'intérieur en organdi vert d'eau. D'un air absent, elle plongea la main dans une poche de sa cape et tendit quelque chose au caissier.

Tout d'abord, je crus que c'était le collier. Mais je ne pouvais pas m'en assurer, puisqu'elle ne regardait que sa liste, pas le caissier.

– Jerome Terrance Wister, dit-il. Empire State Building? C'est un bureau.

Elle avait dû lui donner le bout de carton sur lequel j'avais griffonné l'adresse d'Heller.

– Oui, fit-elle d'un ton évasif. Je le suppose. Mon ami est très important. Il est ici pour que cette planète fonctionne et je pense qu'il doit effectivement avoir un bureau. Pourrais-je ajouter un collier en aigue-marine à cette liste? Je l'ai oublié.

Le caissier s'éloigna. Il passa dans un bureau adjacent pour téléphoner. Ils font toujours ça. Ce serait de la dernière grossièreté et même insultant, que de discuter argent en face du client.

J'essayai de monter le son. Tout ce que j'entendais, c'était le grondement des réacteurs d'un avion qui décollait!

Heller, me dis-je, il se peut que tu n'aies jamais été coincé jusque-là, mais cette fois, c'est trop fort pour toi! 178 985,65 dollars, plus un collier en aigue-marine et la taxe locale de New York! Tu es *coulé*!

Le caissier revint au bout d'un moment.

– D'où arrivez-vous, mademoiselle?

Ho, ho, pour une surprise, ç'avait dû en être une pour Heller! Il devait s'interroger. Mais il ne tarderait pas à s'écrouler quand le caissier lui annoncerait le montant total!

La comtesse chercha dans ses poches et exhiba son billet d'avion passablement froissé.

– Afyon, Turquie.

– L'identité correspond. Je vais donc ajouter le collier et, avec votre permission, calculer le montant total.

La comtesse Krak parcourait encore une fois sa liste.

Le caissier inscrivit un chiffre au bas de la facture avant de la tendre à la comtesse avec un stylo.

– Si vous voulez bien signer, je vous prie...

– Comment fais-je pour signer? demanda la comtesse tout en prenant le stylo.

– Eh bien, comme cela, bien sûr. Ne la changez pas. Cela crée toujours d'affreux ennuis.

Il lut le bout de carton sur lequel il y avait le nom et l'adresse d'Heller.

Le regard de la comtesse s'était arrêté sur *Sultan Bey et/ou sa concubine. Villa romaine. Afyon. Turquie.*

MA CARTE DE CRÉDIT SQUEEZE!

J'en eus le vertige! Ça devait être une épouvantable erreur! Je pris mes cartes. La carte Squeeze n'était plus là!

Mes Dieux! Dans ma hâte à trouver quelque chose sur quoi écrire l'adresse d'Heller, j'avais malencontreusement pris la seule carte qui était totalement vierge au dos et en plastique non laminé! Et c'était une société dont les intérêts, pour un mois d'impayé, se montaient à l'équivalent de la facture! La plus redoutable de toute cette meute de vampires!

Mais j'avais encore une chance. Elle pouvait rater sa signature! Ils allaient découvrir qu'elle n'était pas Utanc, pas la « concubine » inscrite sur la carte, et elle irait en prison pour faux et usage de faux. Je retins mon souffle.

Mais elle obéissait aux ordres. Et les fausses signatures faisaient partie de ses talents criminels. Elle signa comme on le lui avait demandé : *Sultan Bey et/ou sa concubine. Villa romaine. Afyon, Turquie.* Une pensée révoltante me vint : je réalisai soudain qu'elle pensait que je lui avais donné volontairement cette carte de crédit! Elle était tellement (bipement) stupide qu'elle n'avait même pas conscience de faire un faux! Et ce serait sa défense si jamais ils le découvraient.

Mais le caissier prit la facture, la compara à la carte et acquiesça. Tout espoir était évanoui.

– Mademoiselle, selon le rapport financier que je viens d'avoir du Bureau Central des Cartes de Crédit, votre maître est toujours facile à localiser. Nous pouvons le joindre à n'importe quelle heure. Mais je dois dire à mon grand regret que tel n'est pas le cas pour vous qui disposez d'un téléphone mobile et que nous ne pouvons joindre. Soyez assez aimable pour nous dire de temps à autre où vous vous trouvez. Car, voyez-vous, cela pose quelques problèmes à notre boutique du centre...

– Oh, vous m'en voyez désolée, fit la comtesse, sans doute perplexe mais jouant le jeu étrange des indigènes.

– Oui, nous envoyons toujours des fleurs chaque samedi à nos meilleures clientes. Vos orchidées préférées nous ont été retournées par le Bentley Bucks Deluxe Arms. Par conséquent, nous pouvons maintenant vous les faire envoyer au bureau de l'Empire State Building, n'est-ce pas?

– Parfaitement, fit la comtesse en prenant son ton charmeur. Mais, je vous en prie, mettez bien en évidence votre carte : je ne veux pas que mon ami croie que les fleurs sont envoyées par un stupide fonctionnaire de l'Appareil et qu'il le tue.

– Je comprends, déclara le caissier tout en notant : *Ne pas compliquer les liaisons de la concubine.*

Il ajouta à haute voix :

– Notre mot d'ordre a toujours été la discrétion. Après tout, savoir comment une dame passe ses nuits ne nous concerne pas. Ce qui nous intéresse, c'est l'homme. Nous nous préoccupons de connaître son domicile avec précision, au centimètre près car, il faut bien le dire, c'est lui qui règle les factures.

Il remplissait ses paperasses. Les compteurs chiffrés qui lui servaient d'yeux tournaient à toute allure. Un sourire de crocodile étira ses lèvres. Il redevenait un vendeur.

– Le Bureau Central des Cartes de Crédit a ajouté une note personnelle à votre égard, mademoiselle. Selon la Squeeze, vous n'empruntez que des limousines. Donc, lorsque vous serez coiffée et habillée et que vos achats seront prêts, j'insiste pour que vous acceptiez d'être conduite en ville à bord de notre limousine présidentielle. La stewardess souhaiterait savoir quel genre de boisson vous apprécieriez pour ce trajet fastidieux.

– Du secoueur-chaud, répliqua instantanément la comtesse.

Et le caissier inscrivit : *Menthe-moka bavaroise, un trait de champagne.*

Très inventif, le camarade. On voyait qu'il avait l'habitude des caprices bizarres de la haute société.

– A présent, reprit-il, il faut que je vous parle d'un nouveau service que cette branche de Bonbucks Teller vient de lancer. Cela s'appelle : Centrale de crédit pour les achats extravagants, précieux et émoustillants et le Service pratique des articles essentiels pour les riches dames trop occupées pour faire la queue dans les magasins.

Il lui tendit une carte dorée qui comportait un numéro de téléphone embossé.

– Maintenant que nous avons fait connaissance et établi votre identité et que nous nous sommes attachés votre gracieuse clientèle, ce service est à votre disposition.

Elle n'avait pas encore glissé la carte dans sa poche. Avec un geste élégant, il le fit pour elle.

– Nous essayons de lutter contre l'idée répandue que nous sommes loin de tout, ici, à John Kennedy. Car justement, avec tous ces puissants jets, nous disposons d'autant de portes ouvertes sur le monde entier. Notre devise est : Être au service des dames coûte que coûte. Nous pouvons vous éviter le désagrément de devoir vous battre chez Tiffany. Nous pouvons vous proposer des fourrures venues tout droit de Sibérie ou une Rolls Royce spéciale du parlement britannique en un clin d'œil. Et jamais plus vous n'aurez à subir ces ennuyeuses formalités. Il vous suffira d'appeler le numéro gravé sur la carte dorée et votre dépense sera immédiatement prise en compte par la Carte Squeeze et ajoutée à votre facture mensuelle. Tout est tellement facile. Un simple appel et vos rêves seront comblés.

Il se leva. Le capilliculteur venait d'apparaître sur le seuil, un fer à friser à la main, prêt à escorter la comtesse jusqu'au salon situé à l'étage.

Le caissier serra les deux mains de la comtesse dans les siennes avec ferveur.

– C'est un TEL PLAISIR d'avoir affaire à une cliente qui, si j'en crois TOUS les rapports, jouit d'un crédit ILLIMITÉ!

Pendant qu'il parlait, j'avais fiévreusement réfléchi à un moyen éventuel d'invalider cette signature, et la carte aussi, de les prévenir que tout ça était le fait d'une AFFREUSE erreur. Mais, peu à peu, l'idée m'était venue que, si j'agissais ainsi, ce serait révéler mon hostilité à l'égard de la comtesse Krak et courir le risque de dévoiler mes véritables intentions. Elle et Heller me tueraient à mains nues!

Néanmoins, en entendant ces mots atroces : CRÉDIT ILLIMITÉ, je perdis tout espoir et toute raison.

Mon stock d'adrénaline était épuisé.

Je m'évanouis!

Tandis que je sombrais dans des tourbillons brumeux, une voix résonna, comme au sein d'une tombe. C'était la mienne, et elle disait à la comtesse : « Achète! Achète! Achète! » Malgré moi, j'avais scellé mon propre destin.

Je devais encore des centaines de milliers de dollars aux sociétés de crédit. Je n'avais pas un sou vaillant. Et je ne disposais d'aucune ressource sur Terre pour me procurer de l'argent.

La villa serait saisie. Mes gens seraient vendus. Et moi aussi je me retrouverais mis aux enchères sur le marché aux esclaves, je serais acheté par un Arabe qui pensait plus aux chameaux qu'à ses esclaves. Et c'est ainsi que l'apaisement de l'inconscience fut détruit par ce cauchemar : un enchérisseur qui criait « J'achète! J'achète! » Et j'étais vendu et revendu à des maîtres infiniment plus cruels que les Démons Manco : les sociétés de cartes de crédit!

7

A New York, c'était le soir.

Krak s'assura auprès du garçon d'ascenseur que M. Jet, ainsi qu'on appelait Heller, était bien encore dans son bureau avant de donner un pourboire royal au chauffeur, à la stewardess et aux porteurs, rien qu'en donnant le numéro de sa carte de crédit – qu'ils connaissaient déjà sans doute depuis le passage d'Utanc. Ils écarquillèrent les yeux devant le montant du pourboire et moi je m'évanouis à nouveau. Finalement, ils se retirèrent tous et laissèrent la comtesse Krak avec un chariot chargé à en craquer.

Elle était arrivée à destination!

Elle regarda son reflet sur le mur laqué du hall. Elle ôta son bonnet de fourrure, le jeta sur le chariot et passa la main dans ses cheveux. Puis elle réajusta sa cape de vison Blackgama et examina son sourcil droit. Elle avait enlevé le pansement et elle parut satisfaite du résultat.

Elle prit une profonde inspiration. Je pouvais entendre son cœur qui battait plus vite. Elle redressa le menton et ouvrit toute grande la porte. Elle s'immobilisa sur le seuil.

Heller était à son bureau, avec plusieurs livres ouverts devant lui.

Il releva la tête.

Il la regarda.

Il n'en croyait pas ses yeux! Il ouvrit la bouche.

– Est-ce que je rêve?

La comtesse eut quelque difficulté à parler.

– Non, Jettero, tu ne rêves pas. C'est moi.

Il bondit de son fauteuil, contourna son bureau et se précipita vers elle.

Elle vint à sa rencontre.

Ils se jetèrent dans les bras l'un de l'autre et s'étreignirent furieusement au centre de la pièce.

Puis ils fondirent en larmes.

Et ils restèrent là à pleurer.

Les minutes passèrent.

Enfin, d'une voix étouffée par l'épaule d'Heller, la comtesse dit :

– Alors, tu n'es pas tombé amoureux de tous ces milliers de jolies femmes!

– Non, non, fit Heller d'un ton rauque. Tu étais avec moi sur mon oreiller chaque nuit. J'ai passé mon temps à rêver de toi.

Ils s'embrassèrent.

Et soudain, l'image s'affola, devint floue et disparut! Et le son aussi. A cause de la brusque augmentation en teneur oxygène-carbone et de leurs deux mouchards trop rapprochés.

Ils se séparèrent finalement à regret et Heller, gentiment, fit asseoir la comtesse. Puis il sortit dans le couloir et revint avec le chariot de bagages. Il referma la porte.

Il alla s'agenouiller près de la comtesse qui séchait ses larmes avec un mouchoir en dentelle. Elle se tourna vers lui et porta le mouchoir à ses yeux tout en riant nerveusement.

Il répondit à son rire. Puis, d'une voix lourde d'émotion, il dit :

– Je n'ose même pas te dire à quel point je suis heureux de te voir. C'est comme si les cieux s'étaient ouverts et que tu te sois matérialisée, comme ça, d'un coup. Comment les Dieux t'ont-ils portés jusqu'à moi?

– C'est Soltan qui m'a envoyé chercher.

– Mais comment savais-tu que j'étais ici?

– C'est lui qui me l'a dit.

– Mais comment as-tu fait pour quitter Répulsos?

– C'est Lombar qui m'a fait sortir. Je n'ai plus personne à entraîner parce qu'il n'y a plus de monstres. Lombar se préoccupe d'autre chose et il n'a plus le temps. Il m'a dit que tu étais surmené et il m'a envoyée pour t'aider. Et comme tu avais demandé un cytologiste, il a également envoyé le Dr Crobe.

– Ce fou de Dr Crobe? Où est-il?

– Je pense que Soltan veut le garder en détention quelque temps. Pendant le voyage, il n'a guère étudié l'anglais. J'ai bien tenté de l'aider, mais il m'a dit que ça ne servait à rien de savoir parler à quelqu'un si on était là pour lui couper la langue. Je crois donc que Soltan le garde bouclé jusqu'à ce qu'il connaisse suffisamment l'anglais.

– Mais Soltan connaît l'adresse de ce bureau?

– Oui.

– En tout cas, tu es arrivée saine et sauve, tu es belle et je t'aime. C'est tout ce qui compte.

Ils retombèrent dans les bras l'un de l'autre. Quand ils se séparèrent, ils se regardèrent longuement.

– Oh, chéri, tu me manquais tant! dit la comtesse Krak. Ça m'a semblé des années. Toute une vie. Deux vies. Je t'en prie, fais que nous ne soyons plus jamais séparés. Je ne le supporterai pas !

Elle s'était remise à pleurer, épongeant son nez avec son joli mouchoir.

– Je suis désolé, fit Heller d'un ton pitoyable. Vraiment. Tout ce que je voulais, c'était en finir avec cette mission aussi vite que possible pour retourner auprès de toi. Mais je n'ai pas eu beaucoup de chance et j'ai été retardé. C'est une planète assez dure.

La comtesse posa les mains sur ses épaules.

– Écoute. J'ai une surprise formidable pour toi. J'ai promis de ne pas te dire ce que c'est et je tiendrai ma promesse. Mais dis-toi que ce sera merveilleux pour nous deux !

Je tressaillis. Elle faisait allusion aux « proclamations royales ». À son « pardon » et à la « promesse » de ne plus jamais leur confier de mission dangereuse. Typique de sa (bip) de perfidie : elle tenait sa parole envers moi et ne voulait rien lui dire. Si elle le faisait, je saurais où retrouver les documents et je pourrais enfin les détruire. De toute manière, dès qu'ils exhiberaient ces « documents royaux », ils seraient exécutés tous les deux. Je ne tenais pas à ce qu'il y ait une tierce partie dans cette joute électrique ! Il me fallait absolument neutraliser ces deux-là !

– Ça semble intéressant, dit Heller. Je te crois sur parole quand tu me dis que ce sera bon pour nous.

– Pas seulement bon : tes rêves les plus fous seront comblés, tu verras ! Donc, mettons-nous au travail pour finir cette mission à toute allure afin de pouvoir rentrer chez nous !

Mes Dieux ! En l'expédiant à Heller, j'obtenais le résultat contraire de celui que j'avais escompté ! Même Lombar lui avait dit qu'Heller se surmenait mais elle n'en tenait pas compte ! Avec tous les ennuis que j'avais par ailleurs, il fallait coûte que coûte réduire ces deux-là à néant ! Si je parvenais à les retarder assez longtemps, l'ordre de Lombar finirait bien par arriver et je pourrais les liquider. Je priai. Je vous en prie, O Dieux du mal, pour une fois soyez de mon côté ! Comment les retarder ? Si seulement j'avais de l'argent, si je pouvais évacuer les autres problèmes, alors je réussirais peut-être. Non : pas peut-être. Il *fallait* que j'y arrive car ma vie était en jeu.

Heller, à présent, lui faisait visiter son bureau.

– Au moins, disait-il, nous disposons d'une base de travail. Jusqu'à la prochaine échéance de loyer. Ça, c'est le boudoir de la secrétaire avec quelques placards. Là-bas, un « pensoir », en quelque sorte, avec un lit sur lequel je dors parfois. La salle de bains... Et le bar avec l'unique « cuisine ». C'est mon domicile maintenant. Il faudra faire avec, je le crains.

– Faire avec! s'exclama la comtesse qui n'avait pas oublié les cachots de pierre de Répulsos. Mais c'est un *palais!*

Ses yeux se posèrent sur le chat qui, assis sur le bureau, les épiait.

– Qui est-ce?

– Oh... c'est le chat.

Le chat sauta du bureau, s'approcha de la comtesse et s'assit devant elle pour l'observer avec un intérêt visible.

– Il n'a pas de nom?

– Il est d'un caractère plutôt ombrageux, fit Heller. Il ne nous l'a pas dit.

Elle ôta sa cape et la lança sur un fauteuil. Puis elle s'agenouilla sans quitter le chat des yeux.

– Ce qu'il faut faire, c'est lui trouver un nom de rechange qui ne figure pas sur les ordinateurs de la Police Domestique. Ça te plairait?

Le chat se mit à ronronner sans cesser de la fixer du regard. Garce stupide. Elle lui parlait en voltarien alors que c'était un chat terrien.

– Il est très difficile sur le choix de ses associés. En général, il crache sur tout le monde à part moi et Bang-Bang, notre chauffeur. On dirait que tu lui plais, mais ça n'a rien d'extraordinaire.

– Tu es quoi, comme genre de chat? demanda la comtesse.

– C'est un chat africain, expliqua Heller. A cause de ces taches noires, blanches et orange. Ils ont la réputation de bien se battre, d'être très intelligents et de porter chance. N'est-ce pas, chat? On les appelle aussi « calicos ».

– Alors il a un nom. Monsieur Calico. Tu aimes ce nom?

Le chat ronronna plus fort.

– D'accord. Maintenant, voyons à quel point tu es intelligent. (Elle s'agenouilla devant le stupide félin et lui demanda :) Deux et deux font combien?

Le chat fixait son doigt. Krak le pointait droit entre ses yeux. Elle l'éloigna et tapota quatre fois sur le sol.

Le chat leva alors la patte et fit de même!

J'observai la scène avec consternation. Je préférais ne pas croire à sa réputation qui voulait qu'elle soit capable de dresser n'importe qui à faire n'importe quoi. Elle était bien assez dangereuse comme ça sans ce talent en plus. Mais ce n'était que pure coïncidence.

– Très bien, disait-elle. Monsieur Calico, deux et deux font combien?

Solennellement, le chat tapota quatre fois sur le sol avec sa patte!

Krak se mit à rire, ravie. Elle prit le chat et le caressa :

– On a déjà une machine à calculer, dit Heller. Pourquoi tu ne lui apprends pas quelque chose d'utile?

– Je vais m'y mettre!

– En tout cas, il ne sait toujours pas défaire les paquets, alors on va s'en occuper!

Elle reposa le chat avec une dernière caresse et accompagna Heller jusqu'au chariot. Ils commencèrent à le décharger, puis s'étreignirent une fois encore.

– Je n'arrive pas à y croire, dit Heller.

Ils pleuraient à nouveau.

– Il faut que nous réglions tout ça, dit la comtesse au bout d'un moment, et nous rentrerons pour nous marier, nous aurons des enfants et nous vivrons heureux. Jettero, c'est pour ça que je suis venue, pour te ramener chez nous. Nous prenons de l'âge. Dans peu d'années, nous serons des adultes. Nous ne pouvons courir le risque de vivre sur une planète comme celle-ci.

– Je le reconnais. Ce n'est pas une planète qui convienne à une jeune femme délicate. On va se mettre au travail sans tarder.

Mes dernières petites traces d'espérance s'évanouirent. Cette fois, elle ne le freinerait pas. Elle allait jeter toutes ses forces dans la bataille pour que la réussite de la mission soit accélérée.

Que les Dieux nous viennent à tous en aide! Mais qu'ils s'occupent tout spécialement de moi. La comtesse Krak était en liberté sur la Terre!

A eux deux, si je ne parvenais pas à les arrêter, ils étaient bien capables de sauver cette planète, et de ruiner définitivement Rockecenter et Lombar.

Seul, fragile roseau, je demeurais l'unique barrière. Moi, pauvre épave sans le sou qui redoutais même de rentrer chez moi.

8

Presque mort d'épuisement, traumatisé, vidé, à la limite de la dépression, je restai là, dans le cabinet d'examen de l'hôpital, essayant de réfléchir vaguement à ce que je pouvais bien faire.

Il fallait trouver un refuge. Un trou où me terrer. Mais ce n'était qu'une solution à court terme. Je savais très bien que le Destin finirait par me retrouver.

En tout cas, je ne pouvais pas demeurer là. Rien que l'environnement immédiat était traumatisant.

Un trou. Certains des quartiers d'habitation réservés aux équipages dans la base souterraine d'Afyon ressemblaient plus à des tanières qu'à des chambres. Utanc serait incapable de m'y retrouver. Ce serait un refuge contre la férocité qu'elle ne manquerait pas de laisser éclater en découvrant la disparition de son médaillon favori.

Mon portefeuille envolé, je n'avais pas d'argent et je me posai la question de savoir s'il serait possible d'allonger encore mon crédit avec le chauffeur de taxi.

L'hôpital était aussi silencieux qu'un tombeau. Il ne devait pas être loin de 3 heures du matin. C'est l'heure à laquelle la vitalité humaine est à son point le plus bas et nombre de gens meurent précisément à cette heure. Je me demandai si ce n'était pas la meilleure chose à faire, après tout.

C'est dans un état crépusculaire que j'emballai le visionneur et que je parvins à enfiler mon manteau d'ours dans lequel je me sentis bizarrement mal à l'aise. Je me glissai alors dans la nuit et m'engageai sur la route obscure.

Il faisait un froid mordant. Le vent soufflait avec une plainte funèbre.

Il était vraiment impossible d'affronter ma redoutable paire d'ennemis. Je n'avais pas un sou et, avant peu, les sociétés de cartes de crédit me tomberaient dessus. L'assassin désigné par Lombar ne mettrait pas longtemps à découvrir l'état exact des choses et son poignard mettrait un terme à ma pauvre vie.

Transi, glacé, j'atteignis enfin le casernement des équipages et m'engageai dans le tunnel secret qui débouchait devant le bureau du capitaine de la garde. Je fus surpris de le voir à son bureau.

Bien sûr, j'avais déclenché les panneaux lumineux en pénétrant dans le tunnel.

– Ah, vous voilà ! aboya-t-il, à la façon d'un berger allemand dérangé par un inconnu suspect. Où étiez-vous passé par tous les Enfers ? Venez !

Je me tenais au milieu de la flaque de lumière verte qui sert de cible pour mieux abattre les intrus. Très inconfortable. Trop exposé aux regards. Je rassemblai assez d'énergie pour me traîner jusqu'au bureau et m'appuyai contre le mur par réflexe acquis.

– L'ordre, dit le capitaine. Où est cet ordre, par tous les Démons? Je ne peux pas retenir ce fou de docteur qui est arrivé par le *Blixo* sans un ordre de détention. Il y a un jour et deux nuits que vous avez disparu! Je m'apprêtais à le libérer dès l'aube si je n'avais pas l'ordre officiel de le retenir.

Tout en parlant, il cognait du poing sur une feuille non estampillée.

Oh, mes Dieux! Dans ma misère, la simple pensée du Dr Crobe rôdant en toute liberté dans Afyon me donna le vertige. Exactement ce qu'il fallait pour que je sois terrassé par un arrêt du cœur.

L'identoplaque! Je voulus plonger les mains dans mes poches, mais je n'y parvins pas!

Le capitaine de la garde ricana.

– Gris, vous avez mis votre manteau à l'envers.

Je regardai. Mais oui, c'était bien vrai. Dans mon état de dépression absolue, je l'avais bel et bien mis à l'envers. Pas étonnant que j'aie eu tellement froid.

Je réussis à l'ôter tant bien que mal et le laissai tomber. Je fouillai fébrilement et réussis à trouver mon identoplaque. Je l'apposai deux ou trois fois sur le document pour être bien certain que la marque soit lisible. Je tremblais.

Le froid glacial du hangar me pénétrait jusqu'aux os. Je parvins à ranger mon identoplaque et tendis la main pour ramasser mon manteau.

Après deux essais infructueux, je le saisis par un coin et le soulevai. Je ne savais pas par quel bout je le tenais. Je le fis tourner et m'aperçus qu'il était à l'envers.

CLAC! CLING!

– Mes Dieux, officier Gris, vous avez bu ou quoi? s'exclama le capitaine.

Je le regardai. Il avait le doigt pointé.

LE MÉDAILLON!

LE PORTEFEUILLE!

L'esprit trouble, je les fixai stupidement. Je tenais toujours mon manteau d'ours à l'envers. Je l'examinai enfin.

Il comportait une poche intérieure dont j'avais ignoré jusqu'à présent l'existence! Et le médaillon et le portefeuille venaient d'en tomber!

Dans une brume, je tentai de réfléchir à ce qui avait pu se passer. Je me souvins alors qu'au moment où j'avais payé l'excédent de bagage de la comtesse, j'avais cru remettre mon portefeuille dans la poche intérieure de ma tunique. Mais j'en avais la preuve sous les yeux, je devais l'avoir remis dans la poche de mon manteau. Et, dans le même geste, j'avais dû accrocher la chaîne du médaillon qui avait rejoint ainsi mon portefeuille!

J'étais abasourdi. J'ignorais totalement l'existence de cette poche. Et puis, ce sont les kangourous qui ont des poches, pas les ours!

Je récupérai le portefeuille. Les 880 dollars que j'avais prélevés sur leur argent de voyage étaient toujours là!

Je pris le médaillon. La chaînette n'était même pas cassée : tout simplement, j'avais omis de mettre en place la sécurité du fermoir et il avait glissé.

La comtesse Krak ne m'avait rien pris!

Ce baiser sur la joue qu'elle m'avait donné était sincère puisqu'elle croyait en toute sincérité que je venais de lui faire cadeau d'une carte de crédit!

Et elle ignorait même qu'il fallait PAYER un jour ou l'autre pour les achats faits avec la carte. C'était bien pour cette raison que j'avais compté qu'elle causerait la ruine d'Heller avec toutes ses dépenses!

Il me revint alors que, quelque temps auparavant, elle avait demandé qui était le patron de l'hôpital. En apprenant que c'était moi, elle avait sans doute supposé que tout ce qui se trouvait sur place appartenait à l'Appareil et pouvait donc par conséquent être réquisitionné pour la mission. Dans son esprit, elle n'avait rien *volé*.

C'était le coup le plus bas que j'eus reçu! Elle n'était même pas une criminelle! Heller avait peut-être raison quand il prétendait que son casier était faux et qu'elle avait probablement été victime d'une manipulation de l'Assistant du Seigneur de l'Éducation de Manco! La confession qu'il avait faite sur son lit de mort était sans doute sincère et la comtesse était blanchie!

Peu à peu, je me mis à bouillir de rage. La colère que j'éprouvais à l'égard de la comtesse montait en moi comme une marée rouge, suffocante!

Elle jouait sur son innocence!

Elle me refusait même ce soulagement élémentaire : croire qu'elle n'était qu'une criminelle!

Je sus à cet instant qu'il n'y aurait pas de terme à ses manigances!

Très loin, me semblait-il, le capitaine me parlait. Il m'expliquait quelque chose et je finis par focaliser mon attention sur lui.

– Comment?

– Le capitaine Bolz. J'essaie de vous dire que le capitaine

Bolz, le commandant du *Blixo*, est furieux contre vous. Personne ne savait où vous trouver. Il voulait aller à Istanbul mais il ne le pouvait pas avant de vous avoir vu. Il y a presque deux jours qu'il met tout sens dessus dessous pour vous trouver. Il est déchaîné. Ce que je voulais dire, c'est que vous avez intérêt à aller le trouver, même à cette heure.

Oh, mes Dieux! Le destin était loin d'être encore à court de munitions. D'autres ennuis m'attendaient.

TRENTE-SEPTIÈME PARTIE

1

– Où étiez-vous donc passé, par tous les Enfers? rugit le capitaine Bolz.

C'était une masse énorme et velue qui venait de se dresser sur son lit gyroscopique.

Je restai prudemment sur le seuil ovale de la cabine en triturant ma casquette karakul. Le maître du vieux *Blixo* n'était pas comme à l'accoutumée. Il ne m'invitait pas aimablement à prendre un siège, n'avait aucune de ces attentions légèrement obséquieuses que je lui connaissais.

– Le voyage a été atroce! grinça-t-il. Ce sale (enbipé) qui essayait de séduire mes gars et l'autre cinglé dégénéré qui essayait de les convaincre que des nageoires seraient mieux que des mains pour piloter un vaisseau! Et la plus belle femme que j'aie vue de mon existence bouclée dans sa cabine sans que je puisse même pas me rincer l'œil sur ses chevilles. Et juste comme je me pointe ici, avant que je passe dans la fente de la montagne, voilà que tous les contrôles m'annoncent que je vais entrer en collision avec un autre vaisseau!

Là, je tiquai. Je savais ce que c'était : le rupteur à proximo-détection que je m'étais fait implanter dans la tête pour neutraliser les hypnocasques avait joué son rôle dès que le *Blixo* s'était trouvé à moins de deux kilomètres de moi.

– Mais je suis arrivé à me poser sans ennui dans le hangar, après avoir bravé les Dieux savent quels périls... et où vous êtes, vous? Ce n'est pas tout! Il y a trois mois, lorsque j'étais à Istanbul, j'ai rencontré cette riche veuve qui m'a dit qu'elle mourrait si je ne revenais pas. Et (bip), Gris! Voilà presque deux jours que je traîne dans ce hangar puant sans que personne n'arrive à vous mettre la main dessus!

– Mais pourquoi vouliez-vous me voir? hasardai-je timidement.

Mais c'était vrai, d'ailleurs : il n'avait pas besoin de moi pour quitter la base.

– Les choses importantes en premier. Asseyez-vous là! Si nous faisons vite, j'aurai encore le temps de sauter dans l'avion du matin.

Je pris place avec précaution dans le fauteuil qu'il me désignait, la main à un centimètre de la détente de mon paralyseur. Les spatiaux sont des types bizarres qui peuvent vous échapper à tout moment. Et puis, il faut être cinglé pour être un spatial. Ce n'était pas parce qu'une riche veuve l'attendait à Istanbul qu'il devait être dans cet état. A moins que...

Il laissa tomber une liasse volumineuse devant moi. Des laissez-passer de l'Appareil en blanc. Il y en avait nettement plus que d'habitude.

– Mettez votre visa sur tout ça et nous pourrons causer, me dit-il.

– Vous ne croyez pas qu'il y en a beaucoup trop? avançai-je.

Après tout, il faut toujours prendre certaines précautions avant de viser des autorisations officielles.

– Ça ne vous regarde pas, sinon que cette riche veuve possède une distillerie de faux scotch et que le scotch va faire fureur sur Voltar, ils vont s'éclater avec ça! Je ne vous propose pas la moindre miette – que ce soit la veuve ou l'affaire du scotch – et si j'ai besoin de tellement de laissez-passer pour la cargaison, c'est parce que vous ne serez plus longtemps là!

Menaçant. Très menaçant. Je sus alors qu'il avait un atout dans sa manche.

– Vous feriez mieux de m'en dire un peu plus.

– (Bip) que je vais vous en dire plus. Mais quand vous m'aurez estampillé tous ces (bips) de laissez-passer. Et ne les datez pas. Effacez cette partie. Le reste, je peux l'imiter moi-même.

Le destin jouait avec moi. Je savais bien que Bolz ne me révélerait rien avant que j'aie tout visé. Mais j'étais trop déprimé pour poursuivre la discussion. Je sortis mon identoplaque, effaçai la date et je me mis à la besogne.

Je tamponnai et retamponnai comme une machine.

Bolz alla se verser du secoueur-chaud sans m'en offrir une goutte. Il déballa ensuite son sac de voyage et enfila ces vêtements européens.

Moi, je continuais. Avec toute cette pile, il pourrait livrer au moins une dizaine de cargaisons de scotch à raison d'une caisse par voyage.

Le bras ankylosé, je m'apprêtai enfin à rengainer mon identoplaque.

Mais Bolz, qui était occupé à lacer ses chaussures, surprit mon geste.

– Oh, non, non, non. Il y a autre chose encore.

Il examina les liasses de laissez-passer l'une après l'autre avant de les enfermer dans un coffre dont il avait sorti un document à l'aspect imposant.

– Signez et estampillez ça, me dit-il.

J'examinai la feuille. Très officielle. Très menaçante. Je lus :

Moi, Soltan Gris, officier subalterne de l'Appareil de Coordination de l'Information, Division Extérieure, Gouvernement Royal, Confédération de Voltar (longue vie à Sa Majesté Cling le Hautain), certifie et authentifie le reçu de l'Expédition 239-765-933 AZ et toute substance y afférente.

Je déclare par ailleurs que cet ordre a été passé par moi personnellement et que je tiens toutes les parties concernées par cette expédition et toutes les autres sommes versées par Zanco comme totalement innocentes et irréprochables et j'atteste par la présente qu'elles ont agi sous la contrainte et selon mes ordres.

. . . .
(Signature)
Apposer ici l'identoplaque

J'étais perplexe.

– D'accord, mais QU'EST-CE QUE C'EST? demandai-je.

Je reniflais le danger.

– Vous aurez le bordereau d'expédition quand vous aurez signé et pas avant, déclara Bolz. Et croyez-moi, c'est avec joie que je vais me débarrasser de cette cargaison!

– Mais je ne peux pas signer un document comme ça. J'ignore ce que c'est. S'il s'agit de quelque chose d'illégal, je pourrais être fusillé.

– Allez, allez! Vous allez me faire rater mon avion! Signez! Et tamponnez! Vous n'avez jamais finassé comme ça jusqu'à présent!

Son avion ne décollerait pas avant quelques heures. Pourquoi cette hâte?

Il vit que j'hésitais. Il tendit la main et toucha le coin de la feuille. Il avait du mal à la saisir avec ses gros doigts sur cette table lisse.

– D'accord. Je dirai simplement que vous n'avez pas voulu accepter. Mais je pense que vous êtes un (bip) de crétin de ne pas accepter!

Une idée germa dans mon esprit. Si je n'étais pas d'accord avec cette cargaison, je pouvais toujours dégainer mon paralyseur, le descendre et récupérer le document. Ça risquait de faire des remous mais c'était la meilleure façon de m'en sortir.

A l'instant où il reprenait la feuille, j'abattis la main dessus et la repris. Je sortis un stylo et signai. Puis je remis la date et l'heure sur mon identoplaque avant d'apposer mon visa.

Bolz reprit la feuille et alla l'enfermer dans son coffre où il prit un deuxième document. Dieux merci, il avait laissé la porte ouverte. Je pouvais encore exécuter mon stratagème.

Il me glissa la nouvelle feuille. Il me suffit d'un seul coup d'œil pour que je reste bouche bée, les yeux écarquillés. Car le document disait :

BORDEREAU DE TRANSPORT 239-765-933 AZ

Transporteur : cargo spatial Blixo *de l'Appareil.*
Commandant : capitaine Bolz.
Expéditeur : matériel et fournitures de cytologie Zanco.
Responsable : Koltar Zanco.
Nature de la cargaison : 30 000 livres d'or en barres de 50 livres. PUR à 100 %.

Je faillis tomber. Ma tête était comme une nébuleuse spirale en accélération!

Ma lettre à Zanco avait donc abouti! Je leur avais dit que les 30 000 crédits de commission qu'ils ne m'avaient pas versés m'avaient mis dans l'impossibilité d'acheter de l'or. Et c'était de L'OR qu'ils m'avaient expédié!

– Vous voulez reprendre le document? demanda Bolz avec un ricanement bizarre.

– Oh, Dieux, non!

Le monde venait de basculer. L'instant d'avant, j'étais au fond de l'abîme et un simple coup d'œil m'en avait fait sortir. Et je montais de plus en plus haut.

– Il est à bord? hasardai-je.

– Question stupide. Mais je ne vais pas vous contrarier. Allez, descendons.

Il me précéda jusqu'à la soute et déverrouilla une lourde porte. Les caisses étaient bien là, tout arrimées.

Je fondis dessus.

J'arrachai littéralement le couvercle de la première qui se présentait.

JAUNE! ELLE ÉTAIT REMPLIE DE JAUNE! MAGNIFIQUE!

D'un geste expert, je sortis ma lame de la Section Couteau et entaillai une barre.

C'était de l'OR. Pur, brillant et doux!

J'ouvris une deuxième caisse, puis une troisième.

Dans chacune, il y avait deux barres d'OR PUR!

Et, en multipliant par le nombre de caisses, ça faisait des centaines de barres!

– Il y en a trois cents exactement, dit Bolz. A raison de cent livres par caisse. Maintenant, si vous en avez encore la force, remontons pour que vous visiez l'original du bordereau.

Je ne voulais pas partir. Il me poussa vers la porte, sans se soucier de mes mains désespérément tendues vers cet or merveilleux, somptueux.

Je réussis, en m'agrippant sur le seuil, à compter les caisses.

– Oh, par tous les Dieux! s'irrita Bolz. Tout est là! Vous voulez vraiment me faire rater cet avion!

Je finis de compter :

– ... 297, 298, 299, 300! Oui, tout est là!

– Oui, oui, tout est là! Mes Dieux, qu'est-ce que je suis heureux de m'en débarrasser, avec l'équipage que j'ai et le prix de l'or sur cette planète! Maintenant, regardez-moi bien : je ferme cette porte à clé. Et nous retournons à ma cabine.

Je le suivis. C'est dans une sorte de brouillard que j'apposai mes initiales sur l'original du bordereau. Il l'enferma soigneusement dans son coffre comme les autres documents avant de me tendre la clé de la soute. Puis il mit son chapeau et prit sa valise.

– Maintenant, à vous de jouer, me dit-il. Il reste encore une partie de l'équipage à bord et je leur ai dit qu'ils pouvaient vous donner un coup de main pour décharger mais, à partir de maintenant, je dégage ma responsabilité. Au revoir.

Il partit.

2

Je m'effondrai devant la table. Je n'arrivais pas à fermer les yeux : ils étaient grands ouverts, tétanisés.

De longues minutes s'écoulèrent. Je pris conscience peu à peu que mon cœur, tout au moins, battait toujours et que je continuais à respirer.

Trente mille livres d'or!

Pour toutes les commandes que j'avais passées pour l'hôpital, Zanco me devait une commission de 30 000 crédits. Ce qui signifiait qu'ils avaient acheté tout ce métal au tarif professionnel, un crédit la livre. On utilise beaucoup l'or en cytologie puisqu'il ne s'oxyde pas et ne peut, par conséquent, altérer les cellules. Ma foi, c'était tout bénéfice pour moi. Un deal correct entre pros.

Une loi prohibait l'exportation de tout métal susceptible de déséquilibrer les monnaies des mondes primitifs. C'était pour cette raison que l'Appareil n'en avait jamais livré à la base terrienne. Mais s'ils avaient l'intention de fermer l'œil, moi aussi.

Je ramassai un bout de papier mêlé aux débris divers qui jonchaient le sol de la cabine de Bolz et je me mis à calculer.

Ces 30 000 livres d'or voltarien devaient peser en fait environ 25 000 livres sur Terre. Ce qui représentait 300 000 onces troyennes.

Récemment, l'or avait grimpé en flèche. Il devait se situer à 850 dollars l'once. Ç'avait été son cours des années auparavant, puis il avait chuté. Mais l'inflation reprenait et il ne ferait que grimper dans les mois à venir. Aucun risque qu'il baisse.

Je poursuivis mes calculs. Hébété, j'atteignis le chiffre de 255 millions de dollars!

MES DIEUX!

Je pouvais payer les cartes de crédit!

Je ne perdrais pas la villa! Mes domestiques ne seraient pas vendus sur le marché aux esclaves et moi non plus.

Bien plus! Avec tout cet argent, je pourrais ruser, magouiller, faire tout ce que je voulais à Heller et à la comtesse Krak!

QUEL BONHEUR!

Même si elle se servait de ma carte de crédit, ça ne changeait rien!

Qui Diables s'en souciait désormais?
WAOUH!
Je pourrais m'acheter la limousine blindée de mes rêves!
Je pourrais acheter et revendre n'importe qui!
Même Utanc ramperait devant moi!
Oh, quel monde splendide s'ouvrait à moi!
Merveilleux!
Mais... attendez.
Cela faisait 30 000 livres d'or!
C'est-à-dire douze TONNES et demie!
Même avec un camion, je n'arriverais pas à les décharger!
Et impossible de cacher ou d'enterrer tout ça.

Je l'avais durement appris : garder de l'or équivaut à le perdre.

Mes Dieux, je ne pouvais même pas envisager de dégager la cargaison du hangar!

Pas étonnant que Bolz m'eût dit que j'étais seul.

Mon nouveau problème était que J'AVAIS BEAUCOUP TROP D'OR!

Brièvement, j'esquissai l'idée de n'en conserver qu'une partie. Mais non, c'était impensable. Pas question d'abandonner ne serait-ce qu'une miette de ce trésor.

Un moment. Il fallait réfléchir sérieusement!

L'erreur que j'avais commise auparavant avait été de vouloir le garder avec moi coûte que coûte. A ne pas refaire!

Si j'allais à Istanbul avec tout cet or, on me chercherait des poux et on ne me lâcherait plus. Le plan que j'avais appliqué et qui consistait à faire racheter l'or par l'entremise du Pahalt General Merchandise Emporium* serait impossible avec une somme aussi colossale. Je doutais même qu'il y eût autant d'or dans les coffres de la Turkish National Bank!

Pourtant, il fallait que je le convertisse. Malgré l'immense amour que j'éprouvais pour le merveilleux métal jaune, il fallait le transformer en monnaie avant que quelqu'un ne le change en plomb vil peint en jaune. Mais comment? Et où chercher?

Le seul pays qui accepterait tout cet or sans poser de questions, c'était la Suisse, avec ses nouvelles lois. Mais il y avait un certain nombre de frontières à passer pour atteindre la Suisse.

Des frontières? Mais oui, un « saute-frontières » : le « sauteligne »! Cet engin de l'Armée déniché par Stabb, le chef des Antimancos. Il m'avait longuement expliqué qu'il avait été conçu pour enlever des centaines de tonnes.

---

* Voir Tome 2 : *La Forteresse du Mal.*

Mais cela impliquait que je devais mettre les Antimancos au courant. Que je devais manipuler ces tonnes d'or devant un équipage de pirates qui n'hésiteraient pas à tuer pour une toute petite part de cette fortune.

Comment m'y prendre? Comment duper Stabb?

Il fallait absolument que ça marche!

Ma vie en dépendait.

Quel que soit le risque à prendre, je devais trouver un moyen.

Dieux, il fallait absolument que je trouve une idée!

Ma prière fut instantanément exaucée! Service exprès du royaume des cieux!

Comme un éclair surgi du néant, l'idée jaillit dans mon esprit!

3

J'avais oublié mon épuisement. Tout l'éclat de l'or illuminait mon âme. Son énergie jaune montait au long de mes nerfs comme quelque parfum précieux et une force nouvelle gonflait mes poumons.

Oui, il allait y avoir quelques petits changements!

Je dévalai l'échelle de coupée du *Blixo* et me ruai vers le bureau de garde. Je décrochai frénétiquement le téléphone et appelai le chauffeur de taxi.

– C'est trop tôt, me dit-il d'une voix endormie. Pourquoi cette hâte?

– A cause de l'argent.

– Vous en avez?

Cette fois, il était réveillé.

– Plus que vous n'avez jamais rêvé en avoir.

– J'arrive tout de suite.

La preuve par neuf. Les changements étaient en route.

Il arriva presque aussitôt dans un crissement de freins manquant de peu le tête-à-queue.

– Filez à l'hôpital! lançai-je.

Il démarra de toute la puissance de son moteur.

Il grilla littéralement la route jusqu'à l'entrée de l'hôpital.

Je descendis précipitamment, franchis la réception et dévalai le couloir jusqu'à la chambre de Prahd.

– Oh, NON! hurla l'infirmière Bildirjin. Pas encore VOUS!

J'émis un rire bref et rauque. Oui, il allait y avoir du changement! Et sans tarder!

– Prahd, vous avez un devoir à accomplir!

– Et je commencerai à toucher mon salaire?

– Vous allez faire ce qu'on vous dit.

Mon plan était déjà prêt. En premier lieu, il fallait que je me débarrasse des Antimancos pendant toute la journée. Mais j'avais l'étoile de contrôle. Ce qui ne voulait pas dire pour autant que je devais prendre des risques inutiles. Je ne voulais pas d'un saute-ligne piloté par des Antimancos en état de transe hypnotique ou rendus inconscients à coups de chocs électriques. Non, cet or était trop précieux.

– Dans les minutes qui viennent, je serai de retour ici avec un équipage de cinq hommes. Il faut que vous les vacciniez contre les épizooties.

– C'est une maladie qui n'existe pas.

– Alors inventez-la. Et en les vaccinant, il faut que vous découvriez qu'ils ont la rage. Vous devrez les enfermer dans une salle pendant toute la journée et ne les laisser retourner à la base sous aucun prétexte avant que je vous en aie donné l'ordre.

– Pour guérir la rage, il suffit d'une heure, remarqua Prahd.

– Alors inventez un traitement qui exige une journée! grondai-je.

– Et alors je toucherai mon salaire...

(BIP) de lui! Il recommençait avec ça! Est-ce que cet imbécile ne comprenait pas qu'il était officiellement mort? Je ne pouvais pas le payer, au risque de faire apparaître sur les registres qu'il était encore vivant!

– Vous allez faire ce qu'on vous dit!

– Mais c'est à peine l'aube.

– Oui, et Rome ne s'est pas construite en un jour!

Je sortis. Puis je me ravisai : il n'allait pas exécuter mes ordres. Je revins sur mes pas à toute allure et lui criai :

– Vous allez faire ça, sinon je fiche le feu à l'hôpital!

C'était gagné. Pour moi, l'hôpital n'était rien. Je ne pouvais pas en tirer le moindre argent. Il me comprenait et il leva les mains en un geste de défense instinctif tout en acquiesçant fébrilement.

– Je ferai comme vous le dites!

Je retournai en courant jusqu'au taxi.

Le retour à la base fut plus rapide que l'aller.

– Attendez-moi! jetai-je en descendant.

J'enfilai le tunnel, traversai le hangar et montai vers les quartiers de l'équipage. Je surgis brusquement dans la chambre des Antimancos.

Cinq éclateurs étaient pointés sur moi. Ce qui ne m'intimidait pas le moins du monde. Je braillai :

– Debout, tous ! Et vite !

Ils restèrent affalés sur leurs couchettes, sans cesser de me viser.

– Capitaine Stabb ! Sortez dans le couloir ! Une affaire de la plus extrême urgence se présente !

Il me suivit en grommelant.

D'un ton de conspirateur, je lui dis :

– Stabb, les choses sont en pleine évolution. Nous allons exécuter le plus important vol dont on ait jamais entendu parler sur cette planète !

Là, cette fois, il dressait les oreilles ! Il pencha sa tête triangulaire vers moi et ses petits yeux rapprochés étincelèrent :

– C'est une ruse ?

– Par les Dieux, non ! mentis-je. Je ne peux encore vous donner tous les détails, mais il s'agit d'un coup qui fera date dans les annales de la piraterie !

– Il était presque temps !

– Oh, mais vous allez assister à certains changements. Tout va plus vite. Cependant, il y a des mesures préalables à prendre. Une épidémie sévit actuellement dans la région où nous allons frapper en premier. Il faut que vous conduisiez tout votre équipage à l'hôpital immédiatement pour qu'il se fasse vacciner. Il y a un taxi qui attend dehors !

– Mais qu'est-ce que c'est que ce plan ?

– Je vous en donnerai tous les détails dès notre retour, lui dis-je. Allons-y, maintenant !

Il fit habiller ses hommes. Un moment après, ils sortaient tous dans le froid de l'aube et s'entassaient dans le taxi.

– Conduisez-les au Dr Muhammed, dis-je au chauffeur. Ensuite, revenez me voir.

Ils partirent.

Je retournai en hâte jusqu'aux quartiers des équipages et trouvai très vite où logeait le contremaître de l'équipe de construction.

Peu importait ce que coûtaient les choses désormais. Je le réveillai rien qu'en lui agitant sous le nez trois billets de 100 dollars. Il leva la main, les agrippa, les examina et resta au garde-à-vous.

– Deux de plus, lui dis-je, si tu fais très exactement ce que je vais te dire.

– S'il est question d'un meurtre, demandez aux gardes. Si vous avez tracé de nouveaux plans pour la base, alors laissez-moi dormir.

Bien! Parfait! Ça cadrait avec tous les changements à faire!

– Ni l'un ni l'autre! Il s'agit d'un simple travail de construction.

Soudain, il était intéressé. Je l'aidai à allumer les plaques lumineuses et, en quelques croquis rapides et imprécis, je lui indiquai ce que je désirais.

– Hon, hon, fit-il, oui, c'est plutôt facile. Vous avez dit deux autres billets?

– A condition que tu aies fini au milieu de l'après-midi.

– Oui, pas de problème là non plus. Je vais secouer les ouvriers.

Comme tout cela avait été facile!

Je repartis sur des fusées et retournai au *Blixo*. Je frappai à la porte de la cabine de l'homme de veille.

Il surgit, hirsute, et je lui dis ce que je voulais.

– Mais pourquoi vous me réveillez maintenant? protesta-t-il.

– Parce que je veux te donner ça, dis-je ne lui froissant un billet de 100 dollars au creux de la main. Et si tu fais du bon travail quand tu en auras reçu le signal cet après-midi, je t'en donnerai un autre.

Sa main se referma sur le billet comme le champ gravifique d'une étoile se referme sur un vaisseau en hyper-vitesse.

Maintenant, tout était en route. Pas question d'échouer!

Ensuite, je me rendis dans la soute du *Blixo,* j'ouvris la porte et, durant trois heures, je rêvai sur ma montagne d'or! Elle ne serait pas longtemps à moi. Il faudrait bien que le bonheur de cette communion ait un terme. Et la seule idée que je ne verrais plus mon trésor dès le lendemain me plongeait dans le chagrin.

Néanmoins, si tout se passait bien aujourd'hui, J'AURAIS L'ARGENT!

DEUX CENT CINQUANTE-CINQ MILLIONS DE DOLLARS!

L'argent, c'est le POUVOIR!

Avec ça, je pouvais écraser n'importe qui à ma guise! Y compris Heller et Krak!

4

Je m'arrachai à ma contemplation nostalgique : j'avais tant de choses à faire. Il ne fallait négliger aucun détail. J'avais conscience que je me risquais dans l'un des coups les plus hasardeux de mon existence. J'étais sur le point de confier le transport de douze tonnes et demie d'or pur à cinq pirates criminels. Des crapules prêtes à tuer n'importe qui pour quelques onces!

Je redévalai la coupée du *Blixo*.

Tout le hangar était illuminé par des éclairs électroniques : l'équipe de construction était au travail et j'observai avec intérêt. Ils avançaient à toute allure.

Je comptai sur mes doigts tremblants les éléments essentiels qui me manquaient encore.

Des armes. Des vêtements. Un passeport. Quoi d'autre?

Oui. Le médaillon. Il fallait que je remette le médaillon en place.

Je vérifiai. Il était bien dans ma poche. Mais je ne voyais pas comment aller le remettre où je l'avais pris sans me faire remarquer. Si je devais mourir dans cette aventure, je souhaitais quand même qu'on verse quelques larmes sur ma tombe.

Je pris le tunnel jusqu'à ma chambre secrète.

Des armes. J'ouvris mon râtelier et je regardai ce dont je disposais. Oui, il y en avait une qui me séduisait particulièrement. C'était un fusil à double canon scié de calibre .12 surnommé « la Brute ». Je l'inspectai. J'avais fait scier le canon à 55 centimètres. Un percuteur spécial. J'avais fait monter une bretelle et un seul regard dans le double tunnel noir du canon vous glaçait le sang. Avec tout cet or, j'allais voyager sur de la dynamite et j'avais tout intérêt à m'équiper sérieusement. « La Brute », c'était l'idéal. Même les gardes des diligences de la Wells Fargo n'avaient jamais eu de flingue aussi impressionnant. Mais les bandits de l'Ouest n'étaient rien à côté de mon équipage, il faut le dire.

Je pris deux bandoulières que je garnis rapidement de cartouches de .12.

Ensuite, je me procurai six éclateurs auxquels j'ajoutai un revolver Ruger Blackhawk muni d'un magasin pour balles de carabine calibre .30. Je disposais de projectiles performants de ce calibre et, tel que, ce Ruger constituait une arme de poing plus puissante et plus précise qu'un fusil. Avec son barillet coup par coup, il ne risquerait pas de s'enrayer dans le froid extrême que j'allais affronter. Je choisis un holster fait main et une ceinture cartouchière que je remplis de cartouches de .30.

Je ruminai un instant avant d'ajouter à cette panoplie une douzaine de grenades à effet maximal des marines de la Flotte. Puis une petite arme pour le coude, dans son étui : un Colt Undercover .38 Spécial à balles explosives.

Je terminai par un lacérateur de la police voltarienne – un engin qui vous découpait un type en deux à plus de 500 mètres si on savait s'en servir et que je comptais garder en réserve comme arme de poche.

C'était parfait.

A présent, il fallait passer au chapitre vêtements. Je gagnai ma chambre et j'entrepris de fouiller dans ma nouvelle garde-robe. Je tombai sur une tenue de ski à chauffage électrique! En soie noire superbe! Avec des bottes fourrées, également à chauffage électrique. Quel bonheur! J'ai horreur des tenues spatiales : on n'arrive jamais à marcher vite avec et elles sentent toujours mauvais. Je mis donc les piles en place pour faire un essai. Parfait. J'enfilai la tenue. Avec ça, j'avais l'air redoutable! Et ce serait encore mieux avec deux bandoulières bien garnies croisées sur la poitrine et un holster de cuir et de cuivre du plus sinistre effet à la taille. Prodigieux!

Les passeports ensuite. Même si je courais un grand risque en utilisant mon identité terrienne de Sultan Bey, c'était pourtant ce que je comptais faire. Ce qui était le comble de l'audace et du danger si l'on considérait la police sur cette planète, d'autant plus que les sociétés de cartes de crédit épient les moindres mouvements des titulaires de cartes, leurs moindres faits et gestes. Ça, je l'avais appris pour mon plus grand malheur. Affronter la police? Oui. Mais ne serait-ce qu'effleurer un ordinateur de cartes de crédit, jamais! NON, pas question!

Pourtant, la propriété de cet or ne devait pas être mise en question. J'allais procéder de telle façon que personne ne puisse toucher l'argent – ni même s'en approcher.

Mon passeport était en règle et la carte de santé aussi, y compris le vaccin contre la variole et la peste bubonique.

Restait un problème : je n'avais toujours pas trouvé comment remettre le médaillon en place.

Je me souvins alors que je n'avais pas mangé et je sonnai pour qu'on m'apporte mon breakfast. La matinée était avancée et ils n'allaient sûrement pas se plaindre d'être dérangés dans leur sommeil. Mais Karagoz et le serveur n'avaient jamais été aussi lents. Très lents : le café était froid et les œufs parfaitement glacés et le melon bien chaud. Ils m'expliquèrent qu'il faisait un temps rude et venteux.

Oui, oui, tout ça n'allait pas tarder à changer!

Mon repas fut dérangé par un bruit soudain qui dominait la plainte du vent d'hiver : les voix des deux garçons qui perturbaient ma matinée. J'allai jeter un coup d'œil au-dehors. Oui, c'était bien eux. Ils criaient et riaient aux éclats et faisaient plus de bruit que tous les Démons rassemblés.

Ces deux crétins essayaient de faire voler un cerf-volant! Le cerf-volant, une sorte de chauve-souris fantaisie, devait être japonais. A l'évidence, c'était un cadeau d'Utanc. Elle avait dû acheter ça dans le plus ruineux magasin de jouets de la ville, et avec une carte de crédit bien sûr. Cette seule pensée me fit enrager.

L'inspiration me vint soudain! Une idée brillante, superbe, surgie des nues, comme ça!

Je bouclai le ceinturon de mon Ruger Blackhawk : on n'affronte pas les petits garçons à mains nues. Je m'assurai que le médaillon était bien dans ma poche.

Et je sortis d'un pas décidé.

Les deux idiots essayaient de ne pas envoyer le cerf-volant dans les arbres et, malheureusement, ils y arrivaient.

Ils me tournaient le dos et ils étaient beaucoup trop captivés pour s'apercevoir de ma présence. Je pus donc me glisser derrière eux sans éveiller leur attention.

Brusquement, je levai la main. D'un coup précis de karaté, je frappai! Droite, gauche!

Impossible de manquer mon coup, puisque j'appliquais à la lettre les instructions, pose et équilibre.

VLAN! Un garçon s'envola à droite!

VLAN! Et l'autre à gauche!

CRAC! Le cerf-volant était dans l'arbre.

A dessein, et avec une extrême adresse, je n'avais pas assommé les deux garçons. Je voulais qu'ils se mettent à brailler.

Et ils réagirent exactement selon mon plan.

Le premier avait atterri la tête la première sur le gravier de l'allée. L'autre se débattait dans un buisson.

Tout fonctionnait comme prévu.

Utanc surgit de sa chambre comme une fusée!

Les deux idiots pointaient le doigt sur leur cerf-volant qui n'était plus qu'un débris lacéré en criant aux cieux!

Je savais que le regard meurtrier d'Utanc serait bientôt brillant de plaisir.

Je sortis le médaillon et le lui montrai. Et je lui dis d'un ton outragé :

– Regarde avec quoi jouaient ces deux démons!

Les sourcils froncés, l'air sévère, je lui tendis le médaillon.

Elle le prit, l'examina de près, puis me regarda.

– Les garçons? (Je n'aimais pas du tout le ton qu'elle prenait.) Mais ils ne peuvent pas accéder à mes bijoux. La boîte est fermée à clé! Ce qui ne peut signifier qu'une chose : c'est toi qui l'as pris, espèce de (bipard)!

Elle se retourna brusquement vers les deux garçons.

– Est-ce que cette brute vous a battus?

– Il a démoli notre cerf-volant! hurlèrent-ils de concert.

Utanc s'avança d'un pas décidé. Elle se baissa. J'avais habilement percé à jour ses intentions et j'étais déjà à mi-chemin du coin de la maison avant qu'elle ne me lance la première et redoutable poignée de gravier.

Vite! J'étais à l'abri avant que les deux monstres imitent son tir de barrage.

Le rythme était rapide mais la précision n'y était pas. Je risquai un œil. J'étais hors de portée. Les tirs d'obus ne m'atteignaient pas.

Ils s'arrêtèrent bientôt.

– Il a démoli notre cerf-volant! répéta en geignant celui qui ressemblait à James Cagney.

– Il était si beau, pleurnicha Rudolph Valentino.

Ils mentaient effrontément l'un et l'autre. Impossible de faire voler un cerf-volant avec un tel vent en plein hiver. Oui, c'était de leur faute. Tout le monde sait que les cerfs-volants ne volent qu'au printemps.

Utanc ne semblait guère se préoccuper d'eux. Elle examinait son médaillon. Et ce qu'elle fit alors me stupéfia.

Elle s'agenouilla et tendit le médaillon aux garçons.

– Tenez, je peux vous le donner. Faites-en ce que vous voulez, mes chéris.

– Vraiment? s'exclamèrent-ils tous les deux en écarquillant les yeux.

– Mais bien sûr. Ce n'est que la copie du vrai que je garde dans mon coffre. Il faut toujours avoir des copies de ses bijoux en cas de vol. Mettez-le au cou du chien. C'est d'ailleurs une copie plutôt médiocre.

Elle leur tapota affectueusement la tête. Je bouillais. Oui, il allait vraiment y avoir du changement. Qu'ils attendent seulement que j'aie converti tout cet or en ARGENT!

5

Si l'on excepte quelques petits accrocs, comme l'incident du médaillon, mon plan se déroulait assez bien.

Je retournai voir où en étaient les ouvriers de l'entreprise.

Les travaux de construction paraissaient avancer sans problème.

Faht Bey apparut.

– Qu'est-ce que vous préparez? Ce sont des hommes de l'Appareil que vous employez, ainsi que du matériel de l'Appareil. Vous avez tout intérêt à ce que ça ne soit pas pour un projet personnel.

– Ça concerne la société, rétorquai-je, le plus légitimement du monde.

– C'est très suspect. Je n'ai encore jamais vu les gens travailler si vite sous vos ordres. Ni même travailler tout court.

– Ce sont les ordres de Lombar Hisst. Ce projet est d'une importance essentielle.

– Je l'espère, grommela Faht Bey d'un air dubitatif. Vous êtes au courant de ces vols d'héroïne au magasin?

– Ça continue? (Il hocha la tête en me regardant bizarrement.) Vous feriez bien de tirer ça au clair avant que j'en informe le Suzerain Inspecteur-Général.

– C'est le dernier de mes soucis, fit-il en s'éloignant.

J'étais irrité. Il était évident qu'il pensait que c'était moi qui volais l'héroïne que nous devions expédier à Lombar Hisst.

Cette attitude était inadmissible. Tout ça allait changer. Qu'il attende seulement que je touche tout cet argent!

Je savais qu'un long et périlleux voyage m'attendait. Je me dis que je ferais aussi bien de prendre un peu de repos pendant que j'en avais le temps. Je m'allongeai sur ma couchette. Mais j'étais tellement préoccupé que je ne trouvai pas le sommeil. Des milliers de dollars en grosses coupures tournaient dans ma tête.

Au milieu de l'après-midi, en allant inspecter le hangar pour la douzième fois, je découvris que toute activité avait cessé. Les torches à recuire ne brillaient plus. Le résultat était là. La couche d'absorbo était sèche à présent. J'allai inspecter de près la chose.

Elle était splendide. Au premier regard, c'était une plateforme d'acier lourd avec des longerons massifs et d'énormes rivets. Mais il y avait deux détails essentiels. Les longerons étaient en aluminium et les plaques supérieures pouvaient se rabattre. L'intérieur était creux!

Pour que vous vous rendiez compte à quel point ce projet était important à mes yeux, je vous dirai que je donnai au contremaître les 200 dollars encore dus! Pour que cette entreprise réussisse, j'étais prêt à tous les sacrifices!

Je montai à bord du *Blixo* et allai trouver l'officier en

second. Il rassembla les quelques membres de l'équipage qui restaient et je fis ouvrir la soute. En quelques instants, les caisses d'or furent chargées sur la plate-forme.

On ouvrit le dessus et, une à une, les caisses furent descendues et dûment arrimées. Il y en avait trois cents, ce qui représentait un bon poids de barres d'or et aussi un certain volume. Mais l'or est toujours trompeur. On aurait tendance à croire par exemple que douze tonnes et demie de métal jaune représentent une montagne. Mais non. Néanmoins, il fallut pas mal d'efforts pour faire entrer la dernière caisse.

Ensuite, les plaques du dessus de la plate-forme furent rabattues et fixées. De nouveau, ce n'était plus qu'une banale plate-forme massive avec des longerons et des rivets.

Pour la prochaine phase, c'était à moi de jouer. Une tâche exténuante. Je me procurai un chariot et, au bout de plusieurs voyages, j'eus retiré toutes les fausses barres d'or entassées dans ma chambre secrète pour les empiler sur le dessus de la plate-forme. J'avais bien entendu effacé toutes les marques voltariennes.

Le second du *Blixo* fit arrimer cette seconde cargaison de neuf caisses et je m'assurai que tout était en ordre. Pour bien marquer à quel point cette opération était importante pour moi, je lui remis les 100 dollars du solde promis. Il s'en montra heureux. Il se précipita sur le téléphone et je me dis qu'avant peu, lui et son équipage seraient ivres morts.

Ce qui signifiait qu'il ne parlerait pas aux Antimancos à leur retour.

Je regardai vers le haut de la montagne, au-delà de l'illusion d'optique qui protégeait la base. Le jour diminuait. En Turquie, en janvier, le soleil se couche très tôt, la latitude nord étant de 38 degrés.

Je regagnai la villa par le tunnel. J'avalai un souper rapide. Puis je passai mon holster de coude et y glissai mon Colt Undercover. Je remplis mes poches avec toutes les autres armes. Ensuite, je ceignis le ceinturon de mon Ruger avant de vérifier le barillet du Blackhawk. Je le mis dans son holster, bien lacé sur ma cuisse, et passai le lacet par-dessus le chien, à la mode de l'Ouest. Je croisai les deux bandoulières sur mon torse et les attachai à la cartouchière de mon fusil.

Je décrochai le téléphone et appelai Prahd. Oui, il était prêt à m'envoyer les Antimancos – depuis des heures, en fait. J'appelai alors le chauffeur de taxi pour lui demander d'aller les chercher.

Je devais me montrer d'un calme convaincant face aux Antimancos et cette perspective me rendait nerveux. Je jetai mon manteau d'ours sur mes épaules, pris mon fusil à canon scié et me rendis jusqu'au hangar.

Les Antimancos arrivaient par le tunnel, l'air renfrogné, hostile. Je me fis la réflexion que j'aurais dû demander à Prahd de leur injecter un gaz calmant. Moi aussi, ça ne m'aurait pas fait de mal.

Je les rencontrai au bord de la plate-forme.

– C'est complètement absurde! tonna le capitaine Stabb. Je suis criblé de coups d'aiguilles! Ce (bipard) nous a traités comme des pelotes à épingles!

– Est-ce qu'il vous a remis les certificats de vaccination? demandai-je d'une voix tendue.

– Oui, en tout cas, il nous a donné ce (bip) de papier!

Je le pris, y jetai un coup d'œil et le fourrai dans une poche :

– Parce que, ajoutai-je, il ne faudrait surtout pas que vous soyez pris en train d'attaquer une banque et que vous vous retrouviez en prison sans un certificat de santé en règle.

Cela eut l'effet que j'avais escompté. Une lueur de convoitise apparut instantanément dans les petits yeux du capitaine Stabb.

Et ses hommes se rapprochèrent. Tout se passait comme prévu.

– Cette nuit, repris-je à voix basse, nous allons nous livrer à une reconnaissance préliminaire. J'ai un plan fantastique. Pour nous emparer des réserves d'or de la Suisse...

– Les réserves d'or de la Suisse? firent-ils tous en écho, béants d'étonnement et de cupidité.

– Exactement. (Je m'adressais au capitaine Stabb mais je voulais que tous les autres entendent.) Mais quand on a l'intention de commettre un vol, il est nécessaire de savoir où se trouve le butin.

Ils hochèrent la tête.

– C'est pour cette raison que je vais courir ce risque.

– Mais comment? chuchota Stabb.

– Regardez bien cette plate-forme.

Ils regardèrent. Et ce qu'ils virent, c'était neuf caisses attachées sur le dessus d'une plate-forme.

– L'or qui se trouve là-dedans n'est pas de l'or. Dans ces caisses, il n'y a que des barres de plomb peintes en jaune. Vous n'avez qu'à vous en assurer par vous-mêmes.

Ils détachèrent un lien et, en quelques coups de poignard prudents, ils vérifièrent ce que je leur avais dit. Il me suffit d'un petit marteau pour effacer les dégâts.

– Mais comment comptez-vous voler la Suisse? demanda Stabb.

– Très simple. Vous allez me déposer avec ça à l'aéroport de Kloten, à Zurich. Ils emporteront l'or dans leurs coffres et je les suivrai. Je repérerai exactement l'emplacement des coffres et, dès que nous aurons préparé notre attaque, nous pourrons revenir et enlever le tout avec le saute-ligne!

– Oh, oh! fit Stabb, les yeux pétillants comme je l'avais prévu. Mais il y a un ennui : le saute-ligne ne peut pas soulever plus de deux cents tonnes.

– C'est mieux que rien, remarquai-je.

– Deux cents tonnes d'or, rumina un ingénieur Antimanco. Par les Démons! On peut acheter la moitié d'un pays avec ça, vu le prix de l'or ici!

– Vous courez un sacré risque, me fit remarquer Stabb.

– C'est pour ça que j'ai cette arme, dis-je en tapotant « la Brute ».

– Et ensuite on vous récupère?

– Non, non. Tout ce que vous aurez à faire, c'est de déposer cette plate-forme à proximité de leur douane. Moi, je quitterai le vaisseau et vous repartirez. Je me débrouillerai pour ressortir.

– Par tous les Démons! s'exclama un pilote. Vous avez du cran!

– Bon, ne perdez pas de temps. Préparez-vous! Nous décollons dans une heure.

Ils se bousculèrent aussitôt.

6

Le saute-ligne comportait deux sièges pour les pilotes, à l'avant, et six autres à l'arrière pour l'équipage. Le compartiment était situé tout au sommet de la structure en cloche et, en guise de hublots, il n'y avait que d'étroites meurtrières à volets qui pouvaient être ouvertes ou fermées sans risque d'écho pour les éventuels rayons détecteurs.

La chambre des moteurs était rudimentaire et ne requérait qu'un seul mécanicien, mais elle était occupée par deux Antimancos. Elle était située immédiatement sous l'habitacle de pilotage.

Le reste de l'appareil évoquait le pavillon d'un clairon. En fait, vu de profil, le saute-ligne ressemblait tout à fait à une énorme cloche d'église.

Stabb s'installa entre les deux pilotes qui consultaient leurs cartes.

Je pris place sur un siège à l'arrière du compartiment et je me sanglai avec soin afin de pouvoir dégainer rapidement.

Je guettais anxieusement le moindre signe qui pouvait révéler que les Antimancos n'étaient pas dupes. Plutôt éprouvant pour les nerfs.

Stabb revint vers moi.

– Ce « saute-ligne », comme nous l'appelons, n'est utilisable qu'en vol atmosphérique. Nous ne monterons pas à plus de 30 000 mètres. Nous n'aurons pas à forcer l'allure puisque nous n'avons que moins de 2 000 kilomètres. Nous devrions atteindre l'objectif à 7 h 30 du soir, heure locale, compte tenu du décalage horaire. A cette heure-là, ils devraient être assoupis après le dîner. Nous tenons toujours compte de ce facteur dans la piraterie. Est-ce que ça cadre avec vos plans?

– Parfaitement.

– Alors, on peut décoller.

Ils lancèrent les moteurs et activèrent les écrans.

Le saute-ligne décolla du sol du hangar et vint se placer au-dessus de la plate-forme. On passa des filins de sécurité autour de la structure. Puis les rayons tracteurs soulevèrent la plate-forme qui se mit à flotter à quelques mètres du sol.

L'un des mécaniciens promena un faisceau de contrôle sur l'ensemble afin de s'assurer que le vaisseau aussi bien que la plate-forme étaient imperméables aux échos radar.

Il regagna la chambre des moteurs et cria :

– Test nul!

Stabb tapota l'épaule du pilote et ZOOM! En une fraction de seconde, nous avions franchi l'illusion électronique qui protège la base.

J'entrouvris une meurtrière. Je voulais voir la terre s'éloigner mais, surtout, vérifier que la plate-forme n'était pas restée là en bas.

Stabb se pencha vers moi et referma la meurtrière.

– Non, non, fit-il en agitant l'index. Leurs satellites ont des radars, maintenant, et ils pourraient détecter un mouvement, même aussi faible que celui-ci. Regardez plutôt sur les écrans.

Je ne voyais pas très bien l'intérieur du poste de pilotage. Et, de plus, l'accélération me clouait dans mon siège. Cet engin n'avait rien du confort du remorqueur. Il était très rudimentaire et je me dis que les gens de l'armée qui l'avaient conçu n'étaient guère familiarisés avec le vol spatial. Je ne pouvais que supposer que nous avions pris le bon cap. Mais je n'étais pas du tout certain que nous n'avions pas laissé la plate-forme derrière nous.

Un mécanicien appela d'en bas et Stabb s'agenouilla au bord du puits d'accès pour lui répondre.

– Cette (bip) de plate-forme ! fit-il en revenant.

– Quelque chose ne va pas ? demandai-je, soudain très inquiet.

– Non, non, ça se passe bien. Mais elle pèse bien plus lourd qu'elle ne devrait.

Instantanément, je fus glacé. J'avais utilisé de l'aluminium auquel j'avais donné l'aspect de l'acier en pensant compenser le poids de la charge d'or authentique.

A 30 000 mètres, le saute-ligne prit la direction de Zurich. Je me dis qu'il risquait de produire un bang en passant le mur du son et que personne sur cette planète ne pourrait l'expliquer.

C'est alors qu'en me redressant pour tenter de voir par-dessus l'épaule d'un des pilotes, je m'aperçus d'une chose qui me fit dresser les cheveux sur la tête : je ne sentais plus le poids de l'étoile de contrôle contre ma poitrine !

J'avais oublié de la mettre !

Je me trouvais tout nu face à ces (bipards) assoiffés de sang !

Je ne disposais que de mes quelques pauvres armes pour me défendre !

Le choc passé, je réalisai comment cela s'était fait. Un blocage de l'inconscient freudien, une réaction latente et profonde aux médaillons, quels qu'ils fussent, provoquée par ma récente babiolophobie traumatique. Mais le fait de comprendre le phénomène ne guérissait en rien mon anxiété.

Et Stabb non plus :

– Vous essayez de voir l'écran pour savoir où nous sommes ? Très exactement à la verticale du fleuve Save, en Yougoslavie. Si vous tombiez dedans, vous ne survivriez pas plus de cinq secondes. C'est un torrent formidable. Regardez ça !

En silence, essayant de ne pas remuer les lèvres, je me mis à prier le dieu des voyageurs.

Le saute-ligne fonçait dans la nuit à une vitesse telle que la Terre, en dessous, restait dans l'ombre, sans que le soleil nous rattrape. J'aurais bien aimé pouvoir entrouvrir cette meurtrière. Je savais pourtant le spectacle qui s'offrirait à moi : un rayon de soleil mourant et un océan d'encre noire en bas. Mais je me serais senti moins enfermé, moins oppressé.

Stabb était retourné auprès des pilotes et leur murmurait à l'oreille par-dessus le grondement des moteurs et la plainte de l'air déchiré. Est-ce qu'ils complotaient contre mon existence?

Quand il revint vers moi, je vis que ses petits yeux luisaient comme ceux d'un loup.

– Nous allons passer les Alpes de Rhétie. Nous sommes au-dessus du Piz Bernina et notre altitude est de 4 000 mètres. Vous devriez voir ces crevasses! Si un type tombe dedans, on ne risque pas de le retrouver avant la fin du monde. Et dès qu'on aura passé Saint-Moritz, on atteindra les plus profondes! Les vraies!

Je gardais les lèvres serrées. Je priais encore plus fort, mais cette fois je m'adressais au dieu des pirates. Est-ce qu'il ne pouvait pas intervenir d'une manière ou d'une autre?

Il me répondit, mais pas comme je l'avais espéré. Un pilote venait de hurler par-dessus le vacarme :

– C'est le moment de le balancer!

Je faillis m'évanouir. Stabb me secouait l'épaule. Et il tripotait mes sangles de sécurité. Est-ce qu'il tentait de me prendre mes armes?

En tout cas, il me maintenait solidement, les doigts crispés sur les sangles.

Je m'aperçus alors qu'il avait levé le pied. Est-ce qu'il comptait me frapper à coups de pied avant?

– Hé, capitaine! lança un pilote. Ça doit être l'aéroport de Kloten. Il y a un (bip) de paquets d'avions là en bas! J'en ai jamais autant vu à la fois!

Stabb avait à nouveau les deux pieds au sol. Je compris qu'il avait été simplement soulevé par la décélération et qu'il s'était cramponné à mes sangles.

Il leva la tête vers l'écran.

Je retrouvai enfin l'usage de la parole.

– Soyez prudent, dis-je. Kloten est l'aéroport le plus fréquenté de Suisse, si nous sommes bien en Suisse. Ne me posez pas dans un couloir d'atterrissage : je me ferais écraser par un jet.

– Agrandissez l'image! cria Stabb dans le silence relatif qui s'était installé à bord du saute-ligne.

Je tentai de me redresser pour voir moi aussi. Est-ce que nous étions vraiment au-dessus de l'aéroport principal de Zurich ou bien à la verticale d'une crevasse béante? Stabb me repoussa.

– Balayez avec le faisceau de sondage. Voyons voir si nous pouvons déchiffrer ces panneaux!

Les glaciers sont rarement pourvus de panneaux et cela me rassura quelque peu.

– Par tous les Démons! gronda Stabb. Je n'arrive pas à déchiffrer un mot de ce charabia!

– Déposez-moi à proximité des bâtiments de douane, demandai-je d'un ton implorant.

– Ce faisceau de sondage a besoin d'être amélioré. Je n'arrive même pas à voir si ce sont des lettres ou des flocons de neige. Même si je connaissais leur alphabet, je ne pourrais rien lire. La définition est atroce. Pourtant, on n'est qu'à 30 000 mètres.

Je voulus me lever mais Stabb me fit encore rasseoir d'une poussée.

– On va arranger ça. (Il hurla à l'adresse du pilote :) Certains de ces bâtiments sont des hangars, alors on les élimine! Là-bas, c'est le terminal principal, et on l'élimine aussi. Descends-nous près d'une baraque qui ait l'air d'être défendue. (Il se tourna vers moi.) On ne peut pas planer toute la nuit ici à essayer de déchiffrer quelque chose. Et même...

– Cramponnez-vous! lança le pilote.

Stabb s'agrippa de nouveau à mes sangles.

SWOUSH!

Ses deux pieds décollèrent du sol tandis que mon estomac se mettait à tourbillonner follement.

Nous tombions comme une masse de roc!

CRAAC!

Stabb venait d'utiliser mon malheureux corps comme coussin d'amortissage.

Je ne comprenais pas comment il pouvait encore respirer alors qu'il ne me restait plus un souffle d'air.

– Allez, vite! me cria-t-il. Vous descendez!

Je saisis mon fusil à canon scié. Stabb défit mes sangles et me libéra en quelques gestes rapides. Il me propulsa littéralement vers l'échelle.

Les mécaniciens étaient déjà dehors. Debout sur la plateforme, ils ôtaient les filins d'arrimage.

Je posai les pieds sur les caisses d'or faux et luttai pour retrouver l'équilibre.

Les Antimancos regrimpaient déjà à bord. Je levai la tête et distinguai la silhouette de Stabb sur le fond vert luminescent de la chambre des moteurs. Il se pencha vers moi.

– N'en épargnez pas un seul! me cria-t-il.

Et l'écoutille se referma en claquant.

Le saute-ligne décolla aussitôt.

Et il fut avalé par la brume blanche.
J'étais arrivé.
Et j'étais très surpris d'être encore dans le monde des vivants!

7

J'étais arrivé. Mais où?
Le seul indice qui me permettait de croire que c'était bien Zurich était le brouillard. Il est dû à un vent bien particulier appelé le *Föhn*. Il souffle du sud et, comme il est tiède, en atteignant ces confins glacials, il provoque la formation d'un brouillard qui peut durer des semaines. Dans la clarté des projecteurs de l'aéroport, on aurait pu se croire plongé dans de la ouate.
C'est pour ça que je ne vis pas immédiatement la congère. Je ne la découvris qu'en m'approchant du bord de la plate-forme : une muraille de neige! Plus haute que ma tête!
Tout d'abord, je ne m'inquiétai pas et je fis le tour de la plate-forme.
Pour découvrir qu'ils m'avaient posé au beau milieu de la congère!
J'étais coincé tout au fond!
Ou bien il avait neigé avant que le *Föhn* ne se mette à souffler, ou c'était le résultat du passage des chasse-neige. Mais le problème n'était pas le froid. J'étais bel et bien prisonnier de la congère et cette seule idée était comme autant de doigts glacés qui me serraient.
Comment m'en échapper?
Je me posai la question : est-ce que l'aéroport était équipé de saint-bernard, ceux qui ont toujours un petit tonneau attaché au cou? Mais je me souvins que la civilisation du Coca-Cola les avait fait disparaître. La société Coca-Cola avait exigé que les saint-bernard n'aient plus que du Coca dans leurs tonnelets et les pauvres chiens en étaient morts sur un dernier hoquet pathétique. Donc, pas d'espoir pour moi de ce côté.
Je pouvais me mettre à creuser, mais j'ignorais dans quelle direction. Le compas mental d'Heller m'aurait été bien utile en pareille circonstance, mais là aussi ce n'était pas possible. En fait, c'était bien la dernière personne que je souhaitais voir en cet instant.

Une chose était certaine cependant : je n'allais pas rester assis là et mourir, même si c'était la coutume en Suisse. Certes la courtoisie impose d'imiter les usages ethniques primitifs, mais il y a des limites.

C'est l'astuce qui, une fois encore, vint à mon secours. Je pouvais détecter la piste la plus proche au bruit des avions. Car, par tous les Dieux, ils faisaient suffisamment de boucan en se posant et en décollant. Ils étaient dirigés depuis la tour de contrôle. Pas étonnant qu'avec ce temps personne n'ait repéré un nouvel arrivant.

En dépit des multiples échos qui se répercutaient entre les parois de la congère, je réussis à localiser les différentes pistes. C'est-à-dire à déterminer les directions dans lesquelles il ne fallait pas aller, sous aucun prétexte : se retrouver dans le souffle d'un superjet, c'est plus grave encore que de geler dans la neige.

Il fallait risquer la violation de Code, en espérant que personne ne me surprendrait pour faire un rapport.

Je choisis avec soin la direction. Et je sortis un éclateur. J'ôtai la sûreté, je visai, fermai les yeux, et appuyai sur la détente.

BLAOUM ! WOUSH !

Pire qu'un coup de canon.

Je rouvris les yeux. La neige avait disparu sur trente mètres de long et vingt de large ! Il ne restait que de l'eau !

J'étais convaincu que tout le monde avait vu ça et que des gardes allaient accourir. Même dans le brouillard, l'éclair avait dû être visible à des kilomètres à la ronde.

J'attendis.

Rien ne se passa.

Les avions continuaient à se poser et à décoller dans un fracas assourdissant.

Je n'avais pas envie, mais pas envie du tout de quitter ma plate-forme. Rien ne me disait que mes pirates n'allaient pas revenir, mus par une arrière-pensée, et me l'emporter.

Et ce n'est pas mon fusil à canon scié qui me serait très utile contre le blindage du saute-ligne !

Le temps passa et, ne voyant surgir aucune patrouille ni le moindre saute-ligne, je réagis de la seule façon possible : je sautai de la plate-forme dans les ruisseaux d'eau et m'engageai dans le passage que l'éclateur avait creusé.

Je ne voyais ni n'entendais rien.

J'arrivai au bout. Je ne voulais pas me servir encore une fois de l'éclateur. Je courais le risque de démolir un bâtiment si jamais il s'en trouvait un de l'autre côté de la muraille de neige. J'optai pour la prudence. Je fouillai mes poches et en sortis le lacérateur de la Police Domestique. Les gants de ski rendaient mes gestes maladroits, mais je parvins quand même à le régler sur l'intensité minimale.

Je visai et appuyai sur la détente en tendant fermement le bras pour contrer le recul. Le faisceau tranchait net la neige.

Quelques secondes encore, les blocs blancs aux arêtes nettes restèrent sur place. Puis ils fondirent brutalement et se désintégrèrent pour devenir un flot boueux.

VICTOIRE!

Je voyais le mur d'un bâtiment.

Je l'avais à peine effleuré.

En me retournant, je vérifiai que ma précieuse plate-forme était toujours là, sombre, à peine discernable dans les écharpes tourbillonnantes de brouillard.

Revenant au bâtiment, je comptai mentalement « pim-pam-poum » pour choisir la bonne direction.

A gauche.

Je me servis encore une fois du lacérateur pour me tailler un passage.

Devant moi, il y avait une très haute porte avec une autre plus petite en renfoncement.

Je rangeai mon lacérateur. Je pris le fusil et j'ouvris la petite porte.

C'était une sorte de bureau. Avec plusieurs comptoirs. Des hommes coiffés de casquettes allaient et venaient avec des paquets.

L'un d'eux me regarda avec indifférence. Un gros type lourd, flegmatique, rougeaud.

– *Ja?* fit-il.

– *Sprechen Sie Deutsch?* répondis-je.

– *Ja.*

Eh bien, ce n'était pas mon cas.

– *Parla italiano?* enchaînai-je avec espoir.

– *Nein.*

– (Bip)! fis-je. Comment est-ce que je vais vous parler?

– Ma foi, vous pourriez essayer l'anglais, comme vous venez de le faire.

Dieux merci!

– Je suis bien dans le bureau des douanes?

– Oui, mais on ne traite que les cargaisons ici. Si vous êtes venu pour déclarer ces armes, il faut voir les douanes du terminal passagers.

– Il ne peut rien déclarer, intervint un autre gros type rougeaud et encore plus costaud. Il faut d'abord que vous vous présentiez à l'Immigration. Et je vois que vous n'avez aucun papier entre les mains. Si c'est les douanes que vous cherchez, alors *das Immigration ist...*

– J'ai une cargaison d'or! Là-dehors!

– De l'or! répéta le premier.

– DE L'OR! fit écho le plus gros.

– Amenez-le, ajouta le premier.

– Je ne peux pas. Il y en a douze tonnes et demie!

– Un moment! Un moment! cria le plus gros. Restez là! Ne respirez plus! Plus un geste. *Ach!* On fa z'ogguper de tout, *ach!*

8

Huit heures plus tard, j'étais à la tête d'un trésor bien plus précieux.

En Suisse, la finance et tout ce qui s'y rattache appelle le respect avec un *R* comme Royal.

On dirait que tout le monde, là-bas, a un parent ou un ami qui a très exactement ce que vous désirez dans l'instant.

Ils donnèrent aussitôt des coups de téléphone.

Ils avaient sans doute appelé des gnomes capables de travailler à n'importe quelle heure et par n'importe quel temps.

Quel pays merveilleux! D'accord, il y fait froid et les maisons sont grises, mais, pour l'heure, la Suisse était pour moi toute resplendissante.

Le chef des douanes avait un parent qui dirigeait le service d'exploitation des camions blindés. Et ce parent avait lui-même un frère qui était à la tête du Département Or de la Zurich Banking Corporation. Ce frère avait un cousin qui, lui, était responsable du bureau des titres de la banque. Peu leur importait d'abondonner l'opéra, la maîtresse, la femme ou les enfants à cette heure de la nuit pour me faciliter les opérations.

Magnifique. Des gens formidables. Les meilleurs de cette planète.

Dans tous les endroits où je me rendis, j'étais connu, on m'attendait.

La nuit devint un vrai tourbillon plein de moments délicieux. L'or, à la cotation de fermeture, était à 855,19 dollars l'once.

Ma cargaison, une fois le plomb ôté, quand elle eut été vérifiée et analysée, se révéla être de 301 221 onces. Ce qui faisait aux alentours de 257 601 187 dollars.

Mais ce n'était pas la seule bonne nouvelle.

Mon problème était que tout cet argent pouvait être dérobé, que l'on pouvait imiter ma signature. Une simple erreur de ma part et tout ce trésor durement gagné s'envolerait.

Problème auquel on avait trouvé une solution.

L'intérêt, au taux nominal de 10 %, sur une pareille somme, se montait annuellement à 25 760 118,70 dollars. Plus que je ne pourrais jamais dépenser même en envisageant les pires extravagances. La banque m'avait donc proposé un marché.

Je leur avais vendu l'or contre 515 certificats d'un demi-million de dollars chacun et 18 527 dollars en liquide. Chaque certificat était à un taux de 10 % d'intérêts jusqu'à son encaissement.

Tout ce que j'aurais à faire désormais serait de présenter ces certificats à n'importe quel correspondant de la Zurich Banking Corporation dans n'importe quel pays qui me remettrait à chaque fois un demi-million de dollars majoré des intérêts qui avaient couru depuis la date d'émission. En fait, j'avais là 515 reconnaissances de dettes d'un demi-million de dollars. La banque leur donnait le nom fantaisiste d'« obligations bancaires payables à vue ».

C'était mieux que de l'or. Car cela valait plus, à cause des intérêts. Plus important encore à mes yeux était le fait que je pouvais cacher le tout bien plus aisément.

Pour la banque également c'était une bonne affaire. Elle était désormais propriétaire de mon or et pouvait faire avec des bénéfices dépassant allégrement le taux de 10 %. En fait, ils n'avaient pas à en payer immédiatement la valeur. Et il est bien connu que les dollars US, en banque, existent généralement plus à l'état de chiffres sur les comptes que sous la forme de billets empilés dans des coffres. Si j'avais exigé la valeur de cet or en coupures, j'aurais nettoyé Zurich et j'aurais eu besoin d'un camion pour tout emporter au lieu de l'attaché-case qui était maintenant enchaîné à mon poignet.

En quittant la banque, j'avais accompli deux autres démarches.

Je m'étais d'abord rendu dans la succursale zurichoise d'une société d'Amsterdam spécialisée dans le commerce des pierres précieuses qui était dirigée par le propre cousin du directeur du Département Or de la banque.

– Je désirerais un gros sac de fausses pierres, avais-je dit.

Il n'avait nullement protesté contre le fait que je le tirais du lit à 3 heures du matin pour demander des fausses pierres. Il alla même jusqu'à appeler le concierge de la société pour lui demander où il mettait les poubelles.

Pour un millier de dollars, je me retrouvai avec le plus beau sac de bimbelots et de cailloux que vous puissiez imaginer. J'appris pour la première fois que les émeraudes peuvent être dépourvues de valeur au point d'être vendues au kilo, que les diamants peuvent être tellement synthétiques qu'on renonce à s'en servir en passementerie et que les imitations de rubis peuvent être à tel point médiocres qu'il est impossible d'en décorer les scènes des music-halls les plus minables. Mais tout cela brillait.

Et ces cailloux étaient absolument essentiels pour la réussite de mes plans. Il me les mit dans un grand sac portant le nom d'une société concurrente, je le payai et il retourna se coucher heureux tandis que je me rendais vers mon ultime étape, l'aéroport.

Les gens de la société de location de jets ne virent pas le moindre inconvénient à tirer de leurs lits respectifs un pilote et un copilote et le personnel du hangar ne tiqua pas du tout en faisant sortir un Grumman Gulfstream et en le préparant à toute allure pour un décollage immédiat.

Et c'est ainsi que je me retrouvai filant vers Istanbul avec mes précieux certificats empilés dans l'attaché-case enchaîné à mon poignet, le sac de pierres sous les pieds, contemplant sous moi les Alpes dont j'étais réchappé, splendides et roses dans les premières lueurs de l'aube.

J'avais un téléphone à hauteur de l'épaule. Je décrochai et, en un instant, j'eus le chauffeur de taxi. Mes Dieux, tout baignait! Même le réseau téléphonique turc fonctionnait.

– Attendez-moi à l'aéroport, lui dis-je.

– Sur quel vol?

– Le mien. Vous pensiez que j'allais arriver sur une ligne commerciale? Non, Ahmed, je viens sur mon propre avion. Parce que tout ce (bip) de monde m'appartient!

9

C'est un Soltan Gris décidé et nageant dans le bonheur qui débarqua à l'aéroport de Yesilkoy, à Istanbul.

Le service d'immigration visa mes papiers sans même se préoccuper du fait que Sultan Bey n'avait pas quitté le pays.

La douane se contenta de jeter un vague coup d'œil sur la chaînette et l'attaché-case, ignora totalement mes armes et me laissa entrer en territoire turc en quelques secondes. De toute façon, j'étais connu.

Et là, au milieu de la foule bigarrée, j'aperçus Deplor de la planète Modon, alias Ahmed, chauffeur de taxi.

Il prit son accent le plus truand :

– Patron, on dirait que vous avez dégommé au moins cinquante balances!

– Ouais, comme ça! Allez, on traîne pas. J'ai des tas de choses à faire. Y a comme qui dirait du changement dans l'air!

Pas mal de gens ne le savaient pas encore, mais leurs heures étaient comptées. J'avais des plans pour eux!

C'était parti! On s'est frayé un chemin à travers la foule de l'aéroport avant de se lancer à l'assaut des trente kilomètres qui nous séparaient de la ville. Jamais encore la forêt de minarets qui festonne la Corne d'Or ne m'avait paru aussi accueillante. À toute allure, moteur vrombissant, nous avons passé la grande brèche dans la muraille extérieure qui avait été ménagée pour faciliter la circulation et nous avons plongé dans les ruelles étroites et bruyantes d'Istanbul. Ignorant les protestations des propriétaires de babouches que nous frôlions, klaxonnant sans arrêt pour faire s'écarter la foule et distribuant ce qu'il fallait de coups de pare-chocs aux charrettes des marchands, nous avons fini par atteindre notre premier objectif : la Piastre Bankasi.

Je m'avançai d'une démarche de conquérant sur le sol dallé et repoussai le larbin qui semblait vouloir s'enquérir du but de ma visite. Je pénétrai tout droit dans le bureau de Mudur Zengin, tsar de la plus importante chaîne de banques de toute la Turquie.

Adipeux, impeccable et manucuré, vêtu d'un élégant costume à rayures grises de coupe occidentale, il leva les yeux de son bureau à marqueterie de nacre pour voir qui se permettait de fouler son tapis persan à la valeur inestimable.

Il n'avait guère l'habitude d'accueillir des clients porteurs d'un fusil et ceinturés de cartouchières. Il était myope – ses lunettes venaient de tomber – et, peut-être à cause de mon manteau, il dut me prendre pour un ours.

– Allah! éructa-t-il.

Je m'avançai et ouvris l'attaché-case d'un geste sec. Je répandis les 515 certificats gravés sous son nez.

– Oh, Allah! J'allais dire : asseyez-vous donc!

Il retrouva ses lunettes pince-nez, les nettoya et les remit. À l'évidence, il n'avait pas besoin d'elles pour bien voir l'argent mais pour examiner les gens. Il me toisa.

– Ha, ha! Vous devez être Sultan Bey. Je crois que vous avez fait affaire avec notre succursale d'Afyon. La Zurich Banking Corporation m'a annoncé votre visite mais je ne vous attendais pas si tôt. Que pouvons-nous faire pour vous?

– J'ai besoin d'un coffre auquel nul autre que moi n'aura accès. Nul autre que moi.

Les bourdonneurs bourdonnèrent et les gardiens arrivèrent à la parade. En peu de temps, nous fûmes au niveau des coffres.

– Deux combinaisons, me déclara Mudur Zengin. La dernière nouveauté. Une combinaison pour vous, une pour nous. Vous seul pouvez vous présenter et personne d'autre ne peut signer la carte. Elle comporte votre photo et les gardes vous reconnaîtront au premier coup d'œil.

Je me retrouvai dans un cubicule, seul avec une boîte dans laquelle je déposai les précieux certificats. Je mis le reçu original de mon dépôt d'or sur le dessus. Ensuite, je prélevai cinq certificats d'une valeur d'un demi-million de dollars. Je ne le fis pas sans réticence, mais il en restait quand même 510 autres dans la boîte.

J'allai retrouver Mudur Zengin. Il se frottait les mains. J'en profitai pour lui glisser un certificat.

– Je désire ça en espèces.

Il le regarda.

– En espèces?

Il me poussa brusquement dans son bureau et me fit asseoir dans le fauteuil le plus confortable. Il ne voulut pas entendre un mot de moi avant qu'un employé m'ait apporté un *kahve* sur un plateau d'argent. C'était exactement comme en Suisse, à cette seule différence près que, là-bas, on m'avait servi du chocolat.

S'étant assuré que mon *kahve* était convenablement sucré et à la bonne température, que je n'avais pas froid, que les coussins étaient suffisamment moelleux, il en vint aux affaires.

– Vous auriez dû m'exposer vos problèmes bancaires, Sultan Bey. J'étais un ami de votre père, le grand héros de la révolution. (Mensonge traditionnel, mais je doutais qu'il eût jamais rencontré le premier observateur de Voltar.) Vos problèmes sont les miens. Donc, parlez franchement.

Je lui dis que j'avais des dettes envers les sociétés de cartes de crédit, qu'il fallait que je les voie, que je les paie et essaie de faire annuler les cartes.

Il claqua des doigts en se tournant vers une porte. Un employé surgit instantanément avec un manteau de tweed et un chapeau mou.

– Vous avez besoin d'assistance professionnelle, commenta Mudur Zengin. Les rapports sont toujours assez difficiles avec les sociétés de cartes de crédit. Je ne me pardonnerais pas de vous voir commettre une faute.

Nous sommes sortis, nous avons pris un taxi et entamé notre grand tour. En commençant par l'American Oppress.

– Annuler votre carte? Jamais! hurla le directeur. Supposons que vous gardiez une carte concurrente! Ce serait faire de la discrimination de crédit! Et nous devrions vous poursuivre pour atteinte à notre réputation! Sultan Bey, en tant que citoyen éminent disposant d'un crédit illimité, vous avez la responsabilité socio-économique des institutions de ce monde!

Il était tellement hors de lui que ses adjoints l'observaient avec inquiétude, gardant leurs bâtons à portée de main au cas où nous le perturberions davantage.

– Laissez-moi faire, me souffla Mudur Zengin.

Il s'avança et tapota affectueusement l'épaule du directeur de l'American Oppress avant de se pencher pour lui murmurer à l'oreille. L'homme se détendit, acquiesça et sourit.

– Venez, dit simplement Mudur Zengin en m'entraînant au-dehors.

La deuxième étape fut le Donneur's Club. Même chose. Ensuite, Masker Charge. Même chose. La cérémonie se répéta au repaire istanbulien de la Carte Blême. Le grand tour se poursuivit ainsi, de carte en carte, jusqu'au moment où une seule resta à faire.

– Mais qu'est-ce que vous leur dites à tous? demandai-je à Mudur Zengin.

– Une chose très simple. Je leur dis que je vais ouvrir un compte de paiement spécial à votre nom sur notre banque. Il ne faut plus vous soucier de toutes ces broutilles. Tout ce que vous aurez à faire, c'est de verser un demi-million sur ce compte, ils enverront leurs factures et la banque paiera. Ils ne vous importuneront plus!

Merveilleux! Exactement ce que j'avais souhaité. Ne jamais plus revoir tous ces chiens. J'en riais. Parce que j'avais un plan et que jamais, jamais, jamais plus à l'avenir on ne se servirait d'une seule de toutes ces cartes de crédit!

C'était au tour de la dernière : la Carte Squeeze. La plus redoutable, puisque c'était celle que Krak avait emportée. Si je l'annulais, elle s'en apercevrait dès ses prochains achats : elle lui reviendrait en pleine figure. Ce qui éveillerait aussitôt ses soupçons et pourrait très bien la mettre sur ma piste. Plus tard, dès que Lombar m'aurait donné le feu vert, je pourrais me débarrasser d'elle en même temps que d'Heller. Mais l'idée de l'affronter était largement au-dessus de mon courage. Impossible donc de lui interdire l'usage de cette carte.

Et le directeur de la Squeeze, bien entendu, nous reçut avec un sourire triomphant.

– Ah! Sultan Bey! Votre concubine se comporte dans la tradition d'un citoyen aussi éminent que vous. Elle achète, elle achète et elle achète à New York. Apparemment, elle se sert de son téléphone mobile. C'est splendide, Sultan Bey! Tout simplement splendide!

Je regardai Mudur Zengin. Il avait une expression perplexe. Il était évident qu'il n'avait pas tenu compte de ce nouveau facteur dans son plan financier.

– On ouvre un compte spécial à la banque destiné au règlement de toutes les sociétés de crédit. Je suis certain qu'il n'y aura aucun problème.

– Ça, je ne sais pas, dit le directeur de la Squeeze. Notre société est différente des autres. Elle est d'ailleurs fière de cet individualisme. C'est pour cette raison que nos intérêts de retard mensuels sont si élevés. En vérité, j'étais justement en train de vérifier votre compte lorsque ma secrétaire vous a vu descendre de taxi. Nous savions bien sûr que vous veniez de revenir de Zurich en jet privé et qu'il vous avait fallu vingt et une minutes et demie pour aller de l'aéroport à la banque – mais aussi que dans vingt-deux heures à compter de maintenant le total de vos factures passera sous la barre des 100 % de pénalisation mensuelle comme nous y autorise la nouvelle loi sur les créanciers non privilégiés. Par conséquent, avez-vous l'intention de payer cette note ou devons-nous procéder à la saisie de votre villa?

Je faillis m'évanouir.

Mudur Zengin me retint et déclara :

– Je vais vous donner un billet à ordre sur notre banque, monsieur le directeur.

– Ah! fit l'homme de la Squeeze. Nous voulons bien l'accepter pour vous être agréable. Mais ce ne sera pas le cas par la suite.

– Il doit bien y avoir un moyen, protesta Mudur Zengin.

– Oui, certes. Si vous nous confiez l'un de ces certificats de la Zurich Banking Corporation en caution – en l'assignant simplement à notre nom à titre de garantie subsidiaire tout en en conservant la propriété – nous pourrons nous engager à n'exiger aucune pénalité de retard et à ne pas saisir votre villa à moins que le retard trimestriel n'en excède le montant.

– C'est un accord correct, me chuchota Mudur Zengin.

Je soupirai. Que pouvais-je faire d'autre? Je sortis un de mes précieux certificats et le tendis à l'homme de la Squeeze.

– Je dois avouer, fit-il, que j'avais déjà fait préparer un contrat ainsi qu'un reçu. Voilà. Si vous voulez bien signer.

Le paragraphe en caractères microscopiques stipulait que le certificat leur appartiendrait en cas de retard au règlement trimestriel. Mais je comptais bien faire en sorte que cela ne se produise pas. Je signai tandis que Mudur Zengin établissait un billet à ordre pour la facture en suspens.

– Maintenant, rappelez-vous bien, insista l'homme de la Squeeze en rangeant les précieux papiers dans son coffre. Vous devrez désormais régler en personne vos factures. C'est l'une des règles absolues de notre société mère, la Grabbe-Manhattan Bank de New York.

Ho, ho! Une banque de Rockecenter! Pas étonnant que tout ça fonctionne avec autant d'efficacité!

– Ce n'est que dans la mesure où nos clients viennent ramper devant notre porte chaque mois que nous pouvons garantir un travail de réforme mondiale satisfaisant en tirant la leçon de l'esclavage et de l'épargne. Et rappelez-vous notre devise : « Acheter, acheter, acheter! »

Je décidai que cela concluait notre entretien et je sortis en toute hâte.

Dieux merci, Allah y compris, je n'avais plus les sociétés de crédit à mes trousses!

Et il allait encore y avoir du changement. Que les Dieux viennent en aide à tous ceux qui m'avaient tourmenté et harcelé. Car l'argent c'est le POUVOIR! Et la vengeance est un mets délicieux! Ils allaient souffrir plus encore que j'avais moi-même souffert! Heller et la comtesse Krak y compris!

TRENTE-HUITIÈME PARTIE

1

De retour à son bureau, Mudur Zengin se montra très persuasif. Il n'eut pas plus tôt enlevé son manteau et son chapeau, tandis que je me laissais tomber dans son plus confortable fauteuil, qu'il se mit à arpenter son précieux tapis persan, lançant parfois les mains vers le ciel, levant les yeux vers Allah, les bajoues tremblotantes.

– Qu'est-ce qui ne va pas? demandai-je enfin, quelque peu inquiet.

Il s'arrêta net.

– Le taux de criminalité! Est-ce que vous avez vu qu'il avait triplé au cours des trois derniers mois? A la seule pensée de vous voir, vous, le fils de mon plus vieil ami, gisant au bord de la route, le crâne fracassé par des malandrins...

Il n'acheva pas sa phrase et se remit à marcher nerveusement en levant les mains au ciel.

Je resserrai l'attache du fusil à canon scié sur mon genou.

– Je suis armé.

– Oh, Allah! Écoute ces paroles insouciantes et téméraires propres à la jeunesse! Cette jeunesse qui ne réalise pas que le mal est partout autour de nous, qu'il guette, et qu'aucune balle ne peut nous défendre contre ses intentions et ses menées maléfiques.

Il s'arrêta à nouveau, une main sous le menton.

– Mes gardes. Si je lui donnais tous les gardes de ma banque... Non. Cela ne résoudrait rien.

– Vous feriez peut-être mieux de me dire *à moi* quel est *votre* problème.

– Le liquide. Vous allez me demander de l'argent liquide. Non, ne niez pas. Vous allez me donner un de ces certificats et me demander de vous donner un demi-million de dollars en espèces.

– Telle était bien mon intention, oui.

– Ah, jeunesse, jeunesse! Quelle inconséquence! Allah, écoute-le! (Il vint se planter devant moi.) Avez-vous seulement conscience que 500 000 dollars US représentent 500 000 coupures de 100 livres turques? Avez-vous conscience que tant de coupures – je parle de coupures, vous entendez –, même de 1 000 livres, tiendraient à peine dans un coffre GRAND COMME ÇA? (Il leva ses mains potelées vers le sol puis le plafond.) Ce qui signifie que vous devriez vous déplacer en permanence avec une brouette, même sous la douche. A la fin, vous en auriez assez et vous achèteriez une charrette et un âne. Mais les ânes ne sont pas honnêtes! Je ne tolérerai pas de voir le fils de mon ami d'enfance, de mon meilleur, de mon plus cher ami, s'abaisser à poursuivre un âne par monts et vallées. Quelle humiliation!

Il se remit à arpenter le tapis en agitant les mains.

Je comprenais ce qu'il voulait me dire. Oui, j'aurais eu l'air plutôt idiot en train de pourchasser un âne jour et nuit. Et puis, les ânes sont particulièrement traîtres : ils vous attendent en embuscade et vous donnent une ruade.

– Alors, qu'est-ce que je peux faire? demandai-je enfin.

– Je savais que vous seriez d'accord!

Il pêcha en douceur les quatre certificats d'un demi-million de dollars qui me restaient, les disposa sur son bureau et s'assit.

– Celui-ci, fit-il, nous l'utiliserons en partie pour ouvrir le compte de paiement des cartes de crédit. *Et ceux-là* (il prit les trois autres)... nous les convertirons en totalité dans un compte de retrait en liquidité. Je vais donc informer la Piastre Bankasi d'Afyon qu'elle devra vous payer toute somme en livres turques que vous demanderez à n'importe quel moment. De même, vous pouvez vous présenter à notre caissier et faire la même demande...

– Attendez! Je ne veux pas de compte-chèque. On peut imiter ma signature comme un rien! Et puis, quelqu'un pourrait se présenter déguisé et...

– Non, non. Écoutez-moi. Les caissiers auront des instructions : *vous seul* aurez la possibilité de faire des retraits, *vous seul* pourrez signer et je serai la seule personne à tenir votre compte. Quand les fonds arriveront à épuisement, il vous suffira de venir à Istanbul pour me remettre un autre certificat.

Oh, que je le sentais venir, ce gros rat bien juteux. J'aurais dû le savoir.

Mudur Zengin, du fond de son fauteuil, me regarda droit dans les yeux et déclara, d'un ton froid de banquier qui n'avait plus rien à voir avec celui qu'il avait employé jusqu'alors :

– La Suisse ne vous a donné que 10 % d'intérêts annuels. Je peux vous avoir 30 % sur des prêts à court terme, et même plus.

Je croyais savoir ce qui allait suivre. Il allait me suggérer de lui donner tout le contenu de la boîte. J'ouvris la bouche pour parler dans l'intention de vérifier l'imminence de cette menace. Mais il leva la main et m'interrompit.

– Ils auraient pu facilement vous offrir de 13 à 18 %. Mais peu importe. Cela vous garantit un bénéfice mensuel de plus de 2 millions de dollars, par conséquent laissez votre argent en Suisse. Le principal avantage, c'est qu'il y est en sûreté. Votre dette envers les sociétés de cartes de crédit s'élève à un tiers de million dont je vous garantis le paiement, y compris le billet à ordre pour la Squeeze. L'idée que je puisse paraître interférer entre vous et votre concubine ne me plaît guère. Mais je vous conseillerai cependant, en l'occurrence, de cesser d'utiliser vos cartes de crédit et de lui demander de revenir pour que vous lui donniez du liquide. Et vous me laissez les 1 700 000 dollars restants à gérer. Je doute que vous puissiez dépenser autant que vous le croyez à Afyon. Mais, à supposer que vous atteigniez le million de livres par semaine, ce qui équivaut à 10 000 dollars – et je me demande vraiment comment vous pourriez faire pour dilapider une pareille somme –, nous parviendrons toujours à gérer les dollars de ces quatre autres certificats de façon que votre avoir augmente au lieu de diminuer.

– Vraiment ? demandai-je, incrédule.

– Je me réjouis de nous voir d'accord, fit Mudur Zengin. Si vous optez pour cette solution, je doute que vous ayez encore à faire ouvrir ce coffre avant la fin de l'année. Ni même plus tard, à moins que vous n'ayez décidé d'acheter la Turquie.

Là, j'étais assez éberlué ! J'ignorais pas mal de choses sur le métier de banquier.

Il appuya sur un bourdonneur.

– J'avais fait préparer tous les papiers pendant notre absence. Je savais que vous sauriez écouter les conseils d'un vieil ami.

Un employé fit son apparition. Il portait un ballot énorme rempli de coupures de 100 livres turques. Il y avait aussi un sac très lourd qui contenait des pièces de 2,50 livres, d'une livre et de 50, 25, 10 et 5 kurus.

– Du bon argent turc, dit Zengin. Avec ça, on peut encore se payer beaucoup de choses, si on évite les articles d'importation. Depuis deux ans, l'inflation s'inverse. Les cigarettes turques coûtent 10 livres le paquet et le *kahve* est revenu au prix raisonnable de 7. Je ne peux imaginer que vous puissiez vider tout ce ballot de billets et ce sac en une semaine, mais en tout cas, c'est ce qui vous revient : un million de livres – c'est-à-dire 10 000 dollars US. Désormais, chaque semaine, si vous le désirez, vous serez millionnaire en Turquie. Signez ici.

Mais non, ce type n'était pas un escroc après tout ! Il voulait vraiment me tirer d'affaire ! Bien sûr, il prendrait sa commission pour la banque, mais j'étais plus riche que je l'avais jamais été !

Je signai.

Tandis que je gagnais péniblement la sortie avec le ballot qui me sciait les doigts et le sac de pièces qui menaçait de me casser le poignet, je me sentis plus opulent que Crésus et Midas à la fois !

Un Soltan Gris très riche était un Soltan Gris très dangereux. Certains n'allaient pas tarder à s'en apercevoir.

2

– Ouais, super ! s'exclama le chauffeur de taxi en me voyant arriver. Alors vous avez braqué cette banque ?

Il roulait des yeux exorbités tout en me débarrassant du ballot de billets.

Nous avons démarré. L'instant d'après, nous passions devant la poste de Buyuk, nous tombions dans un embouteillage en plein milieu d'une ruelle avant d'attaquer la colline du Grand Bazaar. Il ne se passait pas une seconde sans que le chauffeur ne fasse : « Mince alors ! »

Au bout du trente-cinquième « Mince alors », et après un nombre exceptionnellement élevé de collisions avec des charrettes, collisions accompagnées des inévitables séances de poing menaçant, je m'aperçus que nous faisions route vers le sud et que nous nous apprêtions à gravir la rue des Tisserands. Si l'on excepte le fait qu'elle est trop étroite pour un taxi, à supposer que nous dûssions retourner à Afyon, nous aurions dû de toute façon aller dans la direction exactement opposée afin de franchir le Bosphore pour nous retrouver en Asie.

– Hé! criai-je par-dessus les clameurs des piétons. Vous n'allez pas dans la bonne direction!

Ahmed freina et s'arrêta. Il était presque temps. L'avant du taxi venait de pénétrer dans une boutique de paniers dont la propriétaire grassouillette se débattait au beau milieu de sa marchandise répandue.

– Mince alors! fit Ahmed, sans réagir.

Je lui donnai une tape sur le sommet du crâne. Ce qui réveilla son attention. Il se retourna et tendit la main pour essayer de soulever le gros ballot de livres.

– Mince alors! C'est vraiment à vous tout ça, officier Gris?

– Mais certainement. Et je peux en avoir autant chaque semaine. Maintenant, faites demi-tour et rentrons! J'ai pas mal de choses à faire et il nous reste encore près de 700 kilomètres à parcourir!

Les gens tapaient contre les vitres. A moi de jouer. Je sortis les cartouches de mon fusil, baissai la glace de mon côté et les lançai en l'air.

L'effet ne fut pas celui que j'avais escompté car la foule grossit encore.

Mais, une fois encore, c'est l'agent de l'Appareil qui réagit. Je plongeai la main dans le sac et prélevai une poignée de menue monnaie turque que je lançai le plus loin possible.

Ce fut magique. Instantanément, les gens se précipitèrent sur les kurus et nous eûmes assez de place pour manœuvrer. Quelques secondes après, nous foncions droit vers notre but.

– La voiture! s'écria Ahmed. Elle est à Beyoglu. Cramponnez-vous : on va y être en un rien de temps!

Je vis défiler le Bazaar égyptien dans un vrombissement. Nous étions déjà dans le flot de la circulation, puis sur le pont de Galata, qui sépare la Corne d'Or du Bosphore.

Nous avons ensuite traversé des usines qui crachaient une fumée noire avant de plonger dans des allées et des ruelles suspectes pour émerger enfin dans une zone qui avait dû autrefois être habitable mais qui était devenue ce que l'on appelle en Turquie un *gecekondu*, mot qui signifie très exactement « démoli dans la nuit » et désigne un secteur de taudis squattés.

Dérapant dans la boue et les immondices, le taxi atteignit bientôt ce qui avait dû être un box de garage désormais uniquement maintenu en place par les baraques en tôle qui faisaient fonction de mur du fond.

– Vous allez me laisser marchander, me dit Ahmed. Et jetez votre manteau ou n'importe quoi sur ce tas de fric.

Sur ce, il descendit et alla frapper à une porte.

Je fis ce qu'il m'avait dit. Ensuite, après un simple coup d'œil sur les gens du coin, je rechargeai mon fusil. Par tous les Dieux, nous étions dans un vrai ghetto !

Il revint bientôt et me fit signe de descendre. Il verrouilla avec soin les portières et me murmura :

– A partir de maintenant, pas d'exclamations de plaisir ou de réactions de ce genre. C'est une vraie trouvaille. Cette demeure appartenait au général, autrefois. C'était un homme très célèbre. Ils n'ont pas la moindre idée de la valeur de la voiture et elle a été achetée à une époque où la livre valait cent fois plus qu'aujourd'hui. Alors, surtout pas de « huzzah ! ». Et ne lancez pas votre casquette en l'air. Laissez-moi marchander.

J'acquiesçai. Et nous avançâmes tête baissée dans un tunnel de pierraille écroulée pour pénétrer dans un endroit plongé dans la pénombre.

J'entendis des bruits d'ailes et des caquètements. Nous venions de déranger des poulets qui voletaient de tous les côtés, affolés.

Peu à peu, mon regard s'accoutuma. Je distinguai une forme sombre, massive, couverte d'une bâche militaire usagée elle-même couverte de fiente de poulets.

A cet instant, j'entendis une sorte de caquètement méchant à ma droite et je découvris un vieillard. Son nez ressemblait à un bec et il était édenté. Quant à son ricanement, il était digne d'un Démon Manco.

Une femme surgit précipitamment d'une porte latérale. Deux enfants nus étaient agrippés à sa jupe. Elle était très grosse et très sale.

– Où est la voiture ? chuchotai-je à l'oreille d'Ahmed.

– Là. Mais n'essayez surtout pas de soulever la bâche. Je l'ai déjà vue. Tout va bien.

Néanmoins, je ne pus m'empêcher d'explorer la chose du regard. Je vis un pneu complètement à plat. La jante apparaissait sous la gomme. Je regardai un peu plus loin. Et je tressaillis : un aigle me fixait ! Il était rouge vif, les ailes déployées. Et il avait des cornes ! En fait, il était peint sur une portière.

– Le général était un descendant direct des Gok turcs, me murmura Ahmed. L'un de ses ancêtres était Kultegin, un grand héros du pays. Cet aigle est celui-là même qui décore sa couronne. Est-ce que ce n'est pas magnifique ?

Je laissai retomber la bâche et essuyai mes doigts souillés de crottes de poulets.

– C’est vraiment une voiture qu’il y a là-dessous?

– Une Daimler-Benz, me souffla Ahmed. Ne vous faites pas de fausses idées. Elle est là depuis plus de vingt-cinq ans et elle a besoin d’être un peu révisée.

La grosse femme sale prit alors la parole, exactement comme si elle poursuivait une conversation entamée un moment plus tôt.

– Et je n’accepterai pas un kuru de moins!

– Il faut que je voie les papiers d’enregistrement, dit Ahmed. Comment savoir s’ils sont en règle?

La femme porta la main à la poche de son tablier.

– Je les ai là. Ne cherchez pas à m’escroquer! J’étais sa cuisinière et c’est le tribunal qui m’a confié ces papiers pour me dédommager de mes gages impayés. Il n’en manque pas un. Vous pouvez toujours marchander mais je ne baisserai pas d’une piastre! Je vous connais : tous des escrocs! Cette voiture a une valeur historique. C’est sur la banquette arrière qu’il a été abattu!

– Je croyais que la voiture était à l’épreuve des balles, soufflai-je.

– Il avait baissé sa glace. (Ahmed se tourna vers la femme.) D’accord, *hanim*, si vous l’entendez comme ça. Nous la prenons.

Je le tirai nerveusement par la manche.

– Attendez, attendez! Cet engin ne doit même pas être en état de rouler!

Il repoussa violemment ma main.

– Je vous ai dit de ne surtout pas avoir l’air excité! Vous allez faire grimper le prix!

Je gémis en silence. J’allais gaspiller une semaine de revenus pour une épave!

Ahmed et la femme échangèrent une solide poignée de main et elle dit :

– Je signerai les papiers dès que j’aurai vu l’argent.

Ahmed se tourna vers moi.

– Voici les clés. Je ne veux pas toucher à votre argent. Allez prendre 20 000 livres.

Je restai abasourdi. Et je faillis éclater de rire. Mais je me souvins à temps de sa mise en garde. J’allai jusqu’au taxi et ouvris le ballot de billets, en pris deux poignées, refermai soigneusement la portière et revins en courant. J’avais beaucoup de mal à ne pas rire. Vingt mille livres turques, ça ne fait que 200 dollars US!

Le vieillard au caquètement méchant était toujours là.

Ahmed prit les papiers signés par la femme et lui compta

200 coupures de 100 livres tout en lui expliquant que quelqu'un viendrait prendre la voiture.

– Vous m'avez fait peur, me dit-il comme nous repartions. Je craignais vraiment que vous ne vendiez la mèche et qu'elle comprenne que c'était une affaire donnée.

– Mais pourquoi un si bas prix? demandai-je. A ce taux-là, c'est au poids du métal.

– Je crois que le général était du mauvais côté, me dit Ahmed. Il avait tenté de monter un contre-coup d'État et de remettre le sultan sur le trône. Mais nous parlons de voitures, pas de politique. Il faut aller jusqu'à la rue Yolcuzade, au garage qui m'a mis sur l'affaire.

Nous nous retrouvâmes dans un secteur plus civilisé de Beyoglu, ce quartier d'Istanbul qui s'étend au nord de la Corne d'Or. Dans le garage, il y avait des dizaines de camions à des stades divers de dislocation.

Un Turc à l'air dur vint à notre avance. Lui et Ahmed s'éloignèrent un instant. Je vis qu'Ahmed lui montrait les papiers de la voiture. Ils parlaient à voix basse mais, tout soudain, le Turc éclata :

– Mais je l'ai vue, je l'ai examinée! Il faut changer les pneus, l'échappement, les culasses, les durites. Tout le revêtement des sièges est à refaire et il faut enlever ce lapin mort coincé dans l'arbre de transmission! Je ne baisserai pas d'un kuru...

Ahmed lui fit signe de baisser le ton et l'entraîna un peu plus loin encore. Finalement, il revint au taxi.

– Je suis enfin arrivé à le faire rabattre. Il va la remettre en état mais il veut être payé d'avance. Donnez-moi 500 000 livres.

– 500 000 livres! explosai-je.

– Mais oui. On ne fabrique plus les pièces et il va falloir les usiner à la main. Ça ne représente que 5 000 dollars. Elle est à nous maintenant. On ne peut pas l'abandonner comme ça. La police ne tarderait pas à être à nos trousses.

Je compris que j'étais vaincu.

– Tenez, je vais vous aider à compter.

– Non, non. Personne d'autre que moi ne touchera à cet argent.

Je me mis en devoir d'empiler les liasses de billets de 100 livres. Quand j'eus fini, le ballot avait diminué de moitié.

Ahmed se procura un grand panier pour emporter l'argent.

Bon, après tout, ça n'était qu'un caprice. Et puis, je pouvais appeler la banque d'Afyon quand je le voulais.

Mais je me demandais à quoi pouvait bien ressembler la voiture sous cette couche de crottes de poulets.

3

A toute allure, nous avons repris le chemin d'Afyon, sur les longues routes qu'Alexandre le Grand avait empruntées, sur les larges chaussées ouvertes par les Croisés au nom de leur sainte cause.

Certes, le vieux taxi Citroën, avec Deplor de la planète Modon au volant, n'était en rien comparable aux palefrois caparaçonnés qui avaient porté les géants batailleurs des temps anciens à la conquête de l'Asie, mais il allait nettement plus vite. Et il ne réagissait pas aux cris, aux invectives et aux poings levés qui toujours, depuis les débuts de l'histoire, avaient protesté contre l'invasion de l'Anatolie et les nappes de sang répandues sur ses plaines. Fonçant à 150, 180 à l'heure, le taxi se jouait des autres voitures, des camions, des ânes et des chameaux Nous allions trop vite pour qu'on puisse relever notre numéro d'immatriculation, et puis, de toute façon, tout ça n'était que racaille et compagnie, indigne du mépris du conquérant.

Il allait y avoir du changement.

Et ça commença dès que la spire agressive et rude d'Afyonkarahisar apparut à l'horizon. A 1 000 mètres d'altitude, l'air froid de l'hiver était limpide comme du cristal et la forteresse géante qui s'érigeait à 250 mètres était comme le doigt d'un Dieu prêt à chatouiller les cieux. Ce qui m'indiquait clairement la voie à suivre.

– Où puis-je trouver Musef et Torgut ? hurlai-je à l'intention d'Ahmed.

Il s'agissait des deux lutteurs turcs qu'Heller avait mis hors de combat.

Tout en se frayant impétueusement la route à travers les faubourgs, il me répondit :

– Pas vus depuis qu'ils sont sortis de l'hôpital. Personne non plus ne les a vus, d'ailleurs.

– Trouvez-les ! Et immédiatement !

Devant nous, un taxi du coin débarquait son passager ainsi qu'une chèvre devant une cabane en torchis. Ahmed freina dans un grincement et alla s'entretenir brièvement avec son collègue.

Quelques minutes après, nous nous enfonçions dans une allée pour émerger devant des taudis.

Ahmed traversa une cour envahie de détritus et frappa à une porte branlante. Après un instant, elle s'entrouvrit de quelques millimètres. En revenant à la voiture, il me déclara :

– Ils sont bien là. Ils ne veulent voir personne.

Je pêchai une poignée de livres et descendis.

– Bouclez le taxi pour que cet argent ne risque rien et allez donner un grand coup de pied dans cette porte. Je serai derrière vous.

Rassuré en voyant la façon dont je tenais le fusil, il fit ce que je lui avais ordonné. Prudemment, il s'écarta.

Je m'avançai et braillai à l'intérieur :

– Je suis venu vous offrir un job!

Je perçus des chuchotements nerveux. On aurait dit des rats. Puis on me répondit.

– On vous croit pas mais entrez quand même.

La pièce était sombre et sale. C'était plus un trou dans la boue qu'un lieu habitable par des êtres humains.

Musef et Torgut étaient à l'autre bout. Ils n'étaient plus que l'ombre de ce qu'ils avaient été. Ils avaient dû perdre chacun plus de cinquante kilos et leur peau jaunâtre ou grisâtre pendait en plis. Ils étaient vêtus de loques et je me dis qu'ils avaient probablement vendu leurs vêtements. Oui, les deux grosses brutes étaient dans une mauvaise passe. Exactement ce que je désirais.

– Comment ça va? demandai-je.

Musef se tourna vers Torgut.

– Il nous demande comment on va. Tu crois pas qu'il est aveugle?

– Dis-lui, toi. Il tient un flingue.

Musef prit la parole.

– Depuis que ce type des stups nous a mis en l'air, personne ne nous loue plus. Cet (enbipé) a ruiné notre réputation.

– Avec tous ses (bip) de tours de vache pendant qu'on le regardait pas, ajouta Torgut.

Ils parlaient d'Heller, bien sûr. Ils croyaient toujours, comme je le leur avais raconté, qu'il travaillait pour le Bureau des Narcotiques, la Drug Enforcement Administration. Cela m'allait droit au cœur.

– J'ai un emploi fixe pour vous, annonçai-je. Je désire vous engager pour que les domestiques filent droit à ma villa. Ce sont des fainéants et des incapables. Ils servent le *kahve* froid et le melon tiède. Ils ne me font pas la révérence et ne m'embrassent pas les pieds en se retirant.

– On pourra se servir de tuyaux de plomb? demanda Torgut.

– De fouets. Et aussi de vos poings quand ce sera nécessaire. Vous vous relèverez l'un l'autre de façon à être constamment en faction devant ma porte. Vous serez armés en permanence et si quiconque que je ne souhaite pas voir cherche à entrer, vous l'abattrez.

Avec la haine qu'ils vouaient à Heller, il n'avait pas la moindre chance de faire un pas dans la villa!

– On sera nourris? demanda Musef.

– Vous aurez tout ce que vous voudrez. (Après tout, ces frais seraient pour la base et non pour ma poche.) Je vous paierai même un peu de temps à autre.

– Loué soit Allah! lancèrent-ils en chœur.

– Autre chose. Si quoi que ce soit m'arrivait, à moi ou à mon argent, mon ami, qui est le banquier le plus puissant de toute la Turquie, a des instructions et il dépensera ce qu'il faudra pour vous rattraper et vous faire abattre.

– Allah nous en garde!

– Aussi longtemps que mon personnel me donnera satisfaction et que mon argent et moi serons en sécurité, votre travail est garanti. (Je jetai la poignée de livres sur le plancher sale.) Procurez-vous des vêtements et présentez-vous de suite à ma villa.

J'aurais voulu que vous les voyiez plonger sur les billets! Ils restèrent d'ailleurs à genoux par terre et s'inclinèrent devant moi.

Je levai la main en un geste magnanime avant de ressortir.

Oui, les changements étaient en route!

– Allez, on démarre, et en vitesse! lançai-je à mon chauffeur de taxi.

La Citroën partit comme une fusée à travers les ruelles et fila bientôt sur la route qui menait à la grande spire d'Afyonkarahisar, vers les montagnes et ma belle villa.

En entrant dans la cour, je pus constater que le gardien était absent de son poste. Ils ne savaient pas encore ce qui les attendait! Mais, pour l'instant, ce n'était pas ma domesticité qui me préoccupait.

La BMW était là. Par conséquent, Utanc aussi. J'allai tout droit cogner à sa porte.

– C'est moi! lançai-je d'un ton sonore. J'ai des nouvelles pour toi!

Je savais que ça suffirait pour la faire ouvrir.

C'est exactement ce qui se passa.

Les deux garçons, assis sur le plancher, étaient plongés dans un album de coloriage.

– Je viens d'avoir un entretien avec mon banquier, annonçai-je. Il m'a prévenu que si l'on continue d'utiliser les cartes de crédit, ma crédibilité financière sera inexistante. Donc, si tu règles encore une seule dépense avec une carte de crédit, ne serait-ce qu'un paquet de cigarettes (je braquai le fusil sur les deux garçons)... je les exécuterai.

Elle me dévisagea et lut l'inflexible décision du conquérant dans mon regard impérieux.

– Et tu le ferais, hein, espèce de (bipard)!

– Ça, je te le jure. Si tu veux de l'argent, viens m'en demander à genoux. Compris?

Elle claqua la porte. Mais je savais qu'elle avait compris. Elle se soumettrait et elle viendrait me supplier. A genoux, oui.

Bon, voilà qui était une affaire réglée.

Je comptai 200 billets de 100 livres à Ahmed pour ses services de la journée. Vingt mille livres, c'était plus qu'il ne gagnait en un mois. Passablement surpris et ravi, il s'inclina, serrant les billets entre ses deux mains. Mais, en vérité, c'était le seul ami que j'aie eu sur cette planète et qui me soit demeuré fidèle. Je ne devais pas me montrer regardant avec lui, même si mon ballot de billets devenait rapidement de plus en plus léger.

J'avais une autre question à régler. Je mis l'argent en sûreté dans un coffre – j'eus du mal à l'enfourner –, je récupérai mon étoile de contrôle et, nanti du dernier sac, je m'engageai dans le tunnel.

Mes Dieux, on peut dire que les Antimancos furent surpris en me voyant! A la seconde où je pénétrai dans leurs quartiers, ils se redressèrent tous d'un bond.

Stabb s'avança, les sourcils froncés.

– Lorsque nous sommes revenus, me lança-t-il, nous avons découvert que l'équipe de construction du hangar avait fabriqué une plate-forme creuse et que l'équipage du *Blixo* avait chargé quelque chose à l'intérieur! Je savais bien que le poids était anormal!

– Et ils vous ont dit ce qu'ils ont chargé?

– Ils l'ignorent, me dit Stabb. Mais *vous*, vous le savez.

– Du scotch comprimé, dis-je. L'intérieur est rempli de scotch comprimé. Pour les pots-de-vin, à vrai dire. Mais j'ai de mauvaises nouvelles.

– Ça, j'en suis certain. On s'était dit que vous aviez fait le coup vous-même et que vous aviez gardé tout le butin.

– En fait, les réserves d'or sont à presque quatre kilomètres de profondeur, bien au-delà du rayon d'action du saute-ligne. J'ai failli me faire prendre. J'ai dû me servir de mon éclateur, du lacérateur de police et j'ai même tiré les deux cartouches de mon fusil. Vous voyez dans quel état repoussant je suis. Mais j'ai réussi à battre en retraite et à revenir.

– Il vous a fallu du cran, commenta un mécano.

– C'est sûr, fis-je avec modestie. Mais avant de m'accuser de m'enrichir aux dépens de mon gang, regardez donc ça. Parce que, lorsque j'ai vu que leurs réserves étaient hors de portée, j'ai pris ce que je pouvais.

Je leur tendis le lourd sac de fausses pierres.

Ils les répandirent en un tournemain sur la table. Elles brillaient de tous leurs feux dans les projecteurs.

– Eh, regardez-moi ça! s'exclama un pilote en s'emparant d'une grosse émeraude synthétique.

– Et ça! cria un mécanicien en secouant des diamants et des rubis entre ses paumes.

– Tout est à vous, fis-je d'un ton solennel. Partagez-les entre vous comme vous le souhaitez. C'est la récompense de votre soutien loyal et une compensation normale pour tout cet or que nous n'avons pas eu.

Les yeux humides, le capitaine Stabb me dit :

– Gris, vous êtes un type formidable, même si vous êtes un officier!

C'est le seul remerciement que j'obtins de ce ramassis de canailles.

Je regagnai ma chambre avec un large sourire.

Avant de me mettre au lit pour un repos bien mérité, je me campai devant mon miroir et je me dis :

– Gris, rien ne peut t'arrêter désormais. Tes derniers problèmes, tu vas les chasser comme des moustiques, avec ton argent et ton esprit astucieux. Même Heller et Krak, tu vas en venir à bout.

Je m'étendis et fis des rêves aussi sanglants que délicieux.

4

Ces dernières journées avaient été aussi fiévreuses qu'épuisantes et je dormis de longues heures. A mon réveil, j'enfilai une nouvelle tenue de sport rouge. Musef avait pris le premier tour. Karagoz avait un œil au beurre noir et, même à cette heure avancée de l'après-midi, j'eus un breakfast avec un café bien chaud, du melon bien frais et des œufs parfaits.

Un changement sensible était intervenu. Merveilleux!

Je n'avais pas de plans pour l'immédiat, et je me dis que je ferais tout aussi bien de rassembler de nouvelles informations. C'est une excellente excuse quand on se sent trop satisfait pour travailler de façon efficace. Et puis, en pareille circonstance, il est toujours agréable de savourer la souffrance de ceux qui ne vont pas tarder à se tordre d'agonie.

C'était aussi la première fois que j'utilisais les deux écrans ensemble. Mais ainsi je pourrais mieux observer leurs réactions car la comtesse irait rendre visite à Heller de temps en temps et vice versa.

Tout d'abord, j'eus Krak. Je n'avais pas besoin du deuxième écran pour voir à quoi elle ressemblait aujourd'hui : elle nettoyait une vitre et son reflet était suffisamment net dans l'image brumeuse du matin new-yorkais. Elle avait enfilé sa combinaison spatiale, noué ses cheveux en chignon et coiffé une des casquettes de base-ball d'Heller!

Dans le reflet, sur la droite, quelque chose bougea. Le chat. Il était assis sur le bureau et se nettoyait le museau.

Eh, si elle avait décidé de s'y prendre de cette façon pour regagner Voltar au plus vite, je n'avais pas de souci à me faire. Si je parvenais à les retarder assez longtemps, à les empêcher de faire quoi que ce soit d'efficace, j'apprendrais avant peu que les rapports d'Heller n'avaient plus d'importance et que je pouvais librement les liquider tous les deux en toute sécurité. Allez, chère comtesse, activez-vous sur ces vitres! C'est parfait en ce qui me concerne! Mais il y avait quelqu'un d'autre derrière elle, un personnage immobile qui la regardait.

Izzy!

Krak elle aussi l'avait vu. Elle donna un dernier coup de chiffon sur la vitre avant de se retourner. Izzy recula, se laissa tomber au bord d'un canapé et fondit en sanglots!

– Allons, allons, Izzy, fit la comtesse Krak. Par tous les Cieux, que se passe-t-il donc?

Izzy fut secoué de quelques sanglots avant de répondre d'une voix étouffée :

– Vous êtes trop belle pour vivre dans un bureau.

Belle? Avec sa combinaison trop grande et cette casquette trop large? Mais qu'est-ce que mijotait Izzy? Un nouveau coup, supposai-je. Et j'attendis la suite avec intérêt.

– Mais ce bureau est très joli, Izzy, protesta la comtesse.

– Non, non, pas assez pour vous. Vous méritez un appartement somptueux.

Elle parut réfléchir une seconde. Puis elle dit :

– Eh bien, j'ai une carte de crédit. Peut-être que je pourrais en louer un.

Instantanément, je sentis mes cheveux se dresser sur ma tête!

Izzy fit alors une chose qui me réchauffa le cœur. Et je réalisai vraiment que c'était un homme en or, aussi dévoué que loyal.

– Non, non, non! Je suis responsable de M. Jet. S'il faut acheter des appartements, je m'en occuperai. Promettez-moi que vous ne ferez pas ça. Vous ne trouveriez rien d'assez beau pour vous.

Je ne comprenais pas très bien où il voulait en venir. Il cherchait à toucher une commission ou quoi?

Sur l'écran d'Heller, je ne voyais que des ascenseurs, des couloirs, des ascenseurs. Ah, son bureau. Il venait d'y entrer. Il regarda Izzy.

– Qu'est-ce qui ne va pas?

Sur les deux écrans, Izzy était en larmes. Il désignait désespérément la comtesse.

– Chérie, veux-tu aller faire un petit tour dans la « chambre à penser » et faire un peu le ménage? Et ferme la porte pour que je tire ça au clair avant qu'il ne saute n'importe où.

Il attendit que la comtesse fût sortie et redemanda :

– Qu'est-ce qui ne va pas, Izzy?

Izzy se frottait les yeux avec la paume des mains.

– Le barman croit qu'elle est une star de cinéma ou qu'elle va le devenir. L'agence de modèles, au bout du couloir, me persécute pour que je l'inscrive pour le concours de Miss Amérique afin qu'ils la mettent sous contrat pour les pubs de Coca-Cola. Selon Bang-Bang, c'est la plus belle femme de la planète. Et, parce que je ne suis qu'un bon à rien, je l'oblige à vivre ici. Elle n'a même pas de maison.

– Eh bien, achète un appartement, n'importe quoi.

Izzy eut un nouveau spasme de chagrin.

– Mais c'est bien ça l'ennui. Nous arrivons à peine à régler nos frais avec l'arbitrage en Bourse. L'IRS est revenue à la charge et nous n'arrivons pas à payer nos impôts. En entrant ici, en la voyant, j'ai réalisé que j'étais en train de la condamner à la pauvreté, à la misère. J'ai précipité notre ruine. Je ne peux pas le supporter!

– Bien, fit Heller. Je vais aller gagner un peu d'argent.

Izzy me stupéfia. Il était apparemment sur le point de réussir une escroquerie parfaite. Mais voilà qu'il levait les mains.

– Non, non, non! N'essayez pas à nouveau de persuader

quelqu'un de vous tirer dessus afin de récolter la prime. C'est bien trop dangereux!

Heller éclata de rire.

– Non, je pensais à tout autre chose.

– Vous me retirez mon travail et je le mérite. Mais, je vous en prie, promettez-moi de ne rien faire d'insensé.

– Ça, je peux seulement promettre d'essayer.

Krak ressortit de la pièce voisine. Elle était occupée à changer la taie d'un oreiller. Instantanément, Izzy bondit sur ses pieds et s'enfuit.

– Que se passe-t-il donc? demanda-t-elle.

– Il pense que tu es trop belle, fit Heller. Moi aussi d'ailleurs. Surtout avec cette touche de suie de la plus pure qualité new-yorkaise sur le bout du nez.

Elle lui lança l'oreiller. Il le saisit au vol et, profitant du prétexte, il l'embrassa en le lui rendant. Et mes deux écrans faillirent éclater. *BZZTT!*

Mais il ne la garda pas longtemps serrée entre ses bras. Il prit un journal que quelqu'un avait abandonné là et se mit à le parcourir.

– De l'argent, marmonna-t-il. Argent, argent, argent... Cette planète ne tourne pas sur son axe mais sur L'ARGENT!

Il passa la page des BD trop vite pour que je voie ce qui était arrivé dernièrement à Bugs Bunny.

Il s'arrêta sur une annonce.

ATLANTIC CITY
GRANDE AION D'HIVER DES CAINO

LA FOLIE!
VOUS ÊTES RUINÉ PAR LA NOUVELLE ANNÉE?
RENFLOUEZ-VOUS A LA ROULETTE!
RIEN NE VA PLUS?
TOUT IRA MIEUX!
$$$$$$$$$

Heller releva la tête et dit à la comtesse :

– Tu travailles trop dur. Nous partons pour Atlantic City.

Elle s'interrompit et le contempla avec une expression outrée.

– QUOI? Et tu quitterais cette planète sans avoir achevé ta mission?

– Non, non. Il ne s'agit pas d'Atalanta, sur la planète Manco, mais d'Atlantic City, État du New Jersey. Et débarbouille-toi. Quand on veut nettoyer une ville, il faut être propre sur soi.

– Et cette ville se trouve où? fit-elle en venant vers lui.

Il lui montra la publicité. Il ne l'avait pas lue complètement. Les dernières lignes proclamaient :

SHOWS GRATUITS

Les clowns, les singes,
le groupe rock Dingle-Poop
et la grande chanteuse européenne
Mamie Boomp

– Oh! fit Krak. Mais je la connais. Et il faut que je la voie, d'ailleurs, parce que je dois lui demander ce qu'elle pense des collections de printemps.

Une voix résonna derrière eux.

– Y a quelqu'un?

C'était Bang-Bang. Il portait un sac.

– Désolé, Joy, mais les types, chez le traiteur, n'avaient jamais entendu parler de secoueur-chaud. Ils m'ont donné du champagne et du moka-menthe bavarois. Mais, à mon avis, le scotch serait mieux. Même le chat ne voudra pas du champagne : ça le fait éternuer.

– Où as-tu garé le taxi? demanda Heller. Nous allons à Atlantic City.

Il lui montra le journal.

Bang-Bang lut la publicité jusqu'à la dernière ligne, lui. Il la montra à Heller :

Scalpello Casino & Co., New Jersey

– La Mafia d'Atlantic City, dit-il. Des tocards, mais des méchants. Si tu as l'intention de tout rafler là-bas, il faudrait que je vienne avec toi en cas de coup dur. Mais ce (bip) de flic de tutelle est borné : il ne me laissera pas mettre un pied hors de l'État. Alors, Jet, fais attention. Tu m'entends?

– Mais oui, tout se passera bien. Pour moi comme pour la dame.

Bang-Bang écarquilla les yeux.

– La dame? Parce que tu emmènes Joy là-bas? Bon Dieu de... – j' m'excuse, mademoiselle – mais elle est trop belle pour que tous ces voyous posent les yeux sur elle! Même une seconde! Ils ne le méritent pas!

– Tout se passera bien, répéta Heller.

– Mais, Jet, c'est un (bip) d'endroit (bipement) dangereux! – je vous demande pardon, mademoiselle. Ce tas d' (enbipés) – pardon, mademoiselle – tire sur n'importe qui.

Il vit que Jet n'était nullement impressionné et abandonna. Mais il ajouta, mû par une dernière pensée :

– En tout cas, je ne tolérerai pas qu'elle fasse près de cinq cents kilomètres dans cette (biperie) – pardon, mademoiselle – de taxi. Il n'est vraiment plus confortable. Je vais téléphoner à l'héliport de la 34e Rue Est et je vous y conduirai. Ils ont un nouveau service de navette pour Atlantic City, avec des hélicos parfaitement sûrs et confortables. Et je vais nettoyer le taxi.

Il décrocha le téléphone.

Heller, pendant ce temps, circulait dans le bureau, rassemblant diverses choses.

La comtesse se précipita dans son boudoir de secrétaire et referma la porte sur elle. Je me dis qu'elle allait sans doute se changer et préparer son sac.

J'avais un large sourire. La Mafia d'Atlantic City. J'en avais entendu parler en long et en large. Ils avaient une spécialité : attaquer les touristes et surtout les gagnants.

Je me sentais de plus en plus euphorique. Impossible que je perde. Si Heller perdait au jeu, cela ferait ça de moins pour régler les dettes de la société. S'il gagnait, la Mafia d'Atlantic City lui tomberait dessus et il y avait de fortes chances que lui et la comtesse Krak se retrouvent à l'hôpital.

Quelle splendide journée! Pour la plupart des gens, on était au plus froid de l'hiver. Mais pour moi, le temps était doux comme jamais il ne l'avait été. Le monde était redevenu agréable et rose!

5

Il y avait un fort vent mais, malgré cela, je sortis faire un tour dans la cour. Je me sentais trop excité pour rester assis.

Torgut avait pris la relève. Il portait un manteau de mouton tout neuf, des bottes et une casquette. Il brandissait un bâton et avait l'air en meilleure forme, bien nourri. Il s'inclina avec révérence. Parfait.

Je jetai un coup d'œil sur la domesticité. Je vis des visages blancs de peur. Comme tout cela était satisfaisant!

La BMW n'était plus là et il n'y avait aucune trace des garçons. Quel soulagement, quel bonheur!

Je retournai dans ma chambre et graissai mes armes pour passer le temps. C'est alors qu'un message tomba de la fente.

Je vous avise que je déplace les émetteurs dans la région d'Atlantic City.

Raht

Je tiquai. J'avais moi-même oublié qu'Heller et Krak allaient se trouver hors de portée de l'activateur-récepteur. Comment Raht l'avait-il appris?

Privé de son partenaire Terb, il avait dû placer des mouchards dans le bureau d'Heller. Et peut-être sur Heller lui-même ainsi que sur la comtesse. C'était réconfortant, en fait. Je lui avais tellement fait peur la dernière fois qu'il en arrivait à faire son travail. Tout s'arrangeait pour le mieux!

Heller et Krak n'avaient plus la moindre chance! Je pourrais ordonner leur exécution n'importe quand. Mais, au préalable, il fallait que le correspondant d'Heller sur Voltar soit neutralisé. Pour l'heure, tout ce que j'avais à faire, c'était les ralentir suffisamment afin qu'ils ne puissent contrarier les plans de Lombar. Et désormais, ce n'était pas l'argent qui me manquait!

C'est avec une certaine commisération, tel l'homme qui observe des handicapés qui vont participer à une course, que je portai mon attention vers les écrans.

– Mais pourquoi ces ridicules lames qui tournent? demandait la comtesse Krak.

Ils étaient dans un gros hélicoptère de transport.

– C'est pour refroidir la tête du pilote, dit Heller.

– Oh, Jettero, tu te moques de moi!

– Moi, je n'oserais pas! Mais si, tu sais, ils ont des pilotes qui sont de vraies têtes brûlées.

– En tout cas, il leur manque des bus antigravité. Tu pourrais au moins leur apprendre à fabriquer du secoueur-chaud.

– J'inscris ça en priorité. Tiens, regarde : voilà Atlantic City.

Ils se penchèrent vers le hublot. Le paysage qui se déployait sous eux était désolé, glacé. Les longs rouleaux gris de l'Atlantique déferlaient sur la grève et de grandes gerbes d'écume montaient des cinq débarcadères de la station. Les embruns cinglaient les hôtels et les grands buildings alignés sur la promenade en planches.

– Maintenant, écoute-moi attentivement, dit Heller. Tu ne vas plus m'appeler Wister mais Johnny. On dira que tu es une espèce d'évaporée que j'ai levée.

La comtesse se rebiffa.
– Ça, ça me plaît! Et pourquoi donc ne puis-je plus t'appeler Wister?
– C'est un nom bien trop connu.
– Ah, ah! Je savais bien que tu étais devenu une célébrité.
– Pour mon malheur, oui. Mais nous n'allons pas parler de ça maintenant. Joue seulement la fille évaporée.
– Je sens venir les tracasseries, fit Krak.
– Tu peux le dire. Nous sommes fauchés.
Elle secoua la tête.
– Je peux acheter tout ce dont nous avons besoin. J'ai une carte de crédit.
– Avec ça, tu ne peux pas payer nos impôts. Non, contente-toi d'être une évaporée.
– Au point de ne pas savoir qui est l'ennemi?
– C'est la Mafia d'Atlantic City qui possède les jeux, ici, dit Heller. Ils ne partagent sûrement pas ton enthousiasme à mon égard. Leur spécialité, c'est de plumer les gens et nous venons pour les plumer eux.
– Rien de criminel? s'inquiéta Krak.
– Non, non. Tout sera parfaitement légal. Il se trouve que nous disposons de ce que j'appellerai un « avantage technique ». Je pourrai t'appeler afin que tu fasses tes jeux ou pour t'occuper de nos gains au cas où il y aurait de la casse. Est-ce que ta radio fonctionne bien?
Elle porta la main à l'intérieur de son manteau et dit :
– Essai!
Le son parut provenir du col d'Heller.
Il répéta le test de son côté.
Ils étaient équipés de boutons-radio Spurk! Mais ça ne changerait rien à leur sort!
A présent, ils se levaient pour s'apprêter à quitter l'hélico et je vis comment ils étaient vêtus, ce qui était impérativement nécessaire pour moi s'ils venaient à se séparer dans les casinos.
Les yeux faillirent me sortir de la tête. Elle était coiffée d'un chapeau de fourrure blanche, avec bottes, sac et gants assortis. Son pantalon, qui faisait certainement partie d'un ensemble, était d'un bleu métallique et très large dans le bas. Mais c'était surtout la veste qui m'avait fait bondir : du chinchilla gris! Même si elle ne lui arrivait qu'aux hanches, elle devait valoir une fortune! Tout le monde trouverait ça élégant, peut-être même un peu voyant, mais je ne pensais qu'à mon compte!
Heller, lui, portait un costume de flanelle grise et un chapeau gris avec une large bande. Son trench-coat était en cuir noir.

Dans la foule d'Atlantic City, ils allaient être particulièrement repérables! Tant mieux! La Mafia n'aurait pas le moindre mal à les pister pour récupérer leurs gains éventuels.

L'hélicoptère se posa et tout ce joli monde grimpa dans un bus qui attendait.

Lorsqu'en 1976 l'État du New Jersey avait obtenu une licence pour des casinos, on avait cru à la prospérité d'Atlantic City. Bien sûr, on avait construit quelques hôtels dans cette ancienne ville décrépite vouée aux carnavals, mais les grands espoirs s'étaient effondrés et le battage des *public relations* était resté sans effet. Un dealer, lors de mon précédent séjour sur Terre, m'avait tout expliqué. La Mafia, peu à peu, s'était emparée des principaux casinos. Elle n'appréciait pas du tout les gagnants et, à la longue, les espoirs d'Atlantic City de pouvoir un jour rivaliser avec Las Vegas s'étaient estompés.

Il fallait vraiment être au bord de la faillite pour descendre dans une ville de jeux au plus fort de l'hiver du New Jersey. Les bourrasques glacées qui venaient de l'Atlantique menaçaient à chaque instant de balayer les gens de la promenade. Il n'y a rien de plus triste qu'une ville de plaisir hors saison.

Heller et la comtesse n'étaient pas plus tôt descendus du bus qu'elle repéra le nom de « Mamie Boomp », inscrit en tout petits caractères sur la plus importante marquise lumineuse du plus grand des buildings qui abritait d'ailleurs le plus gros des casinos.

Le dos courbé dans le vent, ils entrèrent. Ils confièrent chapeaux, trench-coat et veste de fourrure au vestiaire et montèrent jusqu'à la mezzanine qui dominait toute la salle du casino. Des tables et des fauteuils avaient été disposés près de la balustrade. Heller s'apprêtait à inviter la comtesse à prendre place, mais elle déclara :

– Non, non. Fais ce que tu as à faire et moi je vais aller voir dans les coulisses si je peux trouver Mamie.

Heller s'assit sans répondre et contempla la foule, tout en bas.

Je fus très surpris. Car il y avait beaucoup de monde pour un début d'après-midi.

Le casino était immense. Juste en dessous d'Heller, je vis trois tables de roulette. On ne s'y pressait pas mais les jeux étaient quand même ouverts.

Heller promena les yeux autour de lui. A sa droite comme à sa gauche, il y avait de gros piliers carrés qui donnaient l'impression que l'endroit où il se trouvait, tout près de la balustrade, était une sorte d'alcôve. Derrière lui, un espace vide, moquetté. A droite, un long couloir qui allait vers l'hôtel. Et, directement derrière lui, un autre, qui desservait vraisemblablement des chambres.

Heller avait apporté une mallette. Il la posa sur la table et l'ouvrit. La première chose qu'il en sortit me parut être une sorte de machine à calculer. En apparence du moins. Il en ôta le double fond et je découvris son Llama .45 en argent damasquiné! Je tressaillis. Avant de réaliser que, caché ainsi sous une machine à calculer, l'arme avait dû échapper aux détecteurs de l'héliport. Heller s'assura de son fonctionnement avant de la glisser dans un holster fixé dans son dos. Ensuite, il prit quelques projectiles dans la machine à calculer et les mit dans sa poche.

Cela fait, il sortit un sac poubelle en plastique noir de sa mallette et le posa sur la table. Une fois encore, j'étais surpris. Est-ce qu'il pensait vraiment gagner tellement d'argent? Et quand bien même, il aurait toute la Mafia sur le dos!

Puis il prit un bloc multicopie muni de pinces qu'il fixa sur son genou.

C'est alors qu'il ouvrit une seconde mallette. Je reconnus le logo : Nikon. Mais où l'avais-je déjà vu? Oui, à Lynchburg. Il avait acheté deux caméras à bon marché et procédé à une substitution d'étiquettes. C'était une d'elles qu'il tenait!

LE CHRONOVISEUR!

Il venait de le déballer et vérifiait l'état des piles. Avec l'étiquette Nikon, le chronoviseur voltarien ressemblait tout à fait à une banale caméra 8 mm.

Il se pencha sur la balustrade, braqua l'appareil sur la première roulette et se mit au travail.

Sur le mur opposé, il y avait une gigantesque horloge, très futuriste, avec une trotteuse pour les secondes. Heller jetait régulièrement un regard dans l'œillère du chronoviseur, tournait une petite molette, puis consultait l'horloge et inscrivait quelque chose sur le bloc fixé à son genou.

Il fallait un œil perçant pour lire l'image du chronoviseur et plusieurs minutes passèrent avant que je parvienne à distinguer autre chose que des points clignotants. Des chiffres.

Heller lisait les numéros qui allaient sortir à la roulette durant toute la soirée! Et il les notait tous, à la seconde près, sur son bloc!

Impossible qu'il perde!

Ça, il allait ramasser des masses d'argent, mais la Mafia d'Atlantic City aurait sa peau! Inévitablement!

Il passa à la seconde table. A chaque fois, il réglait le chronoviseur sur une ou deux minutes dans l'avenir et griffonnait sur son bloc avec une rapidité telle que la plupart des numéros m'échappaient.

Il s'occupait de la troisième table quand des voix se firent entendre derrière lui. Il ne se retourna pas : il avait presque fini.

Je reconnus la voix rauque et l'accent américain de Mamie Boomp.

– Le maire? Oh, j'avais un rendez-vous avec lui, ma chérie. Pas de problème. Mais sa femme a fait une telle scène que je ne pouvais rien. C'est pour ça que vous me retrouvez en train de chanter dans cet endroit pourri. Et s'ils ne nous paient pas ce soir, plus de spectacle. Quelle bande de truands!

Heller avait fini. Il se retourna. Avant même que Krak ait fait les présentations, Mamie s'exclama :

– Alors voilà notre marin. Ça, Joy, on peut dire que vous savez les choisir. (Elle regarda Heller.) Et comment se porte la flotte?

– Bien, j'espère, fit-il tout en invitant courtoisement les deux femmes à prendre place à sa table.

– Alors Bonbucks Teller a fait son effet, fit Mamie. Eh bien, je m'en réjouis. Ils sont au-dessus de mes moyens. Peut-être que je devrais me trouver un marin, moi aussi, et me retirer. Est-ce que vous êtes bien payé, jeune homme?

– Ma foi, il y a un certain temps que je n'ai pas touché ma solde de la Flotte, avoua Heller.

– Ah, ça, ce n'est pas bien. Nous sommes deux dans ce cas. Si ces canailles ne crachent pas... Mais... Oh, oh! On dirait que nous avons de la compagnie.

Deux hommes à l'air dur s'approchaient.

– Qu'est-ce que tu fabriques avec cette caméra, fiston? demanda l'un d'eux.

– Oh, mais il n'y a pas de film dedans, dit Heller.

– On peut quand même la voir? fit l'autre.

Heller l'ouvrit devant eux.

– Vous voyez? Elle n'est pas chargée.

– En tout cas, range ça, gamin. On ne filme rien ici. Et ça, c'est quoi? Une machine à calculer?

– Oui, j'ai une martingale. En fait, c'est un système. Les numéros sortent dans les sphères célestes et je n'ai qu'à les additionner.

Le premier truand émit un rire rauque tout en échangeant un coup d'œil avec son comparse, l'air de dire : encore une poire.

– Écoute, gamin, compte ce que tu veux, dit l'autre. Mais range toute cette quincaillerie. Amuse-toi.

– Oh, ça, pour sûr.

Ils s'éloignèrent.

– Les enfants, déclara Mamie, il va falloir que j'y aille moi aussi. On ne passe que deux fois dans la soirée et, si nous ne sommes pas payés, pas question de monter sur scène ce soir. Dites-moi, marin, est-ce que vous pourriez nous inviter à dîner sur le coup de 6 heures?

– Avec plaisir, fit Heller en parfait officier royal tout en se levant.

– Je serai sur la scène qui est là-bas, à l'autre bout de la salle. Écoutez bien.

Elle les quitta et Heller se rassit.

– Elle est très gentille, fit la comtesse.

– Et toi encore plus. Maintenant, écoute-moi un peu, petite évaporée. Voici ta liste. Les temps indiqués sont ceux de cette grande horloge, là-bas, avec les chérubins dorés. Et voilà 1 000 dollars. Tu vas aller à la caisse et retirer ça en plaques. Ensuite, tu te trouves une place à une table et tu joues. Ne parie que sur un numéro plein. Et jamais plus de 285 dollars.

– Pourquoi?

– Le rapport est de trente-cinq fois la mise. Tes gains ne doivent pas excéder 10 000 dollars à chaque jeu. Les gens de l'IRS notent tous les gains de plus de 10 000 dollars, mais pas en dessous. Chaque fois que tu gagneras, tu encaisseras tes plaques avant de passer à une autre table et de miser sur un autre numéro plein.

– C'est bien ce que je pensais : les tracasseries commencent. C'est *quoi* au juste cette liste?

– Les numéros gagnants de chacune de ces trois roulettes avec le minutage exact. Ce soir, j'ignore pourquoi, tous les jeux s'arrêteront à 10 h 21. Mais, en attendant, tous ces numéros sont gagnants. Voilà un sac en plastique. Au cas où le tien déborderait. Tu es prête?

– Et si nous gagnons suffisamment d'argent, ça nous rapprochera de chez nous?

– Exactement.

– Alors allons-y.

Elle alla tout droit acheter des plaques mais Heller – non sans avoir pris la précaution de cacher le reste du contenu des sacs sous sa ceinture – ouvrit sa mallette au vestiaire, acheta à son tour quelques plaques et s'approcha d'une autre table de roulette.

La comtesse laissa passer plusieurs tours pour se faire une idée du jeu. Puis elle consulta sa liste, s'assura que les numéros sortis correspondaient bien à sa table, regarda l'heure et plaça 285 dollars de plaques sur le numéro à venir, le zéro.

– Elle tourne, elle tourne, la petite bille, annonça l'homme de la roulette. Où elle va s'arrêter, personne ne le sait. Rien ne va plus!

Le crépitement métallique ralentit. La bille s'arrêta sur le cinq, hésita, et tomba sur le zéro avec un cling! sonore.

Le croupier râtissa toutes les mises sauf celle du zéro qu'il compta avant de pousser une pile de plaques vers la comtesse. Elle les ramassa d'un geste vif et se rendit directement à la caisse. L'instant d'après, elle glissait 9 975 dollars dans son sac. Il était déjà plein.

Heller, à la table voisine, venait de jouer le treize, qui était sorti, bien sûr. Tout comme Krak, il ramassa immédiatement ses plaques et alla les échanger à la caisse. Il mit l'argent dans le sac et je me dis que lui aussi allait être très vite dépassé par le volume des billets.

La comtesse jeta un regard à l'horloge et changea de table. Consultant brièvement sa liste, elle joua le cinq. Qui sortit. Elle répéta le manège et mit dans son sac la même somme : 9 975 dollars.

Et ils continuèrent, changeant de table à chaque tour.

J'étais certain qu'on n'allait pas tarder à les remarquer. La foule était dense et assez élégante. Mais Heller, avec son costume gris, sa chemise de soie bleue et sa lavallière bleue à pois était particulièrement repérable. Et il était surtout plus grand et plus blond que tous les hommes présents.

La tunique que la comtesse portait sous son chinchilla était d'un bleu métallique assorti à son pantalon et, même si elle était d'une coupe assez simple, Krak faisait l'effet d'un modèle professionnel sous les projecteurs au milieu de toutes les fourrures et robes du soir.

Combien de temps allaient-ils pouvoir continuer leur petit jeu avant que la maison ne se réveille?

Une heure à peine s'était écoulée lorsque deux hommes s'arrêtèrent devant Heller.

– Quel âge as-tu, gamin? demanda l'un d'eux en le toisant.

– L'âge légal, fit Heller.

– Les jeunes gens au-dessous de dix-huit ans ne sont pas admis dans cette salle. Tu as des papiers?

– Mais oui.

Heller lui tendit son passeport et son permis de conduire.

– Johnny Cattivo, lut l'homme à haute voix. Vingt-deux ans.

– Eh, mais y a un Cattivo dans la bande à Faustino! Une de tes relations?

– On a été séparés, dit Heller. Un vrai déchirement.

Les deux types le dévisagèrent d'un air bizarre avant de lui rendre ses papiers et de s'éloigner. Je me souvins alors que Cattivo était le nom d'un des truands qui avaient tenté de kidnapper Heller au garage de Spreeport*.

Pendant ce temps, le croupier de la table deux sortit de son abrutissement pour réaliser qu'il avait plusieurs fois poussé des piles de plaques vers la comtesse. Il fit un signe discret à l'homme de la roulette qui, soudain, lança la bille dans le sens opposé, essayant sans doute de truquer le résultat. Il avait probablement un gadget électronique caché sous la table.

Mais le numéro sortit inévitablement. C'était le cinq. Le système d'Heller était évidemment à l'épreuve des roulettes truquées!

Autour de la table, trois hommes et une femme avaient remarqué qu'Heller gagnait régulièrement et ils commencèrent à jouer comme lui.

Il les toléra pour un tour mais, changeant de table, accompagné par ses quatre suiveurs, il misa une plaque de 1 000 dollars sur un mauvais numéro avec beaucoup d'aplomb. Il perdit et, du coup, les autres l'abandonnèrent.

Les jeux et les allers et retours se poursuivirent. Les sacs devenaient de plus en plus ventrus.

Krak dut attendre un moment à la caisse. Deux gardes armés firent soudain irruption dans la cage et tendirent au caissier une mallette remplie de billets. Il signa le reçu et régla la comtesse.

Et ça continua. Jeu après jeu. De la table à la caisse.

Jusqu'à ce que, vers 5 h 30, ils se retrouvent chacun avec un sac bourré à éclater.

Ils se rejoignirent enfin.

– C'est assez épuisant, se plaignit Krak. Est-ce que nous pourrions aller dîner à présent? J'étais tellement absorbée que je n'ai même pas entendu Mamie chanter. Et puis, ces nouvelles bottes me font mal aux pieds! Je n'avais pas encore réalisé qu'il fallait autant marcher pour gagner de l'argent!

– D'accord, fit Heller. Nous allons faire le plein et revenir ensuite. Je ne pense pas que nous ayons plus d'un demi-million dans chaque sac. Si nous parvenons à ramasser deux millions en tout ce soir, Izzy sera tiré d'affaire.

– Mais est-ce qu'ils ne vont pas finir par être à court d'argent ici? s'inquiéta la comtesse.

– J'ai vu qu'ils en avaient fait venir de la banque ou bien des autres casinos. Mais c'est leur problème. Viens : allons manger.

---

* Voir Tome 4. *Une affaire très étrange.*

6

Mamie Boomp avait déjà accaparé un box dans un coin de la vaste et superbe salle à manger. Elle leur fit signe. Ils posèrent leurs sacs sur la banquette de cuir rouge et prirent place à ses côtés.

– Je ne vous ai pas entendue chanter, dit la comtesse.

– Mais je n'ai pas chanté, fit Mamie. Nous sommes en grève en attendant qu'on nous paie. Nous ne sommes que trente dans ce show mais, Mafia ou pas Mafia, nous pouvons les tenir en échec. Il y a quatre autres casinos qui leur appartiennent et ils vont arrêter eux aussi dès demain. Maintenant, mangeons. On n'est peut-être pas près de retrouver le temps des vaches grasses.

Il était encore tôt et ils n'eurent pas de mal à être servis rapidement. Ils avaient commandé des clams à la vapeur et du homard grillé. Heller montra à la comtesse comment se servir d'une pince et d'une fourchette à homard. Mamie était tellement occupée à empiler ses coquilles de clam qu'elle ne parut pas trouver bizarre le fait que Joy Divine Krackett, de Bluesville, État de New York, considérait comme très primitif de ne pas disposer de couteaux électriques, de pinces à succion et de bombes de condiments pour assaisonner correctement les plats.

Krak se débrouillait plutôt bien.

– En tout cas, si vous êtes à la rue, fit-elle en montrant de sa fourchette la somptueuse salle à manger, c'est plutôt agréable. Et cette nourriture est délicieuse. Est-ce qu'ils cuisent tout cela sur la plage? Je perçois le goût du sel.

– Ça vient de la mer, dit Heller.

– Vraiment? Pas d'aquariums? Mais, alors, ils doivent avoir de vrais pêcheurs, qui pêchent dans la mer à bord de bateaux, non? Jettero, je viens de me rappeler qu'il y avait des gens de la mer qui ont accompagné le prince Caucalsia. C'est certainement par ici qu'ils se sont installés. C'est pour ça que cet endroit s'appelle Atlantic City. Mamie, vous qui connaissez tout : est-ce que je me trompe?

– Pour sûr que je sais tout, fit Mamie. C'est pour ça que je vous conseille de prendre de la tourte aux cerises. Je suis au régime et pas question de pâtisserie pour moi. Allez, marin, appelez donc le serveur. Je me contenterai d'une moitié de tarte à la noix de coco pour faire descendre mon café.

Ayant enfin atteint les limites de son régime de fer, Mamie se laissa aller en arrière avec un soupir.

– Eh bien, la condamnée a eu droit à son dernier repas grâce à vous, marin. Maintenant, est-ce que vous pouvez me dire à quoi vous avez passé votre temps, les petits?

– A force de marcher, je suis complètement exténuée, avoua la comtesse. Mamie, je vous le dis, ne mettez surtout jamais des bottes neuves pour jouer. J'aurais dû prendre de vieilles chaussures de tennis.

– Miss Boomp, intervint Heller, est-ce que ça vous dirait de gagner un peu d'argent?

– Autant demander à un condamné à mort s'il préfère la vie. Question absurde. Mais qu'est-ce que vous mijotez?

– J'ai l'intention de plumer la Mafia d'Atlantic City.

– Formidable. Bord sur bord, hein? Voilà qui est de bonne guerre. Non seulement ils ne nous ont pas payés, mais j'ai raté un ou deux rôles dans des films à cause d'eux. Et vous savez qu'en saison d'hiver, les contrats ne tombent pas du ciel.

– D'accord, fit Heller. J'ai ici une liste des numéros gagnants sur les tables un, deux et trois du casino. Vous allez jouer comme je vous le dirai et vous aurez droit à 10 % des gains.

– Vraiment? Vous êtes voyant ou quoi? A moins que vous n'ayez une martingale infaillible.

– Disons que j'ai un système, dit Heller avant de lui expliquer comment cela fonctionnait et qu'elle devait aller encaisser en liquide ses plaques à chaque fois qu'elle gagnerait.

Puis il sortit un sac de plastique et voulut lui donner 1 000 dollars pour aller jouer.

Mais Mamie regardait les sacs ventrus qu'ils avaient déposés sur la banquette. Elle en entrouvrit un, y jeta un coup d'œil et sortit une liasse de billets qu'elle mit au creux de ses cuisses. Brusquement, elle se saisit de tous les sacs poubelles et déclara d'un ton décidé :

– Dix pour cent, hein? Marché conclu, marin!

Elle se leva et quitta à grands pas la salle à manger, pas lestée le moins du monde par son copieux repas.

La comtesse prit les deux lourds sacs poubelles et Heller lui emboîta le pas. Elle s'arrêta un instant pour regarder quelques photos de Miss Amérique qui avait remporté le concours à Atlantic City quelques années auparavant.

Heller alla régler la note à la caisse. On venait de lui rendre la monnaie lorsqu'il eut un geste vif.

Il se retourna.

Sa main gauche s'était refermée sur le poignet d'un serveur en veste rouge qui tenait lui-même le .45 automatique d'Heller!

Le serveur venait de le subtiliser dans le holster qu'Heller portait dans le dos!

Mais Heller tenait l'arme avec des doigts d'acier.

Il resserra encore sa prise et le .45 tomba dans sa main droite.

Le serveur – qui n'en était certainement pas un à en juger à la chemise de soie qu'il portait – fixait Heller avec une expression d'intense souffrance. Il était évident que seule la prise d'acier d'Heller l'empêchait de s'écrouler.

– Je n'ai rien commandé, dit Heller avec une douceur extrême.

Il remit l'automatique dans son holster, sous sa veste, puis palpa le faux serveur, glissa une main dans sa poche et tira une arme d'un holster fixé à l'épaule. Il l'examina. C'était un Taurus .38 Spécial à double action, nickelé. Il fit basculer le barillet d'un coup de pouce, vérifia qu'il était chargé et, toujours d'une seule main, le remit en place.

– Merci de vous être aperçu que j'avais laissé tomber mon arme, dit-il en glissant le Taurus dans sa propre poche.

– Votre monnaie, monsieur, dit le caissier.

Heller n'avait toujours pas lâché le poignet du faux serveur qui semblait paralysé. Il se retourna, prit un billet d'un dollar dans la monnaie qu'on lui rendait et le fourra dans la main de l'homme avant de la lâcher. L'autre faillit tomber, se redressa tant bien que mal et retourna vers la cuisine d'une démarche zigzaguante.

La comtesse était trop loin devant pour s'être aperçue de l'incident.

Heller la rejoignit et ils foulèrent bientôt le tapis du monumental escalier qui accédait à la mezzanine. Ils retrouvèrent la place qu'Heller avait choisie à leur arrivée. La mezzanine était déserte mais, en bas, la foule était plus dense que jamais. C'était la foule du soir, plus élégante, composant un kaléidoscope mouvant de couleurs.

– Regarde là-bas! s'exclama la comtesse.

Mamie Boomp était assise contre le mur, derrière les croupiers des roulettes une, deux et trois, serrant d'une main sa liasse de billets et, de l'autre, la liste des numéros. Les gens du show l'entouraient. Elle leur donnait à chacun un numéro à jouer et la somme à parier. Certains avaient même droit à un sac en plastique.

ELLE AVAIT ENGAGÉ LES ACTEURS DU SHOW!

Heller se mit à rire.

– On peut dire que tu t'es trouvé une drôle d'amie. (Il se tourna vers Krak.) Tu vois ce couloir derrière nous? Tu vas aller y poser les sacs, t'asseoir dessus et reposer un peu tes jolis petits pieds. Moi, je vais rester ici à regarder les faisans en train de se faire plumer.

7

On se pressait autour des tables de black jack. Les machines à sous cliquetaient. Les billards électriques crépitaient. Et les haut-parleurs annonçaient sans cesse les derniers numéros du keno*. Mais Heller concentrait toute son attention sur les tables de roulette.

Les petites billes tournaient sans cesse et seuls lui et les gens qui entouraient Mamie Boomp savaient à l'avance où elles allaient s'arrêter. Et il y avait toujours une pile de plaques sur le numéro sortant.

Mais la troupe du show était nombreuse et les collègues de Mamie ne cessaient de se relayer, ce qui empêchait les autres joueurs de les remarquer et de jouer comme eux.

A la caisse, c'était un défilé permanent. Heller remarqua en particulier un jeune homme particulièrement chevelu. Il venait précisément de se retourner et grimpait vers la mezzanine avec un énorme sac bourré à craquer.

Il s'arrêta, se pencha par-dessus la balustrade et pointa le doigt sur Heller tout en interrogeant Mamie du regard. Elle hocha la tête. Le jeune chevelu s'approcha alors d'Heller.

– C'est donc vous le marin à la boule de cristal, dit-il. Moi, c'est Tom-Tom. Je suis le batteur du groupe de rock Dinglepoop. On ne me laisse pas jouer parce que je suis incapable de compter jusqu'à cinq. Alors on m'a chargé de récolter le fric et de l'apporter ici. Où est-ce que je le mets, vieux?

Heller désigna la comtesse, assise à l'entrée du couloir. Tom-Tom lui donna le sac et resta là à la dévisager.

– Oui...? fit-elle.

– Euh, rien, mais... j'm'excuse, j'suis un peu surpris, voyez?

* Le loto américain pratiqué dans les casinos. *(N.d.T.)*

J'savais même pas que Miss Amérique était dans le coup. Excusez-moi. Bon, je reviens avec d'aut'sacs de blé. Des tas.

La comtesse porta la main à son bouton-radio et demanda :

– Jettero? Pourquoi tant de filles ont-elles le même nom sur cette planète?

Heller l'entendit clair et net à dix mètres de là et répondit par le même moyen.

– C'est peut-être une famille qui a pris le nom du pays comme patronyme.

– Tu sais, je regardais certaines des photos, dans le hall de la salle à manger, et j'ai trouvé que deux ou trois de ces Miss Amérique avaient vraiment l'air d'être nées dans la Province d'Atalanta. Il se peut que les gens de la cour du Prince Caucalsia aient amené leurs épouses, après tout. Est-ce bien ici qu'il s'est posé, Jettero?

– Apparemment, il est arrivé sur un continent qui existait au milieu de cet océan et qui a été submergé quand les calottes polaires ont fondu, ou quelque chose comme ça. Les survivants ont réussi à gagner un endroit appelé le Caucase, au-dessus de la Turquie, et il est impossible d'y aller parce que les Russes les retiennent prisonniers et qu'ils ne comptent pas les rendre.

– Mais il se peut que certains aient réussi à nager jusqu'à l'ouest pour échouer ici, dit la comtesse. Je te remercie de m'avoir éclairée sur ce point.

Heller fixait un endroit précis du casino : une porte dérobée par laquelle plusieurs gardes armés venaient d'entrer avec des coffres de billets qu'ils emportèrent jusqu'aux caissiers. Il était évident qu'on avait fait appel aux autres casinos pour de l'argent frais.

Il reporta son attention sur les collègues de Mamie qui allaient et venaient entre les tables et les caisses. Tom-Tom, très efficace, collectait le tout en ne retenant que les 10 % prévus. Et il regagnait justement la mezzanine avec un nouveau sac ventru. Il alla tout droit jusqu'à la comtesse, lui remit le butin, fit « Nom de Dieu ! » et repartit en courant.

– Tous ces gens semblent gentils, déclara la comtesse dans sa radio. Je me demande pourquoi les survivants du Prince Caucalsia n'ont pas amené un peu plus de civilisation lorsqu'ils ont échoué ici.

– En fait, dit Heller, il a abordé un rivage rude et peu accueillant. Certains récits te feraient dresser les cheveux sur la tête. Ce qui me fait prendre conscience que tu es assise sur quatre sacs de billets et que d'autres vont arriver. Mon expérience des aborigènes me dit que quelqu'un va certainement essayer de nous les voler. Regarde si tu ne vois pas une cachette possible. Simple précaution tactique.

Mais il y avait plus que ça. Heller venait de repérer les deux durs qui l'avaient déjà interpellé. Le « serveur » en veste rouge venait de les rejoindre. Ils échangèrent quelques mots brefs et les deux durs levèrent les yeux vers la mezzanine.

D'autres gardes armés firent irruption avec une nouvelle livraison d'argent frais destiné aux caisses. A cette heure, les banques étaient fermées et cet argent devait venir des autres casinos.

La comtesse Krak s'était avancée dans le couloir. Elle ouvrait des portes, sondait les parois.

Tom-Tom était de retour avec un autre sac. Elle vint à sa rencontre. Il la fixa, émerveillé, souffla un autre « Nom de Dieu ! » et repartit.

La comtesse reprit ses investigations. Elle tomba sur un large panneau carré qui bascula quand elle le poussa. Elle recula instinctivement et lut la plaque qui indiquait *Trappe de lingerie.*

Elle palpa le rebord, vit que la porte était une sorte de volet qui jouait sur des gonds. Elle se pencha pour regarder en bas.

C'était un vrai puits, profond de vingt mètres, carré, large de 1,50 mètre. Tout au fond, le sol semblait en ciment. Probablement la buanderie.

Elle retourna s'asseoir sur les sacs de billets.

Heller, lui, observait une nouvelle livraison de billets.

Les gens du show étaient devenus très efficaces. Tom-Tom était déjà de retour avec un sac. Il repartit en courant sur un troisième « Nom de Dieu ! »

Heller regarda l'heure. Le temps passait très vite et la ronde des gardes avec de nouveaux renforts de billets semblait s'accélérer. Et les billes tournaient toujours pour tomber inéluctablement dans la case prévue. Et Tom-Tom s'époumonait à monter et descendre l'escalier de la mezzanine.

La comtesse était à présent juchée sur une pile impressionnante. Mais Heller constata que, en bas, le nombre des truands avait augmenté notablement.

La situation n'allait pas tarder à devenir explosive.

Un nouveau groupe de gardes fit son apparition par la porte dérobée mais, cette fois, ils avaient les mains vides. Ils échangèrent quelques paroles avec un personnage en smoking en secouant la tête. D'autres les rejoignirent et firent apparemment le même rapport négatif. L'homme au smoking alla s'entretenir avec un caissier. Celui-ci prit les quelques liasses qui lui restaient, ferma son guichet et dirigea la file d'attente vers la caisse voisine.

Les roulettes tournaient inlassablement et les plaques s'empilaient. L'homme au smoking alla fermer une nouvelle caisse, la file d'attente se déplaça une fois encore. On rassemblait à l'évidence tout ce qui restait d'argent liquide dans le casino.

Il était 10 h 18. L'homme au smoking alla s'entretenir avec chacun des croupiers. Ceux-ci donnèrent des instructions et on annonça à chaque table que c'était le dernier tour. On paya une dernière fois et des draps verts recouvrirent rapidement les roulettes.

10 h 20!

On annonça le dernier tirage du keno. Puis une voix nouvelle se fit entendre :

– Mesdames et messieurs, le casino est fermé!

8

Le bruit des jeux et des machines s'était tu. Un instant encore, le public demeura silencieux, puis les conversations reprirent progressivement tandis qu'on se dirigeait vers la dernière caisse ouverte.

La file était importante. Chacun serrait sa précieuse pile de plaques et l'homme au smoking, aidé de deux caissiers, s'activait à compter des liasses. L'ordinateur de la caisse, surmené, était un véritable feu d'artifice.

L'un des collègues de Mamie Boomp venait de se présenter au guichet. Le caissier lui donna les derniers billets qui lui restaient, puis se tourna pour chuchoter à l'oreille de l'homme au smoking avant de prendre un bloc sur lequel il inscrivit un chiffre. Il arracha le feuillet et le tendit au collègue de Mamie.

– Mesdames et messieurs, annonça-t-on soudain, nous avons le regret de devoir vous informer que nous vous remettrons une reconnaissance de dette en échange de vos gains. Veuillez rester en bon ordre, s'il vous plaît.

Il y eut des murmures houleux tandis que les trois caissiers s'activaient à rédiger les reçus. Mais des truands à la mine patibulaire s'étaient approchés et allaient et venaient au long de la file d'attente.

C'est alors qu'un personnage en complet mauve surgit de l'extérieur et clama :

– Tous les autres casinos de la promenade sont fermés! Quelqu'un a fait sauter la banque!

Les gardes se ruèrent sur lui pour l'éjecter.

– Mesdames et messieurs, gardez votre calme! annoncèrent les haut-parleurs. Restez bien en rang!

Tom-Tom arriva avec le dernier sac de dollars et, pour la dernière fois, souffla « Nom de Dieu! » avant de s'éclipser.

La file avançait rapidement. Les gens, impressionnés par les méchants qui les encadraient, prenaient sans protester leurs reçus en guise d'argent.

Heller risqua un regard vers le bas de l'escalier. Deux truands montaient la garde en bas. Il y en avait deux autres au tournant du couloir qui coupait à angle droit celui où la comtesse était installée avec les sacs. Il explora la mezzanine du regard. Deux autres truands bloquaient la sortie, à l'autre extrémité. Il était évident qu'il avait attendu trop longtemps. Il était coincé!

Il ne restait plus que quelques joueurs à la caisse. Mais les types à l'air dur se multipliaient, sans doute venus des autres casinos qui étaient maintenant fermés.

La plupart des regards se portaient vers Heller. Plusieurs truands se dirigeaient vers l'escalier.

Heller porta la main à son bouton-radio.

– Chérie, est-ce que tu as trouvé une cachette pour cet argent?

– Oui, chéri.

– Eh bien, je pense que tu ferais bien d'aller le mettre en sûreté. J'ai comme dans l'idée qu'il y a des gens pas très contents qui vont venir nous voir.

Il ne restait qu'un ou deux gagnants à la caisse. Il était clair que la direction du casino souhaitait voir tous les témoins disparaître bien sagement.

Je me préparai à jouir du spectacle qui promettait d'être juteux. Je commençai à rédiger mentalement les termes du message que j'allais adresser à Heller et à la comtesse quand ils seraient à l'hôpital. Et à mes condoléances. *Mon cher Jettero, c'est avec grande surprise que j'ai appris que vous vous trouviez à la morgue d'Atlantic City...*

Mon attention fut alors attirée par la comtesse qui était occupée à larguer l'un après l'autre les sacs de billets dans la trappe à lingerie. Mais c'était le premier endroit que les autres fouilleraient! Tout ce que les types du casino avaient à faire, c'était d'entrer dans la buanderie pour récupérer le pactole!

Heller regardait le dernier des joueurs qui prenait son reçu.

C'était un homme âgé qui exigeait qu'on appose le tampon du casino sur la reconnaissance de dette. Dans le silence de la vaste salle, sa voix portait et il obtint ce qu'il voulait. Deux costauds l'escortèrent jusqu'à la sortie et deux autres bouclèrent la porte derrière lui.

Ceux qui étaient jusque-là restés immobiles comme des pierres s'avancèrent dans la mezzanine, droit sur Heller.

– Chérie, fit Heller à voix basse, veille bien sur l'argent et ne bouge surtout pas. Je crois que les indigènes deviennent franchement hostiles.

– Oui, chéri.

La comtesse venait de lâcher le dernier sac.

J'avais pensé qu'elle allait se réfugier dans la pièce voisine. Mais elle fit quelque chose d'absolument renversant. Elle se hissa jusqu'à la trappe, lança les pieds en avant et se laissa tomber!

Les jambes écartées afin de ralentir sa chute, elle glissa dans le puits et dévala les vingt mètres jusqu'au sol de la buanderie! Le cuir de ses chaussures sifflait sur les parois!

Elle passa devant les orifices d'autres conduits et atterrit avec un bruit mat sur le tas de sacs.

Elle regarda aussitôt autour d'elle. Il y avait des machines à laver alignées contre tous les murs de la buanderie. Tous sauf un. Un énorme tas de linge était là en attente.

Krak quitta la pile d'argent et trouva très vite plusieurs sacs à linge bien propres, bien blancs, dans lesquels elle fourra les sacs poubelles.

Heller s'était replié à l'entrée du couloir, à l'endroit où elle était restée longtemps assise. De là, il pouvait observer l'escalier, toute la mezzanine et le long couloir qui menait à l'hôtel.

– Ça va, chérie? demanda-t-il.

– Parfait, Jettero.

– Alors tu ne te montres pas. Je crois que quelqu'un a l'intention de nous faire un 4 Juillet en janvier, si tu vois ce que je veux dire.

– Le 4 juillet? Que s'est-il passé le 4 juillet? demanda Krak en finissant d'enfourner les sacs noirs dans les blancs.

– Je crois qu'ils n'étaient pas d'accord avec les Anglais qui avaient débarqué pour collecter les impôts. Ils tiennent beaucoup à l'argent, vois-tu. Alors prends-en grand soin, chérie.

– Oui, Jettero.

Heller fit volte-face : deux hommes venaient de surgir au bout du couloir, derrière lui!

D'un coup d'œil, il repéra un large sofa recouvert de plastique, près de la balustrade, flanqué de deux fauteuils profonds.

Les deux hommes qui venaient sur lui étaient à moins de dix mètres du sofa.

Heller s'élança hors du couloir et, d'un saut périlleux, se retrouva à côté du sofa. Il l'attira à lui et se fit une barrière de part et d'autre avec les deux fauteuils.

Il s'aplatit.

Il était maintenant protégé sous tous les angles de tir.

Les deux truands s'étaient arrêtés et venaient de dégainer leurs armes.

– Sors de là, fiston, dit l'un d'eux. De toute façon, tu pourras jamais te tirer d'ici avec le pognon. Tu ferais mieux de te rendre tout de suite.

– Et si je ne veux pas? lança Heller.

– Alors les choses pourraient bien se gâter. On sait que t'as un flingue. Lance-le si tu veux pas qu'on te descende.

– Vous voulez les balles avec?

– Bien sûr.

– Alors en voilà déjà une, fit Heller.

Il braqua le Taurus qu'il avait subtilisé au « serveur » et fit feu!

La balle laissa un sillon dans la moquette.

– Bon sang! jura l'un des types en levant son arme.

Heller tira une deuxième fois droit sur le mur et la balle alla ricocher dans le casino avec un miaulement sonore!

Il tira une troisième fois et une applique lumineuse explosa juste au-dessus de la tête des truands, les éclaboussant d'éclats de verre.

– *Sangue di Cristo!*

Heller continuait à tirer.

Les deux truands sautèrent par-dessus la balustrade et allèrent atterrir sur une table de roulette!

Ils roulèrent jusqu'au sol et détalèrent!

Heller recula.

Les deux types qui arrivaient par le couloir étaient hors de vue. Il observa intensément l'angle du couloir.

Une tête apparut et, sous cette tête, il y avait un automatique.

Heller pressa la détente du Taurus qui cliqueta à vide. Il le laissa tomber et prit son Llama .45. Il visa et tira juste devant la tête. La détonation du .45 résonna comme le tonnerre dans le casino.

Il risqua un coup d'œil. La tête n'était plus là. Mais il entendit des voix.

– Y a une trappe à linge ici.

– Eh ben, t'as qu'à jeter un œil, abruti!

– (Bip) alors! Ça doit bien faire dans les trente mètres! Je vois rien en bas.

– Alors regarde dans ces (bips) de chambres, crétin!

Des claquements de portes.

Des voix au fond du long couloir de l'hôtel. On parlait italien. Apparemment, il y avait là plusieurs types qui essayaient de convaincre l'un d'eux de s'avancer. L'autre protestait.

Heller avait une vue parfaite sur ce couloir. Il ajusta son Llama et visa posément une colossale applique en verre, à quarante-cinq mètres de distance. Il corrigea la trajectoire du projectile de .45, plutôt lent, en réglant la visée et fit feu!

Le coup de tonnerre du .45 fut aussitôt suivi d'un fracas de verre brisé. Des éclats jaillirent dans le couloir sur plusieurs mètres.

Un cri. Puis un coup de feu en réponse.

La balle vint s'enfoncer dans le haut du sofa.

– Dites au *capo* que le fric est pas ici! cria un des types en italien.

– Vous avez regardé partout? répliqua un autre. Y pourrait bien l'avoir balancé dans une trappe à linge. Vous avez mis le nez dans la buanderie?

– Ignacio y est allé. Y a personne. Non, on a fouillé partout. Le fric est plus là.

Suivit un silence prolongé. A l'évidence, personne n'était en position de tir. Le seul moyen était pour eux d'attaquer Heller de front.

Soudain, une voix résonna dans les haut-parleurs :

– Écoute, mon gars, on va peut-être pas pouvoir t'agrafer. Mais toi, tu peux pas te tirer d'ici, et même si tu le pouvais, tu arriverais jamais à emporter le pognon avec toi. Où que ce soit. Le *capo* veut te voir.

9

Heller porta la main à son col.

– Tout va bien, chérie?

– Tout va bien, Jettero.

Il éleva la voix mais garda la tête baissée. Il lança en direction du couloir dans un italien passable.

– Je veux un otage et qu'on me laisse mon arme. Ensuite, on pourra parler!

On discutait ferme dans l'autre camp.

– Toi, tu y vas.

– Pourquoi moi?

– Écoute, je suis le fils du *capo* Gobbo Piegare. Au nom de mon père, je t'ordonne d'aller jusqu'au bout de ce couloir, Jimmy Coniglio, et de te constituer otage.

Un glapissement.

– Non, pas moi! Si tu tiens tellement à lui donner un otage, vas-y toi-même, Don Julio!

– Si vous le voulez bien, je prendrai le fils du *capo*! lança Heller.

La discussion reprit de plus belle. Quelqu'un se lamenta :

– Vierge Marie, pourquoi est-ce que ce n'est pas quelqu'un d'autre, son bon Dieu de (bip) de fils?

– C'est toi. Pas nous.

On poussa l'élu en avant. Constatant qu'on n'avait pas encore tiré sur lui, le candidat-otage traversa timidement la mezzanine en direction du sofa-forteresse. Il s'arrêta tout à coup et cria vers le couloir :

– Je vous préviens. Pas question de vos (bips) d'embrouilles! On me flingue pas, on tire dans le dos de personne!

Sur cette superbe déclaration, l'élu s'approcha.

Heller l'arrêta à un mètre de lui. Le type avait la trentaine, les traits typiquement siciliens et portait un smoking blanc avec une chemise à jabot de dentelle. C'était lui qui avait dirigé la répartition de l'argent de caisse en caisse en fin de soirée.

Heller tenait son Llama braqué droit sur la poitrine de l'homme. Il plongea la main sous sa veste et pêcha un Beretta dans un holster. Il le mit dans sa poche.

– Je crois que tout va bien se passer, Don Julio, déclara-t-il. Personne n'a encore été tué et ça serait vraiment une honte si vous étiez le premier. Est-ce que j'ai votre parole que vous allez me conduire à votre père et à personne d'autre?

– Je le jure sur la tombe de la maîtresse de mon père, dit Don Julio. Est-ce que vous voulez bien mettre la sûreté? Je risque de trébucher. Je sais pas, mais ce soir, j'ai comme qui dirait les genoux qui tremblent.

– Comme il vous plaira, dit Heller en abaissant le cran de sûreté, non sans enfoncer le canon de l'arme dans les côtes de Don Julio.

Il le fit pivoter, passa un bras autour de ses épaules et posa son doigt sur un point précis de son cou, prêt à le paralyser instantanément. Puis il le poussa en avant.

Ils se dirigèrent vers l'ascenseur. Don Julio appuya sur le bouton d'appel. Ils montèrent jusqu'au second étage. Don Julio enfila un couloir qui semblait desservir des bureaux et non des chambres. Arrivé au bout, il s'arrêta devant une porte et frappa deux fois, puis trois.

On ouvrit.

Le bureau était somptueux, immense, dominé par le cuir fauve. Le tapis qui recouvrait le sol devait valoir une fortune et une profusion de plantes suspendues donnait aux lieux un aspect bizarre de jungle.

Un homme très petit était assis derrière le bureau très grand. Il n'était pas seul dans la pièce : des durs l'entouraient, les mains dans les poches, le chapeau vissé sur la tête, impeccables, très bronzés, très italiens.

– Mon père, déclara Don Julio d'un ton solennel. Le *capo* Gobbo Piegare, chef suprême de la pègre d'Atlantic City. (Il jeta un regard à Heller.) Excusez-moi, mais savez-vous quel nom on vous donne?

– Cattivo. Johnny Cattivo. (Et Heller ajouta avec courtoisie :) Pour vous servir.

Il s'était exprimé en italien et avait épousé parfaitement leur style lent et détourné.

– Asseyez-vous, dit le *capo* en montrant une chaise qui faisait face au bureau.

– Merci, mais je suis resté assis trop longtemps ce soir. Je pense que je vais rester en compagnie de votre sympathique fils, ici, contre le mur. Si vous le voulez bien.

– Je voulais seulement que vous soyez à votre aise, dit Gobbo Piegare. Maintenant, avec votre permission, nous allons en venir aux affaires qui nous occupent. J'ignore comment vous avez pu acheter les croupiers afin que la bille tombe sur les bons numéros, mais disons que c'est de l'histoire ancienne. Où est le fric?

– Mais ce sont mes gains, non? fit Heller.

– Oui, selon la loi et la coutume, je vous l'accorde. Cependant, je dois vous faire remarquer, en toute courtoisie, que toutes les issues de cet hôtel, de même que le parking, sont couvertes par des mitraillettes de 9 mm tenues par des gardes très compétents qui ont reçu l'ordre d'ouvrir le feu sur vous dès qu'ils vous verront avec un paquet entre les mains, aussi petit soit-il. Il y en a d'autres sur le toit, bien entendu.

– Mais j'apprécie votre courtoisie. Néanmoins, je dois vous faire remarquer pour ma part que votre fils, de même que vous, seriez inévitablement atteints par des projectiles de calibre 45 avant même que les hommes présents dans cette pièce aient pu sortir leurs armes. De plus, vous n'avez pas la moindre idée de l'endroit où peut se trouver l'argent. Vous savez seulement qu'il est en ma possession.

Gobbo Piegare joignit les mains sous son menton et réfléchit un instant avant de déclarer :

– Légalement, c'est ce que l'on appelle un « blocage mexicain ». Vous m'avez mis dans une position très désavantageuse. Vous avez vidé ce casino ainsi que quatre autres de toutes les espèces disponibles. Sans cet argent liquide, notre gestion financière pourrait devenir difficile. J'ai une proposition à vous faire. Êtes-vous ouvert à des offres éventuelles?

– Si elles sont bonnes.

– Oh, celle-ci l'est en tout cas, fit Gobbo d'un ton rassurant. La Scalpello Casino Corporation possède en tout cinq magnifiques hôtels-casinos, dont celui-ci. Ils ont entre huit et douze ans. Ils disposent des installations les plus modernes et les plus luxueuses. La société a aussi des tonnes de biens immobiliers alentour, cinq cents mètres de la promenade, cinq kilomètres de rive sur les voies navigables de l'Intracoastal Waterway*, une réserve de chasse, une marina avec port de plaisance et deux embarcadères. Est-ce que ça n'est pas impressionnant, mon garçon?

– Assurément, fit Heller.

– Vous d'un autre côté, vous avez plusieurs millions en liquide planqués quelque part. Voici donc ma proposition. Contre cette somme en liquide, je vous vends l'ensemble de la société avec toutes ses actions.

Je me sentis blêmir. Est-ce qu'Heller allait retomber sur ses pieds après tout ça?

– Mon *consigliere,* poursuivit Gobbo, se trouve justement parmi nous. Il a tous les documents et les titres dans sa mallette. Montre donc ça au gamin, veux-tu?

Un personnage à l'air intellectuel s'avança, rajusta ses lunettes et ouvrit une mallette dont il sortit une pile volumineuse de documents, de cartes et de plans qu'il disposa afin qu'Heller puisse les feuilleter sans perdre de vue l'ensemble de la pièce. Ensuite, il présenta une liasse de titres et montra à Heller qu'ils constituaient l'ensemble des parts d'actions de la Scalpello Casino Corporation, New Jersey, avant de les poser sur un fauteuil.

---

* Ensemble de canaux naturels et artificiels réservés à la navigation de plaisance, qui s'étend entre Boston et Brownsville, Texas, sur quelque 5 000 km *(N.d.T.)*

– Eh bien... commença Heller.

– C'est bien vu, coupa Gobbo. (Il se tourna vers son *consigliere* :) Fais-lui voir le contrat. (Il ajouta à l'intention d'Heller :) Je l'ai fait établir au cas où vous sauriez voir vos intérêts, les vôtres et les nôtres aussi.

Le *consigliere* déposa le contrat sur une table, à droite d'Heller et lui tendit un stylo.

– Vous avez intérêt à utiliser votre vrai nom, dit Gobbo, pas celui de Johnny Cattivo. Il se trouve que nous savons qu'il est mort et vous n'avez rien d'un fantôme, je dois dire. Quand vous avez présenté ses papiers ce soir, nous avons fait une petite vérification sur les ordinateurs. Après le dîner, on a réussi à vous soustraire vos vrais papiers. Notre homme a réussi à prendre votre portefeuille mais pas votre arme. Il n'y avait qu'une seule personne susceptible d'avoir le passeport de Johnny Cattivo, et ça ne pouvait être que Jerome Terrance Wister.

Les tueurs se raidirent et ôtèrent les mains de leurs poches pour montrer qu'elles étaient bien vides avant de faire un pas en arrière.

– C'est ce qui est inscrit sur votre passeport ainsi que sur votre permis de conduire, reprit Gobbo. (Il ouvrit le portefeuille et lut :) Jerome Terrance Wister... Super Wister en personne. Oui, après tout, vous n'avez peut-être pas acheté les croupiers. Peut-être que vous avez vraiment un système, le premier à être efficace dans toute l'histoire. Mais, quel qu'il soit, même la Brink's n'arriverait pas à faire sortir ce fric d'Atlantic City, ni ce soir ni jamais, alors vous feriez mieux de signer ce contrat qui vous rend propriétaire de toute la Scalpello Corporation. De votre vrai nom.

– Si vous lisez bien ce passeport, dit Heller, il y est écrit que Wister est âgé de dix-sept ans. En tant que mineur, il ne peut être légalement lié par un contrat.

– Mais je sais lire, dit Gobbo, et je vois que l'anniversaire de Wister était il y a trois jours et qu'il a maintenant dix-huit ans, ce qui est l'âge de la majorité selon les nouvelles lois du New Jersey. C'est archi-légal. Disons que c'est un cadeau d'anniversaire, et un sacré cadeau. Cinq casinos et tout le reste. J'ai un notaire, là, sous la main, prêt à valider les signatures. Vous achetez le tout pour « un dollar et autres contreparties légales ». Je vais même laisser les deux billets de cent dans votre portefeuille afin que vous me régliez le dollar vous-même. Et pas de coups tordus. Cet achat n'est même pas réglé avec des gains acquis au jeu et tout ceux ici présents peuvent l'attester. Signez et laissez-moi le privilège de vous souhaiter un bon anniversaire.

Heller accepta le stylo et signa. Gobbo, son fils et le *consigliere* l'imitèrent au titre de seuls actionnaires et le notaire apposa son attestation.

Gobbo prit alors les contrats et les remit sur le bureau.

– Vous aurez le tout quand vous apporterez l'argent. Mais ne vous inquiétez pas. Nous sommes entre hommes d'affaires honnêtes, ici. Et si on ne vous donne pas les contrats quand vous nous aurez remis l'argent, vous pourrez toujours faire sauter la cervelle de Don Julio, n'est-ce pas? C'est mon fils. Comment voulez-vous perdre?

Heller porta la main à son col et dit :

– Chérie, est-ce que tu voudrais bien apporter l'argent jusqu'au bureau 201? C'est au second étage. Suis les flèches. Je suis convaincu que les gens armés qui sont dans le coin ne te créeront pas d'ennuis.

Ils attendirent.

Une porte d'ascenseur claqua. Puis des pas approchèrent. L'un des truands, gardant ses mains vides bien en évidence, alla ouvrir avec prudence.

Un gros chariot à lingerie était arrêté sur le seuil, rempli de sacs. A côté, il y avait une vieille femme de chambre. La comtesse Krak, vêtue d'une tenue de travail de l'hôtel, avec de fausses rides sur son joli visage.

– Sainte Mère de Dieu! s'exclama l'un des Italiens. Je l'ai croisée trois fois avec son chariot pendant qu'on fouillait le sixième étage!

Mais ce qui intéressait avant tout Gobbo, c'était le contenu du chariot. Il se redressa, et sur un signe le *consigliere*, avec l'aide de deux hommes, entreprit de décharger les sacs. Ils en ouvrirent un et regardèrent à l'intérieur. Ils continuèrent avec les autres et les firent passer à Gobbo.

Le *capo* plongea la main dans chaque sac et s'assura avec soin qu'il s'agissait de billets authentiques et non de rembourrage.

Il y avait des sacs sur toute l'étendue du tapis! Ventrus, pleins à craquer!

Il claqua deux fois dans ses mains et les sacs furent prestement refermés et entassés à nouveau dans le chariot.

Un autre signe du *capo* et deux hommes poussèrent le chariot hors de la pièce.

Heller leva son arme. Mais Gobbo s'approchait avec les contrats. Il attendit encore quelques secondes, jusqu'à ce que la porte de l'ascenseur claque. Assuré que le chariot redescendait, et avec une inclination pleine d'élégance, il donna les contrats à

Heller. Puis, levant les bras comme un chef d'orchestre, il se tourna vers ses hommes.

– Joyeux anniversaire! lança-t-il en anglais.

Et les truands entonnèrent en chœur :

Joyeux anniversaire,
Joyeux anniversaire,
Merci Super Wister
T'es la banane de l'affaire!

Et ils partirent tous d'un grand rire.

– Pose ton flingue, Super Wister, dit alors Gobbo. Personne ne va te descendre, maintenant que te voilà seul et unique propriétaire de la Scalpello Casino Corporation ainsi que de tous ses biens fonciers. Il y a seulement trois jours, la Commission des Jeux du New Jersey nous a annoncé qu'au terme de cette semaine, toutes nos licences nous seraient retirées pour défaut de paiement de pots-de-vin et nous a donné l'ordre de vendre le tout au premier acquéreur.

» Mais vois-tu, Super Wister, personne n'aurait voulu de la moindre part de la société, parce que demain la Grabbe-Manhattan Bank, qui détient toutes les hypothèques, va procéder à la saisie de tout ce qui lui appartient. Ils nous ont même empêchés de nous déclarer en faillite en nous menaçant de procédure criminelle à l'encontre de tous nos administrateurs.

» Tout cet argent que tu as gagné, Super Wister, a été traité par les ordinateurs comme autant de pertes de jeux payées à des personnes inconnues. De l'argent blanchi dont on ne peut pas remonter la piste. Nous allons donc nous soumettre aux règlements de la Commission des Jeux du New Jersey et c'est toi que la Grabbe-Manhattan va saisir! Mais tu as eu la bonté de nous laisser tous ces millions pour nous permettre de nous retirer bien gentiment dans un endroit tranquille. Alors je te dis bon anniversaire, Super Wister! C'est la Vierge Marie elle-même qui t'a envoyé à nous. Quoique je doive dire que, dès qu'on t'a eu repéré, au début de la soirée, on l'a beaucoup aidée.

Il retourna à son bureau, prit une corbeille à courrier et y entassa diverses choses avant de la tendre à Don Julio et de lui indiquer la sortie.

Les autres suivirent. Gobbo, bientôt, fut le dernier sur le seuil. Il balaya l'air d'un geste.

– Tout ça t'appartient désormais, Wister. Tout. Mais je dois ajouter encore autre chose. Je comprends pas pourquoi ils t'ont baptisé Super Wister. Parce que je dois dire qu'en affaires, tu es le plus (bipé) des crétins que j'aie rencontrés !

Il sortit sur une dernière révérence.

Heller demeura un moment immobile. Puis il plongea sur le téléphone et pianota frénétiquement sur les touches.

Une voix ensommeillée lui répondit :

– Allô... ?

– IZZY ! hurla Heller. AU SECOURS !

TRENTE-NEUVIÈME PARTIE

1

Le lendemain, je dus garder le lit, secoué par des crises de fou rire incontrôlables. Par suite du décalage horaire, j'étais resté toute la nuit devant les écrans et, de toute manière, j'aurais dormi pendant toute la matinée. Mais, dès qu'il me venait l'idée de me lever, j'étais saisi de spasmes de rire et je me laissais retomber sur mes oreillers.

Un sacré malin, ce Gobbo Piegare ! Avec lui, je tenais un ami sérieux ! Entre deux bouffées de joie délirante, je cherchai un moyen possible de lui prouver ma reconnaissance. Peut-être devrais-je lui faire parvenir un geai empaillé, l'Oscar des voleurs, monté sur une embase en or. Ou bien contacter le sénateur Twiddle afin qu'il le propose pour la Médaille d'Honneur du Congrès, ou encore demander à Trapp, l'avocat de Rockecenter, de proposer Piegare pour le Prix Nobel au titre de meilleur tueur de l'année.

Car Gobbo Piegare était un maître absolu. Lorsque le règne de Lombar Hisst s'installerait sur Terre, cet escroc de dimension cosmique devrait être candidat à l'état-major de l'Appareil.

Finalement, l'estomac douloureux à force de rire, je commandai mon breakfast, ce qui me provoqua de nouvelles crises dès que je vis entrer le serveur avec un beau bleu sur la pommette et Karagoz avec *deux* cocards. Quant à Melahat, la gouvernante, on aurait dit qu'elle venait d'être violée. Elle se tenait sur le seuil de ma chambre, en se tordant les mains, n'espérant qu'une chose : que mon *kahve* soit à la bonne température. Oui, Misef et Torgut s'acquittaient parfaitement de leur travail. Quelle merveilleuse journée s'annonçait! Froide, glaciale même, mais tellement jouissive!

Vers 4 heures, je me rendis dans ma chambre secrète et activai mes écrans. Je m'assis, goûtant par avance le spectacle de la déconfiture d'Heller et de la comtesse.

A Atlantic City, c'était le milieu de la matinée. Ils étaient dans leur lit de la suite royale, sous un baldaquin tendu d'organdi blanc. Sans doute un appartement nuptial. Tout le mobilier, très luxueux, était décoré de fleurettes.

Heller se leva, entra dans le salon et tira sur une cordelette, découvrant ainsi une large baie. La chambre était située très haut et dominait un vaste panorama. Tout en bas, l'Atlantique roulait ses vagues grises et glacées. Le regard d'Heller s'attarda sur le lent et morne déferlement des rouleaux écumants sur les pontons déserts. Sur la plage, il y avait quelques épaves et des nuages de fumée noire et grasse flottaient alentour.

Il regagna la chambre, ouvrit les rideaux et observa la promenade désolée, si l'on exceptait une équipe de télé qui semblait fort occupée à filmer des plans précis.

Krak était assise sur le bord du lit et contemplait d'un air affligé ses belles bottes marocaines de cuir blanc, sans doute éraflées par sa descente dans la trappe à lingerie.

– Je crois qu'ils ne savent pas comment élever des animaux qui donnent un cuir convenable, déclara-t-elle en levant les yeux vers Heller.

Elle laissa tomber ses bottes et passa dans la salle de bains.

Tout en se lavant les dents à la brosse rotative, la bouche pleine de mousse, elle demanda :

– Jettero, qui est donc ce Super Wister dont ils parlaient?

Heller était occupé à chercher dans sa valise. Il lui répondit dans un soupir :

– C'est le plus (bipeux) des hommes d'affaires qu'on connaisse – si mademoiselle veut bien me pardonner cette expression. Je pense que tu n'aimerais pas le connaître.

Elle se rinça la bouche et revint dans la chambre.

– Est-ce que tout cela va nous aider à rentrer chez nous?

– Nous aurons de la chance si on ne nous vire pas de cette planète pour nous envoyer balader à vingt-deux années-lumière de là à grands coups de pied!

Cette déclaration parut secouer la comtesse. Elle le dévisagea longuement.

– Oh, chéri, souffla-t-elle. Et nous aurions échoué?

Je savais à quoi elle pensait : aux deux fausses « proclamations royales » que j'avais fait fabriquer et dont elle ne devait toucher mot à Heller car elles seraient invalidées s'il ne réussissait pas dans sa mission. On lui confierait alors d'autres missions dangereuses, se disait-elle, et, comme elle n'avait plus ses privilèges de citoyenne, ils ne pourraient jamais se marier.

– Oh, chéri, répéta-t-elle encore une fois avant de s'habiller.

Heller cherchait toujours quelque chose dans la valise, l'air préoccupé. Krak mit sa veste de chinchilla, sa toque de fourrure et prit son agenda avant de se diriger vers la porte.

– Je vais aller voir Mamie Boomp, annonça-t-elle sur le seuil. Nous avons beaucoup de choses à nous dire. A plus tard, chéri.

Je ne voulais surtout pas entendre parler de mode, de lignes, courants, tendances, vêtements et lingerie. Les dictats des couturiers homos sur la mode de printemps étaient pour moi comme une sorte de parasitage électronique et je me refusais absolument à ce qu'on vienne troubler mon euphorie. J'éteignis l'écran de la comtesse. La déprime d'Heller suffisait à mon extrême bien-être.

Car il commençait à prendre conscience qu'il venait de provoquer sa propre ruine. Sous le costume de flanelle grise et la chemise de soie, il y avait un autre homme, diminué. Il prit dans le fond de la valise une sorte de tenue de travail en jean. Du style que l'on voit porter à la plage. Il avait sans doute prévu qu'ils passeraient quelques heures près de l'océan. Régulièrement, son regard se portait vers l'immense Atlantique gris et froid.

Il commença lentement à s'habiller. La dernière mode du jean exigeait que la toile denim soit compressée, déchirée et convenablement tachée de graisse comme les combinaisons des vrais travailleurs. Il était peut-être dans le coup en ce qui concernait la tendance plage, mais dans le miroir, l'image que je voyais était celle d'un lamentable loqueteux!

Puis il demeura longtemps, très longtemps immobile, à contempler encore l'océan. Je me régalais! Plus dure était la chute pour notre grand homme! Non seulement, il n'était pas parvenu à résoudre la situation passablement précaire de leurs sociétés new-yorkaises mais il venait d'hériter d'une faillite incalculable! Quel bonheur! Il n'était pas freiné, il reculait!

Finalement, il jeta un coup d'œil à sa montre. Il était près de midi, temps de la Côte Est. Il me revint alors que c'était très exactement l'heure prévue pour la saisie. Il regarda la porte. Puis le téléphone. Il se disait sans doute qu'il attendait depuis pas mal de temps des nouvelles d'Izzy.

Il souleva le combiné. Pas de sonorité. Mort. Il appuya sur quelques touches pour avoir une ligne extérieure. Rien.

Ah! Ah! Je comprenais ce qui venait d'arriver. On lui avait coupé le téléphone! Une nouvelle vague de pur plaisir me submergea.

Heller raccrocha. Il se tourna vers la salle de bains. Jusqu'alors, la lumière était restée allumée. Il s'approcha, appuya sur l'interrupteur plusieurs fois. Rien. Plus de lumière!

Quel prodige! Merveilleux! La compagnie d'électricité avait coupé elle aussi!

Il ouvrit un robinet. Rien ne se passa. Rien! Prodigieux! De mieux en mieux! On lui avait également coupé l'eau.

Il alla jusqu'à un radiateur et posa la main dessus. Il s'aperçut qu'il était glacé. Mais oui, on avait aussi éteint les chaudières!

Il se trouvait dans une tour hôtel-casino du dernier chic à Atlantic City dont il était de fait le propriétaire. Et tout était coupé!

J'exultais. Dans quelques heures, même les canalisations seraient gelées!

Formidable! Fantastique! Le destin venait de lui tomber dessus à grands coups de masse!

Il se mit à arpenter le salon de long en large, consultant parfois sa montre, jetant un coup d'œil inquiet vers la porte. Il dit même une fois à haute voix :

– Izzy, qu'est-ce que tu fiches?

12 h 30. Il devait commencer à faire froid dans la pièce car il avait jeté son trench-coat sur ses épaules.

Il continuait d'arpenter nerveusement la chambre en consultant régulièrement sa montre. Je jouissais de chaque seconde!

13 heures. La comtesse n'était toujours pas de retour. Pas de signe d'Izzy non plus. Heller se laissa tomber dans un fauteuil.

– Izzy, tu m'as abandonné et je ne t'en veux pas le moins du monde!

Il aperçut un nuage de fumée qui s'élevait de la promenade, à quelque distance de l'hôtel. Il alla jusqu'à la baie mais ne parvint pas à distinguer nettement ce qui se passait. Apparemment, c'était un véhicule en feu. Il y avait aussi de la fumée qui venait de la plage mais il ne se donna pas la peine de passer dans le salon pour regarder dans cette direction. Je me dis que les émeutes et les pillages avaient probablement commencé.

13 h 10. On frappa à la porte.

Il se précipita pour ouvrir.

Izzy se tenait sur le seuil, l'air abattu. Il semblait encore plus minable que d'ordinaire. Son manteau de l'Armée du Salut était déteint et luisant d'usure. Sa mallette était éraflée et, par endroits, des lambeaux de papier pendaient. Il était plus triste et plus effondré que jamais, ce qui semblait difficilement concevable. Heller le fit entrer.

– Oh, monsieur Jet, dit-il, je vous avais dit de ne rien faire d'insensé! Je n'ai jamais entendu parler d'une pareille catastrophe dans toute l'histoire du monde des affaires. Je vous ai dit et redit cent fois de ne pas mêler votre nom à des sociétés. Et maintenant, vous êtes dedans jusqu'au cou. Laissez-moi m'occuper de vos affaires.

Heller s'effondra dans un fauteuil, la tête dans les mains.

– Oui, je le sais maintenant.

– C'est hier que vous auriez dû le savoir. Les affaires sont l'un des instruments les plus traîtres du Destin. Mais tout cela est de ma faute. Quand je lis cette lueur dans vos yeux, à certains moments, je sais que vous allez vous faire tirer dessus. Et cette fois, ils se sont servis de mitraillettes, de canons, de la bombe à hydrogène! Quel massacre, quelle catastrophe!

– Je sais, je sais, fit Heller d'une voix misérable. Dans quel état sont nos affaires maintenant?

– Il y a quelques informations pas trop pessimistes auxquelles je ne me fie pas, et d'autres, très mauvaises, que je considère comme fiables. Je vais donc commencer par les mauvaises nouvelles.

– Je pense probablement que la bonne nouvelle, c'est qu'ils vont me monter un breakfast avant de m'exterminer. Vas-y.

– Vous auriez dû vous douter de quelque chose quand ils vous ont laissé gagner autant pendant si longtemps. Pour régler toutes ces mises que vous placiez de façon inconsidérée, ils ont dû racler toute la liquidité de leurs casinos et de toutes leurs banques. Ils ont même fait un virement fax de Las Vegas. Et ils ont exigé que tous les clients des hôtels paient d'avance. Rien que pour vous, ils sont allés chercher jusqu'au dernier cent, sachant bien que tout ça allait retomber entre leurs mains, parfaitement blanchi, à titre de perte sur le compte de leur société.

» Le compte cash de la société est débiteur de millions et de millions de dollars. Et il faut encore honorer les reconnaissances de dette qui ont été émises en avalanche cette nuit. Nous abordons ici le désagréable chapitre des dettes.

» L'argent qu'ils auraient dû utiliser pour régler les divers services – je parle du téléphone, de l'électricité, de l'eau –, cet argent est retombé dans leurs poches depuis des mois. Donc, aujourd'hui même, ces différents services ont été interrompus, y compris le ravitaillement en fuel pour le chauffage. Et je ne parle pas de la colossale facture d'essence pour leur gigantesque parc de voitures.

» Quant aux salaires des multiples employés, ils n'ont pas été réglés depuis pas mal de temps. Et je n'ai pas trouvé trace des taxes sur les jeux.

» Les fonds de retraite ont été investis dans des affaires qui se sont toutes mystérieusement effondrées et il a fallu les reconstituer.

» Tous les impôts et taxes locales de l'année dernière sont impayés.

» La plus grande partie de l'équipement hôtelier était payée par traites et les sociétés veulent récupérer leur matériel, y compris les chaudières.

» Nous sommes en hiver et il n'y a aucun yacht à la marina, aucun bateau de plaisance sur les eaux de l'Intracoastal.

» Nous sommes en hiver et il n'y a plus aucune distraction sur la promenade.

» Nous sommes en hiver, les gens ne sont pas en vacances et les hôtels sont déserts.

Heller eut un frisson et demanda :

– C'est tout?

– Non. (Izzy déplia un journal.) Ce schlemazel de bouffeur de spaghetti de Piegare a dû faire des déclarations à la presse hier soir, ce schmuck. Vous avez lu ça?

Il brandissait sous les yeux d'Heller la première page du *New York Cradpress.*

SUPER WISTER FAIT MAIN BASSE SUR ATLANTIC CITY

La célèbre station balnéaire est la première ville américaine à être volée depuis Roanoke, arrachée aux Indiens par Sir Walter Raleigh en l'an 1590.

C'est à la suite d'une bataille rangée que même la police locale et l'armée ne sont pas parvenues à interrompre, que Jerome Terrance Wister, plus connu sous le surnom de « Super Wister »...

– Mes Dieux! souffla Heller, sans lire plus loin.

– Et c'est dans toute la presse, aussi bien régionale que nationale, pour autant que j'aie pu le voir sur les kiosques de New York, insista Izzy. La une partout!

Là, je riais de bon cœur. Izzy croyait que c'était Piegare qui avait parlé à la presse. Mais ça ne changeait rien à rien! Madison! Ce bon vieux J. Walter Madison, cet homme en or! Ce prodige des *public relations* avait à sa disposition la banque de données de Rockecenter concernant le monde du crime. Il avait bondi sur l'occasion et pondu un article pour les médias en quelques minutes. Quel génie!

– Est-ce qu'il y a seulement de bonnes nouvelles? gémit Heller.

– Je crois que vous devriez venir jusqu'à l'auditorium, suggéra Izzy. Les employés s'y sont rassemblés et ils représentent pratiquement un quart de la population d'Atlantic City. C'est plus que je ne peux en affronter.

Heller ouvrit sa ridicule tenue de plage en jean et boucla son holster. Auparavant, il s'assura que son Llama était bien chargé.

– Oh, Seigneur! s'écria Izzy. Vous ne vous en tirerez pas en persuadant encore les autres de vous tirer dessus! Je veux seulement que vous soyez là quand ils commenceront à monter à l'assaut de l'estrade pour me mettre en pièces!

Heller jeta son trench-coat de cuir sur ses épaules, boucla sa valise et suivit Izzy dans le couloir sombre.

Les ascenseurs ne fonctionnaient plus, bien sûr, et ils durent prendre l'escalier. Ils débouchèrent enfin à l'arrière d'un vaste auditorium éclairé par des lampes de camping à pétrole.

Il y avait là des milliers de personnes. Serveurs, cuisiniers, femmes de chambre, navigateurs de marina, employés, concierges, chauffeurs, pilotes, aboyeurs de carnaval, danseuses topless, toute la racaille que l'on trouve dans les hôtels-casinos, sur les promenades des stations balnéaires, dans les marinas et les boîtes. Même les gardes du service de sécurité étaient présents, mais assurément pas pour faire leur métier. Quel ramassis! Ce n'étaient pas les représentants de la Mafia mais les employés de toutes les entreprises dont la Mafia s'était emparée avant de les couler.

Un grondement sourd commença à s'élever de la foule. On montrait les dents. Et tous les regards étaient fixés sur Heller qui s'avançait dans l'allée centrale en direction de l'estrade. Il était apparemment aussi bien accueilli qu'un chien enragé. Autre moment de bonheur pour moi!

Izzy se faisait tout petit près de lui. Il lui murmura :

– Surtout ne les renvoyez pas tous en même temps. Il y aurait de la bagarre et les notes d'hôpital seraient pour nous. Nous n'avons conclu aucun arrangement avec eux.

– Mais tu n'as donc *rien* fait? répliqua Heller, d'un ton assez dur.

– La situation était quasiment impossible. J'ai demandé un changement de nom pour la société. La Scalpello est trop fâcheusement connue. Mais cela ne changera rien à ses dettes.

Ils gravissaient les quelques marches qui accédaient à l'estrade qui était vide, à l'exception d'une batterie.

– Je n'ai pas réussi à nommer certains de mes parents à des postes d'administrateurs. C'est vous qui possédez la totalité des parts, mais je ne peux pas vous laisser vous compromettre plus avant. Il fallait donc que je fasse de mon mieux.

Heller s'apprêtait à se retourner pour affronter le public hostile, mais Izzy le poussa un peu plus loin en avant, sur le côté de l'estrade.

Il y avait là une petite pièce contiguë, probablement une sorte de loge pour les artistes. Sur le seuil, Izzy arrêta net Heller qui risqua un coup d'œil à l'intérieur.

La comtesse Krak était là, en compagnie de Mamie Boomp et de Tom-Tom. La pièce baignait dans la faible clarté d'une bougie unique.

– Que fait-il là, le batteur? chuchota Heller à l'oreille d'Izzy. Il nous a aidés en apportant les sacs hier soir mais il ne sait pas compter jusqu'à cinq.

– Je sais. C'est pour ça que je l'ai nommé au poste de secrétaire-trésorier. Comme ça, il ne mourra pas de frousse en voyant l'état de la balance de la société.

Je décidai d'allumer l'écran de Krak. C'est ainsi que je pus voir Heller, l'air passablement défait, les vêtements froissés sous son trench-coat ouvert. Un pur plaisir! Très dure était la chute!

– Salut, marin! lança Mamie. Est-ce que vous seriez assez bon pour me prêter votre affreuse veste de travail? Je suis gelée.

Heller la regarda. Elle portait un corsage à paillettes et une jupe large. En parfait gentleman, il ôta son trench-coat, puis sa veste en jean délavé et la tendit à Mamie. Elle l'enfila et la boutonna jusqu'au cou. On ne pouvait pas dire que ça lui allait. Elle ressemblait à un plombier ou je ne sais quoi! Pour quelqu'un qui se vantait de connaître la mode...

– Monsieur Jet, dit Izzy, puisque vous êtes le principal et unique actionnaire, nous pouvons nous dispenser des habituelles formalités de réunion des actionnaires. Veuillez signer ces papiers.

Il posa les documents sur une petite table basse.

Heller sortit un stylo et lut les premières lignes. Mamie Boomp avait été nommée président-directeur général!

Il écarquilla les yeux. Krak lui adressa un regard impératif. Elle esquissa un petit geste et Heller signa aussitôt.

Instantanément, Mamie Boomp, Tom-Tom et la comtesse se levèrent pour passer sur l'estrade.

Heller fit mine de les suivre, mais Mamie Boomp tendit la main et le força fermement à se rasseoir.

– Vous, le marin, vous restez ici, et vous faites comme tous les marins quand ils débarquent. Et vous ne bougez surtout pas jusqu'à ce que je vous dise que c'est à vous d'entrer en scène. D'accord?

Ils sortirent tous et Tom-Tom referma la porte sur eux d'un air absent.

Heller se tourna vers Izzy, perplexe.

– Pourquoi tout ça? De toute façon, la Grabbe-Manhattan va mettre les scellés.

– Ah, oui, la banque, fit Izzy. Eh bien, quand j'ai appelé la Commission des Jeux du New Jersey pour leur dire que Piegare avait obéi à leur recommandation de vente de la société, ils ont abandonné les poursuites et reconduit la licence de la société.

– Je parle de la Grabbe-Manhattan Bank! insista Heller.

– Mais oui, moi aussi. Voyez-vous, monsieur Jet, j'ai pu ainsi déclarer à la Grabbe-Manhattan que la société conservait sa licence. Elle se croyait menacée à cause du risque de suppression.

– Et c'est tout?

– Pas exactement. Étant donné que les charges criminelles rassemblées contre Piegare ne s'appliquent plus à la société – depuis qu'elle a été vendue – je leur ai déclaré que s'ils n'augmentaient pas les prêts, je nous mettrais en faillite et qu'ils perdraient tout. C'est pour cette raison que je ne suis pas arrivé plus tôt. Cette affaire représente un milliard de dollars sinon plus, ce qui a exigé que le conseil d'administration de la banque se réunisse, et il leur a fallu attendre jusqu'à 10 heures du matin pour trouver Rockecenter. Mais il était en Chine avec Trapp pour négocier la paix ainsi que de nouveaux monopoles pétroliers et nous avons dû faire sans lui. Je suis persuadé qu'il va hurler dès son retour en apprenant ça, mais nous avons obtenu la reconduction de tous les prêts sur hypothèques.

La comtesse entrouvrit la porte et fit un signe.

Immédiatement, Izzy poussa Heller en avant et recula.

– C'est à vous d'y aller! fit-il. Moi, je ne veux pas affronter la foule en furie!

Heller se retrouva sur l'estrade. Mamie Boomp dirigeait les opérations et je compris brusquement pour quelle raison elle avait pris la minable veste d'Heller. Pure astuce psychologique : ainsi, elle faisait partie du petit personnel. Elle était de leur côté. Et elle avait obtenu le silence. (Bip!) Pas un sifflet, pas un cri! Rien que des visages attentifs et graves. Un instant, cela faillit gâcher ma bonne humeur. Pas la moindre tomate à l'horizon!

D'une voix de stentor, Mamie annonça :

– Permettez-moi de vous présenter le principal actionnaire de cette société : ce brillant, ce remarquable officier de la Marine qui nous a été amené à grands frais et qui a débarqué aujourd'hui sur nos rivages à seule fin de s'adresser à vous. Maintenant, mesdames et messieurs, voici la star des stars, l'ami des présidents, le seul, le vrai, l'irremplaçable JEROME TERRANCE WISTER!

Tom-Tom, qui s'était installé à la batterie, venait d'entamer un roulement de tambour qui allait crescendo.

Mamie, la voix couverte à présent par le roulement de tambour, murmura à l'oreille d'Heller :

– Dites seulement : « Oui, je suis d'accord. » Ensuite, vous vous inclinez. C'est tout. Rien d'autre!

Le roulement cessa sur un coup de cymbale.

Heller, comme terrassé par le coup de cymbale et paralysé devant cette foule immense et silencieuse, lança :

– Oui, je suis d'accord!

Et s'inclina.

Ce fut le PANDÉMONIUM!

Des chapeaux et des casquettes jaillirent en l'air.

Et des milliers de cris montèrent de milliers de gorges!

Et puis, on renversa les sièges et la marée humaine déchaînée déferla vers l'estrade.

On se saisit d'Heller. Il se retrouva porté en triomphe jusque dans la salle.

– Hourrah! Hourrah! Vive Wister! criaient-ils tous comme des fous.

Soudain, la lumière jaillit dans l'auditorium!

Un éclairagiste sauta sur un balcon et alluma un projecteur de poursuite qu'il braqua sur Heller, passant du bleu, au rouge, au jaune, puis au blanc. Obéissant probablement à quelque signe de Mamie Boomp, il le dirigea sur elle. Elle leva alors les mains. On souleva Heller jusqu'à la rampe et tous les visages se tournèrent vers Mamie.

D'une voix qui aurait fait l'envie des plus grands orateurs de la Grèce antique, elle lança :

– Et maintenant, meeessdames zééé meeessieurs! Vous tous heureux employés de la toute nouvelle société Lucky Bonanza Casino, à vous de larguer les amarres et de prendre les avirons! Balayons les pontons et lançons les roulettes et que le fric tombe! Paré à charger et en avant! En d'autres termes, et en tant que président-directeur général, je vous conseille à tous de retourner au boulot! Qu'est-ce que vous en dites?

La foule éclata en applaudissements et se rua vers la sortie avec des cris d'enthousiasme.

Heller contempla la salle soudain déserte, puis se tourna vers Mamie, Tom-Tom et la comtesse et demanda d'un ton intrigué :

– Mais qu'est-ce que je viens d'approuver au juste?

Personne ne se donna la peine de lui répondre. Apparemment, ils avaient d'autres chats à fouetter.

– Et comment la lumière est-elle revenue? ajouta-t-il.

Tom-Tom s'arracha à la batterie et risqua un regard timide vers Heller avant de lui répondre.

– Je ne pouvais pas aller voir moi-même toutes les sociétés. Je sais bien qu'en tant que trésorier je m'en serais tiré, mais je risquais de me tromper dans les billets, alors j'ai envoyé le leader de notre groupe. Il se débrouille bien et on devrait pas tarder à avoir le téléphone, l'eau et le chauffage.

Heller promena les yeux autour de lui.

– Mais on ne va pas pouvoir jouer dans les casinos. Même les magasins vont manquer de monnaie. Nous n'avons plus d'argent liquide.

La comtesse s'était approchée.

– Chéri, je ne te l'ai pas encore dit parce que tu avais l'air tellement occupé, mais j'ai caché trois sacs de billets dans un puits de ventilation. Ça doit représenter environ un million et demi, je crois bien. J'ai donné tout ça à Mamie pour que la société puisse continuer.

– Et croyez bien que j'ai apprécié, ma chère, dit Mamie. Cela a suffi à payer les factures, à alimenter les caisses des casinos et à remplir les machines à sous afin que nous puissions recommencer à ramasser du blé.

– Mais qu'est-ce que je viens d'approuver? fit Heller.

Mamie le poussait hors de l'auditorium. Ils se retrouvèrent dans le hall.

Et là, il y avait de nouveaux arrivants! DES TRUANDS! Ils avaient formé quatre longues files devant le comptoir d'accueil.

Heller jeta un regard sur le parking. Il était plein de voitures qui venaient d'arriver. Et d'autres se pressaient sur la route, pare-choc contre pare-choc, dans un concert de klaxons.

– Pourquoi arrivent-ils tous comme ça? demanda Heller.

Elle l'aida à grimper quelques marches tout en répondant.

– Je crois qu'ils veulent voir le théâtre de la bataille, les lieux du crime. Toute la télé ne parle que de ça. Duels d'artillerie, blindés, jets, missiles et tout le reste... Et nous avons même les épaves et les ruines! Ça, on peut dire que les *public relations* ont mis le paquet! L'attaque d'Atlantic City! Vous savez qu'ils se sont même servis de stock-shots du débarquement de juin 44. Depuis ce matin, je vous le dis, on ne voit que ça sur les écrans. Mais les agents de presse d'Atlantic City ont toujours été les meilleurs.

Là, je râlais. Quoi? Ces (enbipés) d'agents de presse d'Atlantic City? Mon (bip), oui! C'était Madison qui avait fait tout le boulot!

– Est-ce qu'il y a eu la guerre ou quoi? demanda la comtesse. Pendant que je me trouvais dans la buanderie et dans les couloirs, j'ai entendu des coups de feu. Mais j'ignorais que tu étais sorti sur la plage.

Ils étaient maintenant dans l'ancien bureau du *capo* Gobbo Piegare. Mamie inspecta les lieux. Elle s'empara d'une main noire magnifiquement sculptée, la jeta dans la corbeille à papier et s'essuya les mains. Puis elle ôta la veste d'Heller et s'assit dans le somptueux fauteuil de cuir fauve. De là, elle avait une vue parfaite de la promenade, qui devenait de plus en plus bondée et bruyante.

Elle lança sa veste à Heller.

– Vous êtes un petit malin, petit marin. Vous vous êtes trouvé un nègre pour les autographes. D'accord, je sais par expérience que ça peut être très fatigant. Mais je veux seulement vous dire une chose : quand vous prenez un double, trouvez plus ressemblant. J'ai horreur des types qui ont les dents en avant.

– Un double? fit Heller. Mais de quel double parlez-vous?

Oh, mes Dieux! Tout à coup, je reniflais du Madison là-dessous! Lui et son obsession de la une!

– Je parle de celui qui est en ce moment même sur la promenade et qui signe des autographes comme un dingue. Notez que c'est plutôt malin comme idée. La télé, c'est épuisant. Il se débrouille assez bien.

– C'est pour ça que tu n'es pas obligé de sortir, chéri, ajouta la comtesse.

Heller observait la promenade. Elle était littéralement SUBMERGÉE par la foule, les marchands, les saltimbanques, les journalistes, les caméramen de la télé. Le double d'Heller, le faux Super Wister de Madison, complet avec mâchoire prognathe, lunettes et tout, était juché sur un tank venu tout droit des surplus de l'armée. Des techniciens des effets spéciaux étaient occupés à allumer un incendie dans la tourelle.

– Ça, je ne risque pas, dit Heller, l'air abasourdi. (Il se

retourna.) Est-ce que quelqu'un va enfin me dire ce que j'ai approuvé?

Mamie se laissa aller un peu plus en arrière dans son somptueux fauteuil.

– Voyez-vous, aucun de ces employés n'a été payé depuis des mois et des mois. Par ailleurs, ils savent tous que la société est dans l'impossibilité de régler leurs salaires, que c'est l'hiver et qu'il n'y a aucune proposition d'emploi en cette saison.

Elle se tut et le regarda l'air de dire : vous voulez en savoir plus?

– Poursuivez, je vous prie, dit Heller.

– Eh bien, marin, pour me résumer, je leur ai dit que si vous donniez votre approbation à cette mesure, ils auraient droit à 100 % des bénéfices sur l'ensemble de la société et tous ses holdings, déduction faite des frais, jusqu'à concurrence de leurs salaires impayés, et ce y compris les taxes locales, retenues et pensions diverses. Disons qu'en tout ça leur fait 60 %. De toute façon, ça ne durera pas très longtemps.

Heller s'assit brusquement. Et il avait intérêt! Car, à tout point de vue, et surtout de celui de son propriétaire, Atlantic City venait encore une fois de changer de mains!

L'ENSEMBLE DE L'ENTREPRISE APPARTENAIT DÉSORMAIS AU PERSONNEL!

– Mais j'ai besoin de votre opinion sur un point tout particulièrement important, reprit Mamie.

– Lequel? demanda Heller, le souffle court.

– Pensez-vous qu'il faille que j'aie mon nom au néon sur l'enseigne de tous les casinos? En grand? Je veux dire : « Mamie Boomp : président-directeur général ». Vous pensez que ça irait?

– Merveilleux, dit Heller d'une voix éteinte. (Après une seconde, il se tourna vers la comtesse.) Chérie, je crois qu'il est temps que nous retournions à New York.

Là, franchement, je crus m'étouffer de rire! La tentative pitoyable d'Heller pour combler les dettes d'Izzy avait eu exactement l'effet contraire! Ils avaient maintenant deux fois plus d'ennuis sur le dos. Et, en prime, ils n'avaient même plus le moral et frisaient la dépression!

A la minute même, je décidai de cesser de me faire du souci pour lui et de le laisser plonger. Rien, mais absolument rien ne me prouvait qu'il pouvait encore faire quelque chose d'actif ou d'efficace, et quand j'aurais le feu vert de Lombar, lui et la comtesse Krak seraient encore aux États-Unis empêtrés dans leurs problèmes.

Ils n'auraient même pas le temps de dire une prière avant que je ne les liquide!

Mon euphorie grimpa instantanément dans le rose absolu! A la roulette du destin, le gagnant c'était moi! Moi, moi, rien que moi!

2

Le lendemain matin, un grésillement strident m'arracha au sommeil et à un rêve merveilleux : Heller et la comtesse faisaient la queue devant une soupe populaire, à New York, et un Démon Manco refusait absolument de les servir et leur donnait de grands coups de louche sur la tête.

Le grésillement provenait de l'Intercom. C'était tout à fait exceptionnel car Faht Bey évitait au maximum d'avoir à faire appel à moi, donc il devait y avoir urgence.

Je pressai le bouton.

– Vite! Venez au hangar! dit Faht Bey. Ils sont en train d'assassiner le Dr Crobe!

Oui, il y avait urgence!

Il me raccrocha au nez à la seconde où je m'apprêtais à riposter : « Comment? Et pourquoi vous osez m'appeler? »

Il m'apparut que je devais être réaliste. L'existence est pleine de risques. Trapp m'avait appris à toujours avoir une solution de rechange au cas où les choses tourneraient mal. Et Crobe pourrait bien m'être utile si jamais Heller et la comtesse se sortaient du bourbier où ils étaient.

Je m'habillai en hâte et je pris des armes. En quantité. Puis je m'engageai dans le tunnel, bien décidé à secouer un peu Faht. Il y avait eu du changement et il était grand temps que je lui fasse rentrer ça dans la tête.

Il m'attendait au bout du hangar.

– Depuis quand, lançai-je d'un ton acerbe, suis-je responsable de tout ce qui se passe dans cette base?

– C'est vous qui l'avez fait venir de Voltar! Et maintenant regardez!

Crobe était accroché par les mains, à mi-hauteur du mur du hangar.

Et en bas, à quinze mètres sous lui, il y avait les quatre pilotes-assassins et les cinq Antimancos. Furieux!

Ils hurlaient des imprécations et des insultes que j'avais rarement entendues et que je ne saurais répéter ici. Ils étaient déchaînés!

– Je ne peux pas les laisser tirer, dit Faht Bey. Il est à moins d'un mètre d'un boîtier de stabilisation sismique. Si jamais ils le touchaient, toute la base s'effondrerait.

Ce qui était exact : cette petite boîte émettait un faisceau invisible qui sous-tendait les deux murs opposés et elle se trouvait beaucoup trop près de la tête de Crobe.

Mais je ne tenais pas à m'approcher des pilotes-assassins : même quand ils sont calmes, ce sont des types trop dangereux. Et là, on ne pouvait pas dire qu'ils étaient particulièrement calmes. Ils ne cessaient de brailler et de sauter en l'air.

Mais Faht Bey me fit avancer d'une poussée.

– Qu'est-ce qui se passe? fis-je.

Ils vociféraient tous à la fois et j'eus du mal à comprendre ce qui s'était passé.

Le Dr Crobe avait dérobé la clé de sa cellule au gardien. Apparemment, durant la nuit il s'était évadé. L'un des pilotes-assassins avait été réveillé par la baïonnette que le docteur avait prise au gardien et l'entaille de sa gorge saignait encore.

Mes Dieux, le Dr Crobe n'avait vraiment pas toute sa tête : attaquer un pilote-assassin!

Péniblement, je tentai de me faire entendre pour leur poser des questions. Le Dr Crobe avait-il donné la moindre explication de ce grave manquement aux bonnes manières? Si j'arrivais à comprendre ses raisons, je pourrais peut-être débrouiller cette affaire.

Mais personne n'avait la moindre information. En fait, ils faisaient un tel boucan que je doutais qu'ils aient seulement compris le sens de mes questions.

Il n'y avait qu'un seul moyen d'en sortir, je le réalisai en un éclair de génie : poser la question au Dr Crobe lui-même.

Je pris un porte-voix et le levai.

– Pourquoi avez-vous agressé un des pilotes-assassins?

Il se cramponnait au boîtier émetteur, à présent. Il regarda vers le bas de ses yeux méchants de maniaque et répondit d'une voix plutôt ténue.

– J'étudiais l'anglais, c'est tout! protesta-t-il dans son voltarien douteux. Je ne faisais qui suivre vos instructions, officier Gris.

Du coup, ça les remonta et les jurons et les insultes redoublèrent.

– Mais je ne vous ai jamais dit d'égorger qui que ce soit! répliquai-je.

– Vous m'avez donné des textes sur la psychologie et la psychiatrie pour que je lise l'anglais! J'y ai appris que l'homme, sur cette planète, avait un cerveau reptilien tout au fond du crâne. C'est nouveau pour moi et je voulais seulement vérifier! Pourquoi s'en prendre à moi alors que je voulais seulement étudier?

Là, il n'avait pas tort. Mais les Antimancos et les pilotes-assassins ne partageaient pas ce point de vue.

– Vous lui avez donné des livres où il a lu qu'il devait faire ça? gronda un des pilotes-assassins.

Je sentis qu'il était plus prudent de changer de sujet.

– Si nous arrivons à le laisser descendre de là, il pourra vous prouver que ce n'était qu'une question d'études cliniques.

Ils me cernèrent et je braquai sur eux mon éclateur, le dos au mur.

– Écoutez, pourquoi vous n'allez pas discuter de ça quelque part, histoire de vous calmer? Je vais le laisser descendre et nous parlerons entre gentlemen.

Ils fixaient mon éclateur de 800 kilovolts, puis ils regardèrent Crobe.

– A plus tard, grinça un pilote-assassin.

Et ils se retirèrent en grommelant, me laissant seul avec Faht et le docteur.

– Vous pouvez descendre maintenant! criai-je.

– Je ne peux pas. Je suis sûr que je vais tomber si je bouge.

– On va amener un filet! Restez où vous êtes!

Les équipes du hangar étaient restées plus que discrètes pendant l'altercation. Faht Bey fit sortir tous ses hommes de leurs diverses cachettes et ils eurent bientôt déployé un filet sous Crobe.

– Vous pouvez sauter! lui criai-je.

– Je ne peux pas desserrer les doigts! gémit-il.

Je dis alors à Faht Bey et à ses hommes d'attendre et je retournai dans ma chambre. Dans mon râtelier, je choisis un fusil paralyseur à aiguille et je revins avec.

Faht Bey me lança un seul coup d'œil et protesta aussitôt :

– On ne tire pas ici! Vous êtes capable de toucher le boîtier auquel il se cramponne et tout va s'écrouler!

– Vous mettez en doute mes qualités de tireur? fis-je d'un ton glacial. Avec ça, j'atteins les petits oiseaux à 1 000 mètres. Comment pourrais-je rater le Dr Crobe à cette distance?

Je réglai le fusil sur la portée minimale. Tous les hommes de Faht Bey portèrent les mains à leur tête. Faht Bey regagna en courant son bureau et m'observa de là.

Je m'agenouillai et levai mon arme.

Je visai la main droite de Crobe, agrippée au boîtier émetteur.

Et je tirai!

BANG!

Le boîtier explosa!

Et Crobe tomba comme une pierre!

Et avec lui au moins dix tonnes de pierres!

La fumée et la poussière formèrent un gros nuage tourbillonnant dans la pénombre qui s'ensuivit.

Faht Bey appuya sur le bouton d'alerte générale.

CE FUT ASSOURDISSANT!

Tout le personnel de la base rappliqua pour mettre les pièces d'artillerie en batterie et distribuer les armes!

Faht Bey les réaffecta immédiatement aux secours et sauvetage d'urgence.

Ils se mirent aussitôt à dégager les équipes du hangar enfouies sous l'avalanche.

On retrouva Crobe au fond du filet. Il y était tombé en douceur pour être instantanément bombardé de rochers.

Apparemment, le boîtier émetteur avait sauté et le faisceau avait cessé de protéger les murs des innombrables secousses sismiques propres à la région. Et des pans de rocher s'étaient détachés de failles anciennes.

Ce n'était pas la peine d'en faire un drame. Les murs du hangar étaient intacts si l'on exceptait quelques trous d'un mètre de large. Mis à part le filet, aucun équipement n'avait été endommagé et personne n'était mort – on ne comptait qu'une ou deux fractures du crâne et Prahd aurait tôt fait de réparer ça.

Mais tous ceux que je croisais me décochaient des regards aussi furieux qu'immérités.

Je savais ce qui avait cloché. La pile du fusil à aiguille n'avait pas été rechargée depuis deux ans et, à cause de la défaillance d'énergie, j'avais tiré trop bas. Non, mes talents de tireur n'étaient pas en cause. Mais personne ne prendrait le temps d'écouter mes explications.

Tous injustes. Après tout, j'avais réussi à récupérer Crobe. Même Bugs Bunny n'aurait pas fait mieux.

3

Je m'étais vite aperçu que je gênais et je m'étais retiré dans ma chambre. A vrai dire, le hangar avait besoin d'être nettoyé, il fallait conduire les blessés à l'hôpital et réparer le boîtier émetteur en cas de tremblement de terre. Mais, après tout, c'étaient des professionnels et ce genre de basse besogne ne me concernait pas.

Mais, alors même que je me régalais d'un délicieux dîner à base de *cerkez tavugu* – c'est-à-dire un poulet bouilli à la circassienne, avec une sauce aux noix et aux piments – servi par des domestiques un peu harassés mais très obséquieux, que Faht Bey eut l'impudence de m'appeler pour la deuxième fois.

– Ils attendent votre conférence, me dit-il.

– A un autre moment si vous le voulez bien.

– En ce cas, je vais proposer qu'on jette le Dr Crobe dans la poubelle à désintégration.

– Attendez, attendez!

Je réfléchis à toute allure. J'avais parfaitement conscience des désastres que Crobe pouvait causer. C'était un atout majeur de l'Appareil. Heller était passablement retors, je le savais. Il pouvait encore se tirer d'affaire avec sa chance habituelle et alors je serais cuit.

Et, bon gré mal gré, je déclarai à Faht Bey :

– Attendez, je descends tout de suite.

En arrivant, je ne vis que des visages sinistres. Je ne voulais pas courir de risques et j'entrai l'éclateur à la main. Je ne m'assis pas. On m'y avait certes invité mais, à l'évidence, la meilleure place était debout le dos au mur.

Le Dr Crobe était là, affalé sur le sol, couvert de pansements qu'il avait dû se faire lui-même. Trois gardes pointaient leurs armes sur sa tête.

– Je vote la mort, dit le pilote-assassin qui avait eu la gorge entaillée.

– J'approuve, dit un autre.

– C'est donc réglé, fit le capitaine Stabb. Le condamné sera pendu par les dents jusqu'à ce qu'il tombe dans une marmite électronique.

– Un instant! fis-je. Je n'ai pas encore rendu mon jugement ni entendu les charges.

– Désirez-vous plaider la responsabilité ? demanda Faht Bey.

Ils allaient beaucoup trop vite pour moi. A la clarté verdâtre des plaques, la scène n'avait rien de réjouissant. Je réfléchis encore plus vite. Faht Bey me tendait un piège. Selon la loi voltarienne, quiconque est assez insensé pour revendiquer la pleine responsabilité d'un prisonnier, même condamné, peut en avoir la charge. C'est de cette façon que l'Appareil engage des criminels « exécutés ». Mais il y avait un petit accroc : si le criminel, par la suite, récidivait, le réclamant pouvait alors être inculpé de son crime et, en cas de nouvelle condamnation, être exécuté avec le criminel.

Le pilote-assassin qui avait été blessé par Crobe semblait diriger le débat.

– Il est certain, dit-il, que ledit Dr Crobe commettra une autre agression contre un membre de la base, même mineure. Dans cette éventualité, le réclamant, légalement, sera exécuté. Cette conférence accepte donc le plaidoyer. Que ceux qui sont pour lèvent l'index. C'est la majorité. Officier Gris, vous êtes désormais le réclamant. La conférence est ajournée.

– Attendez ! criai-je.

Mais ils étaient déjà tous repartis, les gardes y compris.

C'était un coup monté !

Oh, les sales sournois de (bips) ! La probabilité d'une récidive criminelle de la part de Crobe était de l'ordre de 100 % ! Je le connaissais ! Ce pilote-assassin avait trouvé le moyen de se venger. On pourrait me tuer de la manière la plus légale qui soit. Et juste au moment où je triomphais enfin. Quel coup bas !

Et Crobe qui était là, toujours accroupi, à me regarder avec ses petits yeux noirs brillants. Il se demandait sans doute en quoi il allait bien pouvoir me transformer. Pas en araignée, en tout cas. J'ai horreur de ces bêtes.

Je réfléchis tandis que Crobe me fixait toujours. Je me souvins alors de l'expression du pilote-assassin quand il m'avait jeté un dernier regard en quittant la salle.

Je venais d'apercevoir un filin de sécurité, enroulé au-dessus d'un établi.

INSPIRATION !

Je m'emparai du filin et je me mis à ligoter Crobe en commençant par les chevilles. Je continuai par les jambes en remontant jusqu'à ce qu'il se retrouve ficelé jusqu'au nez. Je terminai par un triple nœud et soudai les deux bouts. Même un fantôme ne se serait pas extirpé de cette pelote métallique.

Et je courus jusqu'à ma chambre.

Je pris 50 000 livres turques dans mon coffre, ce qui représentait 500 dollars US.

J'allai trouver le contremaître de l'équipe de construction.

– J'ai un marché à vous proposer, dis-je en lui montrant les billets.

Il écarquilla les yeux, comme je l'avais supposé.

– Vous allez me construire une cellule comme on n'en a jamais vu. Et l'argent sera à vous.

Il tendit la main. Mais je fus plus rapide que lui.

– Non. Quand ce sera fait et qu'on l'aura essayée.

– Seulement quelques billets de 1 000 en acompte.

Je comptai dix billets.

– Voilà. Le reste quand vous aurez exécuté les plans.

Il prit les billets et demanda :

– Où sont-ils?

Voilà un petit détail que j'avais complètement omis. Je demandai au contremaître de s'asseoir en ma compagnie auprès du docteur saucissonné et j'entrepris de tracer les plans.

Une fois commencé, avec ce genre de chose, on ne s'arrête plus. Dès que je me mis au travail, il me vint à l'idée d'autres possibilités d'évasion. Je ne pouvais plus m'arrêter.

Mais enfin, si j'ose dire, le chef-d'œuvre fut là.

Tout au bout du couloir de détention se trouvait une grande cellule qui n'avait jamais servi. Juste avant, en travers du couloir, je prévoyais une plaque d'acier à l'épreuve des explosifs, profondément scellée dans les parois. Avec un hublot de verre blindé. Et un verrou à combinaison.

Derrière, les barreaux habituels et la porte de la cellule proprement dite.

Entre ces deux barrières infranchissables, je ferais placer un système d'alarme à faisceau d'ondes qui se déclencherait dès que quelqu'un pénétrerait dans la place.

Maintenant, il y avait le risque que Crobe réussisse à circonvenir un garde, comme il l'avait déjà fait. Donc, je ne lui laisserais aucune chance de communiquer. Ce qui nécessiterait l'aménagement d'un conduit de ventilation ouvert vers l'extérieur, au flanc de la montagne, dissimulé par un rocher.

Il y avait le risque que Crobe parvienne à s'y glisser. Il fallait prévoir des pointes d'acier sur toute la hauteur du conduit. Et aussi des pièges explosifs, déclenchés par des fils entrecroisés. J'ajouterais à ça des rayons de vidéo-surveillance à l'intérieur comme à l'extérieur. Ainsi, Crobe serait dans l'impossibilité de communiquer avec quiconque dans le bloc cellulaire. Il pourrait respirer mais il n'aurait aucune chance de sortir.

Maintenant, il y avait le problème de son alimentation. J'avais prévu un dispositif en labyrinthe avec quinze chicanes.

La nourriture, disposée sur un plateau, serait acheminée par impulsions antigravifiques. J'avais ajouté quinze sas scellés munis d'un détecteur d'énergie vitale, et si jamais on essayait de se glisser jusqu'à la cellule avec le plateau, les sas se bloqueraient instantanément.

Bon, jusque-là tout collait.

La lumière ne serait pas fournie par le circuit de la base mais par des unités solaires indépendantes installées au bout du conduit de ventilation.

Restait la cellule elle-même. Elle avait été prévue initialement pour quinze prisonniers et ses dimensions étaient importantes. Il faudrait remplacer les bat-flanc de pierre par des tables et des étagères car Crobe était là pour étudier.

Crobe était dans un état d'hygiène affreux, aussi j'ajoutai des gicleurs et un écoulement déclenchables à distance. Les étagères de livres, quand on appuyait sur le bouton, se fermeraient automatiquement.

Pendant que j'y étais, j'ajoutai des toilettes et un coin douche, quoique je ne fusse pas certain que Crobe s'en servirait. En tout cas, il ne pourrait pas se plaindre de ses conditions de détention auprès du département d'hygiène de Voltar.

Le lit. Ça, c'était mon véritable chef-d'œuvre. Si Crobe devenait trop agité ou piquait une crise, dès qu'il se retrouverait sur son lit des brides le bloqueraient jusqu'à ce qu'on intervienne pour le gazer.

Je contemplai une dernière fois mes plans avec fierté. Oui, un chef-d'œuvre, je pouvais le dire.

– Ça va prendre au moins une semaine, dit le contremaître.

Je tiquai. Mais qu'est-ce qu'on allait pouvoir faire de Crobe pendant une semaine?

– Quatre jours.

– Quatre jours, avec dix autres billets de 1000.

Je grommelai. Mais non, je ne pouvais pas modifier mes plans. Ils étaient trop parfaits. Et puis, après tout, je pouvais encore avoir d'autres livres.

– Bien. Mettez-vous tout de suite au travail.

Je traînai Crobe jusqu'à l'une des cellules libres et le déposai sur le bat-flanc. Pas une seconde, je n'éloignai mes mains de mes armes.

Et je demeurai là quatre longs jours, dans le sifflement des perceuses et les coups de marteau.

Sans quitter Crobe des yeux.

Oh, le dur devoir d'un officier de l'Appareil!

Et pendant quatre jours, saucissonné, il me fixa d'un regard furieux.

4

C'est avec bonheur que je pus enfin payer le contremaître. J'étais tellement heureux de voir le travail enfin achevé que c'est presque en riant que je cueillis la dernière liasse de livres.

Ces quatre jours passés sous le regard noir du Dr Crobe m'avaient terrassé.

Je me mis rapidement au travail tandis que quatre gardes tenaient leurs armes pointées sur la tête de Crobe.

Je me procurai une énorme caisse de rations spatiales – qui sait combien de temps il allait moisir là-dedans ? – et allai la jeter au milieu de la cellule.

Je m'assurai une dernière fois que le matériel qu'on lui avait fourni permettrait d'apprendre l'anglais même à un idiot absolu. Je posai le tout sur la table.

Et puis, une fois encore, je me dis que ce n'était peut-être pas suffisamment excitant pour le motiver. Il avait montré de l'intérêt pour les deux premiers textes que je lui avais donnés. Je dénichai tout ce que je pus trouver sur la psychologie et la psychiatrie. Rien que du juteux : *La Psychologie gouvernementale,* une étude sur l'homme considéré comme un être abject et dépravé agité par des passions inconscientes, totalement incapable de penser rationnellement et qui ne peut être mené qu'à coups de bâton. *La Psychiatrie irrationnelle* : comment traiter les gens en les tuant. *La Psychologie des femmes ou Comment surprendre votre femme et votre maîtresse dans le lit de votre meilleur ami. La Psychologie de l'enfant :* toutes les techniques pour transformer les enfants en pervers. *Le Psychiatre sur le divan,* avec 77 recettes originales de rapports sexuels avec des animaux. La célèbre étude du Dr Kutzman : *La Neurochirurgie psychiatrique,* ou comment mettre un terme à toutes les fonctions du cerveau, et enfin *Le Ragoût psychiatrique,* qui s'adressait à tous ceux qui avaient été changés en légumes par les dernières techniques, un manuel qui avait reçu l'approbation de la Drug and Food Administration. Pour faire bonne mesure, j'ajoutai une quantité d'autres ouvrages essentiels à ces professions. Le tout ne manquerait pas d'inciter Crobe à dévorer littéralement l'anglais.

Cela fait, je fouillai à fond la cellule. Impossible d'en sortir ou d'y pénétrer, impossible à quelqu'un se trouvant à l'extérieur d'entrer en communication avec le détenu, et vice versa.

Je retournai auprès de Crobe et, sous la protection des gardes, je fis sauter le nœud avec un mini-désintégrateur et entrepris de le déficeler. Dès que sa bouche fut libérée, bien sûr, il hurla :

– Je vais vous faire poursuivre pour ça!

Là, j'étais estomaqué! Je lui avais sauvé la vie en me portant responsable de lui, et ce au péril de la mienne.

Et puis, je compris : Crobe était peut-être un docteur réputé mais il ne connaissait rien à la loi. Par exemple, il ignorait que je pouvais l'abattre sur place sans courir le moindre risque qu'il entame des poursuites contre moi. De même, il ignorait tout de la hiérarchie, des grades, et ne savait pas quelle était mon importance. Je me dis que je ferais peut-être aussi bien de trouver un ouvrage sur la question et de le lui faire lire en première urgence.

La bibliothèque de la base n'était pas très éloignée. J'entrai et parcourus les titres. Je tombai sur un rayon immense couvert de poussière : personne n'avait consulté ces livres depuis des décennies. Je soufflai dessus et je pus en lire les titres.

En fait, tous ces ouvrages constituaient une seule et même collection! Il y en avait quarante, très volumineux. Le titre de l'ensemble était intitulé *Abrégé complet de la Confédération voltarienne comprenant : les codes spatiaux, les codes pénaux, les codes civils, les proclamations royales, les lois royales, les procédures royales, la préséance royale, les successions royales (complètes avec index et biographies), les coutumes royales, l'histoire royale, les domaines royaux, les droits de l'aristocratie, les districts planétaires des 110 planètes, les coutumes locales, les lois locales, les privilèges de l'aristocratie et autres chapitres divers.* Très impressionnant!

Je me dis que Crobe allait être à demi mort de trouille. J'entassai l'ensemble sur un chariot et allai le ranger sur les étagères de la nouvelle cellule. Pourquoi discuter? Il n'avait qu'à trouver tout seul pourquoi il était si ingrat!

Je retournai auprès de lui. Il avait toujours son regard mauvais et je me dis qu'il était plus prudent de ne pas courir le risque de le libérer complètement. Je le jetai dans le chariot et c'est ainsi que je le véhiculai jusqu'à ses nouveaux quartiers.

– Vous sortirez d'ici quand vous aurez appris l'anglais et que vous serez décidé à obéir à mes ordres! proférai-je.

Je me saisis du bout du filin et tirai dessus.

Il se mit à tourner sur lui-même comme une toupie!

J'entendis même un léger ronflement, tellement il tournait vite !

Je donnai un coup de pied dans le chariot pour l'évacuer de la cellule.

Je fermai la porte.

Puis celle du couloir, la nouvelle et inattaquable porte d'acier blindé.

Et je brouillai la combinaison.

J'étais bien sûr seul à la connaître. Non, personne ne pourrait pénétrer dans les lieux. Et Crobe pourrait encore moins en sortir.

Un soupir de soulagement violent monta à mes lèvres. Si nécessaire, le moment venu, je disposerais d'une arme secrète contre Heller. Au moindre signe de succès ou même de rétablissement, je lancerais sur lui le redoutable et abominable Dr Crobe.

En attendant, il était en sûreté et moi aussi.

Je jetai un regard par le hublot. Il s'était enfin immobilisé et achevait de s'extraire des dernières boucles du filin tout en observant les livres sur les étagères. Comme je l'avais pressenti, son intérêt s'éveillait déjà. Il tendit la main vers *Le Ragoût psychiatrique.*

Je m'éloignai d'une démarche sautillante, le cœur soulagé.

Mon existence venait de prendre un nouveau tournant particulièrement agréable.

5

Après un merveilleux breakfast que m'avaient apporté Karagoz et un serviteur à genoux, il m'apparut que je ferais bien de m'enquérir de la situation d'Heller et de la comtesse Krak pour m'assurer qu'ils étaient toujours en péril.

Je m'installai donc dans un bon fauteuil avec une carafe de *sira* bien chambré et allumai les deux écrans.

Heller était devant son bureau, à New York, et il écrivait des équations, chimiques sans doute pour autant que je pouvais voir. Donc, rien à craindre de ce côté : il pouvait continuer comme ça jusqu'à ce que le ciel tombe sur la Terre.

Ce que faisait la comtesse m'intéressa plus. Elle s'était isolée dans le boudoir de la secrétaire et avait refermé la porte. Les murs étaient décorés de petits cupidons bondissants. Mais ce n'était pas ce qui l'intéressait. Elle regardait le chat.

Elle était à genoux et elle lui apprenait à faire le saut périlleux arrière. Et il paraissait y arriver très bien.

– L'élégance, Monsieur Calico, lui dit-elle. Voilà le maître mot. Et maintenant, on recommence. On saute : un, deux, trois, quatre... et HOP! On prend le public par surprise. Encore une fois : un, deux, trois, quatre...

Quelle fille stupide! Elle s'adressait à lui en voltarien alors qu'il s'agissait d'un chat terrien! Impossible qu'il la comprenne!

Si c'était tout ce qu'elle faisait, je n'avais rien à craindre.

Le chat venait de faire un saut parfait. Elle lui donna une caresse et Monsieur Calico se mit à ronronner.

– Très bien, dit la comtesse. Pour l'acrobatie, ce sera tout pour aujourd'hui. Maintenant, on revoit la leçon d'hier. Va chercher un journal.

Elle entrouvrit la porte. Ce chat n'était pas aussi malin que ça : il avait besoin qu'on lui ouvre les portes.

Il entra dans le bureau, sauta sur un des tabourets de bar. Il y avait là une pile de journaux et de magazines. Le chat en prit un entre ses dents et le sortit de la pile. Le journal tomba avec un bruit mat. Le chat regagna le sol, mordit à nouveau dans les pages et le tira jusqu'au boudoir en marchant de côté.

La comtesse referma.

– C'est très bien, fit-elle en se baissant. Maintenant, tourne les pages que je puisse lire.

Le chat s'exécuta, avec les dents et les griffes.

C'était un magazine, en fait. Un hebdomadaire : le *National Pourriture*. Je me dis que ce chat aimait les articles à sensation.

Mais ça ne se passa pas vraiment en douceur. Car la comtesse venait de tressaillir et se penchait pour mieux lire tout en tapotant la tête du chat d'un air absent.

MISS AMÉRIQUE ET SUPER WISTER :
ÉCHAPPERA-T-ELLE AU VIOL?

Cette question angoissante est aujourd'hui au centre des préoccupations des experts en viol.

Après la mainmise sur Atlantic City, le serpent dresse sa tête hideuse et qui peut dire si Miss Amérique, notre *Miss Amérique, couronnée cet automne même à Atlantic City, n'est pas aujourd'hui offerte sans défense aux appétits lubriques de Super Wister?*

La plupart des experts s'entendent pour prédire que Super Wister ne pourra tempérer ses ardeurs maintenant que Miss Amérique est entre ses griffes.

Mais certains, après avoir consulté les mesures de Miss Amérique, reconnaissent qu'aucun mâle normal au fort appétit sexuel ne pourrait de toute façon résister à ses charmes.

Le chargé de presse de Miss Amérique en personne a déclaré : « Nous avons essayé de cacher les photographies et nous avons installé Miss Amérique dans un lit de 90, mais il y a gros à parier qu'il ne va pas tarder à se la sauter. »

L'article était illustré d'une photo sur une demi-page d'une blonde plantureuse, à demi dévêtue, les jambes croisées.

La comtesse se laissa aller en arrière, les yeux fixés sur la photo.

– Mais oui, elle est *très* belle ! Et nous ne sommes même pas mariés !

Elle plia brusquement le journal et le glissa sous le tapis avant d'appeler :

– Chat ! Téléphone à Mamie !

Le téléphone était posé sur une table basse, à côté du canapé. Le chat bondit. J'en fus surpris. Il allait vraiment téléphoner ? Mais je vis que ce n'était pas du tout ça. Le téléphone était à amplificateur et il suffisait d'appuyer sur un bouton pour avoir la tonalité. Sur le côté, il y avait plusieurs boutons à mémoire qui permettaient par ailleurs d'appeler automatiquement un numéro. Donc, rien de remarquable. Le chat n'eut qu'à appuyer sur deux boutons, c'est tout.

– Président-directeur général Boomp, fit une voix.

– Miaouh, répondit le chat.

Au moins, il n'avait pas dit « allô » en voltarien, ce qui aurait constitué une parfaite violation du Code !

La comtesse lui donna une petite caresse et se pencha en avant.

– Bonjour, très chère. Ici Joy. Vous nous avez invités à dîner cette semaine, mais je vous appelle pour vous dire que malheureusement Jettero est très très occupé et qu'il ne pourra pas descendre à Atlantic City.

– Oh, quel dommage !

– Comment ça se passe ? enchaîna la comtesse.

– Oh, parfaitement bien. Ces (bips) de mafiosi avaient trafiqué tous les jeux et ne laissaient gagner que leurs hommes de main et leurs complices. Nous avons renversé la vapeur et maintenant nous laissons gagner les gens – par exemple les jolies filles photogéniques, et tout ça... Si vous les voyiez rappliquer.

– Bien, bien. Ça confirme ce que je pensais. Nous nous en tirerons. A bientôt à New York. Bye bye.

Krak fit un signe au chat et il appuya sur le bouton pour couper la communication.

– Hum, fit la comtesse, songeuse. Voilà qui demande réflexion, Monsieur Calico. C'est donc la fin de tes exercices pour aujourd'hui.

Elle resta là, le regard perdu dans le vide. Puis elle passa la main dans ses cheveux, remettant quelques mèches en place, se lissa les sourcils et se dirigea vers le bureau non sans défroisser le luxueux ensemble qu'elle portait. Elle s'installa dans le fauteuil, en face d'Heller.

S'apercevant de sa présence, il leva la tête et lui sourit.

– Chéri, fit-elle, quels sont exactement tes plans pour que nous retournions chez nous?

Là, je sursautai. Je savais à quoi elle pensait. A ces fausses « proclamations royales ». Elle se disait qu'ils ne pourraient pas se marier avant qu'elles soient présentées et la sienne signée. Mais je ne tenais pas du tout à ce que la Mission Terre aboutisse! Ça me coûterait la peau! J'aurais aimé qu'elle sache que dès qu'elle montrerait ces faux documents elle serait exécutée, mais je ne pouvais pas prendre le risque de le lui expliquer.

– Oh, je suis désolé, chérie, fit Heller. Je pense que je n'ai pas été suffisamment précis. Vois-tu, je suis censé remettre cette planète en condition afin qu'elle puisse continuer de supporter la vie.

» La première chose dont ils ont besoin, c'est un carburant non polluant. Les compagnies pétrolières se sont toutes mises d'accord pour qu'ils consomment des carburants chimiques qui dégagent de la fumée, de la suie et des gaz toxiques dans toute l'atmosphère. Il est par conséquent inutile de faire quoi que ce soit aussi longtemps qu'ils ne disposeront pas d'une meilleure source d'énergie.

» Également, afin de pouvoir loger et nourrir leur population, ils ont besoin de plus de carburant qu'ils n'en possèdent. L'inflation que tu as constatée est due au coût excessif du carburant qui augmente chaque mois.

» Donc : (a) en se servant de ce carburant salissant, ils se salissent eux-mêmes et diminuent la réserve d'air respirable de leur monde; (b) ils sont à bout de leurs ressources et incapables de construire des stations de retraitement à bas prix; et (c) ils sont dans l'incapacité de contrôler leur économie à cause du prix du carburant.

» Par conséquent, quels que soient leurs autres problèmes, ils vont finir en fumée s'ils n'ont pas la technologie qui convient.

– Très bien. Alors quels sont tes plans pour y parvenir et que nous puissions rentrer?

– Oh, tu veux dire mon programme dans l'immédiat? Eh bien, voilà : (1) Ils n'écouteront jamais quelqu'un qui n'a pas de diplôme. Et, avant quelques mois, je devrais en avoir un. (2) Je travaille à la mise au point de nouveaux carburants et carburateurs dans le cadre strict de leur culture scientifique et je devrais y parvenir. (3) J'ai besoin de spores afin de nettoyer les particules et les gaz toxiques de l'atmosphère. J'ai demandé un cytologiste à Gris et tu m'as appris que Crobe apprend l'anglais et serait bientôt là. Donc, c'est en route. (4) J'ai également des mesures à prendre pour empêcher l'immersion des continents. Et (5), la conversion énergétique de toute une planète requiert des milliards de dollars.

– Oui, chéri, je comprends. Et je trouve tout cela très intéressant. Mais pourrais-tu me dire *exactement* ce que tu fais *en ce moment* afin que nous puissions rentrer chez nous?

Il la dévisagea, un brin sur la défensive.

– A l'instant, je dressais la liste des agents polluants présents dans l'atmosphère : gaz carbonique, oxyde de carbone, dioxyde de soufre, hydrocarbones, oxyde d'azote, plus diverses particules provenant de sources industrielles et de combustions variées. Vois-tu, tout cela non seulement rend la respiration de plus en plus difficile sur cette planète, mais ça l'isole aussi du soleil. Et le rayonnement solaire n'est pas non plus renvoyé vers l'espace. Ce qui constitue à la fois un facteur de refroidissement et de réchauffement. Mais, depuis le siècle dernier, la planète se réchauffe progressivement et c'est directement dû à l'industrialisation. Le danger principal, pourtant, c'est que ces particules en suspension ne permettent plus la formation de gouttes d'eau suffisamment importantes et que le régime des pluies est en réduction. Et l'aridité est un facteur important dans la réduction des capacités de support de vie de...

– Tout cela est fascinant, Jettero. Et je suis heureuse que tu me l'apprennes. Néanmoins, si tu fonçais bille en tête, pour ainsi dire, que pourrais-tu faire MAINTENANT? Je veux dire TOUT DE SUITE pour accélérer ton programme? Est-ce que tu n'as pas un point particulièrement VITAL sur lequel tu pourrais insister?

– Eh bien, je suppose que je devrais trouver un moyen de gagner de l'argent. Si Izzy échoue, nous ne disposerons même plus de ces bureaux.

– Mais, Jettero, je peux acheter tout ce dont nous avons besoin avec ma carte de crédit.

– Oh, là je crains qu'elle ne soit pas à la mesure de l'état de nos finances. Nous avons besoin de milliards de dollars. Il faut construire une usine de production de spores. Il faut que nous sauvions la Chryster Motor Corporation des griffes du fisc pour qu'elle commence à produire des carburateurs. Oui, ce sont des milliards qu'il nous faut.

D'un ton définitif, la comtesse lança :

– Plus question d'Atlantic City!

Heller parut surpris.

– Oh, chérie, non!

Elle tapota le bord de son bureau d'un doigt nerveux.

– Les plans réussissent quand on y travaille. Même si on avance peu à peu. Tu n'as pas besoin d'attendre tes diplômes pour faire des milliards. (Elle se redressa et agita le doigt sous ses yeux.) Jettero, moi je pense que tu as intérêt à t'y mettre et à te trouver ces milliards dès maintenant. Et pas question d'une quelconque MISS AMÉRIQUE dans tes projets! Pas la MOINDRE MISS! *Pas une seule!*

Je ne pus m'empêcher d'éclater de rire. Ça, elle lui était bel et bien tombée sur le dos. Mais, après son dernier fiasco, je doutais qu'il puisse rassembler des tas de dollars. Tout l'argent qu'il avait réussi à gagner, c'était celui qu'on avait investi pour le descendre et qui, par un coup de chance, lui était retombé entre les mains. Mais la haute finance n'a rien à voir avec ça : c'est un jeu de massacre bien différent. Les tueurs du fric portent des hauts-de-forme, ils sont élégants, courtois, et quand ils tirent, c'est généralement à travers les bureaux. Non, tout ça n'était pas de son calibre! Cette fois, j'étais persuadé qu'il n'avait pas l'ombre d'une chance, le malheureux!

Des milliards! Quel rigolo!

Quelle bande d'amateurs ils faisaient comparés à moi et au coup formidable que je venais de réussir.

Je rechargeai les bandes d'enregistrement et remis la couverture sur les deux écrans. Qu'ils marinent. Moi, j'avais de grandes choses en route. Madison faisait son travail et j'avais Crobe en réserve.

Et, un de ces jours, quand ils auraient bien trempé dans leur (bip), je recevrais le feu vert de Lombar et ça serait fini pour eux.

Il était grand temps que j'aille prendre l'air, rien que pour voir si le soleil était encore là!

6

Il faisait un froid mordant mais la journée était claire et ensoleillée. Toutes les plantes étaient sous abri, pareilles à des cadavres dans leur linceul, et il n'y avait pas un chant d'oiseau. Merveilleux!

Je m'étirai et inspirai profondément.

Et je m'interrompis instantanément.

Bouche bée.

Mais qu'est-ce que faisait donc cette locomotive dans la cour?

LA VOITURE!

Je relâchai mon souffle bruyamment. Mes Dieux, elle était IMMENSE!

Elle bloquait complètement l'entrée principale de la villa. D'où je me trouvais, les chromes de la calandre évoquaient tout à fait le chasse-corps d'une antique locomotive.

Je me précipitai pour avoir une vue de profil.

Mais oui : elle occupait la longueur d'un immeuble!

D'accord, sa peinture noire était peut-être un peu ternie par le temps, mais ça ne comptait pas si l'on considérait la ligne! Terriblement, magnifiquement classique!

Et l'aigle rouge sur la portière, les ailes déployées, avec des cornes, les yeux féroces, l'air sauvage!

Là, j'en étais médusé!

Je courus pour voir l'autre côté. Pareil! Un autre aigle.

J'ouvris la portière arrière. L'intérieur était d'un spacieux! Il y avait une sorte de couchette qui occupait tout l'autre côté. Et un bar sur le dossier de la banquette avant. Tout l'intérieur était tendu de tissu et de cuir fin dans les tons rouge sombre.

Je reculai de quelques pas. C'était donc ça, une Daimler-Benz 1962 Spéciale! Je tapotai une vitre. Oui. Du verre blindé, bien entendu.

Je pris encore un peu de recul. C'est alors que je vis l'inscription. Juste sous l'aigle, en caractères dorés :

Sultan Bey

Splendide!

Un rire mauvais vint briser la sérénité de la matinée. Je me retournai. Le vieillard édenté, au bec d'oiseau, était là, vêtu d'une tenue de chauffeur couleur olive bien trop large pour lui.

Le chauffeur de taxi surgit à cet instant de la villa.

– Elle vous plaît? me demanda-t-il, rayonnant.

– Qu'est-ce qu'il fait là, ce vieux?

– Oh, lui? C'est Ters. Il va avec la voiture. C'était le chauffeur du général et depuis il est sans emploi. En fait, ça fait vingt-cinq ans qu'il n'a pas travaillé. C'est lui qui l'a amenée d'Istanbul.

Ters? En turc, ça veut dire « malchanceux » ou « malheureux ». J'espérais que ça n'allait pas s'ajouter au nom Modon du chauffeur : Deplor. Ah non, je n'avais pas besoin d'un autre mauvais tour du Destin en ce moment.

– Regardez-moi cette voiture! Vous voyez le travail formidable qu'ils ont fait? C'est probablement la dernière Daimler-Benz de ce modèle qui existe au monde. Quelle classe! Elle vous va comme un gant. Vous voyez : ils ont mis votre nom sur la porte, en or, en gros caractères. Tout le monde saura qui vous êtes, ça, vous pouvez me croire!

Il alla appuyer sur le klaxon et je crus que le toit de la villa allait s'envoler!

– Je viens de dire à Karagoz de tailler quelques massifs à l'entrée, afin qu'on puisse la rentrer complètement sans gêner les autres voitures. Donc ne vous faites pas de souci pour sa taille. Et puis, vous voulez la faire admirer, non? Avec ça, vous êtes vraiment quelqu'un. Et si vous la garez où que ce soit, vous ne risquez pas de ne pas la retrouver. Je vous le dis : ce n'est pas la voiture de n'importe qui! Allez, montez et essayez donc la banquette arrière!

Je m'exécutais pendant qu'il s'installait au volant. Il claqua les portières et se tourna vers moi d'un air confidentiel.

– A présent, on parle business. Vous m'avez dit que vous vouliez des femmes. Il n'y en a pas une seule au monde qui pourra résister à cette voiture. Vous êtes d'accord?

Je lui accordai ce point. Il était certain que la Daimler-Benz était vraiment impressionnante.

– J'ai tout réglé. C'était la voiture d'un général et il faut que nous fassions comme pour une campagne militaire. Elle était destinée à ça. C'est pour ça que vous voyez cette banquette, là. On peut y dormir. Pour une opération militaire, le temps est essentiel, alors synchronisons nos montres.

Ce que nous fîmes. J'étais très excité.

– Maintenant, continua Ahmed, je viendrai à la villa tous les soirs à 6 heures dans mon taxi. Je me garerai là. Puis je prendrai la limousine avec Ters et on ira chercher une femme. Nous devrions être de retour vers 8 h 30.

– Pourquoi vous faut-il si longtemps?

– Il faut trouver la femme, la convaincre, la ramener. Et il faudra parcourir tout le plateau d'Afyon si nous ne voulons pas retomber sur les mêmes. Je suppose que vous en voulez une différente chaque nuit, non?

– Eh bien, allez, acquiesçai-je, mon appétit éveillé.

– Nous ne passerons pas par le portail. Par crainte des bavardages. Nous nous rangerons sous le grand cèdre, là-bas, sur la route. Vous le connaissez. Ce n'est qu'à quelques dizaines de mètres. Je klaxonnerai une fois. Comme ça.

Il klaxonna et un poulet s'enfuit à toute allure.

– Dès que vous m'entendrez, vous arriverez en courant. Je vous présenterai la femme. Et je reviendrai prendre mon taxi. Après, la femme sera à vous et vous pourrez en faire ce que vous voudrez. (Il me fixa avec un éclat lubrique dans le regard.) Quand vous en aurez fini, vous la ramènerez ici et c'est le vieux qui la reconduira chez elle. Bon, vérifions que nos montres sont bien synchronisées. La femme aura tellement envie de vous que vous aurez intérêt à ne pas la faire attendre. Promis?

– Oh ça, non, je ne la ferai pas attendre.

– Une dernière chose. Il me faut 200 000 livres pour celle de ce soir.

– Deux cent mille? m'étonnai-je. Mais ça fait 2 000 dollars! Dans n'importe quel bordel d'Istanbul, j'aurais des femmes pour toute une année!

– Non, non. Il y a la qualité. Ce ne sont pas des prostituées que je vais vous ramener! Ce sont des filles qui veulent rassembler leur dot de fiancée! Si la somme est suffisante, la plus belle des jeunes filles deviendra l'esclave de vos désirs. Ce que je veux dire, c'est qu'après elles pourront trouver un bon époux. Avec d'autant d'argent, elles vont se précipiter! Vous allez vous retrouver avec les plus belles qui soient à des kilomètres à la ronde. Et elles arracheront leur voile et leur jupe rien qu'en vous voyant. Des maigres, des grassouillettes, des petites, des grandes. Chaque nuit une nouvelle. Vous imaginez ça! Toutes ces femmes brûlantes de passion nues sur cette banquette, les bras tendus vers vous, les hanches arquées, déchaînées!

Je me ruai jusqu'à la villa, j'ouvris mon coffre, y pris les 200 000 livres et les mis dans un grand sac.

Ahmed jeta un coup d'œil sur les billets et hocha la tête. Le vieux chauffeur édenté partit d'un rire méchant.

– A tout à l'heure. Rappelez-vous : je klaxonnerai!
Et il démarra.
J'allais avoir du mal à attendre.

7

8 h 30. Pas de signal.
J'attendais dans le patio, bouillant d'impatience. Je regardai encore une fois ma montre. 8 h 31 et dix secondes.
La voiture était partie à l'heure prévue. Dans un ronflement puissant et tranquille, elle s'était enfoncée dans la nuit.
8 h 32. Toujours rien.
Je me suis mis à marcher de long en large. Je ne supportais plus cette attente. Je piaffais littéralement.
8 h 36. Rien.
Je m'énervais.
Cette attente était cruelle, presque insupportable.
8 h 46. Rien de rien.
Mais qu'est-ce qui pouvait donc les retenir? La fille avait dit non? Si seulement elle savait ce que Prahd m'avait greffé, ça la ferait changer d'idée*!
Peut-être que je devrais confier un portrait à Ahmed...
Mais non : après la première, le bouche à bouche ferait son effet, si je puis dire.
8 h 51. Pas le moindre signe de la limousine!
J'étais en sueur. Et mes mains commençaient à trembler.
8 h 59. Toujours le silence!
9 heures!
LE KLAXON!
Discret comme un tremblement de terre!
Et je m'élançai comme un cheval à la seconde où se lève la starting-gate.
A cette différence près : les chevaux de course ne se heurtent pas à des chameliers, à leurs chameaux, ni même à des ânes, attelés ou non. Mais, je ne sais pourquoi, les fermiers semblaient s'être mis d'accord ce soir pour considérer qu'ils étaient sur une autoroute. Les caravanes succédaient aux caravanes et bloquaient toute circulation, dans le lent balancement des lan-

* Pour cet épisode édifiant, voir Tome 4, *Une affaire très étrange. (N.d.T.)*

ternes sous le clair de lune et une atroce puanteur. Et les conducteurs me donnaient des coups de bâton au passage. Un chameau alla même jusqu'à tenter de me mordre.

Je dus plonger dans un fossé pour échapper aux sabots féroces d'un baudet et je cherchai désespérément du regard ma Daimler-Benz.

Je repartis sur la route, fou d'inquiétude, aboyant devant les caravanes.

A quelques pas du cèdre, je faillis renverser Ahmed. Il me retint. C'était la pleine lune et la limousine était nettement visible de la route. On distinguait même très bien l'aigle sur la portière. A la clarté du plafonnier, je pus voir qu'il y avait quelqu'un à l'intérieur.

– Pourquoi ce retard? demandai-je en essayant de me dégager pour courir jusqu'à la voiture.

– Elle est nouvelle. Une jeune fille farouche. Toute neuve. En route, il a fallu que je recommence tout pour la persuader. Heureusement que Ters était avec moi, sinon je crois bien qu'elle se serait jetée dehors. Mais enfin on est là. On a réussi. Laissez-moi faire les présentations.

Il me précéda jusqu'à la voiture.

Je repoussai un chameau trop curieux et ouvris la portière.

Et je vis une femme prostrée sur la banquette, voilée sous sa cape, à peine distincte sous la faible clarté du plafonnier.

– Blank Hanim, dit Ahmed, je vous présente Sultan Bey. (Il tendit le doigt.) N'oubliez pas ce que je vous ai dit et soyez gentille. Il faut lui plaire. Vous m'avez bien compris?

Au-dessus du voile, ses yeux étaient immenses, comme des soucoupes. Je l'entendis déglutir convulsivement. Très bon signe ça.

J'étais sur le point de monter quand un chameau qui passait dut juger que mon manteau était comestible et je fus brutalement tiré en arrière.

Je pivotai pour me dégager. Je levai le poing mais un âne s'interposa.

– Allons, allons! fit Ahmed. Montez donc! Ne soyez pas aussi timide! Elle est à vous!

– Dégagez-moi ces bestiaux! criai-je. Je ne veux pas de ce (bip) de public autour de moi! Et vous aussi dégagez! Tout ça me trouble!

– C'est comme vous voulez, fit Ahmed tout en m'aidant à monter.

Il claqua la portière sur moi.

Malheureusement pour moi, à cette seconde précise le store

remonta brusquement. Je me tournai pour crier à Ahmed de mieux s'occuper de la voiture, mais je me retrouvai nez à nez avec un chameau. J'essayai de baisser le store, mais le rivet du bas s'était détaché et, après deux tentatives infructueuses, je renonçai. Aux Diables ce chameau. J'avais des choses plus intéressantes à faire!

Les deux grands yeux de la femme étaient noirs de passion – ou bien de terreur. Je n'aurais su dire.

D'un geste sec, je fis sauter son voile.

– Oh, Allah! souffla-t-elle.

Elle était très belle.

Je commençai à me déshabiller.

– Oh, Allah! répéta-t-elle.

On tapota à la vitre et je me retournai, furieux. Un âne nous regardait.

Je baissai la glace et lui donnai un grand coup de voile sur le groin.

Il poussa un braiement assourdissant.

Mais il ne détala pas.

Qu'il aille aux Diables!

J'agrippai la femme.

– Oh, ALLAH! hurla-t-elle.

Les ressorts de la limousine commencèrent à se balancer.

– OOHHHH, ALLLLAAAAHHH!

Le monde baigné de clair de lune tournoyait.

Un sifflement. Je prêtai l'oreille pour tenter de l'identifier.

Je levai la tête.

L'âne était toujours là, avec deux chameaux. Ils nous regardaient.

Je me mis à hurler.

Cette fois, ils s'enfuirent.

Mais le sifflement persistait.

Je réalisai enfin que la voiture avait un pneu crevé.

Aux Diables!

Les ressorts dansèrent à nouveau.

Le cri de la femme porta jusqu'à la route.

– Je me noie! Je me noie!

Des caravanes s'arrêtèrent.

Un chamelier accourut jusqu'à la voiture, vit les ressorts qui se balançaient et passa la tête à l'intérieur.

– Oh, Allah!

Je parvins à me redresser. Je vis d'où venaient tous mes ennuis. Le plafonnier était resté allumé. Je levai la main et cognai sauvagement dessus. Il s'éteignit.

Le chamelier brandit alors une lanterne au-dessus de sa tête, illuminant tout l'intérieur.

Je me saisis de la cape de la femme et la lui jetai en pleine figure.

Et je m'activai de nouveau.

Par-dessus le couinement des ressorts, j'entendis le chamelier qui palabrait.

Qu'ils aillent tous aux Diables!

– O ALLLLLLAAAAAHHHHH! brama la femme.

Tout était noir et tranquille.

Et c'est alors que j'entendis comme un broutement.

Je regardai au-dehors.

Un âne et trois chameaux étaient occupés à croquer la cape de la femme. Un autre chamelier essayait de les en empêcher. Il y parvint enfin et s'éloigna avec la cape sous le bras.

L'âne et les chameaux tentèrent tous en même temps de passer le museau à l'intérieur.

J'étais trop fatigué pour discuter avec eux. J'escaladai le siège pour sortir par l'avant. Mais je n'avais pas bouclé la ceinture de mon pantalon : je me pris les pieds dedans et trébuchai.

Je fis tant bien que mal le tour de la voiture pour chasser les quatre bestiaux. Mais ils m'ignorèrent. Je haussai les épaules. Ces sales animaux n'avaient qu'à satisfaire leur vice de voyeur : j'avais passé un grand moment.

Ters surgit de quelque part et éclata de son habituel rire mauvais.

Même ça ne me troubla pas.

Il s'aperçut qu'un pneu était à plat, alla chercher une bombe de dépannage et le regonfla.

Puis il se mit au volant et, sur un dernier rire mauvais, démarra.

Par la lunette arrière, à la clarté de la lune, je pouvais voir la femme. Elle me regardait. Implorante.

Ah, pensai-je, triomphant, voilà une femelle qui a eu sa ration!

En dépit de tous ces gêneurs, ç'avait été une sacrée soirée!

8

La nuit suivante fut presque identique. J'attendis également une demi-heure. La fille était plus replète et sans doute un peu plus âgée. Lorsqu'elle arriva, elle me parut étrangement fatiguée et pâle.

La circulation des caravanes était toujours aussi dense et l'intérêt des ânes et des chameaux pour la limousine aussi marqué, mais je ne me laissai pas troubler pour autant. Je ne suis pas du genre à me laisser détourner de ma tâche, quelles que soient les petites perturbations qui peuvent intervenir.

La seule différence importante entre les deux nuits fut qu'un âne, profitant de ce qu'une glace était baissée, vint me mordiller. Je lui donnai un bon coup sur le groin.

Et Ters, à la fin, était reparti avec la femme et elle m'avait jeté le même regard implorant que l'autre par la lunette arrière, ses mains levées et son visage exprimant un regret immense. Je me dis que je les avais toutes fait grimper aux rideaux !

La troisième nuit fut un peu différente. Quelques chameliers avaient allumé un feu de camp près de la Daimler et s'étaient assis en rond. Dans la clarté des flammes, l'aigle et les lettres d'or de mon nom se détachaient de façon spectaculaire.

Ahmed s'approcha de l'endroit où j'attendais impatiemment, tout près du portail.

Il n'avait pas encore klaxonné.

– Il faut d'abord que je me débarrasse d'eux, me dit-il. Donnez-moi quelques livres et allez derrière la villa. Ces rendez-vous doivent demeurer secrets. Il ne faut pas que quiconque vous voie.

Je fis comme il me l'avait dit. De longues minutes passèrent : une autre demi-heure en fait. Finalement, j'entendis le klaxon et je me précipitai.

Du feu de camp, il ne restait que quelques braises.

– Pourquoi un tel retard? demandai-je. Ces chameliers sont partis depuis longtemps!

– C'est à cause de la femme. Celle-ci est très vertueuse. Et votre réputation la terrifie. Quand nous sommes arrivés et qu'elle a vu le feu et les chameliers, elle s'est évanouie. Il nous a fallu tout ce temps pour la ranimer!

J'avais hâte de me mettre à l'ouvrage et je sautai littéralement à l'intérieur. Mais ils semblaient ne pas s'y être très bien pris car la fille paraissait encore inconsciente.

J'arrachai son voile. Cette troisième fille avait la peau plus sombre que les deux premières. Elle semblait vraiment très jeune. Je vis qu'elle pleurait.

Je compris aussitôt pourquoi. Elle était épuisée par cette attente brûlante!

Eh bien, je n'allais pas la faire attendre plus longtemps!

Les ressorts grinçaient déjà.

– Oh Allah! sanglota la fille.

L'instant d'après, j'entendis un rire mauvais et je vis Ters, appuyé contre un arbre à quelques pas. Il observait la route. Quand la fille hurla : « OH AALLAAAAHHHH ! » une caravane se détourna soudain.

En relevant la tête un peu plus tard, je vis que Ters, en fait, conduisait les chameaux et les ânes jusqu'à la limousine!

– Faites-les partir! criai-je. Comment voulez-vous que je me concentre?

– Mais ces bêtes vont cacher la voiture! Ahmed veut que ça reste secret!

Et il partit de son rire habituel et affreux.

Mais, en dépit du public des chameaux, la soirée fut aussi réussie que les autres.

Et une fois encore Ters repartit et je vis sous la douce clarté de la lune le visage suppliant de la fille qui me regardait.

Satisfait, je me dis que je devenais un véritable étalon! Chaque soir je lisais un tel regret dans ces yeux qui m'appelaient. Oui, je les rendais folles de plaisir!

Quelle idée splendide! Cette voiture et toutes ces femmes!

Le lendemain matin, après une nuit sans rêves, je m'éveillai pour me retrouver devant un breakfast généreux que me présenta un serviteur plus docile que jamais. Un pur plaisir!

Torgut se tenait là avec un bâton au cas où le serviteur aurait eu l'idée de se redresser. Il me posa une question fort malheureuse.

– O, maître, est-ce que ce sera le même plan pour ce soir?

J'étais sur le point de lui dire oui quand une pensée me traversa soudain. Je n'allais pas tarder à être à court d'argent!

Je me précipitai vers mon coffre.

Fatalité! Il me restait moins de 200 000 livres!

Néanmoins, ce problème pouvait être assez rapidement résolu. Gris était riche à présent et il n'avait pas touché son allocation hebdomadaire d'un million.

Je mis une chemise de soie violette et un complet anthracite avec des rayures mauves. Je pris mon manteau d'ours et ma toque karakul. J'allais chercher de l'argent et je vérifiai que mon fusil à canon scié était chargé.

On avait donné le mot à Ters et le moteur de la Daimler-Benz tournait déjà.

La banquette arrière avait été nettoyée et je m'installai. Il claqua la portière et se mit au volant avec son méchant rire. Je ne réagis que par un haussement d'épaules.

Il roulait plutôt vite ce matin. Nous renversâmes au passage une charrette de pavot et j'eus la joie d'entendre l'âne qui précédait le chameau braire de terreur. C'était une matinée magnifique. Il faisait un froid vif et ce petit drame ne pouvait qu'agrémenter les choses. Parfait. Personne ne pouvait se mettre en travers de cette somptueuse limousine blindée avec ses aigles rouges!

Nous nous arrêtâmes en plein trafic devant la Piastre Bank d'Afyon et j'entrai.

Le caissier me reconnut et appela sans perdre de temps son directeur. Celui-ci m'introduisit dans son bureau et me désigna un fauteuil.

– A l'instant où vous entriez, Mudur Zengin me demandait que vous l'appeliez à Istanbul. Si vous voulez bien...

– Non, je ne veux pas parler à Zengin. Je ne suis venu que pour prendre mon allocation hebdomadaire. Mon million de livres. Je ne peux pas vous envoyer de messager, vous le savez. Il faut que je vienne prendre l'argent en personne.

– Je vous en prie, insista-t-il.

Il eut très vite Mudur Zengin. Je posai mon fusil sur le fauteuil et pris le combiné qu'on me tendait.

– Hello, Zengin. J'espère qu'il n'y a pas de coup fourré en ce qui concerne mon allocation.

– Non, non. Du moins, pas jusqu'à maintenant. Mais je tenais à vous informer personnellement et en toute discrétion que votre concubine ne suit pas très exactement vos instructions. Il n'y a pas eu de nouveaux achats sur toutes les cartes mais il continue d'y avoir des débits sur la Squeeze. Ils viennent tous de la centrale d'achat de Bonbucks Teller. Nous venons juste de recevoir un relevé pour près de 180 000 dollars.

– Vérifiez la date. Vous verrez qu'elle est certainement antérieure à mes ordres. Ils l'auront simplement expédié trop tard. Cette (bip) de comtesse!

– Me permettez-vous d'appeler la Squeeze sur l'autre ligne? Ils ne m'ont pas donné la date exacte de la facture, c'est vrai.

Vas-y, mon vieux, me dis-je. Tout ça, c'est de l'histoire ancienne.

Il revint bientôt.

– Vous aviez raison pour celle-là. Mais ce qu'ils m'ont déclaré est correct. Ils en ont reçu d'autres depuis. De montants modestes. Mais elles existent quand même. Votre concubine, à ce qu'il semble, n'a pas obéi à vos ordres et elle continue d'acheter avec cette carte. Sans aucun doute téléphone-t-elle à New York.

(Bip de bip de bip) avec cette (bipée) de comtesse!

– Je voulais seulement m'assurer que vous étiez au courant, ajouta Zengin. Voyez-vous, ces sommes ne font que diminuer la masse d'argent que vous m'avez laissée afin d'investir et, si cela continue, votre allocation va devoir être réduite. En fait, c'est d'ores et déjà ce qui se passe. Et cette semaine je ne peux vous débloquer que 800 000 livres. Afin de protéger votre capital. A moins, bien sûr, que vous ne souhaitiez venir jusqu'à Istanbul pour me donner un petit complément, ce que je ne vous conseille pas.

– (Bip de bip)! Quelle (enbipée) cette Krak! m'écriai-je. A voix haute, involontairement.

– Pardon? fit Zengin.

– Je suis en colère contre ma concubine, c'est tout.

– Ma foi, je ne peux que vous conseiller de la secouer un peu, effectivement.

Mais ça, je ne le pouvais pas. Et si je me donnais la peine d'aller à Istanbul, ce serait perdre une nuit d'extase. Et j'imaginais très bien Zengin en train de changer mon dépôt en poussière.

– C'est bon. Donnez votre accord pour ces 800 000 livres! grinçai-je avant de tendre le combiné au directeur de la banque.

Et je regagnai ma villa avec mon allocation amputée. Je la mis dans le coffre en me disant que je ne tiendrais que quatre jours avec ça!

J'essayai de discuter avec Ahmed alias Deplor de la planète Modon quand il arriva à 6 heures.

– Il faut trouver moins cher! lui dis-je.

Il me dévisagea, imperturbable.

– Écoutez, patron, je sais très bien que vous n'avez pas de plainte à formuler. Parce que la marchandise a toujours été de première qualité. (Il secoua la tête.) Non, non vraiment, je ne peux pas vous laisser déprécier de telles délices.

– Écoutez. Ces trois premières filles se sont vraiment

envoyées en l'air avec moi. Quand elles sont reparties, j'ai vu leur regard. Pourquoi ne pas persuader l'une d'elles de revenir pour un coup?

– Hélas... Ce regard d'adieu que vous avez surpris, c'est celui de l'éternelle séparation. On les a ramenées chez elles. Et elles ont maintenant leur dot. Je sais très bien que vous n'avez pas l'intention de les épouser.

A la seule idée de mariage, je fus glacé. Dès que j'entends ce mot, des frissons d'horreur me courent sur l'échine.

– Est-ce que vous saviez que la première fille s'est mariée juste aujourd'hui? Avec un jeune homme. Et la deuxième s'apprête à aller rejoindre son amoureux qui est travailleur immigré en Allemagne. C'est à ça que nous nous heurtons : elles sont toutes promises. Mais c'est la meilleure ressource que j'aie pu trouver. Maintenant, si vous le voulez, nous pourrions réduire ça à une seule fois par semaine et...

– Non! Pas question! Jamais ! Voilà 200 000 pour ce soir. Et d'abord, essayez de m'en trouver une qui ne soit pas fatiguée. Pour le premier coup, elles friment. Après, ça va mieux, mais il faudrait qu'elles soient un peu plus excitées pour commencer.

La Citroën vrombit et démarra en trombe dans un gros nuage de fumée.

Cette même nuit, après une nouvelle demi-heure d'attente, je me retrouvai sous le grand cèdre avec une créature aux yeux couleur de prunelle dans la pénombre paisible de la limousine. Elle s'était tout d'abord montrée languide mais, peu à peu, une nouvelle énergie lui était revenue et, comme nous progressions, elle tenta de m'arracher les yeux en criant « Allah! » si fort que, plus tard, je n'entendis presque pas le rire ignoble du vieux Ters.

Ainsi coulaient les nuits. Fille après fille. Toujours après cette horripilante demi-heure d'attente. Des filles toutes différentes. Toutes lasses dans le premier instant. Toutes désespérées, cherchant à me griffer et clamant « Allah! » au clair de lune. Et toutes me jetaient cet ultime regard de regret et de supplique par la lunette arrière lorsque la limousine s'éloignait dans la nuit.

J'appelais de plus en plus fréquemment la banque. Mon allocation hebdomadaire avait été raccourcie jusqu'à 600, puis 400 livres. Finalement, j'en vins à appeler tous les jours.

– Vous dévorez votre capital, me déclara Zengin. Vous avez dépensé 1 400 000 livres par semaine et le directeur de la banque locale me dit qu'à cela s'ajoutent les factures d'essence et autres. Et votre concubine ne cesse d'acheter des fleurs et des billets de théâtre à New York. A mon avis, vous devriez lui donner le fouet!

Dieux, si seulement j'avais pu donner le fouet à la comtesse Krak!

– Vous n'avez qu'à mordre dans le capital et ne pas me faire (biper)! Il me faut un minimum de 200 000 livres par soirée!

– Alors, puisque je suis votre banquier, je vous conseille de venir jusqu'à Istanbul et d'ouvrir votre coffre. Si vous me donnez un autre million de dollars, je pourrai vous assurer des revenus avec ça et vous n'aurez pas à entamer votre capital, ce qui serait le comble de l'inconscience!

– Je n'ai pas de temps à gaspiller!

Il raccrocha.

Et les jours passèrent. Et les nuits... Des nuits merveilleuses, fiévreuses... Avec une nouvelle fille chaque fois! Des maigres et des grassouillettes, des petites et des grandes, mais toutes offertes, totalement offertes! Bien sûr, à chaque fois, de prime abord, elles étaient absolument vides, endormies, mais elles se montraient très vite passionnées. Tout ce qu'elles savaient crier, d'ailleurs, c'était « Oh Allah » et « Je me noie! »

Mais rien ne pouvait m'arracher au devoir, pas même les animaux aux groins trop curieux.

Et, nuit après nuit, toutes repartaient avec le même regard de supplique tandis que résonnait le rire mauvais de Ters.

J'avais perdu toute conscience du temps qui passait jusqu'à ce que mon regard, un jour, surprenne un bourgeon sur une branche. Par tous les Cieux, le printemps approchait!

Mais pas pour moi. Car tout à coup, sans le moindre signe avant-coureur, mes rêves les plus tendres basculèrent dans l'horreur, mes connexions furent arrachées et mon existence tout entière devint terreur et chaos. Et tout ça avec cette impression de torture lente que l'on ressent en voyant un édifice fièrement dressé s'écrouler en décombres.

Une fois de plus, le Destin n'avait fait que jouer avec moi. Et avec la planète.

QUARANTIÈME PARTIE

1

C'était le milieu de l'après-midi. Je n'avais pas grand-chose à faire. Je me rendis dans ma chambre secrète et il me vint tout à coup le désir, tels les anciens empereurs romains, de me régaler des souffrances de ceux qui allaient mourir dans l'arène.

En quelques revers de main, je balayai les toiles d'araignée qui avaient commencé à se former sur les couvertures, dévoilai les écrans et m'offris le plaisir, en guise de hors-d'œuvre, de tuer une ou deux de ces araignées que je détestais tant. Je m'assis ensuite pour savourer le plat de résistance.

Durant un instant, je crus que je m'étais trompé de canal ou que quelque chose était déréglé. Je voyais une salle. Avec des gens qui allaient et venaient dans tous les sens, très actifs. C'était ce que voyait Heller. Il devait se trouver dans un autre building car le demi-étage qu'ils occupaient dans l'Empire State n'avait jamais connu une activité aussi débordante. Mais non, ils étaient bien dans l'Empire State. Une plaque annonçait :

Wonderful Petroleum du Maysabongo
Bureau principal

Que Diables se passait-il? Ils n'avaient quand même pas autant de personnel, non? A moins que...

Heller traversait à présent le Central de Télex. Il y avait un monde fou à l'intérieur et les machines bourdonnaient à plein rendement.

Un type en combinaison blanche l'arrêta au passage. Je lus

son badge en même temps qu'Heller : *Alf Underwood. Compagnie du téléphone de New York, chef d'équipe d'installation.*

– Dites donc, vous, fit-il, vous m'avez tout l'air d'être un cadre. On nous a dit de brancher trois nouvelles lignes entre ce niveau et le Chryster Building. Et on sait pas où vous voulez qu'on mette le tableau de relais automatique.

Heller pénétra dans la salle de communication. Mes Dieux, il y avait un opérateur devant chaque appareil et ils se démenaient tous comme des fous ! Il désigna un jeune homme.

– Voyez ça avec lui, déclara-t-il à l'employé du téléphone. Le gars avec la chemise mauve. Et s'il ne sait pas, allez voir M. Epstein à la Multinationale. Troisième couloir à votre droite.

Il s'éloigna. Il devait se frayer un chemin dans un véritable torrent d'employés et de clients. Il s'arrêta bientôt devant la porte de la Multinationale, avec son grand logo qui représentait une bombe à la mèche allumée.

Il fut un instant bloqué sur le seuil car les gens n'arrêtaient pas d'entrer et de sortir. Finalement, il se résigna à prendre rang dans une file d'attente.

Je me dis qu'il en avait pour un bon moment et je reportai mon attention sur l'autre écran. Krak était ailleurs. Il me sembla que c'était la Cinquième Avenue. Elle déambulait. Elle faisait du lèche-vitrine, en fait. Immédiatement, mon attention fut attirée. Elle allait sûrement faire des achats, et avec ma carte Squeeze, bien sûr. C'était tellement évident et imminent que je n'aurais pas dû regarder. Mais on est toujours fasciné par l'arrivée du désastre et je fus totalement incapable de détourner mon attention.

Elle passa devant Tiffany en n'accordant qu'un regard distrait aux vitrines et je faillis retrouver mon souffle. Mais elle s'intéressait beaucoup trop aux numéros des rues qu'elle croisait et mon pouls s'accéléra. Elle avait vu quelque chose devant elle. Une banderole devant une vitrine :

Soldes d'hiver
Ouverture aujourd'hui

DES FOURRURES !

Des batteries de fourrures, là, dans la vitrine !

Elle entra et un employé fondit sur elle.

– Je me demandais si vous auriez quelque chose qui convienne pour un voyage spatial, déclara la comtesse.

Instantanément, le sang me monta à la tête.

Cela ne pouvait signifier qu'une chose. Elle avait dressé ses plans à elle pour rentrer sur Voltar! Peut-être qu'ils avaient trouvé un moyen!

– Un voyage spatial, madame?

– Oui. Je veux dire quelque chose de doux, de chaud, de confortable qui puisse tenir lieu de combinaison spatiale.

– Non, vraiment, madame, je suis désolé... commença l'employé.

Mais un gentleman en queue-de-pie s'approchait.

– S'il vous plaît, Beevertail, allez donc répondre au téléphone, fit-il d'un ton sec. Madame, je n'ai pu m'empêcher de surprendre votre demande très légitime. Beevertail est nouveau parmi nous. En fait, il est arrivé avec notre dernière livraison de peaux du Canada. Par conséquent, il ne saurait comprendre que vous appartenez à la NASA. Il se trouve justement que nous avons une tenue de saut en vison qui conviendrait *merveilleusement* à ce que vous cherchez. Par ici, je vous prie.

Je me portai en hâte vers le premier écran. Peut-être Heller était-il en train d'amasser suffisamment d'argent pour payer des caprices comme des tenues de saut en vison... Un truc pareil devait valoir une fortune! Je le savais malheureusement par expérience!

Izzy venait justement de repérer Heller dans la file d'attente. Il courut vers lui, se saisit au passage d'un jeune employé qu'il installa dans le fauteuil d'accueil avant de pousser Heller à l'écart dans la salle.

– Oh, monsieur Jet, pardonnez-moi de vous avoir laissé attendre! Je suis tellement inefficace.

Heller trouva un endroit libre. Il tenait une feuille qu'il présenta à Izzy tout en lui disant sur un ton de conspirateur :

– C'est ta liste d'opérations du jour. Chambre de commerce de Chicago : vendre les mille contrats de blé de mars ce jour – la valeur va baisser de 10 cents le boisseau à l'ouverture du marché demain. Également demain, à l'ouverture, vendre à découvert mille contrats maïs – ils vont chuter de 30 cents avant la clôture. Bourse de Chicago : on se débarrasse de tous les aliments pour le bétail aujourd'hui même – ils ne vont plus valoir un clou demain matin. Marché des matières premières de New York : acheter deux mille contrats or à l'ouverture du marché et placer un ordre de vente à 869,15 dollars l'once. C'est exactement le cours qu'il atteindra demain après-midi à 15 h 30. Marché du coton de New York : se défaire de tout ce que nous avons comme contrats ce jour. Le cours est à son plus haut. Vu?

– Une minute, fit Izzy. (Il se tourna vers un autre employé

et lui donna la liste avant de revenir à Heller.) Monsieur Jet, j'ignore d'où vous tenez ces listes. On dirait que vous avez un copain bœuf à Chicago et un cochon-tirelire dans la Réserve Fédérale. Oy! Incroyables ces listes! Depuis un mois, vous ne vous êtes jamais trompé dans l'évolution des cours. On dirait que vous connaissez le marché deux heures, vingt-quatre ou trente-six heures avant avec une parfaite précision! Vous ne perdez jamais! Vous achetez et vous vendez comme ça! Et l'argent rentre!

– J'essaie seulement de rassembler quelques milliards, dit Heller. Nous en avons besoin pour l'usine de production de spores, pour arracher la Chryster à l'IRS et au gouvernement, et toi tu en as besoin pour réussir tes plans afin que nos sociétés soient installées partout dans le monde!

– Oui, oui, je sais cela, et nous avons déjà remonté la pente d'un demi-milliard. Mais je crève de trouille. Nous achetons en quantités tellement colossales. Si nous nous plantons, c'est fini pour nous. Chaque nuit, je fais des cauchemars, chaque nuit je vois tout ça finir en un autre Atlantic City!

Ça, je l'espérais bien! Ce que j'entendais me donnait des frissons! Quoi? Un demi-milliard? Presque deux fois ce que je possédais! L'argent, c'est le pouvoir, et avec autant d'argent, Heller risquait fort de réussir! Et tout ça s'était passé pendant que j'étais bien tranquille, que je roucoulais au clair de lune. C'était comme une avalanche qui dévalait une montagne et qui allait m'emporter.

– Du calme, Izzy, du calme, dit Heller. Viens avec moi. Je voudrais te montrer que je ne peux pas être constamment ici et il faut que tu saches t'y prendre.

Ils traversèrent la foule et Heller s'arrêta devant une porte sur laquelle il n'y avait aucune plaque. Il prit une clé.

– Ça, expliqua-t-il, c'est le bureau libre que je t'ai demandé de me réserver le mois dernier. Surtout ne commence pas à te lamenter que j'ai détérioré le décor ou autre parce que je peux reboucher tous les trous des murs et du plancher sans que personne ne voie la différence.

Ils entrèrent. Heller referma avec soin derrière eux.

Le bureau était très grand, sans doute parce que les cloisons avaient été pour la plupart supprimées. Il y en avait toute une pile sur le côté.

Une immense plaque d'ardoise couvrait tout le mur du fond. Des colonnes verticales avaient été tracées en blanc. En haut de chacune d'elles on lisait :*Blé, Maïs, Soja, Bétail*, etc. Toutes les denrées que l'on traitait sur les marchés d'échange. Dans chaque colonne, il y avait des chiffres, en gros caractères. Et à gauche, les mois et les dates précises des contrats.

Contre le mur de droite, des machines crépitaient en débitant des rubans de papier.

Des journaux étaient entassés en vrac sur un bureau.

Près du mur au tableau d'ardoise, il y avait un appareil. Il semblait en acier blindé, avec un cadenas à l'arrière. Heller l'ouvrit.

Le chronoviseur!

Il colla son œil au viseur et tourna un bouton moletté. Je ne parvenais pas à bien lire les chiffres mais ils semblaient correspondre à ceux du tableau, disons avec une trentaine d'heures de décalage dans le futur. En tout cas, c'est ce qu'indiquait un chiffre de repère dans le cadre de visée.

– Izzy, fit Heller, ceci est tout à fait secret. Le public ne doit pas mettre la main dessus. C'est un chronoviseur de navigation.

– Un *quoi*?

– Ça lit dans l'avenir. A condition que le tableau soit mis à jour quotidiennement, cet appareil permet de lire les chiffres qui y figureront dans le futur. Ce soir, demain, n'importe quel jour.

– De la magie! s'exclama Izzy d'un ton horrifié. De la divination! Oy!

– Non, non. Ce n'est qu'une machine, une invention. Regarde dans le viseur.

– Jamais! Magie noire! Nécromancie! Ma mère ne me le pardonnerait pas. Et mon rabbi en tomberait malade! Il annulerait ma bar mitzvah! On ne doit jamais toucher à la magie! Moïse se retournerait dans sa tombe tellement fort que la mer Rouge serait changée en crème battue!

– Izzy, ça n'a rien à voir avec la magie. Ça repose sur le principe qui veut que le facteur dominant de l'univers soit le temps, et c'est le temps qui détermine les positions de la matière dans l'espace. Cette machine fonctionne par effet de feedback.

Izzy était secoué de frissons, visiblement très inquiet sur ses chances d'accéder aux Cieux.

– Ce qu'elle lit en ce moment même, ce sont les futures cotations du dollar, annonça Heller.

– Les cotations du dollar?

– Exact.

– Ma foi, je dirais que ça lui donne un intérêt nouveau.

– Izzy, je viens ici deux fois par jour et je mets tous les chiffres du tableau à jour en me servant des informations transmises par ces machines. Si je suis pris par autre chose, si je ne le fais pas, nous perdons. Il faut également que je lise ce qu'il faut acheter et vendre. Et toi, avec ta connaissance des affaires, tu y arriverais mieux que moi. Tu réussirais sans doute à en tirer deux fois plus.

– Vous voulez dire qu'on pourrait réaliser un milliard par mois?

– Ce que tu voudras.

– Cette machine, elle fonctionne comment? demanda Izzy.

– Je ne peux pas t'en faire la démonstration si tu n'as pas prêté le Serment de Secret d'État. La Flotte ne plaisante pas avec ces choses-là.

Aussitôt, Izzy leva la main droite.

– Non, dit Heller. Pose-la sur ton cœur.

Izzy s'exécuta.

– Et répète après moi : Je déclare solennellement avoir reçu connaissance...

Izzy répéta.

– ... d'un secret d'État et jure de ne jamais faire part de sa nature ou de son contenu... de quelque façon que ce soit... à une personne non assermentée, et ce... même sous la menace de la torture ou de la mort.

Izzy répéta chaque mot, les yeux écarquillés derrière ses grosses lunettes.

– ... Et si je venais à violer ce serment, je perdrais tous mes privilèges et mes droits de citoyen, mon grade d'officier et mon nom en tant qu'individu.

Un peu blême, Izzy répéta.

Et Heller conclut alors :

– Longue Vie à Sa Majesté!

Là, Izzy le regarda en penchant la tête d'un air intrigué. Je savais ce qui se passait. Heller était tellement habitué à réciter le Serment de Secret d'État qu'il était tout simplement allé un peu trop loin.

– Longue Vie à Sa Majesté? fit Izzy.

– Parfait! Maintenant, je vais te montrer comment on utilise ceci!

– Sa Majesté? insista Izzy. Alors c'est bel et bien de la magie noire. Vous m'avez fait prêter serment à Satan, le Roi des Régions Inférieures!

Je pris en hâte un stylo. Heller allait donner tête baissée dans une belle Violation du Code. Maintenant, il devait révéler à Izzy qu'il était un extra-terrestre, un officier royal de la Flotte de Voltar, sujet de l'Empereur Cling le Hautain.

Mais il répondit :

– Bien sûr. L'argent n'est-il pas la racine du mal?

Izzy réfléchit une seconde avant d'acquiescer.

– Alors, ça fonctionne comment?

Je rejetai mon stylo avec dépit. Heller commençait à trop bien connaître cette planète! Beaucoup trop à mon goût!

Il expliqua en détail à Izzy comment regarder dans le chronoviseur. Izzy le porta à son œil et dit aussitôt :

– Eh! Regardez-moi le cours du lard! Le contrat de mars va plonger à 34. Il n'a jamais été aussi bas. Dépêchons-nous, monsieur Jet. Finissez la démonstration. Je peux vendre dans la demi-heure qui suit et réaliser là-dessus 3 millions de dollars! C'est le cochon qui va nous sortir de la mouise!

Je sombrai dans l'amertume. Si Izzy connaissait les cours futurs des matières premières, l'argent allait affluer! Ils allaient être submergés par les dollars!

J'observai la comtesse Krak. Heller pouvait maintenant gagner autant d'argent qu'il le voulait en se servant du chronoviseur pour connaître les cours futurs et elle n'avait plus besoin de se servir de sa carte de crédit. MA carte de crédit.

Aïe! Elle avait quitté le magasin de fourrures. Elle était dans une firme automobile – Porsche!

Un grand panneau publicitaire proclamait :

Le luxe d'une belle étrangère
Est-ce que cela a vraiment un prix?

Elle s'intéressait tout particulièrement à un coupé 1002 bleu étincelant. Un vendeur papillonnait autour d'elle.

– Ce modèle est disponible? demanda-t-elle. Nous ne resterons pas longtemps sur cette planète.

Le vendeur retint son souffle. Mais il connaissait son métier, le (bip)!

– Oui, mademoiselle? Si ce modèle est disponible? Mais oui. Celui-là même.

Elle le dévisagea d'un air pensif.

– Son prix est de 85 000 dollars, ajouta le vendeur. C'est un moteur turbo. Parfait pour la route comme pour la ville. La voiture la plus rapide des États-Unis. Boîte à cinq vitesses, arbre à cames en tête.

– Je le prends. Il va très bien avec la couleur de ses yeux.

– Paiement à crédit? proposa le vendeur.

– Oh, non. Il y a un mois, c'était son anniversaire en quelque sorte et ça ne s'est pas bien passé du tout. Je veux cette voiture tout de suite. Faites-la-lui parvenir avec un gros ruban bleu tout autour. Et débitez ma carte Squeeze.

2

J'entrai frénétiquement en action.

Et je pris une décision immédiate.

J'allais expédier Crobe là-bas!

Il n'y a que lui qui pouvait en finir avec Heller!

Ters était dans la cour, avec la voiture. Je sautai à l'intérieur et lui intimai l'ordre de me conduire à toute allure à l'hôpital.

En fouillant fébrilement dans les stocks Zanco, je découvris un mouchard complet avec un Relais 831, caché sous d'autres caisses.

Je mis le tout sous mon bras et m'élançai à travers l'hôpital.

Prahd était dans la salle d'opérations du sous-sol. Il modifiait les empreintes digitales d'un criminel arrivé récemment. Heureusement pour moi, il venait de reposer ses instruments et disait à l'homme traqué qu'il pouvait regagner sa cellule.

Il leva la tête et me vit.

– Ah! Vous êtes enfin venu me dire que mon salaire démarre!

Je grinçai des dents : je n'étais vraiment pas d'humeur à me lancer dans des négociations professionnelles.

– Prenez ce qu'il vous faut pour installer vous-savez-quoi et suivez-moi! L'un de vos collègues est en danger. Ça ne peut attendre!

– Un cytologiste? fit-il en clignant ses gros yeux verts.

– Non, *moi!* Allons-y!

Il pêcha rapidement ce qu'il jugeait nécessaire et je l'aidai même.

L'instant d'après, nous foncions vers le « baraquement des ouvriers du chantier d'archéologie ».

C'est à toutes jambes que nous avons descendu le tunnel et traversé le hangar avant d'atteindre le couloir des cellules.

Je risquai un regard par le hublot. Quelle chance! Quand on ne voit plus le soleil, on finit par perdre la notion du jour et de la nuit. C'était à l'évidence le cas de Crobe : il dormait profondément sur sa couchette.

J'appuyai sur le bouton qui déclenchait les sangles du lit.

Elles se rabattirent comme autant de bras métalliques et Crobe se retrouva littéralement cloué sur son matelas.

Je composai la combinaison de la porte extérieure, puis engageai la clé dans le verrou de la seconde porte.

Crobe regardait autour de lui, frénétiquement, allant des sangles à moi, puis à Prahd.

– Mais qu'est-ce?...

– Endormez-le! dis-je à Prahd.

Il sortit le masque et le posa sur le visage de Crobe.

– Mais qu'est-ce?...

Il avait perdu conscience.

Je pris le soin de masquer le hublot avant de tendre la boîte du mouchard à Prahd.

– Installez-le-lui en vitesse! Nous n'avons pas une minute à perdre!

– Attendez. Celui-ci est d'un modèle différent. Il y a trois éléments, vous voyez? L'élément A modifie la réponse visuelle sur un œil, ce qui permet de voir à travers les matériaux solides, comme les tissus, les os, le métal. L'élément B est une simple unité audio. Mais l'élément C enregistre la réponse émotionnelle de l'espion à ce qu'il voit.

Mon regard se posa sur la boîte. Il avait raison. Ainsi Spurk m'avait menti quand il m'avait assuré qu'il ne disposait que de deux unités et qu'il n'en existait aucune qui contrôle les émotions. Oui, rien d'étonnant à ce que je me sois senti en droit de l'assassiner avant de vider son coffre. Quel escroc!

– Des détails, des détails! lançai-je d'un ton sec. Est-ce qu'ils réagissent tous comme respondo-émetteurs? Est-ce qu'ils disposent d'un activateur-récepteur avec un rayon de portée de 300 kilomètres? Et est-ce que ce Relais 831 est bien prévu pour eux?

– Oui.

– Alors, greffez-le-lui. Qu'est-ce que vous attendez?

Il disposa divers brûleurs et catalyseurs sur la table et pulvérisa du désinfectant en abondance – ce qui était nécessaire vu l'état des lieux : apparemment, Crobe n'avait pas utilisé les toilettes – et se mit à la tâche.

Je sortis en hâte. Et j'allai trouver Faht Bey. Il était derrière son bureau et m'annonça d'un ton glacial qu'il n'était pas en service.

– Il faut que vous m'aidiez.

– Il faudra attendre très longtemps pour voir ça.

– Non, non. Ça concerne directement la sécurité de la base. Il faut que j'expédie le Dr Crobe à New York.

– Vous voulez dire qu'il ne sera plus là?
– Exactement.
– Et qu'il ne reviendra pas?
– Oui.
– Alors, je vais vous fournir toute l'aide que je pourrai.

Nous prîmes aussitôt les premières dispositions. On allait faire enfiler une veste-entrave à Crobe – cela ressemblait assez à la camisole de force qui était en usage sur Terre, à cette différence que les liens étaient magnétiques. Deux gardes en civil l'accompagneraient. Ils disposeraient d'une liaison radio permanente au cas où le docteur leur échapperait ou si quelque chose tournait mal.

Pendant que Faht Bey s'acquittait de ces détails essentiels, je retournai à la cellule.

Prahd avançait rapidement, profitant d'un pli marqué audessus des sourcils pour implanter les élements du mouchard.

Je jetai un coup d'œil sur la bibliothèque de Crobe. Oui, il avait utilisé les bandes de langage. Mais les livres sur la psychiatrie et la psychologie avaient apparemment été lus et relus. Je ne m'étais pas trompé : il avait été fasciné! Il les avait tous avalés, digérés! Pas étonnant qu'il n'ait pas utilisé les toilettes!

C'est alors que me vint ma plus géniale idée. J'ai foncé jusqu'au service des faux papiers et nous nous sommes mis au travail.

En se servant de documents en blanc pour les passeurs de drogue de l'I.G. Barben, nous avons confectionné un passeport au nom du « Dr Phetus P. Crobe, M.D. ». Avec un superbe certificat qui faisait de lui un docteur en médecine et en psychiatrie de l'Institut de Psychiatrie de Vienne. Un autre document en blanc faisait de lui un neuro-chirurgien sorti tout droit de l'Institut de Médecine Populaire de Pologne. Et pour couronner le tout, il était membre de l'Association Royale de Médecine de Grande-Bretagne.

J'avais obéi à un trait de génie. J'ignorais s'il pourrait vraiment parler anglais et s'exprimer de surcroît avec tous les accents aussi divers qu'étranges qui correspondaient à ces diplômes. Mais les psychiatres ont toujours un accent bizarre à tel point que personne ne comprend jamais vraiment ce qu'ils racontent. Oui, un pur trait de génie de ma part.

Nous avons travaillé très vite et très durement car je tenais, quoi qu'il arrive, à ce qu'il parte par l'avion du matin. Heller m'échappait! Il fallait que Crobe en finisse avec lui!

J'avais encore le souvenir intense de ce jour où Crobe était presque tombé à genoux à la seule idée de raccourcir les os d'Heller.

Notre brillant officier royal, alias Super Wister, devait à tout prix être neutralisé!

3

Installé devant mon écran, j'observais intensément.

Tout se passait bien!

A l'aéroport d'Afyon, j'avais donné un petit briefing au Dr Crobe.

– Une fois, vous m'avez déclaré que vous aimeriez bien pouvoir raccourcir les os d'un certain homme, lui avais-je dit. Selon vous, il était trop grand. Vous vous souvenez?

– C'est bizarre, m'avait dit Crobe. J'arrive à voir à l'intérieur de votre corps quand je vous regarde avec l'œil gauche. Vous avez dû trafiquer mon nerf optique.

– Oui, oui, c'est ça, avais-je dit d'un ton impatient. Maintenant, écoutez-moi bien. La comtesse Krak ne doit pas savoir pour quel motif vous êtes là. Vous lui raconterez que vous êtes venu pour aider son homme à la mise au point d'une spore. Mais dès que vous vous retrouverez seul à seul avec lui, arrangez-vous pour vous occuper de ses os.

– C'est drôle, j'arrive à voir à travers la robe de cette fille. Je dois dire qu'elle a un (bip) pas mal du tout. Ça doit être facile de les modifier pour qu'ils produisent du sperme.

– On m'écoute! L'homme dont je parle attire l'attention sur lui parce qu'il est trop grand. Il faut me le diminuer en hauteur.

– D'un autre côté, ça serait peut-être plus intéressant de lui changer la langue en (bip). Ce qui réduirait son envie de (biper).

– Vous entendez seulement ce que je vous dis?

– Mais très distinctement. Vos gargouillements d'estomac m'indiquent que vous êtes en manque de femme. Est-ce qu'un petit garçon vous conviendrait? Je pourrais même lui transformer le postérieur pour qu'il ressemble à une chèvre. Qu'en dites-vous?

– Vous devez suivre mes instructions à la lettre!

J'étais menaçant.

– Oh, mais telle est bien mon intention. (Il s'était gratté du mieux possible sous sa veste-entrave.) La psychiatrie est un sujet merveilleux.

Je ne pouvais qu'être d'accord avec lui.

Le moniteur qui allait avec ce troisième mouchard n'avait qu'un seul écran, comme les deux premiers. Mais, tout en bas, un dispositif électronique affichait les émotions de la personne qui portait le mouchard. Il était en tout cas très difficile de savoir exactement où se trouvaient Crobe et ses gardes car pour l'instant, l'écran ne montrait que l'image enregistrée par l'œil trafiqué qui pouvait voir à travers les choses.

Greffé sur un espion, ce dispositif était destiné à lire à travers les enveloppes, les couvertures des manuels de codage et les chargeurs des armes afin de connaître le type des projectiles. Mais telle n'était pas l'utilisation qu'en faisait Crobe.

Il portait son regard sur chacune des hôtesses tour à tour. L'indicateur d'émotion affichait :

INSATISFACTION

Je supposai que, lors de la mise au point de l'élément, on avait pensé que le maître-espion, à 15 000 kilomètres de distance, pourrait avoir l'opinion de l'espion-porteur sur telle ou telle invention ennemie. Je me demandai s'il y avait des degrés ou si *insatisfaction* était la seule indication prévue. A moins que l'élément ne fût bloqué? Comment ne pas apprécier le spectacle qu'offraient toutes ces hôtesses dévêtues? Parce que moi, à force de les voir aller et venir dans la travée toutes nues, je n'y tenais plus.

Mais la situation changea quand ils prirent un autre avion, à Istanbul. De l'autre côté de la travée centrale, un rang derrière Crobe, un gros homme venait de s'installer et le docteur se mit à examiner son cerveau. Il voyait très nettement à travers les os du crâne et, sur l'écran, l'image était plutôt bizarre!

Crobe avait dû songer à quelque moyen de modifier ce cerveau car je lus sur l'indicateur d'émotion :

EXCITANT
EXCELLENT

Rassuré quant au fonctionnement de ce troisième mouchard, je sortis pour aller prendre mon breakfast.

Mais quelque chose me tracassait, tout au fond de moi. J'avais manqué mon rendez-vous habituel la nuit d'avant. Ce qui prouve entre parenthèses à quel point un officier de l'Appareil a le sens du devoir. Mais, cependant, Ahmed le chauffeur ne m'avait laissé aucun message pour m'informer de la manière dont il s'en était tiré.

Je demandai à Musef, dont c'était le tour de garde, d'aller me trouver Ters.

Lorsqu'il revint, il m'annonça :

– Ters m'a dit qu'Ahmed ne s'était pas montré hier soir.

– Va lui dire qu'il fasse le nécessaire pour qu'il soit là ce soir.

– Il ne pense pas qu'il viendra.

– Il n'a pas dit pourquoi?

– On n'arrive pas à lui tirer grand-chose avec son rire de dingue.

Ça, c'était vrai. J'essayai de joindre Ahmed au téléphone. Sans succès.

Bon, après tout, il avait peut-être eu du mal à trouver une fille cette fois-ci. Oui, ça devait être ça. Je trouverais bien le moyen de lui parler un peu plus tard, quand j'aurais moins de choses urgentes à faire.

Après le breakfast, je retournai dans ma chambre secrète.

Il ne fallait surtout pas que je manque l'arrivée de Crobe à New York. Il y avait tant de choses qui en dépendaient!

Je gardais la radio à portée de main, prêt à donner des instructions aux deux gardes en cas d'accroc.

Si Crobe échouait, ma vie ne tiendrait plus qu'à un fil.

Non, il ne fallait à aucun prix qu'Heller réussisse! A AUCUN PRIX!

4

C'était l'heure sombre qui précédait l'aube en février, à New York.

Après un retard de six heures à l'escale de Paris qui m'avait mis sur les nerfs, Crobe était enfin arrivé.

Je consultai mes deux autres écrans. Rien. Mais j'entendais deux respirations paisibles. Ah! Heller et la comtesse étaient endormis! Crobe allait leur tomber dessus totalement à l'improviste!

Les deux gardes d'escorte de Crobe le dirigèrent vers l'un des ascenseurs de l'Empire State Building. Ils sortirent à l'étage des bureaux d'Heller. Le couloir était désert et plongé dans la pénombre. L'un des gardes portait la valise d'instruments chirurgicaux. L'autre les précédait. Il venait de trouver le bon couloir et la bonne porte et rebroussait chemin.

Ils poussèrent Crobe en avant. Juste avant de franchir le dernier tournant, ils sortirent leur éclateur et ôtèrent la veste-entrave du docteur. L'un d'eux resta en arrière tandis que l'autre frappait à la porte marquée d'un jet avant de battre en retraite précipitamment.

Le regard de Crobe était fixé sur la porte. Il voyait à travers, à l'intérieur du bureau. Il s'avança pour entrer, se heurta au battant et recula. Il ne serait probablement pas resté là, immobile, si son regard ne s'était posé sur le chat. Celui-ci dormait sur le bureau d'Heller, mais il venait de s'éveiller et fixait la porte, intrigué par le bruit. Et Crobe n'avait sans doute encore jamais vu de chat. Il l'observait à travers le battant. Et l'indicateur d'émotion annonçait :

MYSTIFICATION

L'un des écrans s'était illuminé dès le premier coup contre la porte. Je ne sus lequel c'était qu'en voyant la lettre : *K*. C'était la comtesse qui s'était réveillée la première.

Elle alluma une lampe de chevet et regarda un réveil : 5 h 39. Ses yeux se portèrent vers la fenêtre. Il y avait de la neige sur les vitres. Au-delà, la mégalopole baignait dans la clarté verdâtre de l'aurore.

Elle se leva, enfila des mules, passa un peignoir de soie rouge sur ses épaules et jeta un regard à Heller qui continuait à dormir paisiblement, la tête tournée vers le mur.

Mes plans ne se déroulaient pas pour le mieux.

Elle quitta la chambre qu'Heller appelait « le pensoir » et, après avoir refermé la porte, alluma le bureau principal. Puis elle traversa l'épaisse moquette pour aller ouvrir.

Crobe s'arracha enfin à la contemplation du chat.

– Comtesse Krak! fit-il.

Et l'indicateur d'émotion afficha :

SURPRISE
PEUR

– Entrez, dit la comtesse en voltarien.

Il s'avança timidement. Elle referma la porte et lui dit :

– Chhttt!

Elle l'entraîna jusqu'au boudoir de la secrétaire et le fit entrer avant de refermer.

Il resta là, le regard fixé sur son visage. Quiconque avait séjourné à Répulsos savait que la comtesse était capable de vous tuer comme ça, sur place.

– Docteur Crobe, mais qu'est-ce que vous faites ici? demanda-t-elle.

Sur l'écran-émotion de Crobe, les lettres composèrent instantanément :

TERREUR

C'était ma faute. J'en acceptais la responsabilité. Car je ne lui avais pas dit ouvertement qu'elle était à New York. Je lui avais seulement dit ce qu'il devrait déclarer quand il la rencontrerait. Et je réalisais tout à coup qu'il n'était sans doute pas au courant des relations entre « l'homme » dont il devait s'occuper et la comtesse Krak. Allait-il seulement se souvenir de ce qu'il devait lui dire? Ou alors allait-il perdre les pédales complètement?

– Je... j'ai oublié, balbutia-t-il.

– Hmmm... fit la comtesse.

La façon dont elle avait fait « hmmm » ne me plaisait guère. Elle connaissait le talent vicieux qu'avait Crobe pour mélanger les corps. Elle avait entraîné certains des monstres qu'il avait créés. Elle savait ce dont il était capable. Et elle pouvait très bien me soupçonner d'avoir envoyé Crobe afin de mutiler Heller. Ses prochaines paroles allaient m'éclairer.

– Qu'est-ce que Soltan vous a demandé de faire?

Mes cheveux se dressèrent sur ma tête! Si jamais Crobe lui disait la vérité, elle se lancerait elle-même à ma poursuite et j'étais déjà un homme mort!

Non, tout ça se passait vraiment très mal.

Crobe bégayait. Le fil de ma vie était de plus en plus ténu!

C'est merveilleux ce que l'imminence de la mort peut produire sur l'esprit. Certains, même, se mettent à penser.

– Je suis censé aider l'homme pour trouver une formule de spores, lâcha-t-il.

Il s'était enfin rappelé.

– Ah, fit la comtesse. Eh bien, je suis certaine que votre aide sera la bienvenue. Pourquoi ne pas vous asseoir? (Elle lui désigna un fauteuil placé contre le mur.) Vous devez être fatigué après un si long voyage.

Ma radio grésilla et j'entendis la voix du garde.

– Je pense que tout va bien. On a son sac ici. Qu'est-ce qu'on fait? On le balance dans le bureau et on revient?

– Non, non. Attendez sans vous montrer. Je n'aime pas la façon dont ça se passe.

– Il a dû mettre des mouchards là-dedans, commenta le garde à l'intention de son collègue. On doit attendre.

La comtesse Krak prit une boîte sur le rayon supérieur de son placard de secrétaire.

– Nous allons juste vous remettre en forme, docteur Crobe. détendez-vous et dormez.

Elle sortait quelque chose de la boîte.

Un hypnocasque!

Je me mis à prier. Avec ça, il risquait de tout dire. Et ce serait ma fin.

Elle le coiffa du casque. Et l'indicateur d'émotion annonça :

SUPER TERREUR

Un clic. L'hypnocasque était allumé.

L'indicateur changea :

CALME

Puis :

HYPNOSE

Il n'y avait plus d'image sur l'écran de Crobe.

Krak prit le micro et dit :

– Restez assis là bien tranquillement et attendez.

Elle posa le micro.

Elle retraversa le bureau et regagna la chambre.

Elle s'agenouilla sur le lit et posa doucement la main sur l'épaule d'Heller.

– Chéri, quel genre de spores veux-tu exactement?

Il s'assit soudain, en parfait homme d'action.

– Des spores? C'est quoi? Il y a quelqu'un ici?

– Non, non, chéri. Je me posais simplement la question.

– Je me lève.

– Non, non. Tu as passé la moitié de la nuit à remonter un nouveau carburateur sur la Porsche et dans ce garage plein de courants d'air, en plus. Écris-moi ce que tu veux à propos de ces spores. Tu sais que je tiens à comprendre tout ce qui t'intéresse.

Elle lui tendait un grand bloc jaune et un stylo qu'elle venait de prendre dans la table de chevet. Avec un bâillement, Heller se mit à écrire rapidement. Il emplit la page et elle reprit le bloc.

– Il faut qu'elles vivent dans l'air, commenta-t-il en montrant la page. Qu'elles puissent flotter dans la stratosphère. Qu'elles soient capables de survivre dans tous ces gaz nocifs et les particules polluantes afin de les convertir en oxygène, et de se reproduire. Portées par les vents, elles pourront à terme dépolluer toute l'enveloppe atmosphérique. Mais je ne dispose pas des formules cytologiques nécessaires pour les synthétiser. Mais tu sais, si tu veux vraiment tout comprendre, je ferais aussi bien de me lever et de tout t'expliquer.

– Oh, non, chéri. On est au milieu de la nuit. Rendors-toi. J'ai été stupide de te déranger comme ça.

Il bâilla encore et s'étendit. Puis il se tourna sur le côté et replongea dans le sommeil.

La comtesse quitta la chambre et retourna auprès de Crobe. Elle lui mit la feuille de papier dans la main.

– Vous allez à présent être dominé par une compulsion pour développer les spores décrits sur cette feuille. Vous allez développer la formule permettant de les synthétiser.

Elle poussa une table devant lui, y posa un bloc et lui glissa un stylo entre les doigts.

De vagues marmonnements s'élevèrent du casque. Puis :

– Je ne me rappelle pas...

L'indicateur d'émotion annonçait :

CONFUSION

La comtesse joua un instant avec le micro. Elle dit enfin :

– Vous êtes à nouveau un jeune étudiant. Vous êtes assis. C'est l'examen final. La question-test est comment synthétiser les spores telles qu'elles sont décrites en détail sur cette feuille. Si vous n'écrivez pas, vous allez échouer à cet examen et on ne vous autorisera plus à découper les gens.

Quelle rusée cette comtesse ! Elle faisait appel à ses plus bas instincts. Et elle l'avait ramené à une période où il savait tout cela.

Il se mit à écrire. Très vite. Il remplit la moitié de la page. La comtesse, qui regardait à l'envers, vit qu'il avait inscrit les variétés de spores et les croisements nécessaires.

Elle alla jusqu'au bureau d'Heller et revint avec un livre sur les spores de la planète.

– Maintenant, dit-elle à Crobe, vous allez regarder dans ce livre si les variétés que vous avez indiquées s'y trouvent bien.

Il se mit à feuilleter. Mais je savais ce qui n'allait pas. En le faisant régresser dans le temps, elle l'avait ramené à une période où il ignorait tout de l'anglais. Mais il y avait des illustrations et c'est uniquement à elles qu'il s'intéressait.

– Tout est dans ce livre, dit-il enfin.

– Vous allez maintenant indiquer comment mélanger les cultures.

Il s'exécuta.

– Et à présent, ajoutez tout ce qui peut être nécessaire pour réussir l'opération.

Docile, il ajouta quelques lignes. C'était fini.

– Est-ce qu'avec ça vous réussirez votre examen? demanda la comtesse.

– Indiscutablement.

– Bien. Alors c'est terminé. Maintenant, écoutez-moi attentivement. Vous vous souvenez de cet homme que vous avez vu dans votre laboratoire de Répulsos : les cheveux blonds, les yeux bleus. Un homme de Manco. Si jamais vous le revoyez, vous serez terrifié. Vous vous enfuirez en courant pour lui échapper. Car vous savez que si jamais vous le touchez, des tentacules jailliront de vos oreilles pour vous étrangler. Si vous le touchez avec un couteau électrique, ou même du bout des doigts, vous cesserez de respirer. Vous avez enregistré ça?

– Oui.

– Maintenant, vous allez oublier tout ce qui s'est passé ici. Vous allez repasser dans le bureau et attendre près de la porte du couloir.

Elle mit les papiers dans la poche de son peignoir, et éteignit le casque avant de l'ôter de la tête de Crobe.

Il se releva. Il la dévisagea d'un regard brumeux.

L'indicateur d'émotion affichait :

PEUR

Il passa dans le bureau principal et s'arrêta près de la porte ainsi qu'elle le lui avait dit.

Krak était de retour dans la chambre « pensoir ». Elle effleura l'épaule d'Heller.

– Chéri, et si tu te levais, maintenant, et que nous prenions un petit café tous les deux?

Il se redressa, parfaitement réveillé. Il la fixa d'un air étrange, mais se leva sans protester et enfila un peignoir de velours éponge blanc.

Ils gagnèrent tous deux le bureau.

Où attendait Crobe.

Il vit Heller.

Et se mit à hurler.

Il ouvrit la porte à toute volée et s'élança dans le couloir comme un fou!

Heller se tourna vers la comtesse.

– C'était le Dr Crobe, n'est-ce pas? Qu'est-ce qui lui arrive de courir comme ça en hurlant?

– Sans doute que le moka-menthe bavarois a changé de formule.

– Mais qu'est-ce qu'il fait ici? Et pourquoi est-il reparti comme ça?

– Crobe? Oh, il a juste apporté une formule pour toi. Il n'avait aucune raison de s'attarder. Il avait un autre rendez-vous.

Un instant, le regard d'Heller resta fixé sur le couloir désert. Puis il prit les feuillets que lui tendait la comtesse et les parcourut.

– Chérie, dit-il, je crois que tu as manigancé quelque chose.

– *Moi?* Oh, Jettero!

5

Le Dr Crobe était passé tellement vite devant les deux gardes qu'ils n'avaient pas eu le temps de le retenir.

Il plongea dans une cage d'escalier et, au lieu de descendre, il monta!

– Qu'est-ce qui s'est passé, par tous les Démons? me demanda le garde dans la radio.

– Il a vu un ennemi! Rattrapez-le! Vite! Ne le laissez pas s'enfuir!

– Il descend l'escalier!

– Non, non! IL MONTE!

Crobe surgit dans un couloir, deux étages plus haut et, apercevant une cabine d'ascenseur ouverte, s'y précipita.

– Il est dans l'ascenseur numéro 5! criai-je. Il descend maintenant! Non, non! IL REMONTE!

Je ne voyais pas les gardes. Mais je voyais très bien ce que faisait Crobe. L'ascenseur s'arrêta et la porte s'ouvrit. Il ne sortit que pour replonger dans l'escalier. Et monta plus haut. Mes Dieux, est-ce qu'il comptait retourner sur Voltar en se servant de l'Empire State Building comme d'un pas de tir de fusée?

– Vite, allez jusqu'au cinquantième! criai-je aux gardes. Et redescendez par l'escalier!

Ils obéirent mais Crobe venait d'enfiler un couloir, de trouver un autre ascenseur et continuait à monter!

Ils prirent un autre ascenseur et arrivèrent au sommet. Juste à temps pour cueillir Crobe qui sortait d'une autre cabine!

– On le tient! m'annonça le chef.

Crobe regardait de tous côtés d'un air dément.

– Ils sont derrière moi! Derrière moi je vous dis! beugla-t-il en voltarien.

La fille de l'ascenseur proposa :

– Je vais téléphoner à la police du building.

– Racontez-lui vite quelque chose! lançai-je dans ma radio.

– Non, tout ira bien, mademoiselle, fit le garde. Il est un peu fou. Il croit qu'il vient de l'espace.

– Oh, encore un de ces cinglés, fit-elle.

L'indicateur d'émotion de Crobe affichait :

HYPER TERREUR

Il se débattait. Ses yeux étaient fixés sur la paroi et, apparemment, il dut croire qu'il était en train de tomber dans le vide car il s'effondra et l'indicateur m'apprit :

K.O.

– Qu'est-ce qu'on fait maintenant? demanda le garde.

Oui, ça c'était une question judicieuse. S'ils le ramenaient à la base d'Afyon, Faht Bey ferait un scandale et il exigerait que je rembourse le billet d'avion. Il irait même jusqu'à abattre Crobe. Et il ne fallait surtout pas supprimer une personne aussi précieuse que le docteur. Dans l'Appareil, nous savons apprécier les destructeurs de mondes. Il fallait sauver Crobe coûte que coûte!

Et, une fois encore, l'inspiration me vint. Il n'existait au monde qu'une seule personne qui eût le potentiel destructeur de Crobe : Madison!

Et seul Madison saurait comment utiliser cette arme totale afin de détruire enfin Heller.

Je dis aux gardes de récupérer le sac de Crobe et de le conduire au 42 Mess Street.

Cette (bip) de (bip) de comtesse Krak avait fichu tous mes plans en l'air mais j'avais encore bon espoir.

Il était encore tôt. Il restait encore quelques membres de l'équipe de nuit quand ils atteignirent le 42 Mess Street. Le journaliste de service leur demanda d'attendre dans le bureau de Mad. Ils installèrent Crobe et se mirent à l'éventer avec des coupures de presse. Il ne tarda pas à se réveiller, sans doute à cause de l'odeur. L'un des gardes alla lui chercher du café à un distributeur, dénicha une bouteille de whisky dans le bureau de Madison et en versa un trait dans le gobelet. Cela parut requinquer un peu le docteur.

Un grondement dans la rue : l'Excalibur de J. Walter Madison.

– A présent, dis-je précipitamment au garde, mettez la radio près de votre oreille et dites-lui très exactement ce que je vais vous dire.

Le regard de Crobe se posa sur Madison, propre, net, élégant, parfait exemple du jeune cadre américain à la fois honnête, sincère et séduisant.

Répétant mot pour mot mes paroles, le garde lui déclara :

– C'est M. Smith qui nous envoie. Nous sommes là pour vous présenter l'arme parfaite pour la guerre contre Super Wister.

– La guerre? fit Madison. Non, vous avez dû mal comprendre. Nous nous occupons de *public relations* et ce de la façon la plus propre possible. Et nos motivations sont au-delà de tout reproche.

Mais le garde poursuivit, imperturbable :

– Puis-je vous présenter le Dr Phebus P. Crobe, l'éminent psychiatre?

– Mais qui parle donc dans cette radio? fit Madison, irrité. (Avant que le garde ait pu l'en empêcher, il lui arracha l'appareil et demanda :) Allô? Qui êtes-vous?

– Smith.

– Vous devez être sacrément près d'ici pour utiliser un aussi petit talkie-walkie. Pourquoi n'êtes-vous pas venu en personne?

Je me dis qu'il fallait réfléchir très vite. On frôlait la violation de Code. Il lui suffisait de jeter un seul regard sur la radio pour lire : *Complexe des Communications de Voltar.*

– Je me sers de l'équipement de Miss Paix, dis-je. Je dois faire vite parce que je ne peux pas le garder très longtemps. Vérifiez les lettres de créance du Dr Crobe. Je suis persuadé que vous pourrez lui trouver un emploi.

Madison prit place à son bureau, posa la radio sur un buvard et examina les documents du docteur.

Malheureusement, c'est cet instant que Crobe choisit pour réagir. Il se pencha par-dessus le bureau et donna une pichenette sur le nez de Madison.

– Mein cher, perqué vous n'avez jamais pensé que vous être beaucoup plus gutt looking afec libido au lieu de nez? Ou beditt nombril, nein? Und vos mains? Elles pas être très prima avec nageoires de poisson?

Sur ce, il sortit un couteau électrique!

L'un des gardes le bloqua par-derrière.

Madison le dévisagea avant de décrocher le téléphone et de pianoter fébrilement un numéro.

J'augmentai le volume du moniteur de Crobe.

– Service psychiatrique de l'hôpital Bellevue! dit une voix douce et musicale au bout du fil. Bonjour!

– Ici J. Walter Madison, 42 Mess Street. Envoyez-moi d'urgence une ambulance.

Le garde avait récupéré sa radio. Mais il ne m'écoutait plus. Son collègue tentait d'éloigner Crobe du bureau de Madison et de lui reprendre le couteau électrique.

Madison pointa un doigt tremblant vers l'antichambre.

– Ne le lâchez pas et attendez au pied de l'escalier! L'ambulance arrive!

Je ne pouvais rien faire.

Le break du service psychiatrique de Bellevue fut très vite là, dans un ululement de sirènes.

Deux infirmiers en descendirent et s'emparèrent de Crobe.

Et les gardes, ces (bips), prirent la mallette de Crobe et l'accompagnèrent. Les portes se refermèrent sur lui.

D'une voix lourde de mépris, le garde me dit :

– Terminé, officier Gris.

– Vite! Suivez l'ambulance! Il faut le récupérer!

– Comme je viens de vous le dire, officier Gris : Terminé. Ces infirmiers m'ont paru tout à fait compétents. Ils avaient même préparé une camisole. Notre protégé est entre de bonnes mains.

– ATTENDEZ!

– Je remettrai cette radio à l'agent Terb, au bureau. Si vous voulez discuter, ce sera avec lui. Nous, nous rentrons. Message terminé.

Un dernier clic dramatique et la radio fut muette.

Et moi je sombrai dans l'affliction.

6

Ravagé par l'amertume, je sortis dans la cour. Il faisait très froid. Le ciel était gris. Et le vent paraissait gronder dans les buissons dénudés comme un loup en chasse. Sa proie, c'était moi assurément.

J'aperçus Ters et je l'interpellai :

– Où est donc le chauffeur de taxi?

Il émit son rire maléfique.

– Je crois qu'il donne une petite leçon de conduite à Utanc sur sa nouvelle voiture.

– Sa nouvelle voiture?

– On l'a livrée à midi. Une Mercedes-Benz flambant neuve. Très belle. Vendue par l'ami du chauffeur.

Je fronçai les sourcils et réalisai tout à coup qu'Utanc n'était pas du tout venue me supplier à genoux de lui donner de l'argent. Et elle avait une nouvelle Mercedes-Benz! Un engin qui coûtait une fortune! Où avait-elle pris la somme? Elle s'était servie de ses cartes de crédit? Une vague de fureur déferla en moi. On allait bien voir!

– Et où sont-ils allés? De quel côté?

– Vers le Centre Agricole, je crois.

Et il rit une fois encore.

Je sautai dans la voiture.

– Conduisez-moi là-bas!

Faht Bey avait un bureau au centre. Est-ce que j'affrontais un nouveau complot pour m'acculer à la misère?

Nous avons démarré en trombe. J'explorais la route du regard dans tous les sens dans l'espoir d'apercevoir la nouvelle voiture d'Utanc. Pas le moindre signe. Et elle n'était pas non plus devant le Centre Agricole.

Je courus jusqu'au bureau de Faht Bey. Sur le point de franchir le seuil, je m'arrêtai net. Heureusement, j'ai des réflexes très vifs. Faht Bey était lancé dans une sorte de conférence. Des hommes et des femmes turcs étaient assis en demi-cercle devant son bureau. Ils me tournaient le dos.

Mais Faht Bey m'avait vu. Il me fit signe de m'éclipser et je battis rapidement en retraite.

Au même instant, l'une des femmes se retourna.

Aïe! Aïe! Même à travers le voile, je la reconnus : c'était la première que j'avais eue dans la limousine!

Faht Bey traversa la salle pour venir jusqu'à moi et referma la porte.

– Écoutez, me dit-il, à votre place, je n'entrerais pas en ce moment.

– Des ennuis?

– Je l'ignore encore. En fait, je ne sais pas ce qui se passe. Il y a environ une heure, votre femme, Utanc, est venue me trouver pour me dire que plusieurs personnes désiraient me voir et elles viennent juste d'arriver.

– Est-ce qu'ils ont dit quelque chose? demandai-je.

– Seulement qu'il était question de grossesses. Écoutez, et si vous reveniez un peu plus tard? Je saurai probablement ce qui se passe à ce moment-là.

– Des grossesses? Écoutez, s'il y a des problèmes de ce côté, ils peuvent être résolus. Ne promettez surtout rien! Mais tout peut être résolu!

Je repartis en courant et sautai dans la limousine.

– Conduisez-moi à l'hôpital!

Si l'une ou l'autre de ces femmes était enceinte, la solution était simple. Il y a certaines choses qu'un « esspion » de la famille Rockecenter apprend vite. Par exemple que l'avortement est la réponse immédiate à la grossesse! Et Prahd était l'homme du moment. J'allais lui demander de s'occuper de ce cas et tout rentrerait dans l'ordre.

J'entrai en trombe dans l'hôpital et pénétrai dans le bureau de Prahd. Il se leva d'un bond.

– Une grossesse! A vous de vous en occuper!

Il me fixa et, d'une voix lourde de tristesse, me dit :

– Je suis heureux de constater que vous avez enfin décidé de vous confesser.

– Mais je ne l'ai pas fait exprès. C'est un accident. Elle était tellement belle. Je n'ai pas pu résister.

– Et vous n'avez pris aucune précaution.

– Comment est-ce que je pouvais savoir qu'elle allait être enceinte pour cette seule fois? C'était à elle de prendre ses précautions!

– Vous pensez qu'une jeune fille doit connaître ces choses?

– Mais elle n'était pas aussi jeune que ça! protestai-je.

– Elle l'est pourtant assez pour que son père soit fou de rage! Et elle n'est même pas majeure.

Une affreuse pensée me traversa.

– Mais de qui parlez-vous? lui demandai-je.

– De l'infirmière Bildirjin. Oh, officier Gris, quand je pense que vous avez entraîné une mineure à la débauche, comme ça, dans mon dos. Que vous l'avez attaquée et violée...

– Eh, un moment! Si vous parlez de l'infirmière Bildirjin, c'est ELLE qui m'a violé!

– Mais vous venez de dire à l'instant qu'en la voyant si belle vous n'aviez pas pu résister!

– Non, non et non! Je parlais de quelqu'un d'autre! (J'en avais la tête qui tournait. Mais je le tenais.) Attendez, c'est bien VOUS qui couchez tout le temps avec elle!

– Mais moi je prends toutes mes précautions. Vous n'allez quand même pas croire qu'un cytologiste courrait un pareil risque – elle est mineure et tout. Et puis, je me suis livré à un examen génétique et je peux vous dire que, comme dans le cas de la Veuve Tayl, il s'agit indubitablement de vos gènes. Et voilà que vous me laissez entendre qu'il y aurait une autre fille! Officier Gris, vous devriez vous contrôler! Vous ne pouvez quand même pas passer votre temps à engrosser des filles. Et sur deux planètes différentes, qui plus est!

– Écoutez. Un cytologiste comme vous n'aura aucune peine à interrompre ces grossesses. Moi je vous dis que les planètes sont déjà suffisamment surpeuplées. Quelques avortements et on n'en parlera plus.

– Parlons-en justement. Ce serait un *meurtre*. Et même vous n'arriverez pas à m'obliger à commettre un meurtre, officier Gris! A la différence de certaines personnes, j'ai des valeurs morales à respecter, sans parler du code de cytologie. Pas question de meurtre!

– Mais qu'est-ce que je vais faire? lançai-je en me tordant les mains.

– C'est vous qui me demandez ça après avoir séduit ma petite amie?

– Prahd, souvenez-vous que nous sommes amis. Qu'est-ce qu'une fille entre deux amis?

– Une source d'ennuis, dit Prahd, sèchement. Le problème, voyez-vous, c'est que la chose ne serait pas aussi grave si son père ne s'était pas aperçu qu'elle avait des malaises matinaux. C'est le meilleur docteur de la région et il a compris. Elle lui a tout avoué. Vous savez sans doute que son sport favori est la chasse aux cailles. C'est pour ça qu'il a donné ce prénom à sa fille, Bildirjin. « Caille » en turc. Oui, c'est l'un des meilleurs fusils du coin et il a également le plus gros fusil du coin. Et puis, Bildirjin est mineure, et vous pourriez bien aller en prison. Est-ce que vous avez déjà vu l'intérieur d'une prison turque?

Je commençai à gémir malgré moi.

Mais il poursuivit implacablement.

– Je crois qu'il aimerait bien vous couper les testicules, ou plutôt vous les faire sauter. Si vous me le permettez, je vous suggérerai...

C'était trop. J'étais incapable de supporter plus longtemps son discours de sadique. Il n'était que trop évident que lui aussi en voulait à ma peau!

Je me ruai au-dehors. Mais je m'arrêtai pour inspecter le couloir. Dieux merci, ce n'était pas encore l'heure où les docteurs prenaient leur service à la clinique gratuite!

Je fonçai jusqu'à la voiture.

– Ramenez-moi, vite!

J'allai me barricader dans la villa pour me préparer à un siège!

Je sautai de voiture avant qu'elle ne s'arrête, traversai le patio en courant et m'enfermai dans ma chambre. Je mis la barre de sécurité et restai là, haletant.

Quel désastre! Comment allais-je m'en sortir?

On frappa. Une seconde, je me dis que c'était le père de l'infirmière Bildirjin qui m'avait suivi. C'est alors que je réalisai qu'on frappait du côté du tunnel secret.

Le père en ignorait l'existence. J'ouvris prudemment.

Faht Bey se tenait sur le seuil.

Il entra en jetant un regard apeuré par-dessus son épaule. Et il me dit d'une voix très basse :

– On a de sérieux ennuis, Gris. Je vous ai dit que je vous ferais part de ce que j'aurais appris. Malheureusement, maintenant je sais. C'est terrible.

Je pris appui contre le lit. Il fallait que je prenne ça en homme courageux.

– Dites-moi tout.

Il secoua tristement la tête.

– Vous êtes certain de pouvoir supporter le choc?

– Allez-y, fis-je en faisant appel à toute ma force morale.

– Parce que c'est une nouvelle abominable, insista-t-il.

– Pour l'amour de tous les Dieux!

– Vous connaissez le chauffeur de taxi, Ahmed.

– Bien sûr que oui que je connais Ahmed!

– Il s'apprête à témoigner qu'il n'a agi que selon vos instructions.

– Mais QUELLES instructions? glapis-je.

– Ce qui pourrait le tirer d'affaire.

– Mais il va témoigner de QUOI? insistai-je, implorant.

– Vous feriez peut-être mieux de vous installer dans ce fauteuil, dit Faht Bey. Ça va être très dur.

Je me laissai tomber.

– Voilà. (Il prit une balle dans le chargeur de son revolver et me la glissa entre les dents.) Vous n'aurez qu'à mordre làdedans, comme ça vous ne vous briserez pas les molaires.

J'obéis.

– Vous savez aussi que ce dénommé Ahmed est en réalité un criminel condamné de la planète Modon...

J'acquiesçai.

– Mais saviez-vous que Ters, le chauffeur, est un communiste turc qui a passé vingt-sept ans au pénitencier pour avoir assassiné le général?

Je secouai la tête. Tout ça s'annonçait très mal.

– Durant toutes ces dernières semaines, poursuivit Faht Bey, inexorablement, Ahmed et ce meurtrier turc ont été vus un peu partout avec cette grosse voiture qui porte votre nom bien en vue. Ils se rendaient tous les jours dans des fermes, choisissaient une jolie femme et disaient à son mari et à sa famille qu'ils avaient ordre de votre part d'incendier la ferme à moins que la femme ne consente à passer la soirée avec vous dans la voiture. Et ils ajoutaient que si quelqu'un prévenait la police, ils mettraient le feu non seulement à la ferme mais à toutes les maisons proches, et même au village entier.

J'avais les dents profondément plantées dans la balle. Ce maudit chauffeur de taxi avait gardé tout l'argent!

– Et ce n'est pas tout, ajouta Faht Bey. Ils racontaient chaque fois à la femme que si elle ne vous avait pas plu, ils assassineraient son mari.

Je mordis encore plus fort. Ça expliquait tous ces regards implorants que j'avais interprétés comme autant de prières pour me retrouver une autre nuit!

– Je sais tout cela parce qu'ils croyaient que je vous connaissais bien et que quelqu'un a proposé de me demander conseil.

Utanc! Folle de jalousie, elle avait monté ce coup contre moi!

– Il y a encore autre chose. Quand le chauffeur et Ters arrivaient au rendez-vous, ils violaient d'abord la femme tous les deux.

Peu à peu, mes dents s'enfonçaient dans le cuivre comme dans un caramel. Pas étonnant que toutes ces filles aient eu l'air tellement fatiguées. Pas étonnant qu'ils me les aient amenées déjà toutes mouillées! Ces (enbipés) m'avaient fait attendre une demi-heure à chaque fois pendant qu'ils se (bipaient) les filles avant de me laisser ce qui restait! Ils avaient dû en crever de rire à chaque fois!

– Un dernier point de détail, ajouta Faht Bey. Il y a délit d'adultère. Le *Qur'an* stipule que le châtiment doit être de cent coups de fouet pour les personnes non mariées. Mais toutes ces femmes étaient mariées et là, la punition est bien différente. Le *Qur'an* dit que, en pareil cas, c'est le séducteur qui doit être lapidé.

Cela eut raison de la balle. Mes dents crevèrent la cartouche et la poudre se répandit dans ma bouche.

Il fallait que je quitte la Turquie.

Je n'avais pas d'autre ressource.

Et il fallait que je parte TOUT DE SUITE!

7

Je pris une valise et regardai autour de moi.

Où aller?

Et que fallait-il emporter?

– Si vous partez, me dit Faht Bey, je dois vous rappeler que le *Blixo* sera là d'ici un ou deux jours. Ils ont toujours quelque chose pour vous. Que devrai-je leur dire?

Ce qui éveilla douloureusement mon attention. Le *Blixo*? Ils en avaient sans doute après moi, eux aussi!

– Ces messagers homos que vous employez demandent toujours des cartes postales pour je ne sais quelle raison. Vous feriez bien de m'en confier quelques-unes.

Cartes postales? Cartes postales? J'essayai de rassembler mes pensées. Oui, il faisait allusion aux cartes du courrier magic. C'est vrai que si ces cartes n'étaient pas postées à temps, les deux mères de mes homos seraient exécutées. Ce qui ferait que j'aurais également Oh Chéri et Chochotte sur le dos!

J'allai ouvrir mon coffre, pris toute la liasse de cartes et la tendis à Faht Bey.

Où aller?

Et qu'emporter avec moi?

Je me mis à faire désespérément le tour de la pièce en fouillant partout.

Faht Bey ne semblait pas décidé à se retirer.

– Si vous partez, personne ici ne pourra estampiller les documents de transport. Et le chargement doit être réceptionné tel qu'il a été embarqué sur Voltar. Pourquoi ne pas me confier votre identoplaque?

Je la lui jetai.

Mais cette fois j'en avais assez.

– Sortez! Sortez! lui hurlai-je. Vous ne voyez pas que je suis sur le point de perdre l'esprit? CESSEZ DE ME PERSÉCUTER! Il faut que je pense! Que je pense!

Il partit sans commentaire avec les cartes du courrier magic et mon identoplaque.

Je pus enfin essayer de mettre de l'ordre dans mon esprit. Le problème était : qu'emporter?

Difficile à résoudre quand on ne sait même pas où on va aller. Mais la destination évidente était AILLEURS!

C'est l'instinct pur qui vint à mon secours.

J'ouvris la valise. J'y mis des armes et des munitions afin d'être en mesure de me défendre, d'abord. J'ajoutai ma fausse carte d'agent fédéral au nom d'Inkswitch afin de pouvoir changer de nom. Des cartouches de gaz neutralisant. L'émetteur-récepteur radio. Les trois écrans. Je bouclai la valise avant de prendre conscience que je n'avais pris aucun vêtement. Je la rouvris et y entassai précipitamment un complet de ville, des chemises, des cravates et une tenue de combat camouflée. Je la rebouclai. Mais je n'avais rien prévu sur le plan argent. Je la rouvris une fois encore et explorai mon coffre pour m'apercevoir que je n'avais plus un sou. Je rebouclai la valise, hésitai, la rouvris, y jetai diverses choses prises un peu au hasard et décidai que ce serait tout. Je bouclai une fois encore.

Il me vint soudain à l'esprit que je n'étais toujours pas parti. J'avais intérêt à ne pas perdre de temps. Je fis un pas en direction de la porte, puis je me dis que je n'étais pas habillé pour voyager. Je revins en arrière et enfilai rapidement un costume. Incapable de retrouver des chaussures de ville, je me résignai à prendre mes bottes militaires. A l'instant où j'allais enfin franchir la porte, je m'aperçus que j'avais oublié la valise. Je retournai la prendre. Mais... oui, il me fallait aussi quelque chose pour décourager d'éventuels poursuivants. Je vis un tas de bombes à retardement dans mon petit arsenal et je les glissai dans mes poches.

Une minute. Tous mes papiers étaient dans la valise. Il me fallait un passeport pour quitter la Turquie. Le passeport diplomatique au nom de Achmed Ben Nutti était sur le dessus de la pile. Avec lui, je n'aurais pas d'ennuis pour l'argent et les armes. Je le mis dans ma poche. Ah oui, l'argent. Je n'avais toujours pas d'argent. Il me fallait avant tout éviter Afyon : les gens devaient m'y attendre avec des pierres et des cailloux. Oui, c'est ça : Istanbul. Je devais aller à Istanbul. Mudur Zengin ne serait que trop heureux de me donner de l'argent.

Obéissant à une arrière-pensée de dernière minute, je verrouillai soigneusement mon coffre et mes compartiments secrets. Bon, cette fois, me dis-je, il faut y aller. Ils peuvent tous rappliquer d'un instant à l'autre.

Je pris la valise. Je réprimai le tremblement qui me prenait soudain et je traversai le patio jusqu'à la cour.

C'est alors que je vis le chauffeur. Ahmed. Une bouffée de haine pure monta en moi. Il était occupé à astiquer la nouvelle Mercedes-Benz d'Utanc.

Dans l'Appareil, on apprend à faire face dans tous les cas d'urgence. Et la haine que je ressentais se traduisit en ruse absolue. Je décidai dans l'instant d'en finir avec ces deux canailles. Et avec une seule bombe. Ils apprendraient, dans l'ultime seconde de souffrance précédant la mort ce qu'il en coûtait d'abuser des femmes avant que je ne m'en occupe.

La ruse. La ruse. La ruse! Je devais uniquement me concentrer là-dessus. Je m'avançai donc d'une démarche désinvolte et mis mon bagage à l'intérieur de la Daimler-Benz. Je m'interdis de laisser mon regard épier les buissons alentour pour voir si l'ennemi n'était pas déjà là, prêt à lancer ses pierres cruelles sur moi.

D'un ton détaché, je l'appelai :

– Oh, Ahmed. Est-ce que ça vous dirait de m'accompagner à la banque pour aller chercher un peu d'argent?

Il se redressa instantanément. Comme je l'avais prévu. Il appela Ters avant de prendre place à l'avant. Ters sortit de la cuisine et coiffa sa vieille casquette militaire avant de se mettre au volant.

On démarra et je me tassai pour que personne ne m'aperçoive.

Sur la route d'Afyon, les chameaux volèrent dans tous les sens.

L'attitude insouciante et même joyeuse d'Ahmed et de Ters me disait qu'ils étaient loin de se douter qu'ils vivaient leurs derniers instants sur Terre.

Bientôt, nous nous retrouvâmes dans Afyon, descendant la rue qui menait à la Piastre Bankasi.

– Non, non, fis-je de ma voix la plus tranquille. Vous ne m'avez pas compris. J'ai besoin de BEAUCOUP d'argent. Je parlais de la Piastre Bankasi d'Istanbul. C'est là que nous allons.

C'est avec une docilité joyeuse, inconscients qu'ils étaient de conduire leur propre corbillard, qu'ils se dirigèrent vers l'autoroute d'Istanbul.

Je me retournais de temps à autre, mais je ne vis aucun signe de poursuite. J'avais été trop rapide pour eux. J'avais encore une chance d'en réchapper.

Mais plusieurs chameaux nous adressèrent des regards soupçonneux et mon angoisse revint. Rien de plus traître que les chameaux.

Ters ne conduisait pas très vite. Mais c'était tout aussi bien : si nous allions trop vite, les populations se douteraient que j'étais en train de fuir.

L'après-midi déclinait sur le paysage désolé de février et ce fut bientôt le crépuscule. Puis la nuit. Le faisceau des phares de la limousine accrochait les ruines des âges antiques. Je quittais l'Asie, me dis-je. Eh bien, qu'elle pourrisse tranquillement. Plus besoin de la conquérir. Alexandre le Grand n'avait fait que perdre son temps.

Il était environ 10 heures quand nous avons franchi le Bosphore pour nous retrouver en Europe. Par le pont de Galata, nous avons traversé la Corne d'Or avant de plonger dans les ruelles d'Istanbul. Enfin, nous étions devant la Piastre Bankasi.

J'avais bien l'intention d'exiger de l'inévitable veilleur de nuit qu'il réveille Mudur Zengin. Jusque-là, il ne m'était rien arrivé. Mais pour Ahmed et Ters, je décidai que c'était le terminus. Je glissai une bombe avec un détonateur armé sous la banquette arrière. Dans dix minutes, la superbe voiture et ses deux méprisables occupants allaient se disperser en flammes et en débris. Bye bye, sales violeurs!

Je pris ma valise et la posai négligemment sur le trottoir.

– Vous pouvez rentrer, maintenant, dis-je. Je n'aurai pas besoin de vous.

– Vous ne voulez pas qu'on vous conduise à l'aéroport? demanda Ahmed.

– A l'aéroport? Mais qu'est-ce qui vous fait croire que je vais quitter la Turquie? Je vais seulement passer trois ou quatre jours en ville pour participer à un congrès de dealers au Hilton Istanbul. Vous ne croyez tout de même pas que je vais vous payer l'hôtel tout ce temps, non? Allez, au revoir. Vous rentrez.

... Et je ne sais vers quels Enfers réservés aux criminels qui profitent des filles avant de vous les laisser et qui menacent de déclarer qu'ils n'ont agi que sur vos ordres...

Ahmed haussa les épaules. Ters fit entendre son rire affreux. Et ils repartirent. Je regardai les deux feux arrière disparaître avec une certaine satisfaction. On aurait du mal à enterrer ce qui resterait d'eux car l'engin que je leur avais laissé en cadeau était une bombe de poche à effet de destruction maximal.

Une ombre bougea non loin de moi et je fus instantanément en état d'alerte. Mais c'était le veilleur de nuit.

– Téléphonez pour moi à Mudur Zengin, lui dis-je. Qu'il vienne sans tarder à la banque. Dites-lui que Sultan Bey désire le voir.

Le veilleur de nuit me braqua une lampe-torche en pleine figure et me désigna une fenêtre illuminée à l'étage.

– Il est déjà arrivé. Il y a une demi-heure. Il m'a dit qu'il vous attendait.

Un frisson me courut sur l'échine. Et puis je compris. Les sociétés de cartes de crédit surveillent sans cesse, à la minute près, l'homme qui paie les factures. Et elles avaient prévenu Zengin de mes déplacements.

Il fallait faire vite. Je courus jusqu'à son bureau.

Il était là, et il me toisa d'un air glacé. Il ne fit pas mine de se lever. Il ne me dit même pas bonjour. Je m'arrêtai au milieu de la pièce.

– On m'a demandé de vous retenir, me dit-il.

La terreur fusa en moi. Ils savaient. Ils étaient sur mes traces!

Je me mis à genoux.

– Écoutez, vous êtes l'ami d'enfance de mon père. Ne me livrez pas! Il faut que vous m'aidiez! J'ai besoin d'argent!

– Je ne peux pas vous en donner! Les coffres sont fermés.

– Alors laissez-moi aller jusqu'à mon coffre personnel.

– Impossible. Ils ne s'ouvriront que demain à 9 heures.

Trop tard. Trop tard! À cette heure-là, on m'aurait déjà ramené à mi-chemin d'Afyon.

– Il me faut des dollars!

– Des dollars? fit-il froidement. Pourquoi ne pas en demander à votre concubine?

– Mudur, je vous en prie, écoutez-moi. J'ai besoin de dollars et immédiatement. Cette nuit. ET VITE!

Ses yeux froids de banquier, froids comme la banquise, me fixaient.

– Les seuls dollars dont je dispose en cet instant ne sont pas à la banque mais à moi... Je les garde dans mon coffre personnel.

– Donnez-les-moi, suppliai-je, prêtant l'oreille au moindre bruit suspect. Vite! Vite!

– Ça ne vous permettra guère que de survivre un moment. Et ce sera remboursable sur la base de 30 % d'intérêt mensuel.

Il poussa une feuille de papier vers moi et je la signai rapidement.

Il alla jusqu'à son coffre et y prit quelques liasses de dollars. Il en compta 100 000, jeta les billets sur le plancher et les poussa vers moi du bout du pied.

Je me courbai pour les prendre et les fourrer dans ma poche. Je lus le mépris dans son regard et je réalisai qu'il était tout à fait inamical.

– Mais qu'ai-je donc fait? demandai-je, en dépit de l'urgence extrême.

– Ce que vous avez fait, c'est entre vous et Allah. Il n'appartient pas à un simple mortel de juger les actions d'êtres tels que vous.

Il se leva pour me pousser vers la porte.

– Bonne nuit, me dit-il, et adieu, je l'espère.

8

Je quittai la banque avec un programme en trois plans : (a) sortir de la Turquie; (b) ne pas me faire prendre; (c) effacer mes traces.

En termes purement théoriques, cela peut paraître élémentaire. Mais, en fait, l'Appareil confond toujours le (b) et le (c). Ils constituent la base de tout plan pratiquement.

Mais la théorie est une chose et se retrouver seul dans la nuit d'Istanbul, planète Terre, environné par des ennemis assoiffés de sang, pourchassé par des femmes sans pitié, tous déchaînés comme une meute de chiens en est une autre.

Autour de moi, les minarets de mille mosquées se dressaient comme autant de doigts avertisseurs. Les nuages allaient sans doute se déchirer et la voix du Prophète allait retentir du plus haut des cieux pour citer le *Qur'an* : QUE L'ADULTÈRE SOIT LAPIDÉ À MORT!

Horreur! Il faut toujours se méfier de ces religions primitives. Elles deviennent trop souvent trop vraies et je m'attendais d'une seconde à l'autre à ce que les mosquées éclatent pour accomplir la loi.

Je repris mes sens. Personne n'en aurait voulu de toute façon. Dieux, quand je pensais à quel point je m'étais fait avoir par toutes ces femmes!

En inspectant la rue, je vis que Mudur avait sans doute mal calculé. Il avait tenu à me faire signer cette reconnaissance d'emprunt avant d'appeler la police. Je l'aurais!

Je détalai comme un lièvre, mon bagage serré contre moi. Je courus dans le labyrinthe des rues et des allées. Il n'y avait toujours personne à mes trousses. Tout en courant, je mis au point avec précision mes plans pour fuir tout en effaçant mes traces.

Devant moi, il y avait un petit hôtel minable. J'avais un plan pour la première phase et je ralentis. La police, lorsqu'elle veut surprendre un criminel dans un hôtel, quel qu'il soit, cerne les lieux. Ils penseraient que j'étais à l'intérieur alors que j'étais à l'extérieur et ainsi je serais à même de les repérer.

J'entrai. L'employé de la réception, à supposer qu'il eût droit à ce titre, ronflait derrière son comptoir. Je le réveillai et lui dis que je voulais une chambre. Sans même ouvrir les yeux, il décrocha une clé et me la tendit.

A pas de loup, je grimpai les marches et trouvai la chambre. J'entrai et cachai rapidement ma valise. Je repérai un conduit d'écoulement et me laissai glisser jusque dans la ruelle.

Par le dédale des rues, j'escaladai la colline jusqu'au Grand Bazar où je savais trouver des boutiques ouvertes vingt-quatre heures sur vingt-quatre. A cette heure, les clients ne se pressaient pas et il y avait même encore des boutiques fermées. Mais je trouvai bientôt ce que je cherchais : une échoppe de vêtements orientaux. L'endroit dégageait une odeur suffocante de chameau et de naphtaline. Une simple ampoule éclairait vaguement les rayons où les articles étaient pêle-mêle. Je me mis à farfouiller. Ce qu'il me fallait, c'était une djellaba avec une capuche. Du genre que portent les chefs des tribus de montagne arabes. J'en trouvai très vite une. En laine jaune, très douce. Bien sûr, elle avait un galon de broderie dorée, mais elle ferait l'affaire. J'y ajoutai un turban et un pantalon bouffant, ainsi qu'une chemise et un gilet rebrodé d'or. Je mis la touche finale avec une bandoulière qui comportait tout un tas de poches.

Le propriétaire, soupçonneux, se leva. Il était gros, gras, et bâillait. Il me dévisagea d'un air bizarre et se mit à empiler mes achats.

– Dix-huit mille livres, fit-il dans un bâillement.

– Neuf mille! répliquai-je.

Ce qu'il fit alors me parut très suspect. Il haussa les épaules en acquiesçant et ne fit même pas une tentative pour marchander! Je compris : il essayait d'endormir mes soupçons!

Je sortis un billet. Mes Dieux! Mudur Zengin ne m'avait donné que des coupures de 1 000 dollars!

Je n'avais pas le choix. Il fallait bien que je lui donne le billet.

– Il va falloir que j'aille réveiller Muchmud le prêteur, juste à côté, pour qu'il me fasse la monnaie.

Cela ne faisait que confirmer mes soupçons! Il essayait de me retenir!

Mais je conservai mon calme.

– Eh bien! allez!

Il resta absent durant cinq bonnes minutes! Je savais qu'il avait appelé la police. En revenant, il me dit :

– Voilà votre monnaie : 91 000 livres.

Ce qui faisait une sacrée liasse puisqu'il n'y avait apparemment que des petites coupures. Il s'était dit sans doute que je resterais le temps de les compter. Mais je ne le fis pas. Je fourrai le tout dans le ballot de vêtements.

Il me jeta un regard bizarre. Et je compris soudain ce que tout cela signifiait. Il me photographiait des yeux, en fait, pour être certain de donner un parfait signalement. Il savait exactement quels vêtements j'avais achetés et il n'aurait aucun mal à répondre aux questions des femmes lorsqu'elles arriveraient.

Mais j'étais prêt. C'était le moment d'appliquer le plan du programme. Effacer mes traces.

Il se recouchait et je fis semblant d'avoir quelque difficulté à attacher mon ballot. Il me suffit de me pencher une brève seconde pour glisser une bombe sous une penderie. J'armai le détonateur et sortis.

Je redescendais la colline d'un pas normal.

Dix minutes s'écoulèrent.

BRAAOUMMM! CRAAAC!

La boutique ainsi que les maisons voisines venaient de voler jusqu'au ciel dans un geyser orange. Le souffle fit éclater une vitrine non loin de moi.

Bon, cette trace-là était effacée. Jamais les femmes n'auraient mon signalement.

Ça me rassura un peu. Mais il convenait de rester vigilant. J'approchais de l'hôtel. Je ne détectai aucun signe de la police aux alentours. Donc, mon piège n'avait pas fonctionné. Mais ils étaient probablement en retard, tout simplement. Et j'avais intérêt à faire vite.

J'escaladai le conduit d'écoulement. Je dois avouer qu'il ne faisait que 1,50 mètre. Je me retrouvai dans la chambre.

Au loin, j'entendais des sirènes d'ambulances et de police. Excellente diversion. C'était peut-être pour cette raison qu'ils n'étaient pas encore à l'hôtel. Bien joué, me dis-je.

J'ouvris la valise et j'ôtai mes vêtements occidentaux avant d'enfiler le pantalon bouffant, la chemise et le gilet brodés. Je passai la bandoulière sur mon épaule et chaussai à nouveau mes bottes. Puis je nouai le turban sur ma tête et mis un point final avec la djellaba. Quel changement! Quelle classe!

Je mis mes dernières bombes ainsi que les dollars dans les poches de la bandoulière. J'y ajoutai mon passeport diplomatique. Quant à l'argent turc, je le glissai dans ma ceinture-écharpe car la liasse était trop épaisse.

Je mis dans la valise les vêtements occidentaux puis, obéissant à une décision soudaine, je me munis d'un Beretta Modèle 81/84 calibre .380. Il était petit, léger, et avait un chargeur de treize projectiles. Je le glissai dans la poche intérieure de ma djellaba. Je jetai un ultime regard autour de moi. Je n'avais rien oublié. Je pris ma valise.

Encore une trace à couvrir.

Je pris une bombe que je cachai sous le matelas avant d'armer le détonateur.

Je descendis. Le réceptionniste de nuit faisait semblant de dormir et il ne m'abusa pas : je laissai une coupure de 100 livres sur le comptoir avant de sortir.

Aucun signe de la police aux alentours. Mon effet de diversion du Grand Bazar avait marché. Au loin, je vis des flammes qui dansaient dans la nuit.

Je me dirigeai d'un pas normal vers une grande artère et trouvai un taxi. Je dus réveiller le chauffeur. Il fallait une autre diversion.

– Conduisez-moi au Sheraton!

Il démarra.

BRAAOUMM! CRAAC!

L'hôtel venait de sauter!

Encore une trace effacée.

De grandes flammes montèrent vers le ciel.

Sous l'onde de choc, le taxi vibra.

– Mais qu'est-ce que c'est? s'inquiéta le chauffeur.

Ah, ah! Il essayait de m'arracher des renseignements! Pour tout répéter à la meute des femmes. Il fallait m'occuper de ça.

Il s'engagea dans une rue étroite, sans doute un raccourci, et je lui dis :

– Arrêtez-vous ici un instant.

Il freina.

Je lui donnai un coup de crosse sur la tête avec mon Beretta et il s'effondra de côté.

Je descendis et le fis basculer par terre avant de m'installer au volant et de redémarrer. Je savais où j'allais.

Pas au Sheraton, les Dieux m'en gardent! Il fallait que je quitte la Turquie.

Je me dirigeai vers l'embarcadère des ferries, sur la Corne d'Or.

Je passai mosquée après mosquée : Istanbul est une forêt de mosquées. Toutes prêtes à s'écrouler sur l'ordre du Prophète pour vous lapider à mort. Très éprouvant pour les nerfs. Mais je gardais mon contrôle.

A cette heure de la nuit, l'embarcadère était désert. Comme

je l'avais prévu. Je descendis, pris ma valise et mis le taxi au point mort. Je le poussai en tournant le volant et le laissai aller.

PLOUF! SPLASH!

Les vagues ondulèrent dans l'ombre.

Des bulles montèrent en glougloutant jusqu'à la surface.

Une autre trace était effacée.

Je retournai en courant récupérer ma valise. Je savais exactement où je devais aller.

En suivant la grève, entre les jetées, je finis par rencontrer des bateaux de pêche.

Je m'arrêtai. Les lumières lointaines de la ville se reflétaient dans l'eau et je parvins à repérer exactement ce qu'il me fallait.

Un bateau d'environ vingt-cinq mètres, avec une hauteur de proue et de poupe exagérée par rapport au passavant, ce qui caractérisait les embarcations plus petites qui bourlinguaient sur la mer de Marmara. Avec de très grands mâts qui permettaient de lancer des filets et même de naviguer à la voile à l'occasion. Une double bande jaune et noire courait tout au long du plat-bord. Si le bateau se trouvait amarré là, un peu à l'écart de la flottille, c'est qu'il devait lever l'ancre à l'aube.

Je descendis sur le pont de la plus proche embarcation et, en progressant de plat-bord en plat-bord, les coques dansant doucement en craquant dans le calme de la nuit, je parvins bientôt sur le bateau que j'avais choisi. Je vis enfin son nom : *Sanci*. Ce qui me fit hésiter une seconde. En turc, ça signifie « nausée ». Et je n'aime pas plus la mer que l'espace.

Mais seul comptait le devoir.

Il y avait un petit abri près de la poupe. L'odeur de poisson était lourde. J'ouvris et vis un Turc qui dormait en ronflant, étendu sur le dos. Il était énorme. Sans doute le plus gros Turc qu'il m'ait été donné de voir. Donc, ça devait être le capitaine.

Pour le réveiller, il me suffit de l'éventer un peu. Mais avec astuce. C'est-à-dire avec une poignée de livres.

Il cessa de ronfler et ses yeux s'ouvrirent, fixés sur les billets.

– Vous appareillez maintenant. Vous allez me conduire en Grèce, sur le continent, et c'est à vous.

Ça le réveilla tout à fait. Il s'assit en ne se grattant qu'une seule fois la toison de sa poitrine.

– Combien? demanda-t-il.

– Quarante mille livres.

– Quatre-vingts mille.

– Disons 70 000, si vous levez l'ancre tout de suite.

Il se leva et prit sa veste et sa casquette.

– Il faut que j'aille réveiller l'équipage, dit-il.

Mais il ne bougea pas. Je compris et comptai 30 000 livres.

– Les autres quand nous aurons atteint le littoral.

Il prit les billets avec un grognement vague et alla réveiller ses hommes.

Quelques minutes après, on s'agitait à bord. Les hommes commençaient à embraquer les amarres.

Mon regard se porta vers les autres bateaux que j'avais traversés. Il se pouvait qu'il y ait eu un homme de garde, quelque part, qui m'avait aperçu.

Je ne pouvais pas prendre de risques.

– Un instant, dis-je au capitaine. J'ai laissé quelque chose sur le quai.

Je regagnai le quai et repérai immédiatement un petit appentis.

Je pris une bombe dans ma bandoulière, la réglai sur une demi-heure, armai le détonateur et la mis près de la porte avant de retourner au bateau.

On largua les amarres. Le moteur toussa, crachota et émit une plainte de protestation. L'hélice se mit à brasser l'eau et nous descendîmes la Porte d'Or pour contourner la pointe de Seraglio. Le monument à Ataturk se dressait sur le ciel étrangement lumineux.

BRAAOUMM! BANG!

L'explosion avait été cachée par le monument mais sa lumière rendit le ciel un peu plus ardent.

Je me retournai. Une autre piste venait d'être effacée.

Au-dessus d'Istanbul, le ciel était coloré par tous les incendies.

Et j'étais sur le chemin de la liberté!

Dans une situation dangereuse, l'entraînement de l'Appareil fait merveille!

Mais je n'étais pas encore totalement tiré d'affaire!

QUARANTE ET UNIÈME PARTIE

1

Suivirent vingt-quatre heures de traversée des Enfers, vingt-quatre heures à souffrir et à vomir à travers la mer de Marmara puis les Dardanelles.

J'étais dans la cabine puante d'un homme d'équipage, près d'un seau encore plus puant, et mes entrailles se tordaient régulièrement et j'étais secoué de spasmes. Le *Sanci* méritait bien son nom ! Mais ce que j'éprouvais laissait loin derrière la plus terrible des nausées. La mer, au-devant, était agitée par le vent qui soufflait de la mer Égée et la houle se faisait plus forte de mille en mille.

Mais il y avait bien pis que le vent. Dans les premiers instants qui avaient suivi notre appareillage, j'avais gardé l'œil fixé sur les lumières d'Istanbul qui, peu à peu, se perdaient dans la nuit. Il semblait inévitable que la marine turque se lance à mes trousses et j'étais bien déterminé à vendre très cher ma vie. Mais les premiers malaises étaient survenus. Craignant que je ne tombe à la mer en vomissant par-dessus le plat-bord, le capitaine m'avait poussé dans une cabine et jeté un seau. Il m'avait dit qu'il tenait à toucher le solde de la somme convenue.

D'abord, j'avais été tellement malade que je m'étais dit que j'allais en mourir. Et puis, cela avait empiré à un point tel que j'en étais venu à craindre de ne pas mourir.

Mais, comme tout homme l'eût fait à ma place, peu à peu, entre deux spasmes, j'en vins à me demander comment j'avais pu me retrouver là. Est-ce qu'il n'y avait pas d'autre façon de vivre que d'être torturé dans des astronefs et secoué à en crever dans de vieux bateaux de pêche? Je veux dire : n'y avait-il pas une option sédentaire qui permît d'éviter des situations aussi pénibles? Physiquement, je n'étais pas fait pour ce genre d'existence, il me fallait en convenir.

Au fil des heures, comme la torture empirait, cela devint une absolue certitude. Quand on vomit, un vieux seau ébréché, rouillé, où traînent de vieilles arêtes de poisson, devient une remarquable boule de cristal. Une boule dans laquelle on peut lire clairement qu'un avenir persistant dans cette tendance constitue un danger réel pour votre santé.

Donc, je me mis à réfléchir : comment m'étais-je mis dans une pareille situation? Indubitablement, les fils du Destin, à quelque moment du passé, avaient commencé à tisser la trame de cette atroce réalité.

La journée grise s'écoulait et le vent soulevait des rafales d'écume grise dans les vagues grises de la mer polluée, et toute cette grisaille se mêlait dans mon âme pour se fondre en un noir absolu. Une certitude d'un noir total.

HELLER! S'il n'avait pas été à la tête de la première reconnaissance effectuée sur cette planète, jamais je n'en serais arrivé là. Jamais je n'aurais vécu pareil martyre – poursuivi par des femmes démoniaques, secoué par des vents mauvais, tordu jusqu'à ce que mon pauvre estomac vide n'ait plus que des bruits à cracher dans le seau.

HELLER! C'était à cause de son sens du devoir d'ingénieur de combat que la Veuve Tayl avait ressurgi dans ma vie. Et sans lui, je ne serais pas menacé d'être marié ou abattu à coups de fusil par le père de l'infirmière Bildirjin!

HELLER! S'il n'avait jamais été là, je n'aurais jamais reçu cet appel fatal de Lombar Hisst, il y avait si longtemps, qui avait interrompu une charmante partie de chasse. Et maintenant, au lieu de guetter anxieusement mes premiers crachats sanglants, je serais en train d'abattre avec délices des petits oiseaux, sur Voltar, quelque part dans les montagnes de Blike.

HELLER! C'est lui qui avait braqué tout le monde contre moi : Meeley, Ske, Bawtch, Mudur Zengin, Karagoz, Faht Bey... Il n'avait pas cessé de comploter pour que j'aie de plus en plus d'ennuis. Prahd, Krak, Ahmed, Ters et toute cette horde de démons hurlants... Ils ne seraient pas à mes trousses à présent, assoiffés de sang, avec toutes ces femmes et ce Prophète caché dans les nuages qui les incitait à me lapider jusqu'à ce que mort s'ensuive.

HELLER! En cet instant de lucidité, je comprenais enfin que tout était de sa faute!

HELLER! Au-dessus de ce seau puant, je fis le vœu sacré que je consacrerais le reste de ma vie, aussi courte qu'elle dût être, à assouvir ma vengeance et à lui retourner mille fois les souffrances qu'il m'infligeait avec un plaisir sadique.

Quand je sus clairement pourquoi j'en étais arrivé à ce point, je sus très exactement ce que je devais faire.

Je devais retourner à New York. En bravant tous les risques, tous les dangers. Il fallait que j'en finisse une bonne fois avec Heller. Pour le bien de la Confédération, pour le bien de la Terre, pour la vie, pour tous les mondes de l'univers, je devais repousser cette menace absolue : HELLER!

Parvenu à cette conclusion de fer, je me sentis un peu mieux.

Signe du Destin : ce fut à cet instant précis que le capitaine vint me trouver pour me dire que nous étions arrivés.

Ce qui confirma totalement ma conclusion. Le bateau avait cessé de danser et mon estomac aussi. Voilà qui prouvait bien que j'avais trouvé la réponse!

2

Nous avions empanné près du rivage. La masse noire d'une colline se dressait sur le ciel luminescent de minuit. L'étroite faucille d'argent glacé de la lune dessinait la ligne blanchâtre de la plage, à moins d'un kilomètre.

– La Grèce, dit le capitaine en pointant le doigt. Quand vous aurez payé, on vous débarquera à terre.

Je savais ce qu'il me restait encore à faire. Effacer cette dernière trace.

Je regagnai la cabine et repris ma valise. Je gardai le dos à la porte tout en prenant un paralyseur d'un modèle ultra-plat. Je bouclai fermement ma valise et, avec une taie d'oreiller, je fis un sac improvisé où je fourrai les livres turques et le paralyseur.

Je vis que le capitaine était resté appuyé au bastingage.

– Je vous donnerai l'argent quand vous aurez mis le canot à la mer et que vous aurez donné l'ordre qu'on me conduise jusqu'au rivage. Alors seulement, tout ça sera à vous.

Je soulevai l'oreiller et y plongeai la main pour lui montrer le contenu.

Cet imbécile aboya aussitôt ses ordres. On lança un canot

pneumatique à la mer et deux hommes d'équipage s'y laissèrent descendre.

Je fis signe au capitaine de me rejoindre dans la cabine. Il m'avait longuement vu et il pourrait donner mon signalement. Ses hommes également. Ils allaient probablement appeler la police grecque dès que j'aurais tourné le dos. Même s'il n'existait pas de traité d'extradition pour le crime d'adultère entre la Turquie et la Grèce, je ne voulais courir aucun risque. Le capitaine et son équipage pourraient très bien parler quand les furies arriveraient. Autre trace à couvrir. Et puis, je ne voyais pas l'utilité de gaspiller tout cet argent que je pourrais très bientôt convertir en dollars US.

Je me déplaçai de façon à me trouver plus près de la porte que le capitaine. Je lui tendis le sac tout en refermant.

– Il y a une prime pour vous, dis-je.

Je plongeai la main dans le sac.

Il avait un large sourire.

Ma main se referma sur la crosse du paralyseur.

Je tirai à travers le sac.

La détonation sourde du départ fut suivie par le claquement de l'impact. Le capitaine s'effondra sur la couchette, inconscient.

Je le fouillai rapidement, avec des gestes experts. Je trouvai les 30 000 livres sous sa ceinture et les récupérai.

Puis je vidai le contenu de la taie d'oreiller dans les poches de ma djellaba.

Je réglai une bombe sur une demi-heure, la glissai sous le matelas après avoir armé le détonateur.

Je pris ma valise. Je n'avais plus rien à faire ici. Et je ne comptais pas emporter cet abominable seau à poissons!

Je sortis sur le pont en refermant la porte.

Je m'approchai des hommes d'équipage qui attendaient près du bastingage.

– Il compte l'argent, leur dis-je. Il ne partagera probablement pas, alors j'ai eu tellement de plaisir à faire cette traversée avec vous que voilà un cadeau.

Je leur lançai une poignée de livres.

Ils se mirent à se battre pour s'en emparer.

Le paralyseur était réglé en faisceau large et j'appuyai sur la détente.

Ils s'écroulèrent comme un seul homme.

Ceux qui étaient dans le bateau essayèrent de sauter sur le pont, mais je les abattis aussi et ils se noyèrent.

Je ramassai les billets épars et les glissai sous ma ceinture-ruban.

Je jetai la valise dans le canot avant d'y monter et de le repousser de la coque.

Le moteur était une parodie balkanique de leviers et de pistons rouillés. Je tentai de le lancer en tirant plusieurs fois vainement sur la corde. Rien. Pas même un toussotement!

Mais, peu à peu, le canot pneumatique dérivait loin du bateau.

C'est alors que j'entendis un bruit à bord!

Mais oui : des mécaniciens! J'avais complètement oublié qu'il devait y avoir des mécaniciens!

Ils surgirent : suants, furieux, turcs!

A la clarté du clair de lune, je vis un homme qui pointait un fusil sur moi!

Une balle traça un sillon phosphorescent dans la mer, juste à ma droite. Et j'entendis l'explosion dans la même fraction de seconde.

Je levai le paralyseur et tirai. Mais il était encore en faisceau large et la portée n'était pas suffisante!

Deuxième coup de feu!

Pas de trace phosphorescente dans la mer!

Mais un sifflement sous moi!

Le canot avait été touché!

Je réglai précipitamment le paralyseur en faisceau étroit et visai.

Un troisième coup de feu!

Je tirai.

Le type s'écroula sur le pont.

Un de ses collègues récupéra le fusil.

Je tirai une deuxième fois!

Le type tomba.

Mais le canot coulait!

Je cherchai une pagaie, mais il n'y en avait pas!

Je me jetai à l'eau et je me mis à barboter désespérément en direction du bateau.

Je saisis un filin.

J'étais sur le point de me hisser à bord quand je me rappelai la valise.

Je revins en arrière et la récupérai à tâtons. Mais, du coup, je perdis le filin. Je sautai en faisant appel à toutes mes forces, le rattrapai in extremis, et me halai jusqu'au pont. Je jetai un coup d'œil derrière moi. Le canot pneumatique achevait de couler.

La bombe! Il ne fallait pas que je m'attarde sur le bateau!

Il restait encore un canot. Avec des rames. Je tranchai les filins qui le maintenaient et le fis descendre.

Je cherchai les rames. Mais je ne vis que le fusil.

Je lançai le canot par-dessus bord et y mis la valise et le fusil avant d'y monter. Je m'en servis en guise de pagaie et, lentement, mis le cap sur la plage. Lentement, bien trop lentement! Mais ce canot était complètement cinglé. Il allait un coup à droite, un coup à gauche. Il fallait que je pagaie tantôt d'un côté tantôt de l'autre.

Pied à pied, je luttais frénétiquement pour gagner la grève. Entre mes doigts crispés, le canon du fusil était humide, glacé.

Chaque fois que je la regardais, la plage me semblait ne pas s'être rapprochée d'un mètre, pourtant. J'avais l'impression qu'un courant me repoussait.

Je redoublai vaillamment d'effort. Et enfin, je gagnai quelques brasses. La plage se rapprochait.

Tout à coup, le ciel tout entier fut une boule de feu!

Des flammes torrentielles montèrent dans le ciel!

BRAOUMMM!

L'onde de choc me frappa de plein fouet.

Je crus une seconde que tout allait bien se passer.

Et puis le canot s'éleva dans les airs!

Une lame de fond!

Je me retrouvai porté à la crête, droit sur la plage, à une allure folle!

J'avais l'impression d'être à bord d'une voiture de compétition qui crevait le mur d'écume de la nuit!

Devant moi, des récifs! Comme des crocs noirs dressés!

Je passai au-dessus.

Et je retombai dans le fracas assourdissant de la vague qui s'écrasait.

Je restai assommé.

Sans savoir exactement ce qui m'était arrivé.

En tout cas, l'eau se retirait, mais moi je restais. De même que le canot.

Je me retrouvai sur une bande de sable. Assis au milieu de ce qui restait du canot qui n'avait plus de fond.

Mon regard se porta vers la mer d'encre. Fini! Plus question de naviguer! Un grief de plus contre Heller!

– Est-ce que vous étiez sur ce bateau qui vient de sauter, là-bas? me demanda une voix.

3

C'était un très vieil homme. Accompagné de deux chiens. Il me fixait sous la pâle clarté de la faucille de la lune.

Quelle tragédie! On avait assisté à mon débarquement. Toutes mes traces n'étaient donc pas effacées.

Mais je pouvais encore les masquer. Et je dis :

– Où suis-je?

– Sur l'île.

Trahison! Je savais bien que je n'aurais jamais dû faire confiance à cette crapule de capitaine! Il ne m'avait pas déposé sur le continent, comme convenu, mais sur une île de l'archipel grec.

Une nouvelle vague d'horreur me submergea alors. Ce vieil homme s'était exprimé en TURC! Pas en GREC!

Oh, Dieux, les femmes allaient me tomber dessus d'un moment à l'autre! Et le Prophète devait encore encourager les femmes du haut des nuages. J'allais être lapidé et projeté jusque dans les Enfers!

Mais je devais quand même profiter de l'occasion pour trouver ma route.

– Dans quelle île? demandai-je

– Lemnos, dit le vieux.

Mes connaissances en géographie n'étaient pas très étendues, mais je savais quand même que cette île n'avait jamais appartenu à la Turquie. Non. D'ailleurs le nom ne sonnait pas du tout turc. Animé d'un très faible espoir, je risquai :

– Mais dans quel pays suis-je?

– En Grèce.

– Alors pourquoi vous parlez le turc? m'exclamai-je, furibond.

Il prit un fragment du canot sur lequel, même dans cette faible clarté, on lisait nettement *Sanci*. Et il pointa le doigt vers l'est.

– Ça et vos vêtements, me dit-il. La Turquie n'est qu'à une quarantaine de kilomètres et c'est le pays de ma femme.

Mais il ne m'abusait pas. Tout ce qu'il voulait, c'était me retenir jusqu'à ce que la police arrive. Si sa femme était vraiment turque, alors elle devait être au courant de tout. Les femmes forment une communauté à part et elles sont toutes aussi traîtresses.

– Vous feriez bien de me suivre jusqu'à ma cabane, reprit le vieux. Ensuite, je pourrai appeler quelqu'un qui s'occupera de vous.

Là, je réagis très astucieusement.

Voyant ma valise, il la prit et se mit en marche au long de la plage tout en me faisant signe de le suivre. Bien sûr, il allait me faire tomber dans un piège. Mais je le suivis car je savais parfaitement ce que j'allais faire.

Les deux chiens n'arrêtaient pas de me renifler. Je savais qu'ils avaient d'ores et déjà deviné qui j'étais. Donc, je devais les inclure dans mes plans.

La cabane était misérable. Alentour, il y avait d'autres bâtiments qui, tous, semblaient inhabités.

Il me fit asseoir à table et prit une bouteille d'*ouzo*. Ce qui ne fit que confirmer mes soupçons. Il avait l'intention de me soûler pour qu'on me capture sans bagarre.

Mais je n'avais rien oublié de tout ce que j'avais appris dans l'Appareil : être rusé et astucieux dès que l'on est en danger, et comme on est toujours en danger, appliquer constamment ce principe.

– Où est votre femme? demandai-je.

– Elle est morte depuis des années.

– Et il y a des gens dans ces maisons?

– Non, ils sont tous partis pour la ville.

– A quelle distance est la ville la plus proche?

Il désigna le sud.

– Moudhros. Ça fait pas mal de chemin.

– Il n'y a personne dans le voisinage?

– Rien que moi. Je me suis retiré ici il y a des années. Je pêche un peu. Buvez. Vous devez être trempé jusqu'aux os. Il faut que j'aille jusqu'à la route pour téléphoner.

Je savais tout ce que je désirais savoir. Il ne me retiendrait pas dans sa cabane, et il ne me soûlerait pas. Non. Et il ne reviendrait pas avec la police. Je le descendis d'un coup de paralyseur. Le faisceau était mince, à pleine puissance, et ça lui fit éclater la moitié du crâne.

Les chiens protestèrent et ils eurent droit au même traitement.

Je tirai les cadavres jusqu'à la plage, poussai les restes du canot dans l'eau et y entassai les trois corps. Je pris grand soin d'enterrer le fragment qui portait le nom du bateau.

Quand on les retrouverait, on penserait qu'ils étaient morts dans l'explosion du bateau et que les vagues les avaient rejetés au rivage.

J'avais encore une fois réussi à effacer ma trace.

Je retournai jusqu'à la cabane. Il y avait quelques taches de sang que je dus faire disparaître.

Le vieux avait quelques vêtements de rechange. Pour le dimanche, songeai-je. En général, les Grecs portent des habits occidentaux et des chemises blanches amples, sans cravate.

Je me déshabillai et fis sécher mes vêtements devant la cheminée. En attendant, je grignotai des biscuits sur lesquels j'avais mis la main et bus un peu d'eau.

Quand ils furent secs, je mis mes vêtements arabes dans la valise et pris ceux du vieil homme. Ils ne m'allaient pas très bien mais comme ça j'avais justement l'air encore plus grec.

Il m'apparut alors que j'allais avoir des difficultés à parler une langue que je n'avais pas apprise. Je mis donc un tampon de coton entre ma mâchoire et ma joue avant de nouer un pansement autour de ma tête. Je ferais semblant de souffrir d'un terrible mal de dent.

Enfin prêt, je soulevai mon bagage. Il était de plus en plus lourd, mais je ne pouvais vraiment rien abandonner.

Je repartis, le cœur brûlant du désir de vengeance! L'heure d'Heller allait bientôt sonner.

Trébuchant dans le noir, je suivis un long sentier jusqu'à une route déserte.

Je pris la direction du sud.

Je marchai longtemps, longtemps, longtemps.

C'était pénible, mais rien ne m'arrêterait. Quoi que cela dût me coûter, l'homme qui était à l'origine de tout goûterait bientôt au fruit de ses méfaits.

A l'approche de l'aube, j'atteignis une petite bourgade.

A l'extrémité d'un long débarcadère, je vis un petit bateau. Un filet de fumée montait de la cheminée. C'était sans doute un de ces ferries qui font le circuit des îles de la mer Égée.

Je m'arrêtai net. Oh, non, pas question de reprendre la mer!

Mais que faire? Il fallait bien que je rallie le continent. A la différence d'un personnage dont les indigènes de la planète parlaient beaucoup, moi, je ne pouvais pas marcher sur les eaux.

Seule la force de ma résolution et la promesse de la destruction finale me donnèrent le courage de poser le pied sur la coupée.

Je montai jusqu'au pont. Quelqu'un surgit à cet instant d'une coursive et jeta un regard en direction des docks.

Je regardai derrière moi. Et un frisson me parcourut. Plusieurs personnes venaient des docks. Et il y avait quelques femmes!

Je me préparai à détaler.

L'homme me dit alors quelque chose en grec. Il devait me demander de l'argent. Sale coup! Je n'avais pas un sou de monnaie grecque! Et je ne pouvais pas proposer mon argent turc car ce serait les remettre sur ma piste!

Avec une parfaite présence d'esprit, je pêchai un billet de 1 000 dollars dans ma poche.

Le type écarquilla les yeux.

Il m'arracha littéralement le billet et repartit en courant. Je serrai la crosse de mon Beretta.

Il revint accompagné d'un nouveau personnage.

Les gens continuaient à affluer des docks.

J'étais coincé!

Il y en avait trop et je n'avais pas de mitrailleuse avec moi.

Je formulai une prière silencieuse.

Le nouveau venu portait une boîte. Il parlait avec volubilité. Je me dis qu'ils mettaient sans doute leurs menottes électriques dans cette boîte. En tout cas, je ne comprenais pas un traître mot de ce qu'il baragouinait. Il ouvrit la boîte. Ma main était brûlante et collante sur la crosse de mon arme.

Ils me montraient la boîte. Le premier type agita le billet de 1 000 dollars, me montra à nouveau la boîte pendant que l'autre continuait à jacasser.

Plusieurs fois, le mot *Piraievs* revint dans son discours. Je compris brusquement : Piraievs était le port d'Athènes*.

Sous l'effet du soulagement, mes genoux faillirent se dérober sous moi. Il était maintenant évident qu'il me disait qu'il n'avait pas la monnaie et qu'il me la donnerait en arrivant à Piraievs.

Je hochai faiblement la tête.

Le premier type me donna alors un ticket.

Je gagnai en vacillant le bar et réussis à décoller ma main de la crosse du pistolet. J'examinai ma paume car, d'ordinaire, je ne suais pas aussi abondamment. Mais ce n'était pas de la sueur. C'était du sang qui coulait de toutes les ampoules énormes qui s'étaient formées à force de tenir cette (bip) de valise! Bon, je n'étais pas aussi nerveux que je l'avais redouté.

Je m'installai dans un coin afin de pouvoir surveiller l'ensemble de la salle. D'une part, j'étais impatient que le

---

* Le Pirée, bien entendu. *(N.d.T.)*

bateau lève l'ancre, de l'autre je redoutais ce moment affreux. Est-ce que j'étais en train de devenir schizophrène? Déchiré par une double personnalité?

Je me grattai. Mais cela empira très vite. Une démangeaison qui me prenait à plusieurs endroits à la fois. Réaction nerveuse. La psychologie nous enseigne que, sous l'effet d'un stress intense, on aurait tendance à se gratter. Et si la psychologie le dit, ça doit être entièrement vrai. Mais je ne pensais pas être nerveux au point de faire une dépression. J'en vins pourtant à me demander ce que l'équipage ferait de moi en pareil cas. J'étais persuadé qu'il n'y avait pas de médecin sur ce ferry.

La démangeaison devenait insupportable. Mais oui, j'allais peut-être faire une dépression nerveuse.

Quelque chose de petit et de noir bougeait sur ma main. Je regardai de plus près. La peste bubonique? Les premières taches révélatrices? J'espérais bien que non. On allait me mettre en quarantaine et m'enfermer jusqu'à ce que les femmes turques rappliquent avec tout un tas de pierres!

Mais attendez... Les taches de peste, ça ne bouge pas comme ça. Et ça ne saute pas non plus.

Je regardai encore plus attentivement. La tache venait d'atterrir sur mon genou.

UNE PUCE!

Oh, mes Dieux, le vieux assouvissait sa vengeance spectrale! Il vivait depuis si longtemps avec ses deux chiens que ses vêtements étaient pleins de puces!

Tous ces supplices à cause d'Heller!

Mais je le retrouverais au bout de ce chemin de croix et cette seule pensée me permettait de tenir.

Le bateau s'éloignait du quai. Il commençait déjà à rouler.

Mon estomac décida très vite qu'il ne voulait plus des biscuits secs du vieil homme et je me retrouvai penché sur le bastingage.

A chaque spasme cruel, je me répétais mon vœu sacré.

Heller paierait tout ça.

C'était devenu ma seule et unique raison de vivre désormais.

LA VENGEANCE!

HELLER AURAIT CE QU'IL MÉRITAIT!

Je me répétais ce serment dans les quelques rares périodes de somme miséricordieux qui séparaient les vomissements.

Je souffrais la male mort mais je savais à qui je le devais et j'allais m'en occuper!

Voilà tout ce qui me soutint au long du martyre que fut cette traversée.

4

En arrivant à Piraievs, après une nuit et un jour de tourments, je m'aperçus avec horreur que j'étais à court de bombes. Je ne pouvais pas faire sauter le bateau. Cela me rendit particulièrement nerveux.

J'aurais dû être plus astucieux et rusé que jamais. Mais le bateau était enfin immobile et j'étais de nouveau en mesure de chercher dans mon cerveau tous les enseignements techniques de l'Appareil qui pouvaient être utiles en pareille situation. Au moins, j'avais échappé au Prophète installé dans les nuages. Les Dieux grecs vivent sur le mont Olympe, c'est-à-dire très loin au nord et j'avais quelque espoir qu'ils ne s'aperçoivent pas de mon passage.

Se mêler à la foule : première règle de l'Appareil. Dès l'instant où j'entrepris de mettre à exécution ce principe et descendis l'échelle de coupée, quelqu'un se précipita vers moi.

Je tressaillis. Mais tout le monde débarquait et je ne pouvais pas faire un pas en arrière. L'homme arrivait en courant. Je reculai quand il leva la main.

Mais il tenait un sac. Il me le posa entre les mains en baragouinant. C'était peut-être une bombe. Je ferais aussi bien de regarder très vite dans le sac avant de le lui rejeter à la figure et de ficher le camp.

Des drachmes ! Le sac était plein à craquer de drachmes en petites coupures. Ce n'était que ma monnaie.

Je dévalai la coupée en courant.

Je pris un bus jusqu'à Athènes. Je n'avais vraiment pas le temps de faire la visite du Parthénon. Et puis, je commençais à avoir ma ration d'histoire. Ce qu'il me fallait plutôt, c'était des vêtements de rechange. Ça m'aiderait à effacer mes traces.

Je trouvai une artère moderne, très commerçante et je fis très rapidement mes achats. Un imperméable, un costume, des chaussettes, une chemise, une cravate, un chapeau. Je payai tout ça en drachmes. Ce qui n'entama guère mon pactole car ici, les vêtements n'étaient pas chers.

Je ne pris pas le risque d'aller à l'hôtel. On y aurait relevé mon nom et le numéro de mon passeport. Je pris un taxi pour me faire conduire jusqu'à l'aéroport. Là, je pris un billet aller pour New York que je payai en drachmes. J'avais choisi la classe économique, ce qui me laissait encore pas mal de drachmes.

Je me rendis jusqu'aux toilettes, et là je posai ma valise sur le siège. J'ôtai les vêtements pleins de puces du vieil homme. Mais je n'avais aucun moyen de les détruire et je dus les mettre dans la valise.

Je chassai quelques puces avant d'enfiler les vêtements que j'avais achetés. Puis j'ôtai mon pansement et le coton de ma bouche.

Je remis mes armes dans la valise. Elle était tellement pleine qu'il n'y avait même plus la place pour y mettre mon argent. Je disposais de 98 000 dollars US, 91 000 livres turques, en petites coupures, plus 29 000 drachmes, également en petites, très petites coupures. Ce qui faisait une gigantesque liasse! De quoi rembourrer un matelas!

Il me restait les deux sacs de mes derniers achats vestimentaires. J'y fourrai l'argent. Oui, je transporterais ça avec mon ticket d'avion et mon passeport, le reste étant dans la valise.

Je retournai au comptoir des départs et présentai mon passeport de la Ligue Arabe. On colla des étiquettes diplomatiques sur mon bagage afin qu'il passe directement la douane à New York.

J'avais une heure d'attente avant mon vol. A l'instant où je me risquais hors de la salle d'attente en essayant de me faire aussi discret que possible, l'un des sacs où j'avais mis l'argent craqua. Je le rattrapai in extremis! Les livres turques avaient bien failli se répandre dans toute la salle d'attente. Je frissonnai à cette idée. Tout le monde aurait retrouvé ma piste.

Je dépensai quelques drachmes pour un grand sac de voyage. Très habilement, j'avais choisi un Air Israël. Qui soupçonnerait un représentant de la Ligue Arabe de voler sur Air Israël? « Brouiller les pistes. » Un des principes essentiels de l'Appareil.

J'entrai dans une cabine téléphonique pour transférer discrètement l'argent dans le sac de voyage. Il était plein à ras bord. Quand j'eus fini, le zip resta coincé. Mais j'avais fait de mon mieux.

J'éprouvai un immense soulagement quand on appela mon vol.

Et bientôt je m'envolai. Je laissai sous moi l'Asie et toute son histoire. Troie, Athènes et le mont Olympe. Dès que l'on est dans un avion, on sait très bien ce qui se trouve au-dessus de vous : Rockecenter. Il possède la majorité des parts de la plupart des compagnies aériennes, et sa banque, la Grabbe-Manhattan, en a les hypothèques et peut jouer à loisir de la menace de liquidation dès qu'elles osent broncher. En tant qu'« esspion » de la famille Rockecenter, j'étais certain d'avoir mon billet pour ce paradis-là.

Mais, à vrai dire, ce fut un voyage assez éprouvant. Les gens n'arrêtaient pas d'agiter les mains comme pour montrer ceci ou cela et, durant un moment, je ne parvins pas à savoir s'ils n'allaient pas brandir des armes. L'hôtesse elle-même se mit à faire des signes insensés.

J'observai plus attentivement. Ils se grattaient.

LES PUCES!

Quel soulagement! Ce n'était que ça! Et pour faire comme tout le monde, je me grattai sans la moindre gêne.

Seul autre incident notable : l'homme qui était assis sur le siège voisin, tout en se grattant frénétiquement, avait commencé à me décocher des regards soupçonneux. Et, sans mes armes et mes bombes, je me sentais tout nu.

Quand l'hôtesse servit le repas, je dérobai discrètement une fourchette en plastique sur le plateau. Ses dents me semblaient assez pointues. J'espérais que personne ne s'apercevrait de ce délit car mon moral, tout soudain, en était sérieusement regonflé. La fourchette était là, maintenant, dans ma poche intérieure, et j'étais bien décidé à m'en servir si mon voisin me reconnaissait vraiment et tentait de prévenir le commandant de bord.

Ces vols en classe économique ou touristique ne sont pas toujours très rapides. Les première classe passent avant et c'est après bien des retards que j'arrivai enfin à Kennedy Airport, à New York.

Avec mon passeport diplomatique, je passai comme une lettre à la poste. Le douanier chargé des bagages à main – qui se tient d'ordinaire après le service d'Immigration – me jeta un regard intrigué après avoir vu mon sac Air Israël, mais il me laissa passer. Je jetai un regard par-dessus mon épaule pour voir si la Police Fédérale ne se préparait pas à se jeter sur moi à coups de matraque. Mais la plupart des sinistres fonctionnaires de l'aéroport étaient occupés à se gratter.

J'étais enfin de retour sur le sol américain!

Et le Dieu qui régnait sur l'Amérique s'appelait Rockecenter. J'étais tiré d'affaire.

Et sur le chemin des représailles et de la vengeance!

5

Je confiai ma valise à un porteur et me dirigeai vers la file d'attente des taxis.

Le chauffeur du premier était trapu, tout rabougri, et il sortit pour m'ouvrir la portière. Il ne semblait pas avoir de front et ses sourcils lui couvraient les yeux.

Le porteur jeta mon bagage à l'arrière et resta là, la main tendue. Pas de doute : j'étais bel et bien de retour en Amérique.

Je voulus monter mais le porteur était en travers de mon chemin et je compris que je ne passerais pas comme ça. Il fallait que je lui donne son pourboire. Sinon, il pouvait très bien alerter la police de l'aéroport. Et ils sont en liaison permanente avec le quartier général de la Gestapo nazi de Strasbourg, qui opère officiellement sous le nom d'Interpol. Ils disposent d'une station de radio énorme en Amérique du Sud et se servent des réseaux de communication de la CIA pour cueillir à leur descente d'avion les gens qu'ils n'aiment pas ou qui n'ont pas des casiers judiciaires assez cossus pour rejoindre leurs rangs. Donc, aussi longtemps que je resterais à l'aéroport, je ne serais pas hors de danger. Aussi je décidai de donner son argent au porteur.

Ç'aurait été complètement suicidaire que de changer mes livres turques et mes drachmes au guichet de la Grabbe-Manhattan. J'avais décidé qu'il valait mieux que j'aille dans le secteur de Times Square où l'on trouve des tas de bureaux de change. Là, je réglerais le taxi. En dollars, je n'avais toujours pas de petites coupures et je n'allais sûrement pas donner à ce (bip) de porteur un billet de 1 000, même s'il avait pris ma valise jusqu'au taxi.

Je lui donnai un drachme.

Il me dit qu'il ne savait pas ce que c'était.

Je lui donnai une livre turque.

Mais ça non plus il ne connaissait pas.

Je fis alors semblant de farfouiller dans le sac de voyage avant de lui dire :

– Je n'ai rien d'autre.

Le chauffeur de taxi voulut s'en assurer lui-même. Il repéra très vite les coupures de 1 000 dollars tout au fond. Mais il ne dit rien. Il se retourna vers le porteur et lui dit :

– C'est tout ce qu'il a. Décarre.

Le porteur dit quelque chose de très méchant mais disparut.

J'eus quelque difficulté à refermer le sac. Mais le chauffeur de taxi m'aida.

– A Times Square, lui dis-je enfin.

Il avait à peine quitté la file qu'il s'arrêta.

– Une minute. Ma radio est morte et il faut que je téléphone au central.

Il resta absent cinq minutes. Quand il revint, sa radio se remit à fonctionner. On appelait la voiture 73. Ce qui correspondait au numéro porté sur la carte accrochée derrière son siège.

– Espèce d'idiote de (bip)! fit-il. Je viens de lui dire que ma radio était morte!

Il éteignit le récepteur.

Nous avons quitté Kennedy Airport à petite vitesse. Il a tourné à gauche en direction de Brooklyn et Floyd Bennett Field, si j'en jugeais par les panneaux. Un vent froid s'engouffrait par la glace à demi baissée. Sur la gauche, je voyais l'océan, ou tout au moins une baie.

– Hé! Est-ce que vous ne vous trompez pas de route?

– Je vous fais faire le circuit touristique. J'ai tout de suite vu que vous étiez un étranger. Je ne vous compterai pas de supplément. Vous voyez? Je n'ai même pas fait démarrer mon compteur.

Touristique... Ah, oui! Le printemps ne pointait même pas encore son nez. C'était toujours l'hiver, froid et gris. Et gris était l'océan que j'entrevoyais vaguement de temps à autre.

Les panneaux m'indiquèrent que nous étions sur Shore Parkway. Nous n'allions vraiment pas vite. Je lus : Spring Creek Park, prochaine sortie à gauche. La bretelle indiquait : 14. Le taxi s'y engagea.

Non, tout cela n'avait rien de touristique. Les arbres étaient encore dénudés et je vis même un panneau qui indiquait que le parc était fermé. Mais le taxi roulait toujours au long des routes sinueuses et désertes, entre les prairies nues et les arbres désolés.

Soudain, un tronc s'abattit juste au-devant du taxi!

Le chauffeur freina à mort.

Un grondement de moteurs!

Il y avait deux motards de part et d'autre de la voiture, plus un derrière!

Ils avaient des bandanas autour de la tête!

Et pointaient leurs pistolets sur nous!

– Lâchez vos armes! dit l'un d'eux. Et sortez! Et on rigole pas! On vous tient au bout de nos flingues!

J'avais vu ça à la télévision! Une attaque de diligence! Ils allaient maintenant nous dire de leur lancer les coffres de la Wells Fargo! Et je n'avais pas la moindre arme sous la main!

Je sortis prudemment, levant haut les mains.

Le motard le plus proche descendit de selle et s'approcha de moi. Il me repoussa de la main, se pencha à l'intérieur du taxi et prit le sac d'argent!

Il y jeta un coup d'œil.

Puis, reculant, il le lança à un de ses complices avant de se retourner vers moi. Il fouilla mes poches et me prit mon portefeuille. Puis il voulut sortir mon passeport diplomatique. Mais il était replié, coincé dans ma poche.

– Je vais vous le donner, dis-je.

Je levai la main. Mais pas vers mon passeport. Vers la fourchette en plastique.

Je la sortis en un éclair.

Et je la plantai dans sa main de toutes mes forces!

– Il est armé! brailla-t-il.

Je plongeai sous le taxi.

Un coup de feu!

Un impact au-dessus de moi.

Puis les trois motos qui rugissaient.

Ils repartaient!

Le chauffeur se tenait l'épaule.

– Ces sales (bipards)!

Je plongeai à l'intérieur, ouvris ma valise et en sortis mon Beretta.

Le chauffeur de taxi le fixa bouche bée. En fait, il était pointé droit sur lui.

– Suivez-les! grinçai-je. Et vite!

– Mais je ne peux pas conduire! gémit-il. Je suis blessé!

Je sortis et ouvris la portière de son côté. Je le repoussai d'un coup de pied et pris sa place.

Mais j'ignorais dans quelle direction aller. Il n'y avait plus le moindre bruit de moteur. Rien que la plainte du vent d'hiver.

– Où est-ce qu'ils sont allés? grondai-je.

Il se rencogna dans l'espace qu'on réserve d'ordinaire aux bagages, juste derrière le siège du chauffeur.

– Je ne sais pas! gémit-il avant de perdre conscience.

Oui, les voleurs n'avaient vraiment pas d'honneur. Je ne le savais que trop. Ils avaient abattu leur complice. Et ils lui avaient sans doute donné un faux rendez-vous.

Mais j'étais moi-même en fuite et je ne pouvais pas aller trouver la police. Et si le chauffeur me racontait quoi que ce soit, ce ne serait que pour me faire tomber dans un nouveau piège.

Un instant, j'espérai qu'ils allaient revenir. J'avais une arme, cette fois... Mais quelles raisons auraient-ils eu de revenir? Ils avaient mon sac de voyage bourré d'argent à craquer. Mon portefeuille. Et même mon passeport diplomatique.

Et toutes mes cartes de crédit se trouvaient dans ce portefeuille. Remarquez que je n'aurais pas pu m'en servir car, à la seconde même, la société de crédit aurait su où je me trouvais et, dans les quelques heures suivantes, tout le monde serait sur moi pour me lapider à mort.

Et je ne pouvais pas courir le risque d'appeler Mudur Zengin.

A la seule pensée de retourner à Istanbul, mon front se couvrait de sueur.

Et si j'appelais le bureau de New York, ils me dénonceraient eux aussi.

J'étais de retour aux États-Unis. Sans un cent en poche. Je n'avais même rien à vendre. C'était l'hiver et j'ignorais comment je pourrais rester en vie si je m'endormais dans ce parc.

Un instant!...

Mais oui : je savais où il y avait de l'argent.

Plein un coffre.

Et la journée ne faisait que commencer.

C'était dangereux, voire désespéré, mais il ne me restait plus qu'un seul endroit où aller.

A cette seule perspective, je dois bien dire que je frissonnais. Mais l'idée que je puisse retourner là-bas n'aurait effleuré personne.

Il fallait que j'en finisse avec ma mission pour en finir avec Heller!

Je démarrai.

Et je pris la route de Spring Creek Park.

A la sortie 14, je bifurquai vers Jamaica Bay, en direction du nord-ouest. Je m'engageai dans le réseau des rues, me rapprochant du pont de Manhattan. Je le traversai bientôt et tournai à droite pour prendre Franklin D. Roosevelt Drive et me dirigeai ensuite vers Rockecenter Plaza.

J'étais bien décidé, j'en avais les dents qui grinçaient.

Je roulais tout droit vers l'appartement de miss Pinch.

6

Je garai le taxi dans une allée, à trois blocs de distance de l'immeuble de miss Pinch. On était au début de l'après-midi et j'avais pas mal de temps devant moi.

Je savais que c'était vraiment honteux de ne pas avoir effacé mes dernières traces avec des bombes, mais ce manque brutal m'avait laissé tragiquement sans ressource. Le chauffeur de taxi était toujours étendu derrière le siège. Il n'avait pas trop saigné et son souffle était un peu court. Bien fait pour lui.

J'effaçai soigneusement mes empreintes de tous les endroits sur lesquels j'avais pu porter la main. Vraiment, oui, j'avais honte de ne pas mieux couvrir mes traces. Dans l'Appareil, on nous apprend à ne rien laisser traîner.

L'inspiration me vint alors. Une fois encore. Je me dis qu'il n'avait fait que simuler une panne de sa radio de bord et qu'elle devait encore parfaitement fonctionner.

En prenant grand soin de ne laisser aucune empreinte, j'appuyai sur le contact et dis dans le micro :

– Central !

– Oui ! dit une fille.

Ah ! Ah ! Il mentait, je le savais !

– Mademoiselle, ici, l'agent O'Grunty. Votre taxi numéro 73 bloque une allée. (Je lui donnai l'adresse.) Et votre chauffeur fait du scandale. Il dit qu'il appartient à un gang qui se prépare à voler le Saint-Sépulcre. Il dit même qu'on lui a tiré dessus. Il est couvert de faux sang. Est-ce que vous auriez la bonté d'appeler le service psychiatrique de Bellevue pour qu'on envoie une ambulance ?

– Tout de suite, monsieur l'agent. J'ai toujours soupçonné ce (bipé) d'être un dingue.

Je raccrochai. Puis je repris mes bagages et partis à pied. Mais je n'étais pas satisfait : je n'avais rien fait sauter. Je me consolai en me disant que si le chauffeur tentait de donner mon signalement, on n'écouterait pas un cinglé. On allait peut-être même le jeter dans une cellule avec le Dr Crobe ! Cette idée me réjouit. Oui, en fait, j'avais bel et bien couvert mes traces.

Maintenant, je passais à la phase dangereuse : miss Pinch. Je mentirais en disant qu'en approchant de ce lieu fatal entre tous je n'avais pas des frissons sur tout le corps et un goût désagréable de moutarde dans la bouche *. Mais je ne ralentis pas une seule fois le pas, tant était grande ma détermination d'en finir une fois pour toutes avec Heller. Il y a des choses qu'il faut faire, quoi qu'il advienne.

Miss Pinch et sa chère Candy ne rentreraient pas de leur travail avant des heures. Je descendis les marches et contournai les poubelles. J'inspectai au passage leur contenu : des Kleenex tachés de rouge à lèvres encore frais, des boîtes de bière encore humides, un joint à demi fumé et une matraque en caoutchouc cassée. Ça me suffisait amplement. Elles habitaient toujours là et jouaient toujours aux mêmes jeux.

L'escalier me dissimulait aux regards. Je sortis quelques passes et me mis au travail. La grille de fer forgé céda en un rien de temps. Récemment, une clé avait dû être coincée dans la serrure qui était passablement abîmée, ce qui me prouva qu'elles ne se doutaient de rien, autrement elles n'auraient pas laissé la serrure dans un tel état.

J'ouvris sans difficulté.

En pénétrant dans l'appartement, le relent de marijuana et de parfum me prit à la gorge. Mes cheveux, depuis quelques minutes, avaient tendance à se dresser sur ma tête et je les plaquai d'une main de fer. J'avais des plans.

Je posai mon bagage à l'intérieur. Je m'assurai que je n'avais pas laissé de traces de mon effraction et refermai avec soin.

Il fallait que j'évite la porte principale. Je savais qu'elle était munie d'un appareil photo braqué sur le coffre. Dès qu'on y touchait, l'appareil commençait à prendre des photos. Il se pouvait même qu'il fût directement relié au bureau de miss Pinch. Donc, pas question d'entrer dans la pièce. Et je me dis que je ne supporterais sans doute pas la vue du lit, des sangles et autres instruments de torture tels que les boîtes de poivre et les flacons de Tabasco. La tension de ces dernières heures avait été éprouvante.

Je suivis le couloir qui desservait les différentes pièces et allai jeter un coup d'œil à l'arrière : le jardin était un vague agglomérat de neige et de vieilles boîtes de conserve. Mais la palissade le protégeait des regards étrangers.

J'ouvris la porte de la chambre de Candy. Toute de guingan blanc et rose, avec des rideaux d'organdi et un jeté de lit plein de taches de rouge à lèvres.

Bien. Maintenant, il fallait que je m'habille pour le combat.

---

* On appréciera le martyre de Gris dans le Tome 4. *(N.d.T.)*

Je sentis une piqûre. Je savais ce que c'était et ça n'avait que trop duré. En me débarrassant de ces vêtements, je me débarrasserais peut-être des puces.

Je posai la valise sur la table du boudoir et l'ouvris. J'y pris d'abord une autre arme, mon Ruger Blackhawk de calibre .30. Je le posai près de la porte, à portée de main, avec le Beretta. Je ne saurais être trop prudent. Je savais à qui j'avais affaire. Mais je savais surtout qu'il me fallait la combinaison de ce coffre. Et cette combinaison, c'était miss Pinch qui l'avait. Et le plan que j'avais mis au point était très précis.

Mais j'avais encore du temps devant moi. Dans une penderie, je trouvai des tas de vêtements appartenant à Candy et à miss Pinch. Et je tombai sur quelque chose qui cadrait étonnamment bien avec mon plan.

Un kimono de soie noire. Très large, très long. Avec, sur le devant, un motif brodé que je reconnus aussitôt! Une tête double : d'un côté un dragon cornu, de l'autre un serpent tous crocs dehors! Le Ninja! La caste des assassins, les meurtriers les plus redoutables du Japon! Oui, ça convenait très bien!

Très vite, je me déshabillai. Je restai longtemps sous la douche à me débarrasser des puces. Quel soulagement!

Il y avait du rouge à lèvres sur toutes les serviettes et je dus utiliser un paquet de petites culottes de Candy pour me sécher.

Je revêtis alors le kimono Ninja. La tenue idéale pour mon rôle. Je me souris dans le miroir. Si ces deux lesbiennes savaient seulement ce qui les attendait pour la soirée, elles mourraient d'un arrêt du cœur.

J'aurais cette combinaison sans problème.

Je pris deux autres objets dans ma valise. Et un oreiller sur le lit.

Je passai dans le couloir. Je posai l'oreiller derrière la porte, de façon à être confortablement installé. Je m'assis et réfléchis paisiblement, souriant à moi-même de temps à autre.

J'attendais.

D'habitude, c'était Candy qui rentrait la première. Elle allait avoir un choc affreux!

Mes pensées dérivèrent vers la philosophie de l'un des plus grands esprits de la Terre, le célèbre marquis de Sade, celui-là même qui avait inventé le sadisme.

A Rome, dit-on, il faut faire comme les Romains. Dans l'appartement de miss Pinch, vu le comportement des deux lesbiennes, cela devenait plus difficile. Mais j'avais pourtant bien l'intention de dépasser les cauchemars les plus fous de miss Pinch.

Assis dans l'ombre, au pied de la porte, j'en vins à pouffer de rire, parfois, en savourant mon plan. Un maître en psychologie terrienne allait bientôt faire mieux que le marquis de Sade.

7

Des pas qui descendaient l'escalier du soubassement. Le bruit d'une clé dans la grille. Un grincement de gonds. Autre bruit de clé dans la serrure de la porte.

Accroupi, je guettais.

Elle apparut sur le seuil.

Candy!

Je ne lui donnai pas le temps de refermer. Je me dressai d'une souple détente de fauve!

Mon bras gauche se rabattit sur sa gorge pour étouffer son cri.

Je levai la main droite devant son visage et, du pouce, je brisai la capsule de gaz anesthésiant à cinq minutes d'efficacité.

Je la lui mis dans la bouche.

Elle inspira pour hurler.

Mais le hurlement ne vint pas. Elle s'écroula comme un tas de linge sale.

Je refermai les deux portes.

Ensuite, je la traînai par les pieds jusqu'à sa chambre.

Je me mis rapidement à l'œuvre. Je lui arrachai son manteau. Je jetai ses chaussures et j'envoyai voler sa robe sur un fauteuil. Au tour des bas. Le deuxième alla retomber sur un chandelier.

Me redressant, je contemplai son corps dénudé avec un sourire de triomphe.

Oui, elle n'était pas si mal que ça.

Mais je n'avais pas le temps d'apprécier.

Je lui bourrai un bas dans la bouche et la bâillonnai avec son soutien-gorge. Dans la salle de bains, je récupérai une petite corde à linge. J'en coupai un bout avec lequel je lui liai les mains dans le dos. Avec ce qui restait, je lui ligotai fermement les chevilles. Tout ça, je l'avais prévu.

Je l'abandonnai là et quittai sa chambre en refermant la porte. Je m'assurai qu'il n'y avait pas la moindre trace de lutte dans le couloir avant de retourner près de la porte à pas de loup. Je pris le Beretta et le Ruger à toutes fins utiles. La suite allait être plus corsée. Miss Pinch était la plus dangereuse.

J'attendis encore seize minutes.

Des pas. Un froissement de papier, comme si quelqu'un changeait un sac à provisions de main. La sonnette. Une seule fois. J'en conclus qu'elle n'était pas accompagnée car je connaissais le signal.

Est-ce qu'elle allait penser que Candy n'était pas encore de retour? Je retenais mon souffle.

Un autre froissement de papier.

Victoire! Le bruit d'une clé dans la serrure de la grille. Elle grinça en s'ouvrant. Autre bruit de clé dans la porte d'entrée. Qui s'ouvrit!

– Candy? appela miss Pinch en s'avançant dans le couloir.

Je bondis.

Mon bras gauche se referma sur sa gorge.

Elle lança un coup de talon en arrière!

Son sac d'épicerie tomba sur le sol.

Elle tentait de se retourner.

J'avais la main droite à hauteur de sa bouche. La capsule éclata sous mon pouce. Je lui levai le menton.

– Sei...gneur!...

Je la frappai. Elle inspira violemment.

Et tomba sur son sac d'épicerie!

Je détournai rapidement la tête pour éviter d'inhaler le gaz.

Ensuite, comme précédemment, j'allai refermer la grille et m'assurer qu'elle était bien verrouillée avant de vérifier qu'il n'y avait pas de traces révélatrices à l'extérieur. Puis je mis la barre de sûreté et refermai la porte principale. Elle était rembourrée et je me trouvais donc maintenant seul dans un appartement insonorisé, avec Candy Réglisse et miss Pinch.

J'allais apprendre un ou deux tours au marquis de Sade!

Je pris miss Pinch par le bras droit et la traînai jusqu'à la pièce du devant. L'endroit n'avait guère changé depuis les derniers atroces instants que j'avais passés là. Je vis même quelques taches de moutarde et de Tabasco sur le lit. Les instruments de torture étaient à leur place habituelle, mais il y avait de la poussière dessus. Cependant, je n'étais pas là pour un pèlerinage.

J'ôtai à miss Pinch son chapeau d'homme et ses cheveux se répandirent sur ses épaules. Je lui enlevai son manteau, puis sa veste, avant de dégraffer sa ceinture et de lui ôter son pantalon et ses chaussures dans le même mouvement.

Je me débattis vainement pour lui enlever sa chemise

jusqu'au moment où je compris qu'il fallait d'abord lui dénouer sa cravate.

Elle portait un caleçon d'homme! Mais ça n'était pas encore le plus surprenant. Elle avait un soutien-gorge couleur chair! Je ne m'en étais jamais aperçu auparavant. Je m'étais dit qu'elle n'en avait pas besoin puisqu'elle n'avait pratiquement pas de seins. Et ce soutien-gorge n'avait pas de lanière. On aurait dit en fait qu'il était moulé sur elle. Je glissai les doigts dessous et le déchirai. Je découvris des seins de femme parfaitement normaux! Elle avait porté un compresseur de poitrine pour que ses seins paraissent plats! Bien, bien... Tout le mal que se donnaient ces lesbiennes pour jouer le « monsieur »!

Je lui enlevai sa chaussette droite, puis la gauche qui alla voler dans les airs avant de s'empaler sur deux épées croisées.

Miss Pinch, tout soudain, m'apparaissait comme infiniment moins masculine que je l'avais vue dans mes moments de délire de souffrance.

Mais je n'avais pas une seconde à perdre. Je ne disposais que de quelques minutes. Ensuite, ces lèvres minces s'ouvriraient pour débiter des flots d'insanités.

Elle était prête. Je la portai jusque sur le grand lit et l'attachai par les poignets et les chevilles. Très serré. Ensuite, je bouclai les chaînes et les réglai jusqu'à ce qu'elle ait les jambes bien écartées.

Quelle vision revigorante! La revanche est toujours un moment d'absolu plaisir et le fléau de la balance s'était incliné de mon côté. Miss Pinch était à ma merci. Dieux, elle allait avoir un sacré choc en me voyant!

Je retournai auprès de Candy. Elle avait repris conscience. Elle regardait de tous côtés et, en dépit des liens, elle essaya de se libérer et même de crier sous son bâillon. Splendide!

Je la soulevai et l'emportai jusqu'à la pièce principale. Je la jetai sur le sofa, étendue sur le dos. Sans cesser de la maintenir, je passai un lien autour de sa cheville droite, l'insérai entre les coussins et le dossier et le tirai jusqu'à sa cheville gauche que j'attachai de la même manière. Ensuite seulement je la libérai du premier lien. En dépit de ses coups de pied frénétiques, je parvins à lui écarter les jambes et à la ligoter dans cette position. Elle ne pouvait plus faire un mouvement.

J'étais très satisfait de moi et je pris un pas de recul pour admirer mon œuvre. Aucun scout n'aurait fait mieux. Je méritais largement un badge d'honneur.

D'ici peu, miss Pinch me balbutierait la combinaison du coffre et j'aurais mon argent. Et l'heure de la vengeance sonnerait!

Je me dis que jamais l'Appareil n'avait eu un aussi brillant élève que moi!

C'était mon jour de triomphe! Le marquis de Sade n'avait qu'à bien me regarder!

8

Jamais aucun psychiatre n'a sans doute contemplé la cervelle déchirée d'un de ses patients avec autant de plaisir que j'en éprouvais devant le regard de miss Pinch à l'instant où elle reprit conscience.

Elle n'était sortie des brumes du gaz soporifique que pour découvrir avec horreur sa chère Candy, bâillonnée, se débattant impuissante sur le sofa.

Et elle s'était mise à tirer sur chacune de ses chaînes tour à tour avec autant de résultat qu'un ver de terre essayant de soulever le monde. Pis encore : elle ne parvenait même pas à ployer les muscles!

On aurait été en droit d'attendre des récriminations, des vitupérations, des abominations. Des choses telles que : « Inkswitch, espèce d'(enbipé), je vais te faire bouffer tes (bips)! » C'était en tout cas ce que j'attendais, moi. Mais pas un son ne franchissait ces lèvres aussi serrées que redoutables. Pas un mot. Tout était dans le regard!

Je passai les pouces dans les revers du kimono Ninja. Et je me balançai lentement sur mes pieds nus. Tout en lui adressant un sourire féroce. Elle avait devant elle un maître psychologue qui allait faire mieux encore que le divin marquis. Je n'étais pas pressé. Nous avions toute la nuit. Et les cris les plus stridents ne pouvaient percer ces murs – je ne le savais que trop. Aucun espoir de secours. Pourtant, en regardant miss Pinch, je fus obligé de dissimuler un certain malaise. Il fallait rester détendu, désinvolte. Cela faisait partie de mon plan. Mais, me murmurai-je, n'oublie pas une seule seconde que tu as devant toi l'une des créatures les plus sournoises et les plus dangereuses qui soient au monde! Non seulement c'est une femme, mais c'est miss Pinch!

Mais je devais être juste. Avant d'appliquer le chapitre deux du manuel de torture en campagne de l'Appareil, je devais commencer par le un : me montrer faussement amical, et ce afin d'augmenter le choc de l'horreur qui allait suivre. Quelquefois, le patient craque dès le début.

– Miss Pinch, commençai-je, je ne saurais vous dire à quel point je suis heureux de vous revoir. Et de constater que vous êtes en forme. (La forme, c'est ce qui les fait durer.) Mais je suis un de vos plus fervents admirateurs. J'ai souvent pensé à vous durant des heures. Alors, disons que nous sommes amis, à présent. Si vous me donnez la combinaison de ce coffre, je prendrai tout simplement mon argent et je repartirai. Vous me l'avez dit vous-même assez souvent : c'est *mon* argent. Donc, ce n'est même pas un vol. Alors, qu'en dites-vous ? Quelle est la combinaison ?

Elle serra les lèvres encore plus fort.

Bon, il n'y avait pas le feu. Je retournai dans le couloir et récupérai le sac d'épicerie pour que ça ne fasse pas désordre en cas de visite. Je mis la pizza dans le freezer et les boîtes de bière à rafraîchir dans le réfrigérateur Vierge de Fer. La touche délicate de l'homme d'intérieur.

Mon regard revint sur Candy. Elle tournait frénétiquement la tête à gauche, à droite, le regard terrifié, essayant vainement de recracher le bas qui l'étouffait. Je passai lentement le doigt sur sa gorge et dessinai un cercle mystérieux devant ses yeux.

Miss Pinch regardait, les lèvres toujours soudées.

Je desserrai alors le bâillon de Candy, puis l'enlevai. Elle hurla instantanément. Parfait.

Nonchalamment, je fis le tour de la pièce. Suivi par leurs deux regards. Prenons notre temps. Ne les laissons surtout pas deviner la suite.

Candy se tut. Je pris une bière, l'ouvris et la lui tendis.

– Miss Réglisse, vous prenez bien une bière à cette heure d'habitude ? Non ? Mais vous criez et vous préférerez sans doute la prendre effectivement comme d'habitude.

Je m'approchai et frottai une ou deux fois la boîte de bière contre son pied nu.

Elle se remit à hurler.

– On peut dire que vous êtes en voix, ce soir, chère Candy. Mais vous ne courez aucun danger. Tout ce que miss Pinch a à faire, c'est me donner la combinaison du coffre. Après, je partirai si gentiment que vous aurez l'impression de ne même pas m'avoir vu ce soir.

Je continuais à frotter la boîte de bière bien fraîche contre son pied.

Elle tourna un regard suppliant vers le lit.

– Pinchy ! Pour l'amour de Dieu, donne-lui cette combinaison !

Miss Pinch serra un peu plus fort les lèvres.

Moi, j'entrouvris la bouche de Candy et y versai un peu de bière. Elle s'étouffa et recracha.

– Pour l'amour de Dieu, répéta-t-elle, je ne sais pas ce que ce monstre a l'intention de faire! Je t'en prie, miss Pinchy! JE T'EN PRIE!

Je posai la main sous le menton de Candy et je me mis à le faire tourner doucement. Elle me fixa avec épouvante. Puis, baissant les yeux, elle vit qu'elle était totalement nue et se démena pour tenter de se libérer de ses liens.

Je déplaçai la main jusqu'à son estomac, puis, lentement, cercle après cercle, je descendis. Je m'arrêtai juste avant d'arriver à ses cuisses et me redressai. Je bus une gorgée de bière.

Lentement, je m'approchai des étagères à disques. Je posai la boîte de bière et explorai la collection.

Elles guettaient chacun de mes gestes. Deux oiseaux observant un serpent.

Je lisais les étiquettes. Je découvris une pile qui se trouvait tout en bas et tout au fond, couverte de poussière. Ah, ah! Sans doute les disques qu'elles détestaient et ne passaient jamais. Je sortis toute la pile dans un nuage de poussière.

Des chansons d'amour!

Exactement ce qu'il me fallait! Ça devait vraiment les dégoûter pour les avoir reléguées dans ce coin! Je sortis les disques de leurs pochettes et les empilai sur le distributeur automatique. Je fis tomber le premier disque.

– Qu'est-ce que vous allez faire? hurla Candy.

La musique commençait. Je montrai les deux masques qui dissimulaient les enceintes.

– Disons que ce sera notre chanson à nous, miss Candy Réglisse.

La batterie démarra : doum-boum-boum-doum-boum-boum.

Et un crooner chanta :

Laisse-moi plonger dans tes yeux,
Oublier la nuit, monter aux cieux.
Sous tes caresses, j'oublie le jour,
Serre-moi fort, ô mon amour!
Il faut qu'à l'heure des folies
Entre tes seins vienne la nuit.
O mon amour,
J'oublie le jour,
Entre tes cuisses,
Ma vie se glisse.
Vienne la nuit.

Candy recommençait à se débattre, le regard de plus en plus effrayé. Et elle hurla en tournant la tête.

– Pour l'amour de Dieu, donne-lui la combinaison! Il va me violer!

Miss Pinch gardait les lèvres serrées comme un trait. Je la regardai et lui dis :

– Elle a absolument raison.

J'ouvris le kimono Ninja et fis face à Candy.

Elle vit et hurla plus fort encore.

– Doux Jésus!

Tout en me rapprochant d'elle, je ne quittai pas des yeux miss Pinch.

– C'est à cause de vous qu'elle souffre. Tout ce que vous avez à faire pour que ça s'arrête, c'est me donner la combinaison.

Elle ne broncha pas. Ses yeux restaient fixés sur moi. C'était l'affrontement de deux volontés.

Je posai un genou sur le sofa et me tournai à nouveau vers miss Pinch.

Le trait roide de ses lèvres ne bougeait pas.

Mais Candy secouait follement la tête!

Je posai l'autre genou.

Candy hurla!

Miss Pinch gardait les lèvres closes.

Et tout à coup, quelque chose m'arrêta.

Je fixai Candy, stupéfait.

Elle me renvoya mon regard, terrorisée.

Mais je ne devais pas perdre de vue le travail. Je me tournai cependant vers miss Pinch.

– Mais c'est que votre petite femme est vierge! Si je continue, elle ne va plus le rester longtemps! Une dernière chance. Dites-moi quelle est la combinaison du coffre ou bien c'est elle que je force!

Incroyable mais vrai : miss Pinch arriva à serrer les lèvres un peu plus fort.

– C'est vous qui êtes responsable! lui lançai-je.

La musique coulait toujours des deux enceintes démoniaques.

– On y va!

Le cri de Candy fut plus fort encore que la musique!

Elle rejeta la tête en arrière et s'évanouit.

Le crooner roucoulait toujours.

Et miss Pinch gardait son air de sphinx.

Candy revint à elle. Elle jeta un seul regard à miss Pinch et se mit à gémir doucement.

La boîte de bière se renversa à cette seconde et la mousse se répandit sur le sol.

Candy poussa un cri.

Et les pieds du sofa se mirent à danser à ma cadence.

Les yeux de Candy roulaient dans leurs orbites.

Elle retomba dans l'inconscience.

L'expression de miss Pinch, contrairement à sa compagne, restait impénétrable. Et ses lèvres scellées.

La tête de Candy était retombée sur le côté et ses cheveux balayaient le sol.

Je me redressai en refermant mon kimono Ninja.

J'allai ouvrir une autre boîte de bière et en bus un peu. Puis je m'approchai de miss Pinch.

– Vous voyez à quoi vous êtes arrivée par votre entêtement? Cette pauvre Candy a piétiné les lois les plus sacrées du Contrôle Psychiatrique des Naissances. Par votre insensibilité, vous l'avez même amenée à trahir le saint nom de Rockecenter. Et la voilà, inerte, et déflorée. (Je pointai le doigt vers les longs cheveux emmêlés et son visage inerte.) Hélas, c'est vous qui l'avez forcée à se faire violer. C'est une femme flétrie!

Elle ne dit rien, ne fit rien. Quel cœur de pierre!

Mais cela ne m'abusait pas. Je savais ce qui l'effraierait réellement.

– Miss Pinch, dis-je, même si vous êtes un monstre, je peux éprouver de la compassion pour vous. C'est plus fort que moi. Si vous persistez dans cette attitude insensée, je ne réponds pas des conséquences que cela peut entraîner pour votre personne.

Rien.

J'en avais presque des scrupules. Mes Dieux, mais de quoi était-elle donc faite?

– Le sang va être répandu à nouveau, lui dis-je. Vous feriez mieux de me donner la combinaison avant que la situation ne m'échappe.

Silence de pierre.

– Très bien. Qui sème le vent...

Je me rendis jusqu'au tourne-disque. Je vérifiai que le prochain disque était en place.

Je pris une gorgée de bière. Ensuite, je retournai jusqu'au lit et m'agenouillai. Je fis couler un peu de bière bien mousseuse sur l'estomac nu de miss Pinch.

– Miss Pinch, vous feriez bien de me donner cette combinaison.

Pas un battement de cils!

Le disque se mit en place. Une ouverture de violons en longs sanglots.

J'ouvris mon kimono.
– Il ne nous reste plus guère de temps!
Elle me regarda. Toujours rien.
Un nouveau crooner entama :

Donne-moi la main,
Et prends mon cœur,
La pendule de l'amour a sonné l'heure!
Demain nous serons mariés,
Et nous aurons plein de bébés,
Cinq, six, sept ou huit!
Viens ma chérie, il faut faire vite!

Elle luttait pour relâcher la tension des chaînes et se redresser un peu.
Sa chaussette pendait toujours sur la pointe des épées.
– Si vous ne dites rien, alors on va y aller!
D'un geste convulsif, elle referma sa main sur la chaîne.
Le diamant du tourne-disque venait de dérailler et les mêmes paroles se répétaient :

Demain nous serons mariés...
Demain nous serons mariés...
Demain nous serons mariés...

– Hé! Mais VOUS AUSSI VOUS ÊTES VIERGE!
Avec un regard féroce, elle se débattit pour se redresser un peu plus.
– Allez, aux Diables la combinaison! criai-je. Profitons de l'occasion!
Elle poussa un cri à demi couvert par les flots sirupeux de la musique.
Elle se mit à rouler des yeux. Et tomba dans les pommes.
Le diamant avait repris le sillon et la chanson continuait :

O ma tendre, ô ma belle!
Je suis à toi, je suis ton homme,
Tout ce que tu veux, je te le donne.
Viens à moi, je vais dans toi.
Tu te couches, je te touche,
Tu as soif: viens bois-moi!

Miss Pinch venait de reprendre conscience.
Et elle tirait frénétiquement, en rythme, sur ses chaînes.

Et les deux masques-enceintes diffusèrent une nouvelle chanson langoureuse.

Mais, cette fois, ce fut une voix rauque de femme qui envahit la pièce :

Je gémis quand tu me tiens,
C'est long, tu vas et tu viens,
Tu souffles et je gémis,
C'est bon et tu me suis.
Tu vas et tu reviens,
Je geins et je te suis,
C'est long et c'est bien,
c'est bon entre tes reins...

Une boîte de bière qui se balançait au rythme de la musique explosa tout à coup et la mousse dégoulina dans la pièce.

Miss Pinch poussa un cri assourdissant et le pied du lit se souleva violemment avant de retomber.

Du coup, le diamant revint sur la chanson précédente :

Donne-moi la main,
Et prends mon cœur,
La pendule de l'amour a sonné l'heure !

Je me relevai en refermant mon kimono.

Et le disque continua :

Demain nous serons mariés,
Et nous aurons plein de bébés,
Cinq, six, sept ou huit...

Je frappai sur le bras de lecture d'un geste sauvage et il dérapa avec un CRAAC! sonore.

Mon regard se promena sur les deux femmes inconscientes. Elles étaient éteintes. K.O.

– Espèce de (bip)! grinçai-je à l'intention de miss Pinch. Est-ce que vous m'avez eu ENCORE UNE FOIS?

9

J'avais bien envie de les abattre toutes les deux. En fait, c'est sans doute comme ça que ça se terminerait.

Par hasard, je posai le regard sur moi.

Du sang!

J'étais du coup dans une situation particulière : il fallait que j'efface les traces du crime avant de l'avoir commis! Un dépucelage, c'était déjà beaucoup, mais deux de suite, cela faisait suffisamment de preuves pour qu'on me mette sur le dos tous les meurtres de Jack l'Éventreur. Un examen légiste et je serais fait!

D'ordinaire, on ne me considère pas comme quelqu'un de trop scrupuleux. En fait, certains vont même jusqu'à considérer que, tout comme l'Appareil, je suis absolument ignoble.

Mais je ne pouvais rien y faire : avant de me livrer à ce massacre, mieux valait établir mon innocence. D'abord, il fallait vite que je passe sous la douche pour effacer toutes les traces du crime.

Mon regard furieux revint sur les deux femmes toujours inconscientes. Et je donnai une claque de dégoût à mon kimono Ninja.

Je passai dans la chambre de Candy et refermai. Dans la salle de bains, il y avait des savons en quantité. Je ne suis pas un expert dans ce domaine, mais les savons américains, avec leurs parfums bon marché, sentent encore plus mauvais que moi. On se sert de parfums violents pour couvrir les odeurs fortes des ingrédients douteux qui servent à leur fabrication, comme la graisse de porc rance, par exemple. Je finis par découvrir un « savon de santé aux flocons d'avoine » qui prétendait vous donner « une senteur de vierge ». Je me mis sous la douche.

Tout en me savonnant, je réfléchis à la situation. Je dois admettre que j'étais perplexe.

Mes calculs les plus raffinés avaient été déjoués. Car n'importe qui aurait pensé a priori que le supplice le plus cruel qu'on pouvait infliger à une lesbienne était d'assister à un accouplement naturel, hétérosexuel.

Le marquis de Sade lui-même préconisait la « violence

sexuelle anarchique » comme l'acte le plus sadique possible. J'avais suivi ses livres à la lettre. Et il connaissait son affaire. Il avait mis en pratique tout ce qu'il prêchait. Freud lui-même, quelques décennies après, aurait été descendu en flammes s'il n'y avait eu l'œuvre de Sade.

J'avais dû commettre une erreur quelque part. Mais assez de spéculation. J'étais un homme de l'avenir et non du passé. Je caressai un instant encore l'idée de les tuer, de me débarrasser des cadavres et d'appeler ensuite un déménageur pour emmener le coffre jusque chez le fabricant. Je dirais que j'avais oublié la combinaison. Mais je laissai tomber ce plan. On pourrait se montrer soupçonneux. Il fallait continuer à effacer ma piste.

Je sortis de la douche. Je sentais la propreté au point que c'en était écœurant. A moins que ce ne fût les flocons d'avoine?...

Je remis le kimono Ninja et pris une arme. J'avais la main posée sur la poignée de la porte lorsque je les entendis bavarder. Elles avaient repris conscience! Je prêtai l'oreille. J'allais peut-être surprendre un indice qui me mettrait sur la route.

– D'accord, dis-lui, toi, fit Pinch.

– Non, non. *Toi*, tu lui dis. Tu te débrouilles mieux pour les choses compliquées.

– Il ne me croira pas. Il se méfie de moi.

– Il faut qu'il te croie! insista Candy.

– Je ne pense pas que je parvienne à le convaincre.

– Il faut ESSAYER! C'est intolérable. Il pourrait être capable du pire.

– Oui, fit Pinch. (Bip) de Dieu, il le pourrait bien. C'est désespéré!

Ah, ah! Elles pensaient que la situation était désespérée! L'espoir affluait dans mon cœur. Quelque chose les terrifiait. Je pris le risque. J'entrai, l'arme au poing.

Elles me regardèrent toutes les deux. Candy toujours ligotée sur le sofa, et Pinch bien sanglée au lit. Est-ce que c'était de la peur que je lisais dans leurs yeux? Mais oui. Sans le moindre doute! Elles étaient proprement terrifiées!

Miss Pinch inspira à fond et me dit :

– Si vous me détachez et si vous quittez cette pièce, j'irai ouvrir le coffre et je vous donnerai votre argent.

Ça alors! J'avais par hasard touché un point sensible. Quelque chose qu'elles craignaient par-dessus tout. Il fallait que j'agisse comme si je savais ce que c'était.

Mais je connaissais trop bien miss Pinch. Plus que toute

autre femme au monde, elle était la ruse et la traîtrise incarnées. Il fallait être plus malin qu'elle. Je saurais au moins ce qui les effrayait tant avant de les liquider toutes les deux.

Je fis le tour de la pièce en confisquant toutes les armes possibles, couteaux, épées, etc. Je mis la main sur les deux pistolets de duel de si fâcheuse mémoire. Il me fallut en fait faire trois fois le tour avant d'avoir tout récupéré.

J'arrachai le fil du téléphone. J'arrachai le câble de liaison de l'appareil espion, non sans m'être assuré qu'il n'était pas muni d'un dispositif d'alarme à distance. J'ouvris le buffet et fis main basse sur la moutarde, le poivre et le Tabasco qui allèrent grossir la pile.

En quelques gestes experts, je défis les liens de Candy. Elle ne fit pas un geste offensif : j'avais un poignard entre les dents.

Braquant alors mon pistolet contre sa tête, je la poussai jusqu'à sa chambre et l'attachai à sa coiffeuse.

Je revins dans la grande pièce avec le Ruger Blackhawk dans la main gauche et libérai rapidement miss Pinch avant de reculer précipitamment.

– Un geste suspect, et je fais sauter la cervelle de Candy. Maintenant, ouvrez ce coffre.

– Quand vous aurez quitté la pièce et fermé la porte.

Là, je prenais un risque terrible. Mais il me fallait absolument cet argent pour poursuivre ma croisade et anéantir enfin la cause de tous mes maux : Heller.

Je fis ce qu'elle me demandait et refermai. Je braquai le pistolet sur Candy en cas de traîtrise.

J'entendis quelques bruits vagues. Croyez-moi, c'était l'un des paris les plus risqués de ma carrière. Je m'efforçai avec beaucoup de difficulté de garder l'air indifférent.

J'avais l'impression de sentir mon cœur qui grimpait dans ma gorge. Les lesbiennes sont infiniment plus dangereuses que les autres femmes. Et miss Pinch, à elle seule, en valait bien trois ou quatre.

– Vous pouvez revenir à présent, appela-t-elle.

Je ne me laisserais pas avoir comme ça, oh non! Je repris Candy, toujours nue, les mains liées, et m'en fis un bouclier avant d'ouvrir la porte d'un coup de pied.

Miss Pinch était agenouillée devant le coffre. Humble et docile. Elle avait les mains dans le dos. Un piège! Le coffre était fermé! Je pressai le canon du Ruger sur la tempe de Candy, le doigt sur la détente.

– Quel genre de coup vous mijotez? demandai-je.

Elle montra ses mains. Elle tenait un billet de 1 000 dollars.

– Il est à vous, dit-elle. Si vous renoncez.

Il y avait de la peur dans son regard.

Il était temps que je sache enfin.

– Si je renonce à quoi? grinçai-je.

Ce fut Candy qui répondit en balbutiant, avec un accent horrifié.

– SI VOUS RENONCEZ À FRANCHIR CETTE PORTE ET À PARTIR! PARCE QUE NOUS NE VOUS REVERRIONS PLUS JAMAIS!

Je ne pus m'empêcher de tressaillir. Elles avaient monté un autre coup. Il y avait un piège quelque part et elles appliquaient la technique de diversion négative, page 2000003 du *Manuel de Stratagèmes et Ruses* de l'Appareil.

Miss Pinch dit alors d'un ton suppliant :

– Votre argent est toujours dans le coffre. Vous pouvez même en avoir plus si je vous signe un reçu en blanc. Mais, pour le moment, vous n'aurez que ça. Avec quelques conditions.

– Oui?

– Vous pourrez avoir 1 000 dollars tous les jours si vous vous installez chez nous et si vous nous refaites la même chose toutes les nuits.

– A l'une et à l'autre, précisa Candy. Et toutes les nuits.

Oh, ça c'était particulièrement suspect!

– Et le Contrôle Psychiatrique des Naissances?

– Tout ce qui peut se mettre en travers d'une chose aussi merveilleuse que *ça* est bon à foutre en l'air!

– Oui, (bip) avec ce Contrôle Psychiatrique des Naissances! fit Candy.

– Ils nous ont menti, enchaîna miss Pinch. On s'est mordues, on s'est griffées, on s'est barbouillées de rouge à lèvres dans cette chambre pendant des années. On a suivi les cours de Contrôle Psychiatrique des Naissances pas à pas. On a même consulté régulièrement le psychiatre qui en était responsable. Et personne, jamais, ne nous a dit que la sensation devait venir de LÀ! DU FOND! Est-ce que ce n'est pas vrai, Candy?

– C'est exact. On n'y a jamais fait la moindre allusion! J'étais même sur le point de craquer et de simuler quand... quand j'ai eu ce... cet...

– Orgasme? avançai-je.

– Oh, c'est donc ÇA, un organisme? s'étonna Candy.

– ORGASME. O.R.G.A.S.M.E.

– Mince alors, quel chouette nom! Je comprends pourquoi il y a tellement de chrétiens, maintenant. Si c'est ça monter jusqu'au Ciel!...

– Ils nous ont menti, fit Pinch avec amertume. Tout ce qu'ils nous ont dit c'est que pour participer au plan de réduction de la population de Rockecenter, il fallait que nous soyons lesbiennes. J'étais censée être l'homme et Candy la femme. Ma femme. Et on ne pouvait rien y faire, vu qu'ils ont changé les mâles en pédés et que briser ce genre de mariage est un crime.

Elle se leva brusquement. Ce qui me mit sur le qui-vive. Elle regarda autour d'elle. Ne trouvant rien à jeter, elle poussa violemment la Vierge de Fer qui s'écroula sur le plancher.

– (Bip)! Tous des (bips)! Ils ont fait de nous des défavorisées, des citoyennes de deuxième classe! Ils nous ont privées de nos droits de femmes pendant toutes ces années! Oh, oui, je vais me venger!

J'étais inquiet.

– Eh, une minute! Attendez! C'est de la trahison pure et simple! Et Rockecenter?

Elle cracha! Puis elle jeta une boîte de bière.

– Rockecenter! Qu'il aille se (biper)! Le Contrôle Psychiatrique des Naissances! Mon (bip), oui! (Une autre boîte de bière alla exploser contre un mur.) Je vomis sur le psychiatre en chef! Je lui (bipe) dessus! Je (bipe) sur la psychiatrie! Et sur Rockecenter et toute sa (biperie) de propagande! Toutes ces années où ils nous ont privées de cette chose merveilleuse!

Elle cherchait des choses à jeter, à casser. Je me dis qu'il fallait que j'arrête ce tir de barrage. Je savais comment. Parce que je n'allais pas tarder à recevoir quelque chose sur la tête. Je n'obéis pas à la psychologie mais à l'instinct de conservation le plus élémentaire.

– Écoutez... vous ne pouvez quand même pas me demander de vivre dans tout ce désordre – au milieu de tous ces instruments de torture. Je ferais des cauchemars et je ficherais le camp.

– Non, non! fit Candy, précipitamment.

– Oh, surtout pas, surenchérit miss Pinch, changeant brusquement d'attitude. (Elle était soudain prête à tout.) Écoutez : on va tout déménager. On va redécorer tout l'appartement. On vous donnera la chambre du fond. Et on mettra un verrou intérieur. On fera nettoyer le jardin pour que vous ayez une jolie vue afin de vous reposer de temps en temps. Vous pourrez aller et venir à votre guise. Tout ce qu'on vous demandera, c'est de coucher avec nous dans la pièce du devant toutes les nuits et de nous sauter.

– Pas dans ce lit, protestai-je d'un ton ferme. Et pas de sangles ni de moutarde.

– On va s'acheter un beau grand lit pour trois, dit Candy.

– Promis, pas de sangles, pas de moutarde, fit miss Pinch. Inkswitch chéri, ne soyez pas si dur! Dites oui, je vous en prie, mon joli!

Je crus qu'elle allait fondre en larmes et je ne pus qu'accepter.

– Oui.

– Oh! fit Candy. Détachez-moi vite pour que je vous embrasse, mon chéri!

J'eus quelque difficulté à trancher les derniers liens. Parce que miss Pinch me serrait dans ses bras en faisant entendre de drôles de petits grognements.

Candy, une fois libérée, se jeta sur moi pour m'embrasser.

– Vous aurez vos 1 000 dollars tous les jours, dit miss Pinch. Et on va s'occuper de tout redécorer. (Elle ajouta, comme si elle voulait être totalement rassurée :) Nous sommes bien d'accord?

– Oui, oui.

– Oh, splendide! cria Candy en frappant dans ses mains. On va s'habiller et on file au restaurant pour célébrer cette défloraison!

– Non, dit miss Pinch en me regardant, la tête penchée, avec un regard avide. On va rester ici et recommencer. On a toute la nuit devant nous. Mais cette fois, c'est moi la première, Candy. Tu peux regarder si tu me promets de ne pas crier. C'est à MOI de crier quand j'aurai un autre ORGASME. C'est TELLEMENT BON! Rien que d'y penser, j'en perds le souffle!

Et c'est ainsi que je fis ouvrir le coffre. En fait, *trois* coffres, si l'on considère bien les choses. Bien sûr, pas exactement comme je l'avais prévu, mais il faut savoir improviser sur le terrain. Et il faut aussi savoir aller au fond des choses. Et se redresser au bon moment.

Hélas, hélas... Si seulement la suite avait été comme ça.

10

Mes plans si minutieusement préparés étaient bloqués depuis une soixantaine d'heures. Je ne m'étais pas rapproché d'un centimètre d'Heller, et pourtant il le fallait. ABSOLUMENT!

Dans ma chambre, tout au fond de l'appartement, je m'agitais nerveusement. Et je grattais mes puces.

Depuis deux jours, un vacarme incroyable régnait dans l'appartement et même dans le jardin. On remeublait et on redécorait.

J'avais signé quelques factures en blanc de l'Octopus Oil au nom de John Smith et l'Enfer s'était déchaîné. Il y avait des ouvriers partout. Des plombiers, des peintres, des électriciens et même quelques pédés qui s'occupaient de la décoration et du mobilier. Ça prouvait bien qu'il faut y regarder à deux fois quand on signe des factures!

Mais, ce qui expliquait ma nervosité (et ma chasse aux puces), c'était surtout le fait que j'étais dans l'incapacité de joindre Raht par radio. Je savais pourtant qu'il avait le récepteur et qu'il me montrait par là son mépris en refusant tout simplement de me répondre.

Je ne pouvais prendre le risque d'appeler le bureau de New York car j'étais un homme en fuite. Pour Raht, c'était différent : avec l'émetteur-récepteur, il pouvait très bien croire que j'étais en Afrique.

Il fallait absolument que je le joigne : les Relais 831 étaient activés et, à si faible distance, mes écrans étaient aveugles. Et j'ignorais ce que faisait ma cible numéro un : Heller! Si je ne contrôlais pas ses faits et gestes et surtout ceux de ce léprodonte femelle, la comtesse Krak, je ne pouvais plus bouger.

J'enrageais : il fallait que je fasse quelque chose, que je trouve un moyen de commencer sa liquidation.

J'avais de l'argent : 3 000 dollars. Deux des billets représentaient mon salaire normal, l'autre les heures supplémentaires.

Je contemplais d'un air morose un seau de peinture jaune jonquille. Une puce était en train de s'y noyer. J'étais sur le point de l'enfoncer une bonne fois pour toutes d'un coup de pinceau, quand elle réussit à s'en arracher et à sauter. Cet incident eut pour effet d'accroître mon impatience. Il fallait que je quitte cet endroit bruyant pour réfléchir en paix.

J'enlevai quelques taches de peinture jaune de mon trench-coat et sortis faire un tour. La journée était fraîche et venteuse et, normalement, je devrais retrouver le calme propice à la concentration.

En toute innocence, je m'approchai d'un kiosque à journaux. Et là, je tombai sur la une du *New York Cradpress*. Et je lus en caractères immenses :

LE DROIT DE BOMBARDEMENT
DES FEMMES PRÉSENTÉ DEVANT
LE CONSEIL DE SÉCURITÉ DE L'ONU

DES PIQUETS DE GRÈVE EN JUPONS

GRAND RASSEMBLEMENT DES ANTINUCLÉAIRES À L'UNIVERSITÉ D'EMPIRE

Encore un coup d'Heller! Cette manchette était destinée à me narguer!

Mais soudain, l'importance de la chose me frappa de plein fouet. Si la proposition était votée par le Conseil de Sécurité, miss Simmons allait baiser les pieds d'Heller! Elle ne le ferait pas virer de l'université comme elle l'avait juré. Oh, non! Il décrocherait ses diplômes! Et dans le combat contre l'abominable complot de résurrection de la planète, je perdrais une alliée essentielle. Ce qui pourrait bien précipiter notre fin à tous : Rockecenter, Lombar et moi.

Je savais reconnaître un état d'urgence. Mais que pouvais-je faire?

Je restai là, luttant contre un tremblement incoercible devant le danger. Je levai les yeux au ciel, implorant quelque signe des Dieux. Et ils me répondirent! Car là-bas, j'apercevais le building de l'Octopus Oil! Rockecenter régnait toujours au plus haut des cieux et tout irait bien dans le monde avant peu. Je réalisais que Trapp était dans l'impossibilité de savoir que c'était « Wister » qui était derrière cette histoire de droits de la femme. Rockecenter, Trapp et tous ceux qui étaient concernés savaient le danger que représentaient les femmes. Mais, d'un tout autre côté, Rockecenter contrôlait les ressources en uranium du monde et le marché du thermonucléaire n'allait pas tarder à s'effondrer si aucune guerre ne pointait à l'horizon! Cette proposition, si elle était acceptée, allait déchaîner sur la planète une ère de paix dévastatrice! Rockecenter devait être dans tous ses états!

Je démarrai instantanément. D'un pas vif, je m'avançai vers l'Octopus Building.

J'y pénétrai par la porte des Associations de Charité. Quelle veine! Trapp était justement là! Il avait posé son habituel chapeau noir à bord étroit sur une cage de souris blanches posée sur son bureau. Il releva la tête et une espèce de sourire se dessina aux commissures de ses lèvres.

– Inkswitch! Entrez donc. Il y a bien un ou deux jours que je ne vous ai vu! (Il me désigna un fauteuil, devant son bureau.) Installez-vous. Qu'est-ce que vous fabriquiez donc?

Je m'assis.

– Il faut que je joue mon rôle d'agent fédéral pour ma couverture, lui dis-je. Je passais juste pour savoir si vous étiez au courant de cette proposition sur les Droits Thermonucléaires des Femmes ?

– Les femmes. J'essaie autant que possible de m'en tenir à l'écart. Mais jusqu'à présent, je dois dire, la chance n'a pas été avec moi. Il est aussi difficile de les éviter que les citations à comparaître.

– Ma foi, je me suis dit que vous aimeriez probablement savoir que ce Heller est mouillé dans cette histoire jusqu'au cou. Un vrai danger, ce type.

– Oh... Wister... (Il n'y a qu'un avocat de Wall Street qui puisse avoir le regard qu'il avait en cet instant. Il joignit les mains sous son menton en se rencognant dans son fauteuil.) Mais je crois bien que nous nous occupons de tout ça. Madison est sur l'affaire. Et si j'en juge par les factures qui pleuvent de chez FFBO, je pense qu'il se démène.

– Il faut mettre un terme aux agissements de Wister, dis-je.

Le « sourire » s'accentua, déformant ses lèvres.

– Il faut attendre, Inkswitch. Quand un *public relations* comme J. Warbler Madman s'y met, rien ne lui résiste ! Vous pouvez compter sur lui ! Quand ce dingue en aura fini avec votre Wister, le malheureux (bip) suppliera qu'on l'envoie à la chaise électrique et il cassera la gueule à tous ceux qui essaieront de lui obtenir la grâce du gouverneur. Madison est un type sur qui vous devez compter, Inkswitch. Il est meilleur encore que tous les serpents que j'ai pu rencontrer au cours de mon existence ! Si vous rassembliez tous les Madison de ce monde avec les médias que nous avons, Inkswitch, les Quatre Cavaliers de l'Apocalypse demanderaient à être déboutés. Non, ne vous faites pas de souci. Soyez certain que Madison va totalement bousiller l'existence de Wister.

Je compris que je n'allais nulle part avec Trapp. Je me levai.

– Oh, à propos, Inkswitch. Je viens juste de me souvenir. J'avais un cadeau pour vous l'autre jour et ma secrétaire m'a dit que nous n'avions pas votre adresse.

– Des serpents ?

– Non, non. Ils ont trop de valeur. Mais j'ai ramené un jeu d'aiguilles d'acupuncture de Chine et je me suis dit que ça vous dirait peut-être de les essayer sur miss Agnes. Si on les pique au mauvais endroit, il paraît que c'est l'enfer. Alors, quelle est votre adresse actuelle ?

– Je suis un agent secret.

– Oh, bon sang, Inkswitch, je le sais bien ! C'est seulement pour mon carnet personnel.

Je ne pouvais vraiment pas refuser et lui révéler en même temps que je n'avais même pas rencontré miss Agnes. Et je lui donnai l'adresse de l'appartement. Il l'inscrivit dans son petit carnet noir. Puis s'interrompit.

– Mais je connais cette adresse. (Les pattes-d'oie au coin de ses yeux se firent plus marquées.) Mais oui, j'ai dû étouffer une affaire de meurtre là-bas, le mois dernier. Quelqu'un qui avait été battu à mort. J'y suis! C'est l'appartement de miss Pinch! (Il me fixa avec une expression de surprise absolue.) Seigneur! Vous ne vivez quand même pas avec elle?

– Je l'ai à ma main, dis-je.

– Eh bien, Grands Dieux! s'exclama-t-il, admiratif, ça serait peut-être bien que vous vous occupiez de ma femme!

Je changeai rapidement de sujet. J'avais suffisamment à faire comme ça et l'étalon que j'étais devenu ne tenait pas à d'autres heures supplémentaires. Et puis, je me souvenais trop bien de la voix de sa femme! Insupportable! Traumatisante!

– Je vous en prie, surtout ne dites pas à miss Agnes que je vis avec miss Pinch, lui dis-je.

Trapp secoua la tête.

– Oh, non. Inkswitch, vous avez une très mauvaise opinion de moi. Je ne suis pas fou au point de parler de ça à miss Agnes. Malgré le boulot que je fais.

– On est tous les deux dans ce cas, dis-je.

Mais je mentais. Le travail d'un avocat de Wall Street n'est en rien comparable à ce qu'endure un officier de l'Appareil.

Sur ce, je pris congé.

J'étais persuadé que Trapp ne réalisait pas la gravité de cette affaire avec l'ONU. J'avais intérêt à tout faire pour barrer la route à Heller avant qu'il ne barre la route à tout le monde.

Je pris un taxi et je me retrouvai en un rien de temps au 42 Mess Street.

L'Excalibur de Madison était garée en face des bureaux, dans une ruelle, et un employé s'activait à astiquer les chromes.

J'entrai dans la salle de presse. C'était bien ce que j'avais soupçonné : les lieux étaient à peu près abandonnés. Il ne restait que quelques journalistes. Une demi-douzaine de téléphones seulement sonnaient en même temps et une bonne moitié des téléfax étaient inertes.

Madison était là, dans son bureau surencombré, les pieds sur le bureau, un sourire engageant sur son visage honnête, jeune et sincère.

– Smith! Entrez donc! Asseyez-vous. Je ne vous ai pas vu de toute la journée.

C'était particulièrement vexant. Personne ne s'apercevait de mes absences pendant des semaines, et même des mois?

Je me souvins tout à coup que j'avais un compte à régler avec lui.

– Ça n'était pas très malin de votre part de virer le Dr Crobe, dis-je d'un ton aigre.

Il éclata de rire.

– Phetus P. Crobe?

– Oui, ce docteur que vous avez mis à la porte.

– *A la porte?* Mais où êtes-vous donc allé chercher cette idée, Smith?

– Vous avez bien appelé une ambulance, non?

– Oh, j'y suis. Vos types ne sont pas revenus me trouver. Dès qu'ils l'ont emmené, j'ai appelé le chef du service de psychiatrie de Bellevue. Crobe, apparemment, était pressé de découper des choses, exactement comme les psychiatres, alors ils lui ont donné un labo à lui et ils l'ont assigné à un poste important. Vous ne pensiez tout de même pas que j'allais laisser passer un atout pareil, non? Dieu m'en garde. Qu'est-ce que les médias auraient à se mettre sous la dent pour ce qui est de l'horreur s'il n'y avait pas les psychiatres? Mais avant de m'en servir, il faut que je le forme. Smith, il faut rester dans le coup, mon vieux. Et j'aimerais bien que vous vous mettiez sérieusement aux *public relations.* Vous n'y connaissez pas grand-chose. C'est dur, vous savez, de bosser avec des amateurs. Ce (bip) de dingue aurait très bien pu me tuer. Apparemment, vous n'y connaissez rien en psychiatrie, sinon vous l'auriez expédié tout droit à l'hôpital, vous ne l'auriez pas laissé comme ça en liberté, à découper vos collègues en tranches. La psychiatrie, Smith, c'est bon pour le *public,* voyez-vous. Pas pour les gens qui comptent.

Mais c'est qu'il était en train de me donner une leçon!

– Hé, ne prenez pas ce ton avec moi, Madison! Vous n'êtes pas en position de le faire! Wister représente une menace certaine et qu'est-ce que vous fichez? Rien ou presque. L'affaire d'Atlantic City remonte à des semaines et maintenant elle est oubliée...

Il ôta brusquement ses pieds du bureau et se pencha en avant, révolté.

– Oubliée? Mon Dieu, délivrez-nous des amateurs! C'est à la une depuis des semaines! Un record absolu! Le plus gros de mon personnel est actuellement à Trenton, New Jersey, pour relancer le truc!

Il rafla une énorme liasse de coupures de presse sur son bureau.

– Jetez seulement un coup d'œil là-dessus! Le gouverneur du New Jersey en fait une vraie crise. Il continue de hurler qu'on a volé Atlantic City! Que la ville fait encore partie du New Jersey. Et regardez-moi ça : toutes ces manifs, ces émeutes! Maintenant, les citoyens refusent de payer l'impôt fédéral. On a fait un sacré ramdam au niveau de la législature et Super Wister a été mis en état d'arrêt par la police fédérale pour délit de vol sur la ville. Et ça : Super Wister traîné devant la cour, bombardé de bouteilles de whisky. On voulait lui faire promettre que jamais il ne vendrait Atlantic City au Nevada.

Il saisit une autre feuille.

– Et ça! Regardez-moi ces titres!

C'était le *New York Cradpress.* Je lus :

SUPER WISTER PROPRIÉTAIRE LÉGITIME
DE TOUT LE NEW JERSEY

Aujourd'hui, pour le gouverneur, le choc a été terrible autant que brutal : il a été mis devant le fait. C'est non seulement la ville d'Atlantic City mais l'ensemble du New Jersey qui est devenu la propriété légale de J.T. Wister, mieux connu sous le surnom de « Super Wister », et ce depuis quelque temps.

Le Pr Stringer, qui fait autorité en matière d'histoire et de généalogie, a prononcé une mise en garde selon laquelle Wister serait bel et bien le descendant direct du chef Rancocas, de la tribu des Lenni Lenape, branche des Indiens Delaware, possesseurs originels du New Jersey.

Le nom indien de « Lenni Lenape » signifie « Peuple originel ». Et, selon le Dr Egghead, historien fédéral : « Il est évident que le mot " originel ", dans ce contexte, prouve la légitimité de cette revendication. »

« Nul titre de transfert ou d'enregistrement de vente du chef Rancocas de la tribu indienne des Lenni Lenape n'a pu être retrouvé dans les archives et les dossiers du Palais de Justice de Trenton. » Telle est la déclaration faite par le greffier fédéral du Bureau des Hypothèques. « Il faut donc en conclure que l'ensemble de l'État du New Jersey appartient encore à ses propriétaires d'origine. »

Avant que j'aie pu finir, Madison fit claquer le journal sur son bureau. Ses yeux étincelèrent.

– Dès le lendemain, Super Wister va exiger l'expulsion des colons d'origine. Ensuite, on mettra sur cette affaire le Bureau des Affaires Indiennes du Département de l'Intérieur et nous aurons une nouvelle bataille de Wounded Knee, la une pour chaque Indien abattu et au moins une page intérieure pour chaque marshal descendu. La semaine d'après, Super Wister s'échappera en volant un train et...

Là, je ne suivais plus.

– D'où sort ce train? Qu'est-ce qu'il fait dans cette histoire?

Madison se rassit avec un sourire condescendant. Et même apitoyé.

– Smith, vous devriez consulter un docteur rapport à votre mémoire. Je vous ai dit clairement, il y a longtemps, que je voulais créer une image à la Jesse James. Vous ne vous souvenez pas? C'est l'immortel par excellence. Vous ne comprenez rien au travail des *public relations,* Smith.

Il m'agaçait trop.

– Écoutez, Madison. Je suis venu pour vous dire que Super Wister est à la base de cette histoire de droits de la femme et de thermonucléaire. Ça va passer devant le Conseil de Sécurité de l'ONU. Il a déjà fait accepter la proposition devant l'Assemblée Générale en se servant de l'influence de toutes ces putains.

– C'est un fait réel? demanda Madison, nonchalamment.

– Oui, c'est réel! lançai-je d'un ton mordant. Parfaitement réel! Et vous feriez bien de vous en occuper!

– Non. Ça ne cadre pas avec son image!

– Mais, mes Dieux, c'est la VÉRITÉ!

Il eut un rire amusé.

– La vérité? Mais qu'est-ce que la vérité a à voir avec les PR, Smith? L'information, de nos jours, c'est du *divertissement.* Demandez donc à la NBC, à la CBS, à ABC, à tous les grands journaux. Ils vous le diront tous. Les informations constituent la plus grande source de divertissement du monde. Laissez-moi vous poser une question, Smith: comment comptez-vous distraire avec la vérité? C'est absurde! Non, vraiment, vous ne comprenez rien aux médias modernes. Rien du tout! Laissez-moi donc m'occuper de ça, si vous le voulez bien, d'accord? Et on aura en corps 18 gras: *MADISON GAGNE ENCORE*, point d'exclamation, fin de citation.

– Vous n'avez pas ouvert la citation, fis-je d'un ton aigre.

– Exact. Je corrige. Corps 18, je cite: foutez le camp d'ici, Smith, et laissez-moi travailler.

Pas étonnant qu'on l'ait surnommé J. Warbler Madman. Il était vraiment dingue. Je repartis avant qu'il ne se mette à écumer. Mieux vaut la rage qu'une morsure de PR ou d'un représentant des médias.

Mais j'étais inquiet. Personne n'avait l'air de comprendre le danger de cette loi. Si le Conseil de Sécurité la votait, c'en serait fini des bénéfices de Rockecenter dans le nucléaire.

Le monopole de l'Octopus dans les mines d'uranium deviendrait sans valeur. Lombar serait furieux. Et pis encore, miss Simmons fondrait d'admiration pour son nouveau héros.

Oui, j'étais vraiment inquiet !

Je marchai encore un moment et tout à coup :

L'INSPIRATION !

Il fallait que j'aille trouver miss Simmons !

QUARANTE-DEUXIÈME PARTIE

1

Je sautai dans un métro et filai vers le nord. J'avais rendez-vous avec le destin et j'allais déclencher une réaction en chaîne qu'Heller lui-même ne pourrait arrêter.

Le grondement puissant des roues me portait toujours plus loin, plus vite. Enfin, j'étais dans le feu de l'action, j'oubliais le monde et la foule pour ne penser qu'à ma vengeance. C'était le sang, le sang seul et rouge, qui paierait le prix de toutes ces heures de souffrance qui avaient ruiné mon énergie et ravagé mon âme.

Je sortis en courant à la station de la 116e Rue. Le visage grave, l'air décidé, je me dirigeai vers l'Université d'Empire.

Je trouvai miss Simmons dans le Puppet Building du Collège d'Enseignants. Elle était assise derrière un bureau, avec un regard perdu. Et je la comprenais : elle avait été persécutée et détruite par l'ignoble Heller.

Elle ne portait pas ses lunettes et je savais très bien que sans elles elle ne voyait rien. Elles étaient devant elle, sur son bureau, et je posai un livre dessus en m'asseyant.

– J'appartiens au *Morning Press*, lui dis-je. Je suis venu vous interviewer à propos de l'attitude des Marcheurs Antinucléaires vis-à-vis de la proposition de l'ONU sur les droits thermonucléaires des femmes.

Elle me regarda et dit :

– Si la loi n'est pas votée, nous ferons sauter l'ONU, malgré la Force Tactique de Police de New York. Je suis la présidente, maintenant, et je ne dirai qu'une chose : EN AVANT! (Elle chercha ses lunettes, ne les trouva pas, et ajouta :) Vous pouvez citer mes paroles.

– Derrière cette proposition de loi, il y a des forces occultes au travail, dis-je.

– Je ne veux entendre aucune critique à l'encontre des minorités. (Elle tapota le bureau, toujours en quête de ses lunettes.) Est-ce que je ne vous ai pas déjà vu quelque part? A l'asile psychiatrique, non?

– Bien sûr que vous me connaissez. Moi aussi je suis un révolutionnaire. En fait, je suis un agent de l'OLP. Le *Morning Press* me sert de couverture.

– Alors nous pouvons parler librement. Il faut interdire les engins thermonucléaires, même s'il faut détruire le monde pour ça. Est-ce que ça ne serait pas au cours de psychologie 13 que je vous aurais vu?

– Certainement. J'étais assis derrière vous et j'applaudissais à tout ce que vous disiez.

– Alors vous êtes Throgapple. Je me souviens toujours de mes élèves.

– Exact, dis-je.

Elle cherchait encore ses lunettes et je me dis que j'avais intérêt à créer une diversion.

– Qu'est-ce que vous enseignez ici? demandai-je en prenant le livre, ce qui me permit de faire tomber les lunettes dans ma main.

– Leçons de conduite post-universitaires, dit-elle. Tous ces jeunes profs qu'on envoie dans les collèges sèment la pagaille. On doit donc les préendoctriner pour leur apprendre à demeurer calmes, maîtres d'eux-mêmes, et même froids en toute circonstance. Aujourd'hui, on ne dit plus qui châtie bien aime bien*. Une conduite hystérique de la part d'une prof, c'est mal vu, même si elle trouve une boîte pleine de cafards dans son sac. Mais *bon sang*, où est-ce que j'ai mis mes lunettes? Vous ne les voyez pas quelque part, Throgapple?

– Non.

Je ne mentais pas : elles étaient dans ma poche.

– Mais, pour en revenir aux Marcheurs Antinucléaires, quelle déclaration comptez-vous faire si cette loi est rejetée par le Conseil de Sécurité?

Je baissai la tête. Car elle s'était dressée d'un bond et tambourinait furieusement sur son bureau en débitant un flot de termes

* En anglais, *Spare the rod and spoil the child,* que miss Simmons cite en inversant, *Spare the child and spoil the rod. (N.d.T.)*

tous plus grossiers les uns que les autres, dont j'ignorais même certains.

– Et vous pouvez citer tout ça ! (Elle se rassit, épuisée.) Mais, bien entendu, c'est impensable. Toutes les femmes de la planète les mettraient en morceaux à coups d'ongles !

Je n'aime pas voir les femmes en colère. Ça peut toujours rejaillir sur vous. Je décidai donc de l'apaiser en ramenant son esprit vers les douces collines, les torrents limpides et le bonheur dans le pré. Il fallait absolument qu'elle perde cet éclat dément que je voyais dans ses yeux.

– Je sais que vous êtes aussi chargée du cours d'Observation de la Nature.

Elle eut un regard encore plus fou !

– Throgapple, c'est vrai qu'à une époque, j'aimais bien ces promenades du samedi à travers les bois. Je parlais aux lapins et je souriais aux jonquilles. Mais l'an dernier, Throgapple, il m'est arrivé une chose terrible qui a changé ma vie !

– Racontez-moi.

– Throgapple, alors même que mon cœur de mère s'enflait dans ma poitrine à en éclater, alors que ma pitié débordait, est arrivé dans ma classe le plus nuisible, le plus mauvais, le plus ignoble représentant du démon...

Elle craqua, les lèvres tordues, grinçant des dents, haletante.

– Je comprends, dis-je doucement. Un physicien nucléaire du nom de Wister.

Elle bondit et se mit à courir de bureau en bureau en empilant des chaises. Elle grimpa avec agilité au sommet de la pile oscillante et resta là, tournant les yeux de tous côtés.

– Il n'est pas là, dis-je pour la rassurer.

– Dieu merci !

Deux étudiants, qui venaient sans doute du cours voisin, la contemplaient depuis le seuil, bouche bée.

– Je crois comprendre que vous ne l'aimez guère, avançai-je.

Elle poussa un hurlement tel que j'en eus les oreilles transpercées.

Les deux étudiants durent croire que je la battais. L'un d'eux s'enfuit mais l'autre, un jeune costaud, me regarda d'un air menaçant.

Miss Simmons, à bout de souffle, venait de se taire enfin.

Mais d'autres étudiants étaient accourus. Le premier me désigna d'abord avant de montrer miss Simmons du doigt. Elle était assise tout en haut de la pile de chaises.

– Miss Simmons, lui dis-je. Voulez-vous que nous poursuivions cette interview, s'il vous plaît ? Notre bureau a la preuve absolue qu'une cabale énorme, éléphantesque, s'est formée afin que cette loi soit rejetée par l'ONU. Mon rédacteur m'a donc demandé de venir vous voir afin de connaître votre réaction.

Elle pencha la tête dans ma direction. Mais, sans ses lunettes, elle ne devait distinguer qu'une forme grise et floue.

Néanmoins, elle m'écoutait et je pouvais donc continuer. Après son éclat, je savais très exactement ce que je devais lui dire.

– Je suis persuadé que vous comprenez parfaitement qu'il y a certaines parties qui sont prêtes à sacrifier leur vie pour empêcher l'adoption de cette loi.

La tour de chaises vacilla. Son regard aveugle se porta dans ma direction et sa bouche s'ouvrit. Elle allait pousser un autre hurlement.

– Une seule et unique personne s'y emploie et cherche à corrompre les délégués des Nations Unies par les femmes et la drogue, le chantage et la menace. Une seule et unique personne qui travaille nuit et jour, jusqu'aux premières lueurs de l'aube, qui rampe hors de sa tanière tel le serpent sournois, qui prie dans les messes noires, enrôle ses amis et s'acharne avec la plus grande ruse et dans le plus grand secret à renvoyer cette proposition de loi au néant afin que jamais plus il n'en soit question.

Je savais qu'elle buvait mes paroles. Et les étudiants aussi, d'ailleurs. Le moment était d'une grande intensité dramatique et je fis traîner le suspense.

Quand je fus certain que tous les neurones de miss Simmons étaient autant d'oreilles dirigées vers moi, je portai l'estocade.

– Le nom de cet ennemi secret, dis-je, est Wister.

Elle fut secouée d'un spasme atroce et se dressa toute droite.

La pile de chaises commença à s'incliner.

Lentement, puis plus vite.

Et s'effondra.

Miss Simmons tomba dans un bruit épouvantable.

Des bouts de bois jaillirent dans un grondement de volcan et le gang des étudiants se rua sur moi.

– Il l'a poussée!

– Attrapons-le!

– On va le tuer, ce (bipard)!

J'avais commis une lourde faute. Je n'avais pas réalisé que de nos jours, se retrouver au milieu des étudiants équivalait à entrer dans le hangar d'Afyon avec les pilotes-assassins. Et j'étais venu sans arme!

Ils me tirèrent au-dehors en me bourrant de coups. Je me retrouvai en haut des marches.

L'un des plus audacieux déchira ma veste et sortit mon portefeuille.

– Merde, un Fed! brailla-t-il. Un sale (bip) de Fed (bipeux)!

Ça suffit pour qu'ils m'envoient valser en bas des marches.

J'atterris avec un bruit mat.

Ils me lancèrent mon chapeau et mon portefeuille.

Je fus plus malin qu'eux. Avant qu'ils aient fait mine de descendre, j'avais récupéré mon chapeau et mon portefeuille et je courais comme un léopard.

Mes bottes d'officier du service général martelaient le gravier à toute allure et bientôt les cris s'estompèrent.

Je regagnai la station de la 116e Rue juste à temps pour sauter dans une rame express.

A l'instant où les portes se refermèrent, j'éclatai enfin de rire.

C'était fait! Tout avait fonctionné à la perfection!

Si la loi passait, elle se moquerait d'Heller qui serait vaincu en dépit de toutes ses fourberies. Si elle était rejetée, j'étais maintenant convaincu qu'elle allait faire de sa vie un enfer dont il ne sortirait sûrement pas vivant.

Le métro fonçait à travers New York et moi je suçais avec ravissement les quelques coupures que j'avais à la main.

Une petite raclée, qu'était-ce donc après tout? Rien. Dans l'Appareil, on nous apprend à être dur. Et je l'étais. En un pareil moment de triomphe, la douleur est presque un délice.

J'avais frappé un grand coup et Heller ne s'en remettrait jamais.

J'avais toujours vu clairement quel était mon devoir. Et je l'avais fait. On est comme ça dans l'Appareil.

2

Au fur et à mesure que la date du vote approchait – il était prévu pour vendredi, à 14 heures – je devenais de plus en plus nerveux.

Il y avait maintenant quatre jours que j'étais à New York, quatre jours que j'appelais sans arrêt Raht. En vain.

Les ouvriers grouillaient toujours dans l'appartement. Ils voulaient finir avant le week-end à cause des heures supplémentaires et je vivais dans une vraie maison de fous.

Je décidai de faire une dernière tentative. Je m'enfermai dans un cabinet qui venait à peine d'être terminé et, dans l'odeur suffocante de la peinture fraîche, je manipulai à nouveau les boutons de la radio. Je le faisais un peu au hasard car j'avais oublié le manuel. En haut, il y avait une aiguille derrière un écran de verre et un bouton rouge qui aurait dû s'allumer. C'est en essayant de m'installer un peu plus confortablement sans me tacher que je le touchai accidentellement. Et il s'alluma ! Pour la première fois ! Est-ce que cette radio avait seulement été allumée quand j'avais tenté de m'en servir auparavant ? Ce type de matériel va par paire et est très rudimentaire. Ce sont les généraux de l'Armée qui l'utilisent, c'est dire.

Je secouai le poste pour m'assurer que rien ne s'était détaché à l'intérieur.

– Oui ?

La voix de Raht !

– Alors on s'endort ? grondai-je. Je vous prends la main dans le sac, hein ?

– Officier Gris ? C'est vous ? Mais où êtes-vous ?

– En Afrique, imbécile ! Où croyez-vous que je sois ?

– Je vous entends trop fort pour que vous soyez aussi loin, officier Gris. J'en ai presque le tympan crevé. Je viens de baisser le volume au minimum.

– Ça doit être un effet d'amplitude. Je suis toujours en Afrique, n'oubliez pas ça. Moi je peux à peine vous entendre. Mais ça n'est pas le moment de discuter. Coupez immédiatement les trois Relais 831 !

– Ça veut dire que vous devez être à moins de 300 kilomètres de moi. D'ailleurs, l'aiguille directionnelle...

Je coupai d'un geste sec. Je n'allais pas le laisser m'avoir comme ça et retrouver ma trace. Ah, non !

Je regagnai le chaos de ma chambre pour prendre les trois écrans ainsi qu'une télé portable. Je retournai dans le cabinet. Ça n'était pas très confortable, je dois dire, entre la peinture et les puces qui me grattaient encore. Mais le devoir c'est le devoir. Et dans cet appartement, c'était encore plus dur.

Les écrans étaient encore aveugles : il faudrait un certain temps à Raht pour atteindre les antennes de l'Empire State Building. Mais la télé fonctionnait bien. Les trois chaînes principales parlaient toutes de l'événement.

Un commentateur politique expliquait dans le détail les origines de la proposition de loi et de la polémique planétaire qu'elle avait soulevée. J'écoutai avec un sourire entendu : ces polémiques avaient été limitées aux lits du *Gracious Palms* !

Je dus attendre une demi-heure à me gratter et à suffoquer avant que mes écrans se réveillent.

D'abord, ce fut celui de Crobe. Il regardait une femme allongée sur un divan et, apparemment, il devait la psychanalyser car elle n'arrêtait pas de lui répéter comment son petit frère de trois ans l'avait violée quand elle en avait seize. Il ne l'écoutait peut-être pas mais il se livrait à une exploration approfondie de son orifice génital. Il releva la tête et je vis qu'il avait un bureau somptueux. Fichtre! Avec des crânes sur des étagères et son diplôme de psychiatre dans un cadre doré. Mais, si j'admirais les ressources de Bellevue et le luxe de l'hospitalité dont on y jouissait, Crobe n'était pas mon principal sujet d'intérêt pour l'instant et j'éteignis l'écran afin de ne pas me laisser distraire.

La comtesse Krak, elle, se trouvait dans le bureau principal d'Heller. Non : en fait, elle était allongée sur le plancher, le menton dans les mains, et lisait un livre dont le titre était, si j'en croyais ce que je lisais en haut de page : *Cuisine de tous les pays*. Elle était pour l'instant plongée dans les recettes de l'Inde. Elle claqua dans ses doigts et la page tourna d'elle-même. Une seconde, j'en fus surpris. Puis je vis que ce n'était que le chat. Elle était maintenant dans les recettes de cuisine d'Indonésie.

L'écran d'Heller montrait la même image que j'avais sur ma télé portable, à cette différence qu'elle était plus claire avec de meilleures couleurs. Très malin de sa part. Il n'était pas allé à l'ONU parce que les filles du *Gracious Palms* devaient toutes y être et qu'il aurait eu du mal à s'expliquer avec la comtesse.

Elle lui jeta un regard de côté et dit :

– Tu as l'air préoccupé, chéri. Quelque chose ne va pas?

– C'est cette affaire à l'ONU. Je n'aime pas la façon dont ça se présente. D'après les commentaires, ça va être serré. La loi qui m'intéresse a été approuvée par l'Assemblée Générale. Mais, pour qu'elle entre en application, il faut qu'elle passe devant le Conseil de Sécurité. Il compte quinze membres mais le veto d'une seule des grandes puissances peut suffire à annuler la motion.

– Les grandes puissances? fit Krak, intriguée.

– Oui, les États-Unis, la France, le Royaume-Uni, la Russie et la Chine. Même si les neuf autres membres du Conseil de Sécurité votent pour, il suffit d'un veto de la part d'un de ces cinq pour que ce soit perdu.

– Mais quelle est cette loi, chéri?

– Les droits de la femme.

– Humm, fit la comtesse avant de se lever et de s'asseoir sur un sofa non loin de lui. Je n'arrive pas très bien à comprendre pourquoi il leur faut une loi sur les droits de la femme. Les femmes ont leurs propres droits. Pourquoi cela t'intéresse-t-il à ce point, chéri?

– C'est important.
– Hummm, fit encore une fois la comtesse.
A cet instant, on passa quelques séquences de foule. Les gens s'étaient rassemblés tout autour du building des Nations Unies avec des banderoles et des drapeaux. Ils chantaient et scandaient des slogans.
La caméra zooma sur un groupe qui brandissait d'immenses banderoles et Heller laissa échapper un petit rire. La comtesse lui décocha un regard acéré. Il ne quittait pas l'écran des yeux, un sourire aux lèvres.
Sur une banderole, on pouvait lire :

Si la loi 678-546-452 n'est pas approuvée
par le Conseil de Sécurité,
il sera boycotté
au Gracious Palms !

Le regard de la comtesse se reposa sur l'écran. La caméra faisait un plan fixe sur une affiche que brandissait le groupe :

A la mémoire de Joli Garçon

D'accord, le portrait n'était pas très bon, mais il ressemblait vraiment à Heller !
– Qui sont toutes ces filles, chéri ? demanda la comtesse.
– Où ça ? fit-il.
– Hummm, dit-elle encore une fois.
Les caméras montraient maintenant la salle du Conseil de Sécurité. Les symboles de la Paix, de la Liberté, de l'Égalité et de la Fraternité défilèrent dans un lent panoramique. Puis ce fut un travelling sur les membres du conseil qui s'apprêtaient à intervenir.
Le président du mois était un Russe. Il avait une tête carrée et des yeux de Mongol. Il cogna du poing sur son bureau pour ouvrir la session. Et l'interprète traduisit ses paroles :
– Je déclare ouverte cette réunion qui est une perte de temps.
– Oh, oh ! fit Heller.
– Je suis venu de Yakut, en Sibérie, poursuivit le Russe, rien que pour cette réunion spéciale. Et tout ça parce que cette stupide Assemblée Générale a approuvé cette absurdité.
– Oh, oh, oh, oh ! fit Heller.
– Je la lis : *Résolution 678-546-452 des Nations Unies* – qui ne sera pas approuvée, sinon je retourne en Sibérie. *A savoir, etc., etc. Résolution : Les femmes auront désormais le droit de ne*

plus être bombardées par des engins thermonucléaires et de n'être plus forcées au silence par les gifles ou la torture.

– Ça, c'est une bonne résolution, remarqua la comtesse Krak. C'est la première loi intelligente dont j'entende parler sur cette planète. Je m'étonne qu'elle ne soit pas déjà en application. Mais cela a l'air de te passionner, chéri. Tu as quelque chose à voir avec ça?

– C'est une question de politique, biaisa Heller.

– Humm, fit encore une fois la comtesse.

– Le débat est à présent ouvert, avait repris le Russe. Je vais commencer. Écoutez-moi, camarades : il est bien connu que les seuls travailleurs dont on puisse attendre quelque travail sont les femmes. Si les femmes ne faisaient pas leur travail, les hommes ne pourraient jamais se reposer en buvant de la vodka. Mais (et son regard féroce courut sur les rangs des délégués)... vous savez aussi bien que moi, aussi bien que tout le monde, Karl Marx y compris qui eut une vie conjugale affreuse, que si on ne gifle pas les femmes de temps en temps, elles continuent à récriminer et à parler, jour et nuit. Et si elles parlent sans arrêt, que deviennent les Plans Quinquennaux, je vous le demande? Et si elles font échouer les Plans Quinquennaux, alors ce sont de dangereuses contre-révolutionnaires et, pour avoir la paix, il faut utiliser les ogives thermonucléaires. Et c'est là qu'est le danger, camarades. Cette résolution minerait un peu plus le marxisme-léninisme qui l'est déjà suffisamment. En conséquence, l'URSS se prononce contre cette loi – *niet, niet, niet !* – et elle crache dessus et la piétine! Donc, il est inutile de poursuivre ce débat puisqu'une des grandes puissances vient de se prononcer contre l'adoption de cette résolution de l'ONU. Je déclare donc la réunion ajournée!

Sur ce, le Russe reprit son manteau de fourrure et quitta la salle. Un régiment de gardes du KGB l'escorta jusqu'à son hélicoptère.

– Par tous les Démons! rugit Heller. Maudits soient ces Russes! Les filles vont être tellement déçues! Après tout ce qu'elles ont fait!

– Quelles filles? demanda la comtesse, hérissée.

– Et j'ai perdu ma dernière chance avec miss Simmons, continua Heller qui ne l'avait pas entendue. Maudits Russes!

– QUI est miss Simmons? demanda la comtesse, deux tons plus haut.

– Mon professeur d'Observation de la Nature. Le cours que je suis obligé de suivre personnellement tous les dimanches.

– Ah, c'est donc ça que tu fais tous les dimanches! Mais tu as dit : « Je suis OBLIGÉ. » Mais pourtant, Izzy m'a dit que tu t'étais merveilleusement organisé et que tu n'avais à suivre aucun cours. Bang-Bang m'a expliqué que tu avais des résultats remarquables en instruction militaire, et pourtant tu ne participes à aucun exercice. Alors, Jettero, dis-moi POURQUOI tu es OBLIGÉ de suivre tous les dimanches les cours de cette miss Simmons ?

– C'est elle qui m'y a obligé.

– Jettero, je comprends tout à fait qu'elle se soit entichée de toi, mais par contre, je ne saisis pas pourquoi tu t'es entiché d'elle, toi !

– Mais je HAIS cette garce ! protesta Heller.

– Oh, méfie-toi de la haine. Le poète dit qu'elle est souvent très proche de l'amour.

– Mes Dieux ! Le poète ne doit pas connaître miss Simmons ! Écoute-moi : cette femme passe ses nuits et ses jours à ficher mes plans en l'air. Non seulement elle va me faire rater mon diplôme mais elle pousse les autres à me faire échouer !

– Jettero, dit la comtesse, tu ferais peut-être bien de m'expliquer tout ça en détail.

Alors, Heller lui expliqua qu'il avait besoin de ce diplôme parce que personne ne l'écouterait sans ça et il lui dit qu'il s'était inscrit en physique nucléaire. Miss Simmons détestait les physiciens nucléaires et elle l'avait obligé à prendre comme option l'Observation de la Nature, qui était son cours à elle. Il reprit son souffle et expliqua par le menu ce qui s'était passé dans Van Cortlandt Park, comment il avait mis en déroute les agresseurs et fait conduire miss Simmons à l'hôpital. Et qu'elle allait reprendre ses cours le prochain trimestre puisqu'elle avait quitté l'asile psychiatrique.

La comtesse hocha la tête d'un air grave.

– Je comprends tout, maintenant. Elle est allée dans ce parc en sachant parfaitement que des hommes sans scrupules la suivaient et c'est ainsi qu'elle t'y a attiré. C'est le genre de femme qui nourrit l'envie secrète d'être violée. Jettero, je crains que tout cela ne soit allé trop loin. Je savais que les plus belles femmes de cette planète allaient se précipiter sur toi, et mes pires craintes semblent s'être réalisées. Je pourrais te pardonner à la rigueur cette histoire avec Miss Amérique, mais je constate que tu as continué, et sous mon nez, tous les dimanches.

– Je t'en prie. Si je te promets de t'emmener au théâtre, de t'acheter une douzaine de roses et de me lever le premier tous les matins, est-ce que tu peux me jurer de ne plus parler de miss Simmons ?

– Humm...

Telle fut la réponse de la comtesse. Elle se leva et se retira dans le boudoir de la secrétaire.

Là, elle se mit à marcher de long en large. Puis elle s'assit au bord du sofa et téléphona à Mamie.

– Mamie. Ce que je craignais s'est produit. J'ai besoin de votre conseil.

– Mais certainement, ma chérie. Racontez tout à Mamie.

– Il est tellement agité que je suis convaincue qu'il s'est entiché d'une autre et c'est elle qui doit le retenir sur cette planète. Nous ne sommes pas encore mariés. Il faut ABSOLUMENT que je l'éloigne. Que dois-je faire?

– Arrachez les yeux de l'autre, dit Mamie, instantanément.

– Hummm... Bien, merci. Je voulais seulement savoir comment on s'y prenait sur cette planète. Et comment vont les affaires?

– Très bien, ma chérie. A présent que mon nom est écrit en lettres de feu, on fait le plein tous les soirs. Surtout pas d'inquiétude dans votre jolie tête à ce propos. Mes zigotos ramassent des diamants à la pelle. Vous savez que votre marin est un sacré beau gosse. Allez trouver cette (bipeuse) et tombez-lui dessus à grands coups de griffes. Et donnez-lui un bon coup de pied dans les côtelettes de ma part. Ma chérie, il ne faut jamais laisser partir un type bien. Ils sont tellement (bipement) durs à trouver!

Je fus aussitôt en état d'alerte. Ça ne se passait pas du tout comme je l'avais prévu. Bien sûr, je savais que les femmes, quand elles sont entre elles, passent leur temps à fomenter des complots, mais je ne m'étais pas attendu à ce qu'elles soient aussi sanguinaires.

Il fallait que je surveille ça de très près.

Et c'est alors qu'une bouffée d'espoir monta en moi. J'avais peut-être une chance d'inciter la comtesse Krak au meurtre!

3

Elle était de nouveau au téléphone. Elle venait d'appeler l'Université d'Empire et de demander miss Simmons.

Bien entendu, ils ne voyaient pas de quelle « miss Simmons » en particulier il pouvait s'agir entre leurs 18 005 étudiants et leurs 5 002 enseignants. C'est ce que lui déclara un jeune homme d'un ton plutôt sec.

– Mais c'est une question de vie ou de mort pour l'un de ses étudiants, insista la comtesse.

– Ça doit donc être un professeur. Quelle matière enseigne-t-elle ?

– Observation de la Nature.

– Une minute, je vous prie. (Il revint très vite en ligne.) Vous voulez sans doute parler de Jane Simmons, docteur en philosophie, diplômée en éducation, du Collège d'Enseignants. Elle est également responsable des cours 101 et 104 d'Observation de la Nature.

– A-t-elle un étudiant du nom de Jerome Terrance Wister ?

– Dieu protège les ordinateurs ! Mais oui, madame. Mais je lis sur l'écran qu'elle a proposé son exclusion.

– La haine est une chose dangereuse, commenta la comtesse.

– Je vous demande pardon ?

– Je vous demandais quelle était son adresse personnelle, afin que je puisse prévenir les parents.

– C'est grave à ce point ? s'inquiéta le jeune homme.

Et il lui donna aussitôt l'adresse. C'était à Morningside Heights.

La comtesse se précipita vers sa penderie et choisit un ensemble rouge. La veste était fermée par un énorme bouton en perles. Elle prit des gants et des bottes marocaines en cuir souple assortis.

Oui, elle était bel et bien sur la route du meurtre !

Elle passa une cape en zibeline noire. Ce qui ne fit que confirmer mon intuition. On aurait dit un pilote-assassin. Je revis soudain la mort de l'homme jaune à Répulsos. Elle l'avait cloué au sol à coups de talon. Et je me demandai ce que je pouvais bien faire.

Je défaillais à la pensée que j'allais perdre sous peu une alliée précieuse. Et que j'avais préparée avec tant d'adresse.

Puis, je réalisai que j'avais encore la ressource d'appeler mon ami l'inspecteur Bulldog Grafferty. Je savais exactement où le meurtre aurait lieu. Il allait peut-être l'agrafer les mains souillées, le corps de miss Simmons gisant dans une mare de sang.

La comtesse prit alors un grand sac de plastique, du genre qui était à la mode pour faire ses courses. Et elle y mit divers objets avec une rapidité telle que je fus incapable de savoir ce que c'était. Et ce qu'elle fit ensuite changea mon anxiété en horreur pure.

Elle avait mis un hypnocasque dans le sac en plastique ! A demi asphyxié par le manque d'air, l'odeur de peinture et persécuté par les puces, je ne compris pas tout d'abord pleinement le sens de ce geste. Et puis je réalisai que c'était très exactement ce que j'aurais fait, moi, en pareille circonstance!

Elle allait placer miss Simmons sous hypnose pour qu'elle écrive une lettre annonçant son suicide, et paf! elle la laisserait raide morte sur le tapis!

J'en avais les cheveux dressés sur la tête! La comtesse Krak allait commettre un meurtre et s'en tirer! La seule chance était de la prendre sur le fait! Quelle situation! Une criminelle allait et venait librement dans New York, massacrant librement! Et j'étais seul à le savoir!

Je compris soudain que je pouvais AGIR. Car ce casque qu'elle venait de prendre ne fonctionnerait pas si je me trouvais dans un rayon de deux ou trois kilomètres. A cause du rupteur greffé dans mon crâne. Je n'avais pas besoin de coller à la comtesse. Je pouvais me contenter de rester... disons à deux kilomètres d'elle. Pendant ce temps, je pourrais appeler Grafferty pour qu'il rapplique, sinon pour sauver miss Simmons, du moins pour prendre Krak en flagrant délit.

Mais cette adresse se trouvait à près de dix kilomètres d'où je me trouvais, près du Rockecenter Plaza. Il fallait que je fasse vite!

Je me levai d'un bond et poussai la porte du cabinet.

QUI NE S'OUVRIT PAS!

Je me mis à tambouriner.

Mais le vacarme qui régnait dans tout l'appartement couvrait tout. Je tapai encore plus fort. Et je criai. Immédiatement, j'entendis les ouvriers qui s'interpellaient en hurlant pour s'entendre.

Je pesai de tout mon poids contre la porte. Tout ce que je réussis à faire fut de me couvrir de peinture. Et je compris qu'ils avaient dû entasser du mobilier devant le cabinet.

J'ÉTAIS PRISONNIER!

Une vague de nausée claustrophobique me submergea. Pour moi, le manque d'espace, c'est pire que l'espace interstellaire. Dans ma tête, tout se confondit. Et l'ampoule nue qui éclairait l'endroit me parut tout à coup un soleil qui essayait de m'aspirer.

Je mis la main sur mes yeux. Il fallait que je me maîtrise. Le monde s'effondrait autour de moi mais ça ne voulait pas nécessairement dire que je devais m'effondrer moi aussi.

Ou bien...?

Peu à peu, je parvins à étouffer mes cris déchirants jusqu'à ce qu'ils ne soient plus que de faibles grognements. Ce qui était mieux.

Il fallait avant tout réfléchir. PENSER!

Je regardai l'écran de la comtesse Krak. Le temps avait passé plus vite que je le pensais. Elle était dans le métro. Comme par magie. Mais comment avait-elle pu faire aussi vite de son boudoir à cette rame de métro? Il me revint alors à l'esprit qu'il y avait une station dans le sous-sol même de l'Empire State Building.

Je me donnai de grands coups de poing sur la tête. Très utile.

LA RADIO!

Mais oui, j'avais encore la radio avec moi! Et, cette fois, je n'oubliai pas d'appuyer sur le bouton du haut.

Raht répondit aussitôt.

– Vous allez téléphoner tout de suite à l'inspecteur Bulldog Grafferty et lui dire qu'une femme va être assassinée au 352 Bogg Street, appartement 21, à Morningside Heights, et dans l'heure qui suit. Dites-lui de rappliquer sur place!

– C'est urgent?

Oh, comme j'aurais aimé le tuer!

– Si vous faites la moindre bavure là-dessus, j'appelle Madison et je lui dis que vous êtes un client pour lui!

– Qui va assassiner qui? insista Raht. Comment pouvez-vous le savoir du fond de l'Afrique?

– Vous allez téléphoner, oui ou non? Le pilote-assassin est en route en ce moment même! On va retrouver la femme sur le tapis!

– Officier Gris, vous m'avez l'air un peu surmené!

– Pas autant que vous si je vous mettais une balle de mon Colt .44 Magnum dans votre crâne de crétin!

– Oh, vous êtes tout près de Rockecenter Plaza!

(Bip) de ce (bipeux)! Il n'avait gardé le contact qu'afin de me repérer!

– Répétez le message! hurlai-je.

Il le fit avec une extrême précision, car les espions sont entraînés pour ça, après tout.

– Maintenant, écoutez-moi bien, espèce de cervelle de (bip)! Si la police ne se pointe pas d'ici une heure pour agrafer le meurtrier avec le corps du délit, c'est votre tête qui tombe!

– Oh, mais je m'en occupe, officier Gris. J'y vais.

Je m'accroupis. Je fixai l'écran de la comtesse avec une espèce d'atroce fascination. Elle était toujours dans le métro. En route vers le destin. SON destin.

J'avais toutes les chances d'être avant peu débarrassé de cette redoutable et meurtrière femelle : la comtesse Krak.

4

Le quartier de Morningside Heights n'était pas si déplaisant que cela. Peuplé d'arbres dépouillés par l'hiver et de jeunes gens à l'air morose mais bien vêtus qui regardaient la comtesse Krak comme s'ils étaient absolument persuadés qu'elle était un policier déguisé qui allait tous les interpeller d'une minute à l'autre. Et toute l'attitude de Krak ne pouvait que renforcer cette impression. Mes Dieux, me disais-je, s'ils savaient qu'ils contemplaient une meurtrière en route pour le plus sanglant des massacres, ils se seraient tous éclipsés en hurlant. Même les petits gars les plus durs du nord de Manhattan n'auraient pas assez d'estomac pour supporter la vue de ce qui allait suivre, j'en étais certain.

Le martèlement menaçant de ses bottes s'arrêta devant la porte qui portait le numéro 352. La maison n'était pas du genre minable : miss Simmons devait avoir des revenus cachés. Certes, il n'y avait pas de gardien à l'entrée mais les boîtes à lettres en cuivre étaient bien astiquées. Et, sur la 21, on lisait clairement :

Miss Jane Simmons

Ce qui voulait dire qu'elle vivait seule! Mes Dieux, rien ne pouvait donc s'interposer entre la comtesse Krak et ce crime abominable? Seul l'inspecteur de police Grafferty le pouvait. Et il était en route.

Sans soupçonner le moins du monde le piège que je lui avais tendu, la comtesse appuya sur le bouton de l'interphone. J'étais déchiré entre l'espoir que miss Simmons, qui avait été à l'ONU, ne soit pas revenue encore, et qu'elle y soit. Espoir sauvage de voir l'inspecteur Grafferty attraper ce Diable Manco de Krak au beau milieu de son méfait.

– Oui? fit une voix dans l'interphone.

– Je suis une professeur, dit la comtesse. Une collègue. Je viens de l'Université d'Atalanta, Manco. Je désire m'entretenir avec vous au sujet d'un de vos étudiants.

– Il est temps que quelqu'un m'écoute! Montez!

Oh, pauvre, pauvre miss Simmons! Elle invitait celle qui allait la tuer!

J'appuyai sur le bouton de la radio.

– Oui, fit Raht.

– Vous avez accompli votre devoir?

– L'inspecteur Grafferty était comme un chien de chasse. Je lui ai dit que j'avais une information confidentielle. Il m'a répondu qu'il avait déjà reniflé les manchettes de la presse. Il était au Centre Civique et il est en train de rassembler des voitures de patrouille. Il sera là.

– Bien.

Je raccrochai. Oh, comtesse Krak, je vous ai eue, pour une fois, et vous ne saurez pas que le coup vient de moi! Grafferty, l'invincible et glorieux chien de chasse, allait faire tout le travail! D'accord, Morningside Heights, c'était très loin du Centre Civique, mais la police passe sur tout.

La comtesse Krak hésitait, le regard fixé sur la porte du hall. Elle cliquetait et la comtesse ignorait que c'était à ce moment-là qu'il fallait la pousser. Le cliquetis cessa. La comtesse poussa, d'un geste impatient. La serrure devait être détraquée car la porte s'ouvrit.

Elle passa devant une fontaine, puis entre deux statues. Elle vit que l'ascenseur était occupé et elle prit l'escalier. Elle s'engagea dans un couloir moquetté et s'arrêta devant l'appartement 21.

La porte s'ouvrit avant même qu'elle ait frappé. Je n'avais jamais vu une femme aussi pressée d'être assassinée. Elle parlait déjà. Elle n'avait même pas pris le temps de dire bonjour ou qui êtes-vous. Elle était échevelée et elle avait un regard fou.

– Vous savez ce qu'il a fait aujourd'hui? Il a saboté la motion de l'ONU! Il va tout ficher en l'air, même les droits de la femme! C'est un monstre déchaîné! Nous autres, les enseignants, nous devons nous constituer en une phalange décidée pour lui barrer la route, avant de faire sauter l'ONU! Personne n'est à l'abri. Et au collège, personne ne veut m'écouter sous prétexte que je sors de l'asile. Ils croient que je fais de la paranoïa à son égard. Et, pour aggraver encore les choses, la Force Tactique de Police de New York est à ma poursuite.

Miss Simmons avait quelque difficulté à repérer la comtesse et celle-ci avait dû se rendre compte que l'autre était myope comme une taupe.

– La police! dit Krak. Alors vous avez besoin de vous protéger la tête!

D'un coup de pied, elle referma la porte et sortit l'hypnocasque du sac sans la moindre précaution. J'avais toujours les lunettes de miss Simmons dans ma poche et je me dis que, malgré moi, j'avais facilité les choses à la comtesse.

Elle l'alluma et en coiffa miss Simmons! Comme ça!

Elle regarda autour d'elle. On entendait une radio dans l'appartement voisin. La comtesse découvrit le couloir qui conduisait à la chambre et elle poussa miss Simmons dans cette direction.

Mon alliée se laissait conduire comme une somnanbule.

Le lit était très grand, avec une table boudoir et un petit fauteuil, le tout décoré de ruches d'organdi blanc. La comtesse Krak fit s'allonger miss Simmons et disposa l'oreiller de façon qu'il soutienne l'hypnocasque. Elle prit le micro et s'installa dans le fauteuil.

Simmons devait être en train de se changer quand elle avait entendu l'interphone. Ses vêtements de ville étaient sur le tapis et elle portait un peignoir qui venait de s'entrouvrir. Elle n'était pas si mal que ça.

Mais ce n'était pas ce qui intéressait Krak. Elle se releva cependant pour refermer un peu le peignoir, puis rejeta sa cape de zibeline et ôta sa veste. C'était un peu comme si elle roulait ses manches avant de se mettre à l'ouvrage.

– Du calme. On se relaxe, dit-elle dans le micro. Vous êtes en sécurité. (Quelle menteuse! me dis-je.) Dormez, dormez... Vous pouvez m'entendre?

– Oui, fit Simmons d'une voix sourde.

– Ce jour où vous étiez dans Van Cortlandt Park, ces huit hommes, qu'est-ce qu'ils vous voulaient?

– Me violer. Tous les huit. Ils voulaient me violer pendant des heures.

La comtesse baissa son micro et le glissa sous son aisselle.

– C'est bien ce que je pensais, murmura-t-elle en voltarien. Cette garce ne pense qu'à ça! Elle a monté tout ça pour me prendre Jettero! (Elle reprit le micro et demanda :) Quand avez-vous vu Wister pour la première fois?

Miss Simmons leva les bras et son peignoir s'ouvrit en grand. Elle tendit les mains, les doigts raides, tremblants. Ses jambes se détendirent violemment. On aurait dit qu'elle était électrocutée. Elle poussa un cri plaintif, étouffé par le casque.

– Répondez-moi! insista la comtesse.

– Dans la salle des inscriptions, en septembre.

Les sursauts et les trépignements s'accéléraient.

– C'est là que vous vous trouvez en ce moment. Wister est devant vous. Qu'est-ce que vous pensez *vraiment* de lui?

Une autre plainte. Le corps de Simmons se faisait de plus en plus rigide et tous ses membres vibraient.

– Répondez-moi!

– Il est vraiment trop beau ! fit miss Simmons.

La comtesse baissa à nouveau le micro pour murmurer en voltarien.

– C'est bien ce que je pensais. Le coup de foudre.

Et elle demanda dans le micro :

– Rien d'autre ?

Un autre cri étouffé, puis :

– Je me suis dit que c'était affreux qu'il ait choisi la physique nucléaire et qu'il fallait lui barrer la route.

– Pourquoi ?

Miss Simmons paraissait être à la torture.

– IL FAUT QUE LES EXPLOSIONS CESSENT ! glapit-elle. (Et elle ajouta, plus bas, d'une voix étouffée :) Mon père était titulaire de la chaire de psychologie de l'Université de Brooklyn. Il disait que les explosions étaient des substituts sexuels de la (bipulodomie) et qu'une fille doit absolument rester frigide afin de se protéger.

Elle était totalement rigide, maintenant, comme une statue de marbre.

– Quand vous a-t-il dit ça pour la première fois ? demanda la comtesse.

– Quand il m'a surprise en train de mettre des pétards dans le (bip) du chien.

La comtesse baissa une fois encore le micro pour murmurer en voltarien :

– Quelle *drôle* de planète !

Elle demeura un instant songeuse, puis reprit :

– L'incident ne s'est pas passé comme ça. Votre père a commis une faute. Vous ne prenez AUCUN PLAISIR à faire mal aux animaux. Vous étiez en train de verser du lait au chien et vous le caressiez. C'est exactement ce qui s'est passé. Votre père a mal compris. Acceptez ça.

Simmons se détendit soudain. Et elle chuchota :

– Je l'accepte. Je suis SI HEUREUSE que ça se soit passé ainsi. Mon père, en ce cas, a dû se tromper sur tout.

– Exact, fit la comtesse qui venait de façon ignominieuse de défaire ce que ce courageux psychologue avait mis toute une vie à édifier. Un vrai Diable Manco !

La comtesse tenait plus fermement son micro, à présent. Je me dis qu'elle avait joué jusqu'alors et que, maintenant, elle allait passer aux choses sérieuses.

– Maintenant, nous sommes revenus à cet instant où vous voyez Wister pour la première fois. Vous vous dites en vérité que vous n'êtes pas assez bien pour lui. Correct ?

– Correct.

– Et nous sommes au premier cours d'Observation de la Nature, l'automne dernier. Vous êtes seule, vous quittez les Nations Unies. Vous ne voulez pas que Wister vous suive car vous savez que vous n'êtes pas assez bien pour lui. Et cela vous rend triste, n'est-ce pas?

– Oui, triste.

Ah, ah! On y venait. Je savais que la comtesse allait lui faire rédiger une lettre annonçant son suicide. C'est exactement ce que j'aurais fait! Simmons était fichue!

On sonna à la porte.

Je soupirai de soulagement pour Simmons. Grafferty! Tout n'était donc pas perdu. Il était un peu en avance car il n'y avait pas de cadavre. Mais il jugerait tout de suite de ce qui se passait ici : Simmons était en état de transe hypnotique et on sentait qu'il y avait du meurtre dans l'air.

– Vous allez rester tranquillement ici et ne pas vous soucier de ce que vous entendrez jusqu'à mon retour, dit Krak.

Elle posa le micro et quitta la chambre. Elle gagna le living-room, ôta ses gants et passa la main dans ses cheveux avant d'aller ouvrir.

LE Dr KUTZBRAIN!

Il était là, sur le seuil, en manteau noir et chapeau rond. Il dévisagea la comtesse à travers ses épaisses lunettes.

– Eh, bien! Eh, bien! Lizzie Borden!

Avec un sourire de loup, il entra avant de claquer la porte sur lui.

– Je passais juste pour une petite partie de (bipade). Je visite toujours mes patients en période de stress. Je parle du mien.

D'un ton dégoûté, la comtesse fit :

– Vraiment...

Kutzbrain enlevait son manteau.

– Rien de tel qu'un peu de psychothérapie pour retrouver le moral.

– Est-ce que vous vivez avec miss Simmons? demanda Krak.

– Oh, non. Je suis le Dr Kutzbrain, son psychiatre. Je suis à l'Hôpital Universitaire. Mais je suis impartial. J'exerce mes dons professionnels un peu partout. Je ne crois pas vous avoir déjà eue dans mon asile, mais je vais veiller à réparer ça. Étendez-vous là, sur le sofa, relevez votre jupe, et nous allons passer à l'examen psychiatrique préliminaire. Si vous trouvez ça bon, je peux vous faire admettre à l'asile dans l'heure qui suit. Eh, on dirait qu'il y a de bien jolies (bips) sous cette jupe-là! Mais nous allons procéder à un test d'érection (bipique).

Mes cheveux se dressèrent sur ma tête. La comtesse avait tué trois hommes qui avaient seulement tenté de poser la main sur elle. Ce (bipard) allait être réduit en bouillie! Ce qui me ravissait : Grafferty aurait son cadavre!

La comtesse fouillait dans son sac en plastique. Elle devait chercher une arme. Elle en sortit un rouleau noir avec de petites perforations en carré. Elle détacha un carré.

Le Dr Kutzbrain avait toujours la main tendue. Elle y posa le carré noir et lui dit d'un ton glacé :

– Tenez ça.

Il obéit et baissa les yeux sur la chose.

La comtesse tira alors une petite dynamo de son sac et pressa sur le contact.

Le Dr Kutzbrain resta très droit, absolument rigide, le visage inerte, comme une statue grotesque!

Oh, mes Dieux! C'était un des gadgets des Yeux et des Oreilles de Voltar qu'elle avait emportés de l'hôpital d'Afyon! Je m'en souvenais. Un dispositif de contrôle à distance. Il suffisait d'un de ces éléments noirs détachables et, quand on activait la dynamo, la personne restait totalement immobile et rigide aussi longtemps que la dynamo fonctionnait. Quand on arrêtait, elle retrouvait l'usage normal de ses mouvements sans avoir le moindre souvenir de cette interruption. Si je me souvenais bien de la notice, c'était destiné à obtenir des preuves photographiques dans des conditions d'éclairage médiocres. Mais la comtesse s'en était servi pour immobiliser le Dr Kutzbrain.

Elle allait sans doute le tuer plus tard. Et Grafferty aurait son cadavre. Il le fallait absolument pour les gros titres dans la presse et pour que j'arrive enfin à écraser la comtesse. Mais, me dis-je, même si Grafferty rappliquait en ce moment il aurait de quoi se mettre sous la dent : un des plus éminents psychiatres de New York en état de catatonie au milieu du living-room et une pauvre femme sans défense hypnotisée dans sa chambre. D'un côté comme de l'autre, la comtesse Krak était coincée! Elle allait connaître les Enfers, sans parler du châtiment prévu pour violation du Code.

Elle s'assura que le docteur était toujours statufié et regagna la chambre, certainement pour en finir avec miss Simmons, sans savoir que dans toute la ville les voitures de police fonçaient, toutes sirènes hurlantes. Elle n'avait plus la moindre chance de s'enfuir à temps.

5

La comtesse referma la porte de la chambre. Miss Simmons était toujours sur le lit, offrant ses seins, son ventre et ses cuisses nues au regard. La comtesse referma son peignoir. Je n'arrivais pas à saisir pourquoi elle faisait cela. La nudité de miss Simmons, je dois dire, était assez stimulante.

Krak se rassit et reprit son micro.

– Vous êtes juste après le premier cours d'Observation de la Nature, l'automne dernier. Vous venez de quitter les Nations Unies et vous pénétrez dans Van Cortlandt Park. Où êtes-vous?

– Je viens d'entrer dans le parc.

La voix de miss Simmons était sourde et son corps commençait à se tendre à nouveau.

– Vous voyez que Wister vous suit. Vous savez que vous n'êtes pas assez bien pour lui. Vous lui demandez de s'en aller.

– Wister, je vous prie, partez.

– Bien. Maintenant, il est parti. Vous vous avancez dans le parc. Vous vous apercevez que huit hommes sont derrière vous. Retournez-vous. Qu'est-ce que vous voyez?

Miss Simmons devint plus rigide encore et commença à s'agiter.

– Je vois huit hommes qui me suivent.

– Vous cherchez un endroit isolé. Vous en trouvez un. A quoi ressemble-t-il?

– C'est un creux, avec un haut talus tout autour. Le sentier y accède depuis la colline. L'herbe est verte. Il y a un ruisseau.

– Bien, fit la comtesse. L'un des hommes précède les autres. Que voudriez-vous qu'il fasse?

– Comme c'est écrit dans Krafft-Ebing.

– Qu'est-ce que Krafft-Ebing? demanda la comtesse, intriguée.

– C'est comme le *Psychopathia Sexualis*. Comme les livres de Havelock Ellis ou de Sigmund Freud. Mon père me lisait ça tous les soirs. En tant que psychologue, il prétendait que tous les contes de fées sont néfastes avec leurs symboles sexuels. C'est comme quand on enfonce son doigt dans une tarte. Il disait qu'il voulait que sa fille lise exactement les mêmes choses qu'on lit à l'école maternelle de nos jours parce que la psychologie est le meilleur des dépresseurs d'éveil puisqu'elle met dans la tête des enfants toutes ces choses horribles qu'ils ne doivent pas faire. Il faisait ça à cause de ma frigidité naturelle, pour que je sois normale, comme les autres enfants de ma classe.

La comtesse écarta le micro et soupira : « Par tous les Cieux ! » en voltarien avant de reprendre.

– Qu'est-ce que vous voulez que le premier homme vous fasse ?

– Ce qu'on fait dans Krafft-Ebing. Je veux qu'il me jette dans la boue et qu'il... et qu'il... Mmmmm... Me... Mmmmm ! Oh, oui. Oh, OUI ! OUIII ! (Les mots se brouillaient, elle haletait.) Viens, viens ! Mets-moi ton... Ah ! AAHHH !

La comtesse l'observait. Elle couvrit le micro et marmonna en voltarien :

– Plus moyen de l'arrêter maintenant.

Et elle dit en anglais, à voix haute :

– C'est exactement ce qui se passe. Vous le voyez, vous le sentez, vous êtes là. Allez. Continuez.

Miss Simmons était absolument roide. Puis elle ouvrit les bras, écarta les cuisses et se cambra. Ses doigts agrippèrent fébrilement son peignoir et elle fut totalement nue.

– Aahh... Dans la boue... Oui... C'est bon, c'est sale ! Ouiiii ! ENCORE ! ENCORE !

Elle était tendue comme un arc et, dans la penderie, des cintres se mirent à se balancer en cadence.

Miss Simmons bredouillait et haletait, en pleine extase.

– Ça alors ! souffla la comtesse.

Le rythme s'accélérait et les geignements de miss Simmons devinrent des cris.

La comtesse était visiblement abasourdie.

Miss Simmons retomba, pantelante, la langue au coin des lèvres.

La comtesse reprit le micro. Mais miss Simmons ne lui laissa pas le temps de dire un mot.

– A TOI, maintenant !

Elle lança les jambes en l'air et fut agitée d'un soubresaut. Des mots sans suite montèrent de sa gorge.

Les objets dansèrent sur le boudoir.

– Mes Dieux ! fit la comtesse.

– ALLEZ ! VAS-Y ! cria miss Simmons.

Des pots de crème et des flacons de parfum roulèrent sur le tapis tandis que miss Simmons émettait une plainte suraiguë.

Et puis, une fois encore, elle retomba, la langue molle, haletante, épuisée.

La comtesse en profita pour faire une nouvelle tentative. Mais elle n'avait pas plus tôt pris le micro que miss Simmons cria :

– Les deux en même temps ! Allez-y ! Ensemble... Comme ça ! Mmmm ! Mmmmm !

Elle se redressa, se contorsionna et se mit à rebondir en rythme sur le lit.

La comtesse contemplait le spectacle, ébahie.

Toute la chambre semblait secouée par un séisme. Une fissure suspecte apparut dans le plâtre du plafond.

– Oohhhouhhh ! Aïïooui !

Un fragment de plâtre tomba.

Miss Simmons, pour la troisième fois, lança un cri aigu et retomba.

La comtesse prit en hâte son micro.

– Miss Simmons, dit-elle, je crois que...

Mais miss Simmons était soudain à quatre pattes.

– Oh, non ! Pas par là ! Pas ça... Ouiii ! Ohhoui !

Un lampadaire s'était mis à osciller de façon menaçante et la comtesse tendit la main pour le retenir. Mais les secousses s'accentuaient.

– ENCORE ! ENCORE ! ENCORE ! criait miss Simmons.

La porte de la penderie claqua et, dans la même seconde, miss Simmons retomba, inerte.

La comtesse parut soulagée. D'un geste calme, elle reprit son micro. Mais, une fois encore, miss Simmons l'interrompit.

– Tous les trois, maintenant !

Elle venait de saisir son oreiller et s'acharnait dessus. Elle le fit rouler sous elle en grognant.

Elle le creva et des duvets jaillirent.

La comtesse était impuissante.

Miss Simmons lança son peignoir à travers la chambre et hurla :

– Waoouh ! Ouiii !

Elle retomba une nouvelle fois.

La comtesse ramassa le peignoir et resta immobile à la regarder. Et, d'une voix parfaitement normale, miss Simmons déclara :

– On va maintenant passer à la page 92 du Krafft-Ebing. Je suis certaine que votre professeur de psychologie n'a pas manqué d'attirer votre attention sur ce passage. Six d'entre vous vont se mettre en cercle. Les deux autres...

Le lampadaire se balançait en dépit des efforts de la comtesse.

– Oh, oui ! Mmmm ! roucoula miss Simmons.

Un cri perçant jaillit de ses lèvres et tous les flacons et tubes de maquillage dansèrent sur le tapis.

L'oreiller cracha ses derniers duvets et la comtesse agita les mains pour les repousser.

Le lampadaire s'écroula à grand fracas.

Miss Simmons, apaisée, souriait sous l'hypnocasque. Elle était luisante de sueur et le lit tout mouillé. Elle s'étira langoureusement.

La comtesse Krak secoua la tête.

– Quelle traînée ! fit-elle d'un air écœuré. J'espère qu'elle a eu sa ration !

Levant le micro, elle dit :

– Les hommes s'en vont maintenant. Ils vous font signe de la main. Ils remontent le sentier et disparaissent. Ils ont tous pris beaucoup de plaisir. Et vous ?

– Oh, oui, fit miss Simmons d'une voix assourdie par le casque.

– Il n'y a rien qui vous dérange ?

– Je suis bien, là, dans la boue. Il fait bon. Mais j'ai quelque chose à une jambe.

– Vous vous l'êtes cassée à force de plaisir.

– Oh, alors ça va.

– Cet incident que vous venez de vivre, dit la comtesse en tenant fermement son micro, est bien réel, c'est celui qui compte. Tous les autres souvenirs sont faux, effacés. Vous venez de revivre la réalité. C'est bien compris ?

– Oui.

A cet instant, au-dehors, des portières claquèrent et des cris se firent entendre.

– Montez à l'appartement 21 ! lança une voix.

Grafferty ! Enfin !

6

– Vous allez rester étendue ici et ne penser à rien jusqu'à mon retour, dit la comtesse dans le micro.

Elle le posa et quitta la chambre. Le Dr Kutzbrain était toujours figé comme une statue au beau milieu du living room.

Des pas rapides montaient les escaliers.

Un coup de pied dans la porte !

Le battant vola en éclats !

Grafferty et trois agents se ruèrent dans la pièce !

Grafferty s'arrêta net, les yeux fixés sur le docteur.
– C'est où le viol et le meurtre? gronda-t-il.
La comtesse venait de prendre son sac. Elle éteignit la dynamo mais prit à la place un petit objet qui ressemblait à une punaise. J'entrevis brièvement l'étiquette.
Le Dr Kutzbrain bougea et tous les regards se fixèrent sur lui.
La comtesse Krak s'approcha de lui. Elle tenait la petite punaise entre les doigts et c'est de cette main qu'elle prit Kutzbrain par l'épaule. Il laissa échapper un petit cri.
– Si c'est un violeur que vous cherchez, le voilà! fit-elle en s'écartant.
– Où est le corps? hurla Grafferty à l'adresse de Kutzbrain.
Le docteur inspira à fond et cria :
– Je vous hais! Je vais vous réduire en lambeaux! Répondez-moi!
Mes Dieux! La comtesse lui avait planté une aiguille d'interrogatoire! Un truc qui rendait le questionneur tellement furieux et excédé qu'il était incapable de poser des questions sensées!
Grafferty leva son arme en rugissant :
– Où est-ce que tu te crois, bon Dieu? On parle pas comme ça à la police!
– Il faut répondre! hurla Kutzbrain. Sinon je vais vous tuer! Vous réduire en miettes!
Grafferty fit un signe à deux des agents.
– Emmenez-moi ça, les gars. Et aussi la fille, comme témoin. (Il se tourna vers le troisième agent.) Fouillez le secteur et assurez-vous qu'il n'y a pas un cadavre dans l'une des autres pièces. Il nous faut des preuves!
– Il y en a une, dit Krak. Par là!
Elle plongea la main dans son sac et arracha quatre autres petits timbres du rouleau noir.
Se servant de la technique du geste forcé des magiciens, elle tendit la main vers Grafferty et les agents.
Et, bien sûr, ils prirent chacun un carré noir.
Elle activa instantanément la dynamo.
Et Grafferty et les trois autres flics devinrent des statues!
De même que Kutzbrain!
Krak alla prudemment refermer la porte et mit la chaîne de sûreté en place.
Puis elle inspecta les cinq statues vivantes. Ils ne voyaient plus rien, n'entendaient plus rien, figés en état de transe, grotesques.
Elle retourna jusqu'à la chambre.
Elle couvrit soigneusement miss Simmons, puis se rassit et reprit le micro.

Miss Simmons était parfaitement détendue, bras et jambes écartés, souriante sous le casque.

– A présent, nous allons revenir à ce que vous éprouvez maintenant pour Wister. Vous savez que vous n'êtes pas assez bien pour lui. Mais vous lui serez éternellement reconnaissante de ne pas vous avoir possédée et de vous avoir laissé violer. Vous éprouvez une gratitude qui est proche de l'adoration que l'on voue à un saint mais vous savez aussi que ce serait le souiller que d'accepter qu'il touche seulement votre corps. Vous comprenez cela, n'est-ce pas ?

– Oui, dit miss Simmons.

– Par conséquent, la prochaine fois qu'il se présentera au cours, vous lui direz qu'il a été tellement brillant que vous lui décernez son diplôme avec mention d'excellence. Vous lui direz qu'il n'aura plus besoin de suivre les cours, qu'il n'a plus à passer les examens d'Observation de la Nature, qu'il a fini ses études et vous attesterez de cela dans vos registres afin qu'il n'y ait aucun malentendu possible. C'est bien compris ?

– Oui.

– Vous direz également aux autres professeurs quel brillant élève il a été, et vous en serez convaincue. Compris ?

– Oui.

– Dès le prochain cours, vous lui direz qu'il peut repartir. Et vous ne le reverrez plus. Est-ce que ce n'est pas formidable ?

– Formidable.

Un instant, la comtesse joua avec son micro. Puis elle prit son souffle et ajouta :

– Quand vous aurez renvoyé Wister, vous pourrez faire ce que bon vous semble. C'est votre vie et je ne souhaite pas la contrôler. Mais j'aimerais pourtant vous donner un conseil raisonnable. Arrêtez donc de fréquenter ce Krafft-Ebing. Lui et ses deux copains, Havelock Ellis et Sigmund Freud me semblent assez dégoûtants. Je vous suggérerais de vous trouver un beau jeune homme – PAS WISTER – et de l'épouser. C'est votre vie, mais il faut bien songer à vous installer et à faire les choses de façon plus normale.

– Plus normale, fit miss Simmons.

– Exactement. Vous verrez que vous y prendrez plus de plaisir.

– Plus de plaisir.

– Le sexe sans amour, dit la comtesse, c'est du gâchis. Vous me comprenez ?

– Du gâchis, oui.

– Bien. Est-ce qu'il y a quelque chose qui vous trouble ou vous inquiète ?

– Oh, non!

– Bien. Vous allez à présent oublier que j'étais ici. Lorsque je vous ôterai le casque, vous ne quitterez pas cette chambre. Vous vous coucherez bien tranquillement. Vous ignorerez tout ce que vous entendrez ou verrez jusqu'à demain. Vous allez bien dormir. Et vous vous réveillerez dans un monde tout neuf. Vous ne tiendrez pas compte de ce que vous pourriez trouver dans cette pièce ou dans le living. Ne vous laissez troubler par rien. Ayez une explication raisonnable pour tout. O.K.?

– O.K.

La comtesse éteignit le casque et l'ôta de la tête de miss Simmons qui, aussitôt, se glissa entre les draps et s'endormit tout net.

Je me raidis à l'instant où je vis la comtesse sortir de la chambre. Je savais ce que je ferais en pareil cas. Je tuerais les témoins. La seule question était : *comment* allait-elle s'y prendre? Je perdais tous mes alliés les uns après les autres et j'étais bloqué dans ce maudit cabinet, impuissant devant la marche inexorable du destin.

7

L'inspecteur de police Grafferty était figé dans une pose ridicule, le regard fixé sur sa main. Les trois autres flics étaient pétrifiés dans d'autres attitudes. L'un regardait le plafond, l'autre la moquette, et le troisième était à demi tourné vers son chef.

Kutzbrain, lui, avait la bouche ouverte, paralysé à l'instant où il proférait d'autres insultes.

La comtesse s'approcha de lui et récupéra l'aiguille qu'elle remit dans son sac.

Ensuite, elle fit le tour des policiers, vida les chargeurs de leurs pistolets, mit les balles dans son sac, puis replaça les armes dans leurs holsters. Où avait-elle donc appris à faire ça? La question me troubla jusqu'à ce que je me souvienne que Bang-Bang était constamment présent au bureau. Qu'est-ce que ce poseur de bombes fou avait bien pu lui enseigner? J'en avais la chair de poule en dépit de la température d'étuve qui régnait dans le cabinet. Non, vraiment, ça ne me plaisait pas du tout! Qu'est-ce qu'elle préparait? Quelque chose de diabolique, j'en étais sûr.

Elle remit sa veste, jeta sa cape de zibeline sur ses épaules, se contempla dans un miroir, rejeta quelques mèches rebelles en place, puis enfila ses gants rouges.

S'approchant d'une fenêtre, elle l'entrouvrit de quelques centimètres. Le soir tombait et les enfants du quartier jouaient en criant dans la rue.

Elle enroula soigneusement le fil de son micro et remit l'hypnocasque dans son sac. Elle promena les yeux autour d'elle pour s'assurer qu'elle n'oubliait rien.

Puis elle sortit un objet minuscule.

Je me sentis glacé.

UNE BOMBE!

Mes pires craintes se réalisaient.

Elle contempla les cinq hommes paralysés. On se serait cru dans un musée de cire. C'était comme une scène recréant un meurtre fameux. Mais ce meurtre-là n'appartenait pas au passé mais à la réalité! Il allait être perpétré d'ici quelques instants. Ce que je voyais, c'était l'atroce réalité!

Ces pauvres diables allaient être victimes de la mortelle fureur de la comtesse Krak!

Pauvre Kutzbrain! Si seulement quelqu'un l'avait mis en garde en lui racontant qu'elle avait littéralement massacré trois hommes qui avaient simplement voulu l'effleurer en toute innocence! Elle n'oublierait jamais. Elle avait simplement écarté ce souvenir parce qu'elle avait des choses importantes à faire. Le monde de la psychiatrie allait perdre un de ses plus grands esprits, l'un de ses phares. Je me posai la question : à l'ultime instant, comprendrait-il qu'il devait sa fin à ces quelques mots aimables qu'il avait eus pour l'inviter à s'étendre sur le sofa pour une petite partie de plaisir? Saurait-il qu'il avait eu affaire à pire que la mort? Hélas, hélas, pauvre Kutzbrain, les usages de la profession, y compris son devoir professionnel de violer filles et épouses, omettaient l'art d'affronter une comtesse Krak, véritable incarnation d'un Démon Manco!

Elle posa la bombe près de lui et son regard s'attarda une seconde sur son visage.

Puis elle arma le détonateur!

La bombe était prête à exploser!

Elle reprit son sac et sortit en laissant la porte grande ouverte.

Elle descendit l'escalier d'une démarche tranquille.

Et elle sortit dans la pénombre de la rue.

Elle la traversa et s'engagea dans une ruelle, juste en face.

Elle se retourna alors et observa l'appartement, tel un léprodonte caché près de la piste, prêt à savourer les souffrances de ses proies.

Elle glissa la main dans son sac. Elle posa le doigt sur la dynamo qui contrôlait la paralysie des cinq hommes.

Elle attendait que quelque chose se passe.

UN ÉCLAIR!

Un nuage de fumée sortit de la fenêtre qu'elle avait laissée entrebâillée.

Elle appuya sur le contact de la dynamo.

AUSSITÔT, IL Y EUT DES CRIS!

Déchirants! Assourdissants!

Et un bruit de course!

L'inspecteur Grafferty surgit de l'immeuble.

Il bondit dans la voiture de patrouille garée au coin de la rue et se débattit avec ses clés sans cesser de hurler!

Deux agents le suivirent, fous de terreur.

Ils sautèrent dans la deuxième voiture et démarrèrent aussitôt, dans un miaulement de pneus. Ils disparurent en dérapant dans un nuage de gomme brûlée.

Le troisième agent avait roulé jusqu'à la porte. Il poussa un hurlement et jaillit vers la voiture de Grafferty comme propulsé par une fusée.

C'est lui qui réussit à lancer le moteur tout en se battant avec Grafferty.

Ils démarrèrent agrippés tous deux au volant, vociférant et hurlant.

Au même instant, Kutzbrain fit son apparition devant la fenêtre. Il ne se donna pas la peine de l'ouvrir. Il plongea en avant, fracassant la vitre.

Et atterrit sur un carré de pelouse privée en hurlant.

Il se releva et se mit à courir en rond sans cesser de hurler!

– Ils sont derrière moi! Ils sont là!

C'est à cet instant seulement que je compris ce que la comtesse avait utilisé. Une bombe à émotion venue tout droit des stocks des Yeux et des Oreilles de Voltar. Dans toute la gamme proposée, elle avait choisi l'horreur pure.

Mais la comtesse Krak, l'abominable comtesse Krak, n'en avait pas encore fini avec le malheureux.

Je compris pourquoi elle était demeurée dans les parages.

Elle tenait un petit paquet. Un fusil à aiguille jetable, qui ne servait qu'une fois. Elle s'avança et visa.

Et tira!

Le pauvre Kutzbrain tournait toujours en rond.

Et, tout d'un coup, ses cris changèrent de tonalité!

Il se mit à sauter sur place et déchira sa veste.

Un groupe de gosses s'était formé et observait le pandémonium.

Il fonça droit sur eux tout en lacérant sa chemise.

Puis son pantalon.

Et sans cesser une seconde de hurler.

– Ils sont derrière moi! Là! Là!

Il rejeta son maillot et son slip!

Nu comme un ver, il courait toujours!

Cette démone de Krak lui avait tiré une aiguille qui avait pour effet de provoquer un effet violent de chaleur et de démangeaison. Tellement violent que les victimes arrachaient leurs vêtements en quelques secondes.

Quelle atroce vengeance!

Les enfants se ruèrent à la suite de Kutzbrain.

– Un streaker! Un streaker*! clamaient-ils en chœur.

Ils faisaient un vacarme terrible et tout le voisinage suivit.

La comtesse refermait posément son sac. Elle passa la main dans ses cheveux. Puis se dirigea tranquillement vers la station de métro. Elle pensait sans doute, cette monstrueuse femelle sadique, qu'elle avait fait du bon travail. Elle s'acheta même une barre de « Milky Way » au kiosque et se mit à la grignoter avec un visible bonheur.

Mon état était pour le moins loin d'être celui d'un vainqueur.

J'étais bouclé dans ce cabinet.

Il fallait que j'appelle Raht pour qu'il téléphone à miss Pinch afin qu'elle fasse enlever les meubles pour que je puisse enfin sortir.

Raht eut un ton railleur, Candy et miss Pinch rirent ouvertement à l'idée que je sois resté enfermé dans le cabinet « comme un garçon qui fait des choses pas propres », les décorateurs n'avaient pas fini et l'appartement était toujours un enfer de bruit et de peinture, j'avais toujours des puces... Mais ce qui me restait dans la gorge, c'est la façon dont la comtesse avait grignoté jusqu'au bout sa barre de « Milky Way », avec cet air de suprême satisfaction!

La colère peut certes fermer autant de portes qu'elle peut en ouvrir. Et justement, cette fois-ci...

L'INSPIRATION!

Miss Simmons était docteur en psychologie *et* en éducation. Et son père était psychologue. Elle savait certainement ce qu'était l'hypnotisme!

---

* Les *streakers,* au début des années 80, manifestaient en se déshabillant brusquement en pleine rue. *(N.d.T.)*

J'allais lui dire qu'elle avait été mise sous hypnose et je ferais sauter la compulsion !

Rirait bien qui rirait le dernier !

8

Une chose en entraînant une autre et ainsi de suite, il me fallut la plus grande partie de la nuit pour rédiger ma lettre. Je la calligraphiai de façon qu'on ne puisse remonter la piste. Elle disait :

Chère miss Simmons,

Je vous renvoie vos lunettes afin que vous compreniez que vous avez affaire à un ami.

Il est de mon devoir de vous informer qu'un ignoble crime a été perpétré contre votre personne.

Vous avez été hypnotisée par la canaille la plus méprisable qui soit entre l'Enfer et les Cieux.

Pendant que vous vous trouviez en transe hypnotique, ce monstre vous a soufflé des mensonges. NE LES CROYEZ SURTOUT PAS !

Vous devez rejeter de votre esprit ces abominations. Vous n'avez jamais cessé d'avoir raison à propos de qui-vous-savez.

Il faut que vous compreniez que votre avenir autant que celui du monde dépend de votre volonté de confondre enfin ce (bipard) pour ce qu'il est.

Ne laissez surtout pas votre volonté fléchir sous la couche de brouillard de l'hypnose. RÉAGISSEZ ! RÉAGISSEZ ET AGISSEZ !

Votre ami très sincère,

X...

Dès le lever du soleil, j'appelai Raht par radio. Je lui donnai rendez-vous au Mollard Building à 8 h 30.

J'arrivai très exactement à l'heure sur la terrasse de pavés en volutes. Raht me rejoignit. Ce (bip) s'était laissé repousser la moustache malgré mes ordres. Mais ce n'était pas le moment de le secouer. De plus, il se pouvait qu'on nous observe.

Je lui donnai la lettre.

– Jurez-moi sur votre vie que vous allez la remettre en main propre à miss Simmons, au 352 Bogg Street, appartement 21, à Morningside Heights. Ensuite, nous nous retrouverons sur le côté ouest de ce building, là-bas, juste au sud par rapport à celui-ci, dans Gruffaw-Spill Park.

– Pourquoi pas chez miss Pinch? me demanda ce ruffian insolent.

– Non, ne vous en approchez pas. Et si vous soufflez un mot à propos de moi à qui que ce soit, je vous transforme en passoire et je repeins les murs avec votre sang.

– Pour ça, je vous fais confiance, dit-il.

Mais il savait où était son devoir et, sur cette nouvelle insolence, il partit.

Je me rendis jusqu'au Gruffaw-Spill Building. C'est le seul de tout New York où on passe vraiment sous une cascade. Très pratique pour brouiller une piste.

A l'intérieur, il y a un petit bar avec des tables. Très agréable. Je commandai un hot-dog et du café car j'étais d'humeur enjouée. Oui, très sincèrement. Le bruit de la cascade me berçait, nous étions samedi, et il n'y avait presque personne autour de moi. Oui, tout était très calme. Sans canailles désagréables.

Deux heures plus tard, j'étais moins serein. Trop de café, sans doute.

Cinq heures s'étaient écoulées depuis que j'avais envoyé Raht en mission urgente, et je n'étais plus du tout tranquille. Je commençais même à m'inquiéter sérieusement. Et je m'en voulais : j'aurais dû porter cette lettre moi-même. Mais ce qui m'avait arrêté, c'était le risque qu'elle reconnaisse ma voix. Et puis, des étudiants pouvaient surgir à tout instant et me malmener.

Je devins tellement nerveux au fil des minutes que le barman finit par me remarquer. Il songeait sans doute à prévenir la police. Mais Raht se montra enfin.

Il était nerveux, l'air furtif, le visage blanc, les mains tremblantes. On lisait l'appréhension dans ses yeux. Il me cachait quelque chose.

Je lui demandai d'un ton rageur ce qui l'avait retenu aussi longtemps et il me répondit d'un ton évasif :

– Oh, elle n'était pas encore réveillée. On nettoyait son appartement et il y avait des gens qui remplaçaient une vitre. Je me demande ce qui a pu causer tous ces dégâts... Est-ce que les appartements finissent toujours dans cet état, officier Gris?

Le barman nous fixait et je demandai à voix basse :

– Est-ce que vous avez donné cette lettre, oui ou non?

– Je n'ai pas voulu la donner aux types du nettoyage, me dit-il d'un ton nerveux. Ils n'avaient pas l'air fiables. Dans notre métier, on apprend à ne pas faire confiance aux gens, vous savez ça. Et quand on vous menace de vous transformer en passoire...

– ... et de repeindre avec votre sang.

– ... Donc, je n'ai pas voulu laisser la lettre aux types qui changeaient la vitre. Et j'ai dû attendre qu'elle se lève. Une demi-heure.

– Eh, attendez! Ça fait plus de quatre heures et demie! Qu'est-ce qui vous a retenu là-bas, par tous les Enfers?

– Plus bas, fit-il d'un ton angoissé. (Il se pencha vers moi.) Le propriétaire ne nous quitte pas des yeux, de même que ces deux petites filles, là-bas. Et vous parlez en voltarien.

– Raht, j'ai une arme dans ma poche. Elle est pointée sur votre ventre, là, juste sous la table. Si vous ne me dites pas ce qui s'est passé, Raht, je vais tirer, Raht.

– Ça, je compte sur vous. Et les flics surgiront de tous les côtés. (Il me décocha un regard mauvais, mais il poursuivit :) Elle s'est levée. Son peignoir était drôlement froissé et elle n'avait pas l'air de trop s'en faire parce qu'il n'était pas fermé. Elle est pas mal. Jolis seins. Bien fermes. Une vraie brune. Et de chouettes jambes...

Je m'agitai, l'air menaçant.

Et il reprit en hâte :

– Elle a regardé tous les types qui s'agitaient et elle a dit : « On doit être samedi. » Puis elle s'est tournée vers les vitriers et elle a ajouté : « C'est gentil de la part de la propriétaire. Il y avait de ces courants d'air... »

– La lettre, Raht! grinçai-je.

– ... C'est à ce moment qu'elle m'a vu. Et elle m'a dit : « Oh, un visiteur bien matinal! Comme c'est agréable. » Mais je lui ai dit : « Non, madame. En fait, je suis un messager, même si ce n'est pas ma fonction. Mais on m'a injustement désigné, et donc me voici. » Je lui ai tendu les lunettes. Elle les a posées sur une étagère en noyer. A cinq centimètres du bord je dirais. Ensuite, je lui ai donné la lettre. Elle l'a ouverte avec une épingle à cheveux. Et elle l'a lue.

– Une minute. Sans ses lunettes, elle ne peut rien voir. Vous n'avez pas eu affaire à la même femme. Décrivez-la-moi.

Il s'exécuta. Cheveux bruns, yeux noisette, grain de beauté sur le dos de la main gauche. Oui, c'était elle.

– Et alors? fis-je.

– Alors, ç'a été les Enfers. C'est pour ça que j'ai mis du temps à en arriver là. Vous êtes tellement rapide à vous exciter que vous tuez n'importe qui comme ça. Promettez-moi que vous n'allez pas tirer. Vous pourriez atteindre les deux petites filles.

J'étais vraiment excédé.

– Allez, allez! Je ne vais pas vous descendre! Voilà plutôt de bonnes nouvelles, idiot!

– Ma foi, elle a lu la lettre et elle est restée un moment là, toute pâle, puis toute rouge. Et elle l'a relue. Et puis, elle a poussé une sorte de cri. Officier Gris, pourquoi est-ce qu'il faut que vous écriviez des lettres qui mettent une pauvre femme dans un pareil état? Je n'aime pas jouer les messagers. Et encore moins quand il s'agit de VOS messages! J'ai bien cru qu'elle allait avoir une attaque. Pourquoi lui vouloir autant de mal? Elle a l'air très sympa. On dirait que ça vous fait plaisir de faire peur aux gens.

Mais j'exultais.

– Continuez! Allez, allez! Qu'est-ce qu'elle a fait exactement ensuite?

– Elle s'est mise à crier : « Je le savais! Je le savais! Dès que je me suis réveillée, je le savais mais je ne pouvais l'admettre! » Et alors, elle s'est précipitée dans sa chambre, je l'ai entendue s'habiller et elle est revenue en coup de vent dans le living. J'espérais qu'elle allait rédiger une méchante réponse, et je lui ai demandé : « Pas de message? » C'est là qu'elle m'a dit : « Attendez que je revienne et je vous donnerai ma réponse. Mais ça concerne la police! » Et elle est sortie en courant.

J'étais en pleine extase. Elle connaissait Krak. Elle pourrait l'identifier d'après un portrait-robot. Mieux encore : Grafferty et ses collègues, de même que Kutzbrain, pourraient également identifier la femme. Elle avait même laissé ses empreintes sur leurs armes. Ils savaient que Wister était mêlé à tout ça et, dès qu'ils l'interrogeraient, ils retrouveraient certainement la trace de la comtesse Krak! Parfait!

Mais Raht poursuivait.

– Finalement, j'ai décidé de la suivre, mais je l'ai perdue dans l'express de Manhattan, et je suis donc retourné à Bogg Street. J'ai trouvé une planque et j'ai attendu. D'un côté, je me suis dit que si jamais elle revenait avec la police, je pourrais toujours leur donner votre adresse, mais de l'autre, si les choses tournaient mal, ça risquait de compromettre sérieusement la présence voltarienne sur cette planète. J'ai donc décidé qu'il fallait que j'en sache un peu plus. Si elle revenait avec la police, après tout, je pouvais disparaître. Mais si elle revenait seule, je pouvais en apprendre plus – c'est mon travail, après tout, même si certaines personnes passent leur temps à m'en écarter pour me faire accomplir des tâches pour lesquelles je ne suis pas fait.

– Poursuivez.

– Elle est restée absente plusieurs heures. A son retour, elle était seule, aussi je suis allé à son avance. Elle avait une espèce d'air suffisant. Comme ça n'est pas possible. Heureuse, détendue, mais très contente d'elle-même. Elles sont comme ça, les femmes de la Terre. Quand elles tiennent quelqu'un. Elle avait l'air suffisant, c'est ça.

– Magnifique.

– Oui. Je veux dire qu'elle était mieux que magnifique. Mais avec cet air suffisant. On est rentrés ensemble et, dès qu'on s'est retrouvés dans son appartement, elle a fait une chose vraiment bizarre. Elle m'a embrassé sur la joue et elle m'a dit : « Dites merci à votre ami. Merci, merci, mille fois merci ! Il a absolument raison. Sa lettre, que ce soit un ami ou une amie, m'a sauvé la vie. » Et je suis reparti en vitesse. Les femmes, voyez-vous, ont toujours leurs raisons quand elles vous embrassent comme ça et je me suis dit qu'elle voulait m'empêcher de prendre le large avant l'arrivée de la police. Ainsi donc, vous connaissant, je vous conseille de vous faire tout petit.

– Mais non, idiot. Elle ne cachait rien. Elle était sincère, absolument sincère. Je lui ai effectivement sauvé la vie.

Je nageais dans un bonheur tel que je ne remarquai pas sur l'instant qu'il s'était éclipsé.

Décemment, je ne pouvais attendre jusqu'à dimanche. Tout ça allait prendre une tournure que Krak était loin d'avoir imaginée ! Cette (bip) ! Avec tous ses trucs idiots !

9

Nous étions à la fin de la matinée de ce jour qui demeurerait inscrit dans ma mémoire comme « le dimanche de Simmons ».

Accroupi dans le cabinet, mais cette fois avec une pancarte qui indiquait « occupé » sur la porte, je suivais le déroulement implacable des événements.

Heller, à son bureau, travaillait à de savants calculs sur les quantités et volumes de spores. Il se leva et alla jusqu'à une baie. Tout le bas de Manhattan se déployait sous ses yeux dans la clarté du soleil filtré par le smog.

La comtesse était allongée au beau milieu du tapis. Elle parcourait le programme des musées. Le chat l'aidait à tourner les pages.

– Qu'est-ce qu'il y a, chéri? demanda-t-elle à Heller. Tu as l'air bien agité.

– Moi? Agité? Ma foi, le mot est plutôt fort. Bang-Bang a téléphoné il y a une heure pour me dire que le cours d'Observation de la Nature était changé. Il aura lieu aujourd'hui dans Van Cortlandt Park au lieu du zoo du Bronx. Et je me demande pourquoi.

– C'est cette miss Simmons, n'est-ce pas, chéri?

– Je préférerais ne plus y penser. Elle me déteste littéralement. Ce qui me préoccupe, c'est qu'elle peut me coûter mon diplôme et que personne ne m'écoutera ensuite quand je présenterai mes propositions.

– Parce que tu comptes faire des propositions à miss Simmons, chéri? Et tu oses me dire ça à moi?

– Chérie, écoute-moi, est-ce que nous ne pouvons pas conclure une trêve...

– Chéri, quel temps fait-il dehors?

– Une belle journée de printemps, très douce, fit Heller. Sans tout ce smog, ce serait merveilleux. Tu sais, par bien des aspects, c'est une jolie planète.

– C'est peut-être pour ça qu'ils l'ont déclassée, dit la comtesse. Comment pourrait-on accepter d'étouffer dans une sorte de zoo? Dis-moi, chéri, est-ce que tu vas y aller en voiture?

– Mais oui. Tiens, voilà une bonne idée. J'ai posé le nouveau carburateur sur la Porsche et je n'ai même pas eu le temps de faire tourner le moteur.

– Eh bien, vas-y. J'ai quelques expositions à visiter, chéri, si tu n'y vois pas d'inconvénient. Alors, je m'en vais.

Elle partit comme une fusée. Dans l'entrée, elle rafla son manteau de daim bleu, son sac, plus le sac d'épicerie en plastique, puis son chapeau.

Et elle disparut.

Heller regarda à nouveau par la baie. Puis il prit un trench-coat de soie blanche, rassembla divers papiers, un carnet, et glissa le tout dans une poche. Il regarda alors ses pieds. Il portait des chaussures de marche qui lui arrivaient aux chevilles. Sans ses pointes de base-ball. Ce qui me rasséréna : si la police l'attendait quelque part, il aurait cette arme en moins. Son imprudence me convenait tout à fait.

Quant à la comtesse, elle avait pris un ascenseur et elle sortit sur la 34e Rue. Elle gagna directement un parking à étages multiples, avec rampe d'accès en spirale. L'employé lui fit un geste amical de la main et elle prit un autre ascenseur vers les niveaux supérieurs.

Elle cherchait quelque chose dans son sac tout en s'avançant entre les rangées de voitures. Elle repéra très vite la Porsche bleue. Elle y entra, ferma la portière de l'intérieur, et ensuite, comme seule une assistante magicienne peut le faire, elle se glissa dans le compartiment à bagage, derrière le siège avant, et laissa retomber sur elle le couvercle de toile.

Ce qui m'inquiéta beaucoup. J'avais oublié d'alimenter son moniteur en bande et j'étais dans l'incapacité de voir ce qu'elle avait mis dans son sac. Et je n'avais pas prévu, à aucun moment, qu'elle serait au prochain cours. Peut-être que ce (bipé) de Bang-Bang lui avait procuré un fusil démontable. Tous les types qui entouraient la comtesse n'avaient pas l'air de se rendre compte qu'ils avaient affaire à une authentique tueuse! Comparés à elle, les types de la Mafia n'étaient que de pauvres guignols!

Moi, je la connaissais. Elle était dangereuse par-dessus tout et plus assoiffée de sang que le comte Dracula lui-même!

Heller arriva peu après en trottinant. Il remarqua que la suspension était plutôt basse et inspecta soigneusement la Porsche, à l'extérieur puis dans le moteur, cherchant sans doute une éventuelle bombe. Avant de dire « Oh, ça va comme ça! ». Il lança le moteur : il considérait sans doute que toutes ses simagrées avaient modifié l'équilibre du véhicule, ou bien son poids.

Il s'avança sur la rampe et descendit vers la rue. On était dimanche et les New-Yorkais se remettaient sans nul doute des beuveries du samedi soir car la circulation était presque au point mort. En fait, on se serait cru dans un cimetière.

Il accéléra et fonça comme dans un rallye. Dans un grondement, la Porsche fila sur la West Side Elevated Highway et, très vite, s'engagea sur la Henry Hudson Parkway. L'Hudson brillait de milliers de vaguelettes bleues sous le soleil du printemps. Le pont George Washington passa en un éclair.

J'étais vraiment inquiet. Il avait le regard fixé sur le compte-tours et non sur le compteur de vitesse. Il pouvait semer n'importe quelle voiture de police, mais je redoutais qu'il soit arrêté quand même pour excès de vitesse, ce qui contrarierait le rendez-vous qu'il avait avec le destin. Mais la circulation était tout à fait fluide. Les gens du week-end étaient déjà partis et l'heure des embouteillages du retour viendrait bien plus tard. Pour une fois, j'étais heureux que la police reste indifférente à l'égard d'Heller. Non, rien ne devait interférer avec la catastrophe imminente qui pesait sur lui.

Il mit la stéréo :

Femme fatale,
Cherchez la femme.*
Femme fatale, fleur du péché,
Le démon s'est incliné,
Et tu as été tenté...
Femme fatale,
C'est elle qui t'a brûlé...
Et tu es condamné...

Je souris si largement que je faillis me déchirer la lèvre. Les ciseaux du destin allait se refermer sur Heller. Quelque part au-devant, une femme l'attendait dans le parc, et une autre était cachée derrière lui.

J'avais presque pitié de ce malheureux (bipeux). Il conduisait sa superbe Porsche, oublieux et gai, savourant cette belle journée de printemps, loin de soupçonner qu'il y avait une bombe avec lui et que c'était moi qui avait la mèche en main, prêt à l'allumer.

Une femme, c'est déjà beaucoup d'ennuis, généralement. Mais il en était littéralement entouré, et elles étaient toutes de l'espèce la plus sournoise.

L'autoroute pénétrait dans Van Cortlandt Park. Il bifurqua bientôt sur la droite et traversa un immense terrain de golf. Un nouveau tournant et il se gara sur une aire de parking. Il descendit, verrouilla sa portière et s'éloigna. Il croisa quelques golfeurs, puis prit un sentier qui s'enfonçait dans le bois.

La comtesse Krak attendit un instant, puis se redressa et regarda autour d'elle. Elle descendit à son tour et, en se regardant dans le rétroviseur extérieur, elle ajusta son béret noir et mit des lunettes noires, espérant sans doute n'être pas reconnue, puis suivit Heller, son sac sous le bras.

J'étais intrigué. Dans le mouchard audio de la comtesse, j'entendais deux pas différents. Je ne comprenais pas. Je coupai le récepteur d'Heller. Oui, la comtesse Krak entendait bien deux pas.

Difficile de comprendre ce qui se passait.

Elle était à moins de 300 mètres d'Heller, complètement hors de vue.

Il marchait d'un pas vif.

La comtesse ne semblait pas s'inquiéter de se laisser distancer.

Heller atteignit le haut d'une pente et je reconnus l'endroit. C'était là qu'il avait affronté le gang, des mois auparavant. Cette

---

* En français dans le texte.

fois, il jeta un coup d'œil de part et d'autre du chemin. Personne. Mais la trace d'une balle était encore visible.

Il regarda dans le vallon. L'herbe du printemps était d'un vert tendre et les arbres bourgeonnaient. Il y avait là plusieurs étudiants, assis sur des troncs abattus ou de grosses pierres.

Miss Simmons se tenait derrière une énorme souche qui lui faisait une sorte d'autel. L'autel du sacrifice, espérais-je.

Heller, désarmé, sans la moindre arrière-pensée, s'avança pour se joindre au groupe. Miss Simmons l'avait vu approcher. Il s'arrêta un peu à l'écart et elle le contempla d'un œil froid avant de désigner une grosse pierre blanche, à sa droite.

– Wister, venez vous asseoir ici, dit-elle d'un ton ferme.

C'était comme si elle lui avait montré le box des accusés. J'espérais bien que la sentence n'allait pas tarder à tomber.

Miss Simmons semblait sous l'emprise d'une tension intense. Elle portait un manteau court et noir, et elle était coiffée d'un grand chapeau noir. Elle n'avait pas ses lunettes et le regard de ses yeux noisette était insondable.

De nouveaux étudiants arrivaient.

– Seigneur, dit l'un d'eux. C'était pas facile à trouver, miss Simmons. J'ai bien failli me perdre.

– Asseyez-vous là, Roger, fit-elle d'une voix neutre mais ferme de prof.

Un instant passa. Trois autres étudiants arrivèrent. Le vent se leva et les grands arbres s'inclinèrent.

Miss Simmons fit le compte des élèves à haute voix.

La comtesse Krak s'était arrêtée en haut du sentier. A l'abri d'un arbre, elle observait le groupe rassemblé dans le vallon.

La voix de miss Simmons était très nette. Je me demandai comment cela était possible. La comtesse était bien trop loin pour entendre.

C'est alors qu'elle leva la main et toucha quelque chose. La voix de miss Simmons se fit plus forte.

LES LUNETTES!

Elle portait un amplificateur des Yeux et des Oreilles de Voltar déguisé en lunettes. Pas étonnant qu'elle ait pu suivre si facilement Heller. Elle avait été guidée par ses pas.

Elle toucha ses lunettes et, soudain, l'image de miss Simmons se rapprocha. Les lunettes faisaient fonction de téléobjectif!

– Quelle garce, souffla-t-elle.

– Vingt-neuf, dit miss Simmons. (Elle se tourna vers Heller et acheva :) Trente si l'on compte Wister. Je vous réserve quelques surprises à tous. Maintenant, nous allons commencer.

Menaçant!

J'espérais que Grafferty ou du moins quelques policiers étaient dans le coin. Ils pourraient mettre la main sur la comtesse! Et même arrêter Heller pour les huit meurtres qu'il avait commis dans le parc!

10

Miss Simmons prit un sac qu'elle posa sur la souche. Elle saisit une branche cassée et la pointa sur Heller.

– Wister, restez assis et ne bougez pas d'un centimètre. Car la plus grosse surprise est pour vous.

Elle fit claquer la branche sur la souche et promena un regard infiniment triste sur sa classe.

– Rapprochez-vous tous. Car j'ai fait une découverte terrible.

Les étudiants se rapprochèrent et formèrent un demi-cercle.

– Mais qu'est-ce qu'elle mijote, cette salope? marmonna la comtesse. On ne lui a pas dit de faire ça.

Je me mis à rire. La comtesse ignorait ma participation à ce petit jeu.

– Ainsi que vous le savez, commença miss Simmons, ma vie a toujours été une sorte d'enfer. (Son regard se porta sur Wister, puis elle revint aux autres.) Un démon n'a cessé de me persécuter, un ennemi si acharné et impitoyable qu'il défie les annales de l'Enfer. (Des murmures de sympathie s'élevèrent. Elle regarda Heller.) Wister, ne bougez pas.

Elle soupira.

– Voyez-vous, chers élèves, on m'a joué un vilain tour, un affreux tour. Vous apprenez la psychologie depuis l'école maternelle, et donc vous connaissez l'HYPNOTISME!

La comtesse Krak eut un frisson tel que ses lunettes en tremblèrent.

– Entre les mains d'un individu mauvais et sans scrupule, et si l'on s'en sert sur un sujet innocent, il devient une arme redoutable et méprisable.

» Voyez-vous, on m'a raconté, sous hypnose, les pires mensonges que vous puissiez imaginer! Si je n'avais pas été mise au courant, cela aurait ruiné ce qui me reste à vivre de ma pauvre vie. Mais hier, un ami inconnu m'a soudainement ouvert les yeux sur LA VÉRITÉ!

– Mes Dieux! souffla la comtesse.

La voix de miss Simmons monta d'un ton.

– Écoutez bien, Wister. Et vous autres aussi. Écoutez très attentivement. J'ai donc reçu une lettre dans laquelle on me disait que j'avais été hypnotisée! J'ai aussitôt deviné pour quelle raison – pour miner ma vie sexuelle, pour me livrer désarmée à un terrible destin.

– Mais c'est toi qui as voulu cette orgie, ma cocotte! Parce que tu étais en manque! pesta la comtesse.

Miss Simmons fit claquer son bout de bois sur la souche.

– Je suis allée trouver la police. Qui m'a répondu qu'elle ne pouvait intervenir qu'avec des preuves. (Elle se pencha en avant et poursuivit sur le ton de la confidence :) Et ces preuves, je les ai obtenues avec une autre aide. Et je suis prête à me venger. Ces preuves sont en un lieu secret et elles seront postées si on tente quoi que ce soit sur moi.

Elle s'avança fièrement.

– Oui, j'ai des amis! Vous comprenez cela, Wister. Et vous autres aussi. Ils me soutiendront dans cette affaire, au plus haut niveau universitaire. (Elle se pencha encore et prit un air impressionnant.) Peut-être ne le savez-vous pas, mais mon père est titulaire de la chaire de psychologie de l'Université de Brooklyn. Depuis ma plus tendre enfance, il m'a mise en garde contre les intrigues des mâles. (Elle se tourna brièvement vers Heller.) Chaque soir, à l'heure du coucher, mon père me répétait que les hommes étaient mauvais et qu'ils ne pensaient qu'à une chose : satisfaire leurs bas instincts.

Une fois encore, son regard alla d'Heller aux autres étudiants qui la regardaient, fascinés.

– Aussi, lorsque j'ai eu entre les mains cette lettre qui me disait que j'avais été hypnotisée, j'ai su que C'ÉTAIT VRAI! (Elle fit claquer la branche.) Quand la police m'a dit que j'avais besoin de preuves, je suis allée tout droit à la maison. J'ai tout raconté à ma mère et elle en a été très triste. Puis nous sommes allées trouver mon père. Et il a été effondré car c'est un méfait abominable! (Elle se dressa.) Et ma mère, Dieu la bénisse, l'a forcé à tout dire! (Elle prit une voix aiguë, sifflante.) Mon père, cet être ignoble, m'a hypnotisée pendant mon enfance! Non pas une fois seulement, mais de façon répétée! (Une grimace de dégoût lui déforma les traits.) Il m'a avoué m'avoir mise plusieurs fois en transe pour me répéter que j'étais FRIGIDE! Il m'a dit que si j'avais des rapports avec un homme, si j'atteignais l'orgasme, je serais AVEUGLE! (Elle fit claquer plusieurs fois la branche.) Il a trahi la psychologie de la façon la plus ignoble qui soit! Car la psychologie est faite pour (biper), pas pour rendre les gens frigides! Et je suis la preuve vivante de son erreur. Regardez mes yeux! Je n'ai plus mes lunettes! Et, d'où je suis, je vois le moindre petit bouton sur chacun de vos chers visages!

Elle recula d'un air triomphant et prit tout à coup un air humble.

– Et qui dois-je remercier pour ça? (Elle s'approcha de Wister et s'agenouilla devant lui.) Oh, Wister... merci, merci, merci! Je vous serai éternellement reconnaissante de m'avoir permis d'être violée. Ces orgasmes ont été MERVEILLEUX! Ça s'est passé ici même, dans ce lieu charmant, et jamais je n'avais rêvé connaître une telle joie, une telle extase. ET PLUSIEURS FOIS DE SUITE!

Tendrement, elle prit la main d'Heller. La comtesse tressaillit.

– Cher Wister, je sais que je ne suis pas assez bien pour vous. Mais ma gratitude est sans limite. Et vous avez été un étudiant tellement brillant que je déclare dès à présent que vous avez réussi. Je vous donne un A + en Observation de la Nature car vous savez effectivement bien mieux que moi apprécier la nature. (Elle porta la main d'Heller à ses lèvres et le regarda droit dans les yeux.) Ainsi donc, cher, cher Wister, vous êtes dispensé de tous les prochains cours et, même si j'en ai le cœur brisé, vous pouvez vous retirer dès maintenant. Mais sachez que ma gratitude vous accompagnera éternellement pour avoir permis ce viol. Adieu, merveilleux garçon. Adieu.

Heller se leva, l'air un peu décontenancé. Puis il adressa un signe à l'ensemble de la classe et s'éloigna vers le haut de la colline.

Miss Simmons était bouleversée. Elle resta agenouillée encore un instant. Les larmes coulaient sur ses joues. Puis elle parvint enfin à se redresser et retourna auprès de la souche. Mais elle dut se maîtriser avant de pouvoir retrouver la parole.

Heller était en haut du chemin. Il surprit un mouvement derrière un arbre et, en parfait homme d'action, se précipita.

LA COMTESSE KRAK!

– Mais qu'est-ce que tu fais là? demanda-t-il.

– Je suis venue faire un tour au cours pour voir comment se débrouillaient les élèves.

– Je suis dispensé de cours pour le restant de l'année. Même avec le vote de l'ONU. Les gens savaient pourtant que je soutenais cette loi. Je ne comprends rien. Je pense qu'elle a déraillé. (Il s'était tourné vers le vallon.) Je ferais peut-être mieux d'y retourner pour voir si elle va bien.

La comtesse se roidit.

– Mais non. Viens, Jettero.
– Non. Elle avait un drôle de regard.
Il rebroussa chemin de quelques pas, puis s'arrêta près d'un arbre et regarda.

11

Miss Simmons était parvenue à se reprendre. Elle s'adressait à ses étudiants d'une voix claire et posée.
– Vous serez sans doute contents d'apprendre que je ne suis plus sous l'influence de mon père, ce traître à la psychologie. Il s'était lourdement trompé et je suis libre de faire ce que je veux de ma vie.
» Enfin, je suis libre de vous enseigner ce que, dans mon subconscient, je voulais vous enseigner dans le cadre de l'Observation de la Nature. Jusqu'alors, nous avons parlé des oiseaux et des abeilles. Il va y avoir un changement notable dans le contenu des cours.
» Nous ne nous servirons pas des textes de Krafft-Ebing, Havelock Ellis et Freud car ce sont de dégoûtants personnages. Ils constituent des sources nocives car, chez eux, il n'y a pas d'amour. Nous allons étudier un classique de la littérature perse, *Les Soixante-Dix-Sept Variations de l'acte d'amour,* de Hammer Hammer, dans la traduction du respectable lettré chinois Hoo Chu Longdong, avec de très belles illustrations et des diagrammes de Phullup Cummings. Je me suis procuré ces livres hier soir à la bibliothèque du collège.
Elle ouvrit son sac et en sortit les livres qu'elle fit passer aux étudiants qui s'y plongèrent avec un intérêt visible.
– Maintenant, les filles, ouvrez le livre au chapitre un : « Principes essentiels de l'orgasme ». Vous, les garçons, prenez le chapitre treize : « Variations sur le thème du viol collectif ».
La comtesse Krak, avec ses lunettes, voyaient très bien les pages et elle murmura :
– Maintenant, je comprends pourquoi il était tellement fatigué chaque dimanche soir. Quelle salope! (Elle éleva la voix :) Jettero, je crois que nous devrions y aller, maintenant.
Il ne parvenait pas à entendre ce que disait miss Simmons et secoua la tête.
– Je crois bien que je n'ai jamais étudié ça en cours.

La comtesse pianota nerveusement sur l'écorce de l'arbre mais ne fit aucun commentaire.

– Je sais que le texte est en chinois, poursuivait miss Simmons, mais les dessins et diagrammes sont très explicites. Pour commencer, notez d'abord les détails. Vous pourrez étudier cela plus avant durant vos devoirs du soir. Je veux attirer votre attention sur le fait que rien n'est plus utile que l'expérience pour bien comprendre. Je vais donc à présent m'étendre sur cette belle herbe douce, là, et vous, Roger, vous allez m'enlever mon manteau.

Roger, un jeune dégingandé, se précipita à son côté.

Voyant cela, Heller secoua tristement la tête.

Le manteau de miss Simmons vola dans les airs.

La comtesse Krak entendait nettement ses paroles. Le ton de miss Simmons était lourd d'émotion.

– Pour tout le trimestre, pendant chacun des cours, chaque garçon de cette classe devra s'exercer avec moi et ensuite avec toutes les filles.

Heller, qui n'entendait rien, se tourna vers Krak.

– Je crois qu'elle parle des cours. Mais j'ai peur de ne pas très bien comprendre de quel sujet il s'agit.

– Je l'espère bien, fit la comtesse d'un ton glaçant.

Roger avait enlevé son manteau.

Heller observa la scène et se tourna vers Krak.

– Mais pourquoi est-ce qu'ils se déshabillent? Ils ne vont quand même pas se baigner dans ce ruisseau. Il n'est pas assez profond.

– Jettero, il se fait tard.

Des cris montaient du vallon.

– Mais que se passe-t-il? s'inquiéta Heller.

Une pile de livres, à cet instant, glissa dans le ruisseau. La boue jaillit.

– Quelle traînée! grinça la comtesse. Pas étonnant qu'il soit régulièrement revenu avec des vêtements tachés de boue tous les dimanches!

– Que dis-tu, chérie? J'ai l'impression qu'ils sont tous devenus dingues!

La comtesse fulminait. Elle entendait nettement miss Simmons.

– Maintenant, Roger, disons que c'était un début. Thompson et Oswald, venez ici! Et vous tous, ne ralentissez pas! ALLEZ! ALLEZ!

Une botte atterrit dans le ruisseau dans un grand éclaboussement.

Les vestes des filles s'envolèrent!

Les arbres proches étaient secoués en cadence!

La comtesse avait saisi nerveusement une branche de saule.

– Et n'oubliez pas, disait miss Simmons dans ses lunettes à amplificateur, sans amour, ça n'est pas bien. Je vous aime et vous m'aimez. OH, OSWALD!

La comtesse fouetta le tronc d'arbre avec sa branche de saule.

Heller, lui, demeurait abasourdi.

La comtesse Krak s'approcha de lui par-derrière et le tira par la manche.

Il secoua la tête comme s'il voulait s'échapper d'un mauvais rêve.

Puis il se détourna brusquement et se dirigea vers la voiture.

– Par tous les Enfers, je suis bien content de ne plus avoir à suivre ce cours-là! L'enseignement, sur cette planète, c'est quelquefois très dur!

– Tu veux dire que certaines personnes, sur cette planète, n'arrivent pas à comprendre les leçons les plus simples? Quelle pouffe!

Heller la regarda. Elle enlevait ses lunettes et les rangeait dans son sac.

Il la dévisagea d'un air soupçonneux.

– Est-ce que tu ne serais pas mêlée à ça?

Elle leva sur lui de grands yeux innocents et dit :

– Moi, Jettero?

Pour moi, ça s'arrêtait là. Tout avait tourné au pire. Qui aurait pu soupçonner le père de Simmons, ce psychologue de renom, de trahir la profession en essayant de supprimer l'acte sexuel qui était l'épine dorsale des traitements psychiatriques sur Terre?

Et deux points mineurs m'avaient échappé : dans ses instructions hypnotiques, tout à fait accidentellement, la comtesse Krak lui avait dit que son père s'était trompé, donc on ne pouvait porter au crédit de la comtesse le fait que Simmons eût retrouvé une vision normale. Deuxième point : l'ordre que la comtesse avait donné à miss Simmons de ne pas tenir compte de ce qui pouvait se passer dans le living-room et de trouver une explication raisonnable. Ce qui, malheureusement, incluait ma lettre. Et cela aussi avait été purement accidentel.

Non, la comtesse n'était pas aussi géniale que ça. Elle avait seulement de la chance. Une chance de femelle. Car les femmes n'ont pas assez d'intelligence pour prévoir de tels revers. Tout ce qu'elles savent, c'est faire le mal et se montrer cruelles avec les hommes. Mon expérience me l'avait enseigné de façon amère. Il n'y avait qu'à voir les ennuis qu'elle me créait! Elle m'avait privé d'alliés précieux, telle miss Simmons, et ravagé mes finances en dépensant comme une folle avec ma carte de crédit.

Et cela me vint en un éclair : pour venir à bout d'Heller, je devais avant tout me débarrasser de la comtesse Krak!

Deuxième éclair! Je ne pouvais pas supprimer Heller aussi longtemps que Lombar ne m'aurait pas annoncé que ses liens avec le Grand Conseil n'avaient plus d'importance, mais il n'y avait par contre AUCUN INTERDIT en ce qui concernait la comtesse Krak. Elle pouvait tomber du haut d'un building ou passer sous un train sans que Lombar ait seulement un battement de cils.

Ah, ah! Je savais maintenant ce que je devais faire.

Concentrer tous mes efforts sur cette redoutable femelle.

Elle était mon principal obstacle. Et je pouvais m'en débarrasser!

A la différence d'Heller, elle ne saurait pas échapper à des tireurs. Elle ne connaissait rien aux voitures piégées. Et elle n'avait aucune expérience des mines et des bombes.

Je pouvais l'éliminer! Et je l'éliminerais!

Je plissai les yeux, gagné par une résolution de plus en plus ferme.

ME DÉBARRASSER DE LA COMTESSE KRAK!

Quel est le plan dément de Gris?
Est-ce la fin pour la comtesse Krak?

lisez

MISSION
TERRE

TOME 6

CHASSE À MORT

A propos de l'auteur

Né en 1911, fils d'un officier de la Marine des États-Unis, L. Ron Hubbard grandit dans l'Ouest américain et, très tôt, fait le dur apprentissage de la vie dans les grands espaces. Adolescent, il vit dans les plaines et les montagnes du Nevada où il côtoie cow-boys et Indiens, avant de s'embarquer pour l'Asie qu'il visite longuement et dont il découvre les philosophies et les religions. A dix-neuf ans, il a déjà parcouru plus de cinq cent mille kilomètres, sur terre comme sur mer, et rédigé de nombreux journaux de voyage dans lesquels il puisera généreusement quelques années plus tard pour nourrir les intrigues de ses romans.

De retour aux États-Unis, il cherche à assouvir son insatiable appétit d'aventures et de sensations fortes en devenant aviateur et, très vite, acquiert une réputation de virtuose et de casse-cou, mais il est bientôt repris par le démon de la navigation et part pour les Caraïbes sur un quatre-mâts, à la tête d'une expédition.

Puis il rentre au bercail et décide de vivre de sa plume. S'ensuit un flot étonnant de romans et de nouvelles – aventures, westerns, polars, fantastique. Le succès est immédiat. En 1938, il est reconnu comme l'un des plus grands parmi les auteurs de récits populaires.

C'est à cette époque que *Astounding,* le meilleur magazine de science-fiction, lui demande sa collaboration. Il proteste : ses sujets de prédilection ne sont pas les « machines et les robots », mais les gens, les êtres humains. On lui répond : « Ça tombe bien, c'est exactement ce que nous cherchons. »

Suivent alors de nombreux récits où Hubbard élargit l'horizon de la science-fiction, devenant un maître du genre au même titre que A. E. van Vogt et Robert Heinlein. Ils comptent parmi les écrivains marquants de ce qu'on a appelé l'« Age d'Or » et les fondateurs de la science-fiction moderne.

Hubbard écrit une centaine de romans et plus de deux cents nouvelles. Ses œuvres de fiction ont été traduites dans une dizaine de langues et se sont vendues à vingt-deux millions d'exemplaires dans le monde.

En 1982, Hubbard fête son 50e anniversaire d'entrée en littérature avec une impressionnante saga de science-fiction, *TERRE Champ de Bataille*, qui devient rapidement un best-seller international. Critiques et amateurs de S.-F. réservent au livre un accueil enthousiaste. En 1986, les lecteurs français le plébiscitent pour le Prix Gutenberg, dans la catégorie science-fiction.

Après la parution de *TERRE Champ de Bataille*, Hubbard s'attelle à la rédaction de ce que beaucoup considèrent comme son chef-d'œuvre, *Mission Terre*, une aventure spatiale sur fond de satire qui compte pas moins de dix tomes – une entreprise dans laquelle peu d'écrivains auraient osé se lancer.

Mission Terre est un récit mené à cent à l'heure qui regorge de coups de théâtre et de retournements de situation spectaculaires au cours desquels bons et méchants s'affrontent en une lutte sans merci dont l'enjeu est notre bonne vieille planète Terre.

Avec *Mission Terre*, Hubbard réussit un pari audacieux : nous raconter notre monde en prenant le point de vue des extraterrestres qui se sont mêlés à la population terrienne, et dénoncer avec un humour féroce certaines de nos institutions, dans la lignée de Voltaire, de Swift ou de l'Orwell de *la Ferme des animaux*.

Un vieux mot grec, *dékalogie*, a été choisi pour désigner cette saga en dix tomes.

Le 24 janvier 1986, ayant livré son manuscrit à son éditeur et ayant atteint tous les buts qu'il s'était fixés, L. Ron Hubbard a quitté son corps. Il laisse derrière lui une œuvre riche et originale qui traversera les âges, pour le plus grand bonheur des innombrables générations de lecteurs à venir.

Nous sommes fiers de publier à notre tour le chef-d'œuvre de L. Ron Hubbard, la *dékalogie* intitulée *Mission Terre*.

Mer Noire
Bulgarie
Sinop
Istanbul
Mer de Marmara
BASE DE L'APPAREIL
Ankara
Bursa
Mer
Égée
Afyon
Lac Tuz
Izmir
Lac Aksehir
Ada
Antalya
Mer Méditerranée
Chypre
0 10 20 50 100
km.

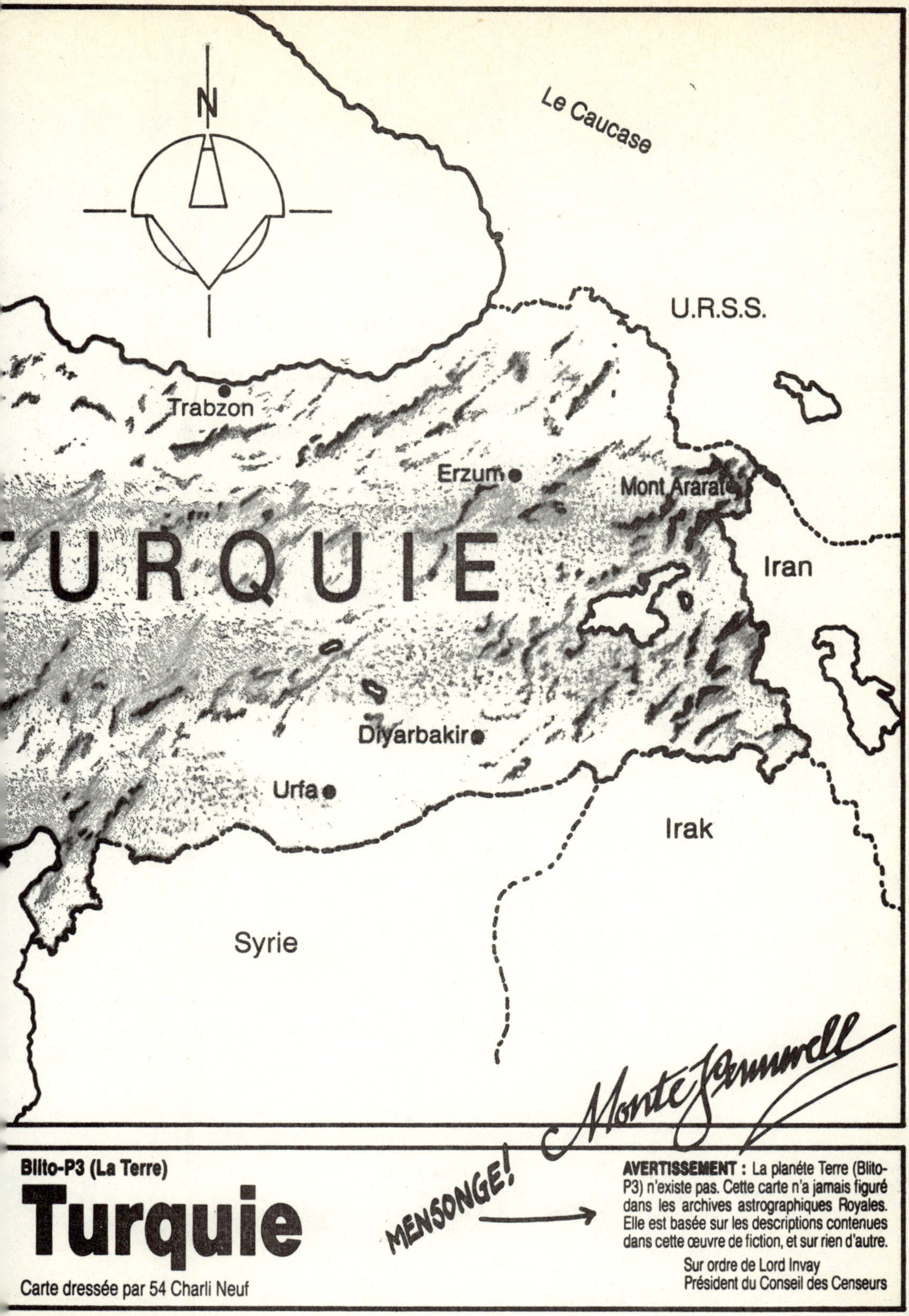

Blito-P3 (La Terre)

Turquie

Carte dressée par 54 Charli Neuf

MENSONGE! →

AVERTISSEMENT : La planète Terre (Blito-P3) n'existe pas. Cette carte n'a jamais figuré dans les archives astrographiques Royales. Elle est basée sur les descriptions contenues dans cette œuvre de fiction, et sur rien d'autre.

Sur ordre de Lord Invay
Président du Conseil des Censeurs

Cet ouvrage a été réalisé sur
Système Cameron
par la SOCIÉTÉ NOUVELLE FIRMIN-DIDOT
Mesnil-sur-l'Estrée
pour le compte des Presses de la Cité
8, rue Garancière, 75006 PARIS

Imprimé en France
Dépôt légal: mai 1989
N° d'édition : 5755 – N° d'impression : 11937